MATTHEW HARFFY

Krone und Macht

GOLDMANN

Matthew Harffy

Krone und Macht

Die Chroniken von Bernicia

Historischer Roman

Aus dem Englischen
von Leo Strohm

GOLDMANN

Die Originalausgabe erschien 2016 unter dem Titel
»Blood and Blade« bei Aria, an imprint of Head of Zeus, London.

FSC www.fsc.org
MIX
Papier aus verantwortungsvollen Quellen
FSC® C014496

Penguin Random House Verlagsgruppe FSC® N001967

1. Auflage
Deutsche Erstveröffentlichung Januar 2023

Gestaltung des Umschlags und der Umschlaginnenseiten:
UNO Werbeagentur, München
Umschlagmotiv: KollaborationJS/trevillion images;
FinePic®, München
Redaktion: Susanne Bartel
Karte: © Peter Palm, Berlin
BH · Herstellung: ik
Satz: KCFG–Medienagentur, Neuss
Druck und Bindung: GGP Media GmbH, Pößneck
Printed in Germany
ISBN: 978-3-442-49302-9

www.goldmann-verlag.de

Für Gareth
»Ich habe deine Freundschaft.
Das ist genug.«

ALBION UND INSELN
Siedlungen
Festungen
Heilige Stätten
Römische Straßen
HIBERNIA
MAN
HIBERISCHES MEER
WESTMEER
0
50
100
150 km
ALBION 635 n.Chr.
LAND DER PIKTEN
DÁL RIATA
BERNICIA
Bebbanburg
DEIRA
Eoferwic
ELMET
HIBERNIA
GWYNEDD
MERCIA
WESTSACHSEN
Cantwareburh
CANTWARE
Hithe
FRANKIA

Din Eidyn
Berewic
Lindisfarena
Tuidi
Ubbanford
Farenainseln
Bebbanburg
Gefrin
BERNICIA
NORTHUMBRIA
Deira Stræt
Hefenfelth
Der Große Wall
Tine
HEGED
NORDSEE
N
W
O
S
DEIRA
Usa
Eoferwic
Pocel's Hall
Engelmynster
ELMET
Humber
Dun
Scheth
Maerse
LINDESEGE
Trent
Earninga Stræt
WYNEDD
DIE FENS
OST-ANGELN
OWYS
MERCIA
Dommoc
GYRWAS
Afen
Ouse
HWICCE
Wæcelinga Stræt
OSTSACHSEN
Severn
Dorcic
Temes
Lunden
WESTSACHSEN
Cantwareburh
CANTWARE

Ortsnamen

Die Ortsbezeichnungen im Britannien des frühen Mittelalters fallen je nach Zeit, Sprache, Dialekt und jeweiligem Schreiber zum Teil recht unterschiedlich aus. Ich habe mich bei der Wahl der Ortsnamen nicht an eine bestimmte Konvention gehalten, sondern in der Regel die Bezeichnung gewählt, die meines Erachtens am ehesten der im siebten Jahrhundert gebräuchlichen entspricht. Doch genau wie die Schreiber der damaligen Zeit habe auch ich mir gelegentlich eine gewisse künstlerische Freiheit genommen und mich für den Namen entschieden, der mir am besten gefällt.

Afen	der Fluss Avon
Albion	Großbritannien
Bebbanburg	Bamburgh
Berewic	Berwick-upon-Tweed
Bernicia	Königreich im nördlichen Teil von Northumbria, das sich vom River Tyne im Süden bis zum Firth of Forth im Norden erstreckt und in etwa dem Gebiet der heutigen Grafschaften Northumberland und Durham entspricht
Cantware	Kent

Cantwareburh	Canterbury
Dál Riata	Kleinkönigreich, das Gebiete an der schottischen Westküste sowie die Grafschaft Antrim im Nordosten Irlands umfasst und Heimat der keltischen Skoten ist
Deira	Königreich im südlichen Teil von Northumbria, das sich ungefähr vom Humber im Süden bis zum River Tyne im Norden erstreckt
Din Eidyn	Edinburgh
Dommoc	Dunwich in Suffolk
Dor	Dore in Yorkshire
Dorcic	Dorchester-on-Thames
Dun	der Fluss Don
Elmet	unabhängiges britisches Königreich, dessen Gebiet in etwa dem westlichen Verwaltungsbezirk der heutigen Grafschaft Yorkshire entspricht
Engelmynster	fiktiver Ort in Deira
Eoferwic	York
Frankia	Frankreich
Gefrin	Yeavering, ein kleiner Ort in Northumberland, etwa 15 Kilometer von Bebbanburg entfernt
Gwynedd	Gwynedd in Nordwales

Hefenfelth	Heavenfield
Hibernia	Irland
Hii	Iona
Hithe	Hythe in Kent
Lindisfarena	Lindisfarne
Lunden	die Stadt London
Mercia	Königreich im Zentrum des heutigen England in den östlichen Midlands rund um die Stadt Leicester gelegen, im Gebiet des Trent und seiner Nebenflüsse
Muile	Mull vor der Nordwestküste Schottlands
Northumbria	angelsächsisches Kleinkönigreich, das die Gebiete der heutigen Grafschaften Yorkshire und Northumberland sowie den Südosten Schottlands umfasst
Pocel's Hall	Pocklington in Yorkshire
Scheth	der Fluss Sheaf, der die Grenze zwischen Mercia und Deira bildet
Temes	die Themse
Tuidi	der Fluss Tweed
Ubbanford	Norham in Northumberland
Usa	der Fluss Ouse

Anno Domini Nostri Iesu Christi

Im Jahre unseres Herrn Jesus Christus

634

ERSTER TEIL

BLUTSBÜNDNIS

Kapitel 1

Der Angriff erfolgte bei Nacht. Beobrand hatte ihn vorausgeahnt. Diesen zerlumpten Pikten dürstete es nach Blut und Tod, sie wurden getrieben von einem beißenden Verlangen nach Rache. Etwas, das er sehr gut nachvollziehen konnte.

In der stillsten Stunde der Nacht fielen die Pikten über sie her, lautlos wie die Geister, die in den Grabhügeln einstiger Könige herumspuken. Stumpf schimmerten ihre Klingen im kühlen Sternenlicht. Sie näherten sich von Süden, setzten auf das Überraschungsmoment. Zunächst waren sie weit nach Westen geschlichen, bevor sie den Tuidi überquerten, um anschließend einen Bogen zu schlagen und Ubbanford von den Hügeln aus anzugreifen, wo nur wenige Menschen lebten.

Es war ein guter Plan, doch an Gerissenheit stand Beobrand den Pikten in nichts nach. Da er mit einer solchen List gerechnet hatte, hatte er seinen Männern befohlen, die Hügel im Auge zu behalten.

Bei Sonnenuntergang war Attor, der geschmeidigste und leichtfüßigste von Beobrands Kriegern, in den erst vor Kurzem fertiggestellten Großen Saal gehuscht. »Sie kommen«, sagte er, und das Leuchten in seinen Augen, in denen sich das Kaminfeuer spiegelte, verriet sein Verlangen nach Schlachtenruhm.

»Wie viele?«, fragte Beobrand und stellte sein noch volles Methorn beiseite. In dieser Nacht durfte sein Verstand nicht getrübt sein.

»Ein Dutzend. Vielleicht auch mehr.«

Beobrand verzog das Gesicht. Hoffentlich hatte er sorgfältig genug geplant. Seine Kriegerschar war den Angreifern zwar zahlenmäßig unterlegen, andererseits rechneten sie mit dem Überfall, waren vorbereitet und bewaffnet.

Er stand auf, schob seinen erst kürzlich gefertigten Thron zurück und fasste jeden seiner Krieger, seiner Kampfgefährten, einzeln ins Auge. Entschlossen hatte er ihnen im Licht der flackernden Flammen zugenickt. »Diesen Moment haben wir herbeigesehnt. Jeder geht jetzt auf seinen Posten und wartet auf das Signal. Attor, hol Elmer vom Fluss, damit er die Frauen und Kinder in Sicherheit bringt.«

Jetzt kündigte das erste Licht des Tages am Horizont das Ende der Sommernacht an, und Beobrand sah schemenhafte Gestalten zwischen den Häusern der Siedlung hindurchhuschen. Sie näherten sich dem Hügel, auf dem, hoch über dem Tal, der neue Saal thronte. Er streckte sein rechtes Bein, spannte testweise seinen Wadenmuskel an. Dann fluchte er innerlich. Die Pfeilwunde war immer noch nicht vollständig verheilt. Er war noch nicht in der Lage, schnell zu laufen. Das bedeutete, dass er früher, als ihm eigentlich lieb war, seine Deckung verlassen musste, weil er sonst womöglich nicht nahe genug an den Feind herankam. Er spürte das Pochen der Wunde. Ob Torran wohl unter den Pikten war, die sein Dorf überfallen wollten? Torran, Sohn des Nathair, hatte den Pfeil abgeschossen, der sich in Beobrands Bein gebohrt hatte, allerdings erst, nachdem Beobrand dessen Bruder erschlagen hatte. Er streckte den linken Arm aus und verzog erneut das Gesicht. Über der Stelle, wo sich die Streitaxt von Broden tief in sein Fleisch versenkt hatte, spannte sich die Haut unangenehm. Beobrand fletschte die Zähne in der Dunkelheit. Die Schmerzen und die Erinnerung an die nur wenige Wochen zurückliegende Schlacht vor Nathairs Saal erweckten in seinem Kopf eine leise Stimme zum Leben. Der Schlachteneifer überkam ihn. In den vergangenen Wochen hatte er nicht viel gespürt, und dieser Mangel an Gefühlen machte ihm mehr Angst als der Gedanke an das bevorstehende Blutvergießen.

Er gab Acennan, der im Schatten der Schmiede stand, ein Zeichen. In der Dunkelheit waren die Umrisse seines Freundes kaum zu erkennen, doch dann nahm Beobrand die Andeutung einer Bewegung wahr, gefolgt vom durchdringenden Klang eines Horns. Das Signal, mit dem Acennan den Verteidigern befahl loszuschlagen.

Urplötzlich flackerten Lichter auf. Die Männer enthüllten ihre Fackeln und stießen sie in vorbereitete Zunderstapel. Beobrands Kampfgefährten stürmten aus den Schatten, der rote Feuerschein spiegelte sich in ihren Waffen und Rüstungen. Auch Beobrand sprang hervor und zog sein edles Schwert, Hrunting, aus der mit Fell gefütterten Scheide. So schnell er konnte, humpelte er auf einen der Angreifer zu, der ihm den Rücken zugekehrt hatte. Sein verletztes Bein fühlte sich instabil und kraftlos an, sein Arm nackt, so ganz ohne Schild. Aber er hatte schon vor dem Kampf entschieden, dass der Schutz aus Lindenholz ihn in seinem momentanen Zustand nur behindern würde. Sein Arm und sein Bein würden mit der Zeit schon wieder heilen, aber bis dahin musste er ohne Schild kämpfen und darauf hoffen, dass die Pikten nicht die Flucht ergriffen, bevor sie ihnen den Garaus machen konnten.

Im allerletzten Moment drehte sich einer der Feinde, den er ins Auge gefasst hatte, zu ihm um. Sein Gesicht war bleich. Er war jung, wahrscheinlich noch keine zwanzig Jahre alt, vielleicht im gleichen Alter wie Beobrand. Aber er war kein Krieger. Zwar hielten seine Finger ein langes Messer, aber er hatte es kaum erhoben, um sich zu verteidigen, als Hruntings Klinge ihm schon in die Kehle fuhr. Feuchte Wärme breitete sich auf Beobrands Arm und Gesicht aus, und der junge Pikte fiel lautlos und mit weit aufgerissenen Augen auf den Rücken. Sein Mund öffnete und schloss sich immer wieder wie der eines gestrandeten Lachses.

Mit dem ersten Toten dieser Nacht legte sich der Bann der Schlacht auf Beobrand. Nach Wochen der Tatenlosigkeit und Taubheit nach Sunnivas Tod und den Ereignissen bei Dor ließ Beobrand sich bereitwillig vom Kampfeifer mitreißen. Der vertraute Rausch der Macht hüllte ihn ein wie ein warmer Mantel während eines Schneesturms, und er genoss das Gefühl.

Als er sich nach dem nächsten Gegner umblickte, musste er feststellen, dass er sein Versteck zu früh verlassen hatte. Die Nacht schien aus Schatten zu bestehen, die zwischen den Häusern tanzten. In dem Durcheinander war es kaum möglich, Freund und Feind voneinander zu unterscheiden. Doch im selben Augenblick sah Beobrand einen Mann, der vom Dorf dem neuen Saal auf dem Hügel entgegenlief. Er wollte ihn verfolgen, wusste jedoch sofort, dass er den flinken Pikten niemals einholen würde. Als sich ein Feuerschein auf die Gestalt des Mannes legte, erkannte Beobrand ihn sofort. Torran. Er war also tatsächlich gekommen, um Rache zu nehmen, so wie er es vor dem brennenden Saal seines Vaters geschworen hatte.

Mit lautem Gebrüll stürzte sich auf einmal ein weiterer Pikte, ein älterer Mann mit Vollbart, auf Beobrand. Er schwang ein Schwert mit breiter Klinge, das ihn als geachteten Krieger auswies. Mit einigen wenigen Schildstößen trieb er Beobrand etliche Schritte zurück. Beobrand spürte das Pochen in seinem rechten Bein und biss die Zähne zusammen. Als sein Gegner ein weiteres Mal auf ihn losstürmte, wich er zur Seite aus und ließ sich auf ein Knie fallen. Der Pikte wurde von seinem eigenen Schwung vorwärtsgetrieben, und Beobrand versetzte ihm einen heftigen Hieb gegen das Schienbein. Hruntings stählerne Klinge zerschmetterte Knochen und durchtrennte Sehnen. Der Mann taumelte noch einen Schritt weiter, ohne zu begreifen, dass ihm sein rechtes Bein vom Knie an abwärts nicht mehr gehorchte, bevor er zu Boden stürzte. Das Entsetzen in seinem Blick verriet, dass er nicht verstand, was gerade geschehen war. Dann setzte der Schmerz ein, und er wand sich schreiend auf dem Boden. Blut quoll aus dem Stumpf, wo vor wenigen Augenblicken noch sein Bein gewesen war. Beobrand ließ ihn nicht lange leiden. Mit einem einzigen Stich durchbohrte er das Herz des Kriegers und wandte sich sofort wieder Torran zu.

»Torran!«, brüllte er so laut, dass seine Stimme das Klirren der Schwerter übertönte. »Torran, du ziegenschändender Sohn einer aussätzigen Hure! Stell dich mir im Kampf!«

Torran blieb stehen und drehte sich um. Sein Gesicht glühte rot im Schein der Feuer. »Dein Leben gehört mir, Beobrand! Ich fordere dein Blut als Vergeltung für das meiner Angehörigen.«

Beobrand breitete die Arme aus. Der trocknende Lebenssaft seiner bisherigen beiden Opfer kühlte seine Haut. »Dann komm her, du Made. Komm her und stell dich. Hol dir alles Blut, das du bekommen kannst.«

Da ertönte links von Beobrand ein schriller Schmerzensschrei. Beobrand erkannte die Stimme sofort und drehte sich um. Auch Acennan war gezwungen, ohne Schild zu kämpfen, weil Broden ihm während der letzten Schlacht mit seiner beidhändig geführten Streitaxt die Schulter zerschmettert hatte. Er konnte den Arm immer noch nicht voll belasten, obwohl die Wunde gut verheilt war … zumindest bis jetzt. Ein stämmiger Pikte, die Augen vor Angst oder Wut aufgerissen, prügelte mit einer Keule auf Acennan ein. Gerade hatte er mit seinem mächtigen Knüppel einen weiteren Schultertreffer gelandet und Acennan dadurch in ernsthafte Schwierigkeiten gebracht. Als der Pikte seine Waffe erneut herumschwang, blockte Beobrands untersetzter Freund den Schlag geschickt ab, doch an seinen Bewegungen war zu erkennen, dass seine Schulter erneut Schaden genommen hatte.

Beobrand humpelte auf die beiden Kämpfer zu. Acennan wehrte sich tapfer, schaffte es aber nicht, den knüppelschwingenden Angreifer in Bedrängnis zu bringen. Einen Moment bevor Beobrand den Kerl mit seiner Klinge hätte erreichen können, spürte der Pikte die Gefahr. Er wirbelte herum und ließ seine Keule durch die Luft zischen. Beobrand wich einen Schritt zurück, sodass der Schlag wirkungslos verpuffte.

Acennan war zwar verletzt, aber ein tödlicher Krieger und immer noch flink auf den Beinen. Kaum war sein Gegner abgelenkt, ergriff er die Gelegenheit beim Schopf, machte einen Satz nach vorne und rammte dem Pikten sein Schwert tief in den Rücken. Der Mann erstarrte und blickte verwundert auf den blutverschmierten Stahl, der plötzlich aus seiner Brust herausragte. Er hob den Blick, sah Beobrand mit einem erstaunten »Oh« auf den Lippen an und fiel vornüber.

Acennan stieg über den Leichnam hinweg und nickte Beobrand dankbar zu. »Ein paar Wochen mehr Erholung hätten mir schon gutgetan«, sagte er grinsend.

»Hab dich nicht so. Als Nächstes wünschst du dir noch, dass sich unsere Angreifer gleich selbst umbringen«, gab Beobrand zurück. Jetzt, wo der Rausch der Schlacht ihn ergriffen hatte, spürte er seine Schmerzen kaum noch. Er wollte nur noch Blut sehen. Wollte töten. Vielleicht konnte das Blut ja seine Schmerzen abwaschen, so wie das Blut des Christus einen angeblich von allen Sünden reinwaschen konnte. Doch ringsum sanken immer mehr Pikten zu Boden. Der Kampf war so gut wie zu Ende.

Aber was war mit Torran? Beobrand suchte den dunklen Abhang mit Blicken nach Nathairs Sohn ab. Am östlichen Himmel dahinter war die Dämmerung jetzt deutlicher in Form von grauen Streifen zu erkennen. In einiger Entfernung blitzte etwas Weißes auf, und dort erblickte er jetzt auch den jungen Pikten. Gleichzeitig erkannte er, was das Weiße war – die Federn eines Pfeils. Schon einmal hatte

Torran ihn angeschossen. Dass er sehr gut mit Pfeil und Bogen umgehen konnte, hatte Beobrands Bein zu spüren bekommen. Auf diese Entfernung konnte er sein Ziel gar nicht verfehlen. Und weder Beobrand noch Acennan trugen einen schützenden Schild.

Beobrand fühlte sich ausgeliefert und sah sich um, doch das nächste Haus war zu weit entfernt, um dahinter in Deckung zu gehen, bevor Torran schießen konnte. Ob sein Kettenhemd ihn vor dem Pfeil schützen würde? Er hatte schon von Fällen gehört, wo die Eisenspitze durch die Kettenglieder in den Körper des Opfers eingedrungen war. Mit breitem Kreuz stellte er sich hin. Wenn er sich vor dem Bogenschützen schon nicht verstecken konnte, so konnte er zumindest dafür sorgen, dass diesem weniger Zeit zur Konzentration blieb. Weniger Zeit, um auf ihn zu zielen.

Mit steifen Beinen und schmerzender Wade stapfte Beobrand auf Torran zu. Acennan gesellte sich zu ihm.

»Hast wohl Schiss, dich mir im Kampf zu stellen, was? Pisst dir schon in die Hose bei der Vorstellung, einem echten Mann gegenüberzutreten!«

»Ich habe keine Angst vor dir, du sächsischer Abschaum!«, entgegnete Torran. Er ließ seine Waffe ein wenig sinken, legte einen Pfeil an die Sehne, hob den Bogen wieder und spannte ihn, alles in einer einzigen kraftvollen und fließenden Bewegung.

Einen Moment lang sah Beobrand den zuckenden Widerschein der Feuer auf dem glänzenden Eisen der Pfeilspitze. Torran zielte und hielt den Pfeil einen Augenblick lang fest.

Beobrand und Acennan waren immer noch zu weit entfernt, um ihn mit ihren Schwertern anzugreifen. Und mit jedem Schritt dem Pikten entgegen nahm die Chance ab, dass seine Pfeile sie verfehlten oder ihre Kettenhemden ihnen Schutz bieten würden.

»Wenn du wirklich keine Angst hast, dann leg dieses Spielzeug weg und stell dich mir mit einem Schwert oder einem Speer!«

Torran gab keine Antwort. Seine rechte Hand ließ die Sehne los, und der Pfeil zischte unbeirrt und auf geradem Weg Beobrand entgegen.

Im Dämmerlicht sah Beobrand etwas Weißes auf sich zukommen. Als einzige Reaktion schloss er die Augen und akzeptierte sein Schicksal.

Erst ertönte ein Knall, dann ein lautes Scheppern, doch Beobrand spürte nichts. Keinen stechenden Schmerz, während der Pfeil sich durch die Glieder seines Kettenhemdes und in sein Fleisch darunter bohrte.

Er schlug die Augen auf. Im Schatten des Hügels sah er etwas, das sein Geist nicht begreifen wollte. Vor ihm lag jemand auf dem Boden, Arme und Beine von sich gestreckt. Acennan? Nein, der untersetzte Krieger stand nach wie vor neben ihm. Dann erhob sich die Gestalt unter lautem Ächzen und ließ ein wildes Grinsen sehen. Zähne blitzten hell in der Dunkelheit. Es war Attor, der einen Schild in der linken Hand hielt. Aus dem mit Fell bezogenen Holz ragte der Pfeil hervor, der für Beobrand bestimmt gewesen war.

»Ich hatte das Gefühl, dass Ihr einen Retter gebrauchen könntet, Herr«, sagte Attor, und das Hochgefühl der Schlacht ließ seine Stimme schrill klingen.

Beobrand grinste ihn an und setzte seinen Weg den

Hügel hinauf fort. Torran würde bestimmt keine Zeit verschwenden.

Tatsächlich war der Pikte bereits dabei, den nächsten Pfeil einzulegen. Als er den Bogen spannte, jagte Attor an Beobrand und Acennan vorbei und ließ seinen Schild zu ihren Füßen fallen.

»Dieses Mal entkommst du mir nicht, du piktischer Schweinehund!«, brüllte er.

»Das glaube ich auch nicht«, ließ sich da eine weitere dröhnende Stimme vernehmen.

Torran zögerte. Die Stimme war von oberhalb des Hügels gekommen, der Sprecher konnte eigentlich nur unmittelbar hinter ihm stehen.

Beobrand warf Acennan einen verdutzten Blick zu, woraufhin sein Freund mit den Schultern zuckte. Der Sprecher, so viel war klar, war keiner von Beobrands Kampfgefährten.

Doch Attor ließ sich von dem Neuankömmling nicht aufhalten und stürmte weiter den Hang hinauf.

»Flieh oder stirb, kleiner Pikte«, sagte die Stimme.

Als Torran sich umdrehte, sah er, wie aus der Düsternis ein Riese auf ihn zustapfte. Vor der blassgrauen Dämmerung hob sich seine Silhouette so beeindruckend ab wie die eines Kriegers aus einer Legende. Er war groß und breitschultrig, und in seinem polierten Helm spiegelte sich das Licht der allmählich erlöschenden Feuer im Dorf. Der Buckel des Schildes an seiner Seite glänzte. Er zog sein Schwert und schwang es durch die Luft, als wäre es nicht schwerer als ein Zweig.

Attor hatte sich Torran währenddessen bis auf Schlagdistanz genähert und ließ einen blutrünstigen Schrei entweichen, während er sein tödliches Sachsmesser schwang, um dem Pikten den Leib aufzuschlitzen.

Auch der Riese hatte Torran gleich erreicht, aber Attor war schneller.

Im Nu traf der Pikte eine Entscheidung und spannte den Bogen erneut. Doch er hatte keine Zeit mehr, die Sehne ganz durchzuziehen, sodass der Schuss überhastet und ungenau geriet. Der Pfeil traf Attor an der Schulter; er strauchelte und wurde langsamer.

Der riesenhafte Krieger war hingegen nur noch wenige Schritte von Torran entfernt. Seine Klinge glühte rot im Feuerschein, aber Torran gestattete ihm nicht, seine Waffe zu benutzen. Vielmehr drehte sich der Pikte um und flüchtete ins Tal, das immer noch im Schatten lag.

»Bei Tyrs Eiern!«, brüllte Attor. »Ich werde dich töten, Torran! Du kannst dich nicht ewig verstecken!« Aus der Dunkelheit war keine Antwort zu hören. Nur ein Platschen verriet, dass Torran den Tuidi durchquerte.

Die Schlacht war vorüber. Etliche andere Pikten, die den Kampf überlebt hatten, verschwanden in der morgendlichen Dämmerung.

Attor packte den Schaft von Torrans Pfeil, biss die Zähne zusammen und zog ihn sich unter einem langen Stöhnen aus dem Fleisch.

Stille legte sich über das Tal.

»Gut gemacht, Attor«, sagte Beobrand. »Sieh zu, dass Ceawlin deine Wunde versorgt.«

Attor nickte, machte jedoch keine Anstalten zu gehen. Vielmehr wandte er sich dem riesenhaften Krieger zu, der auf sie zukam. Ein dichter Vollbart quoll unter seinem Helm hervor, seine Schultern schienen stark genug, um einen Ochsen zu tragen. Eine zweite Gestalt tauchte aus der Dunkelheit hinter ihm auf, etwas schmächtiger zwar, aber mit Schild, Speer und Helm zum Kampf bereit. Seite an Seite schritten die beiden Krieger den Hügel herab.

Attor baute sich schützend vor Beobrand auf, das Sachsmesser fest in der Hand.

»Du bist ein tapferer Mann«, sagte der Riese, »aber wenn du mich wirklich mit diesem winzigen Messer da aufhalten willst, solltest du dich besser darauf gefasst machen, Woden in seinem Totensaal gegenüberzutreten.«

Attors Zorn flammte auf. Seine Kampfeslust war noch lange nicht erloschen, und auch der sichere Tod würde ihn nicht davon abhalten loszustürmen.

Beobrand legte ihm eine Hand auf die Schulter. »Ganz ruhig, Attor.«

Dann ging er an seinem verwundeten Kämpfer vorbei den beiden Neuankömmlingen entgegen.

Attor und Acennan beobachteten ihn mit angehaltenem Atem. »Warte«, sagte Acennan und versuchte, Beobrand an seinem Mantel zurückzuhalten.

Doch Beobrand schüttelte seine Hand ab und setzte seinen Weg unbeirrt fort.

Zwei Schritte vor dem riesigen Krieger und seinem Gefährten blieb er stehen, bohrte Hrunting mit einer solchen Wucht in die weiche Erde, dass das Schwert vibrierte, und breitete die Arme aus.

Fassungslos sahen Acennan und Attor, wie der hünenhafte Krieger, der noch größer und muskulöser war als Beobrand selbst, mit einer schwungvollen Bewegung sein

Schwert in die Scheide zurückgleiten ließ und Beobrand umarmte.

»Ich hätte mir denken können, dass ich dich bei einem Kampf antreffe, Beobrand, Sohn des Grimgundi«, sagte er, und seine Stimme klang tief und so warm wie ein loderndes Kaminfeuer.

Kapitel 2

»Das ist guter Met«, dröhnte der riesige Krieger, der im Morgengrauen eingetroffen war. Dann ließ er das Horn, das er soeben geleert hatte, auf den Tisch krachen, schob die Sitzbank zurück und erhob sich. Auf dem Weg zur Tür strauchelte er und hätte um ein Haar das Gleichgewicht verloren.

»Gut und stark«, erwiderte Beobrand lächelnd. »Pass auf, alter Mann. Nicht, dass du noch hinfällst.«

»Wen nennst du hier alt?«, protestierte Bassus. Ruckartig drehte er sich zur Hohen Tafel um und hob die Arme, als wollte er sich zum Kampf bereit machen. Dabei schwankte er erneut und musste einen Arm ausstrecken, um sich an einem der Holzpfeiler im Saal festzuhalten. »Ich bin nicht alt.« Er schüttelte den Kopf, um den Nebel daraus zu vertreiben. »Betrunken, ja, aber nicht alt!« Nachdem er sich von dem Pfeiler abgestoßen hatte, torkelte er auf unsicheren Beinen zum Saal hinaus.

Das Gelächter der Männer – die meisten von ihnen ebenso betrunken wie Bassus – schallte durch den warmen, rauchgeschwängerten Raum. Sie alle kannten den einstigen Kampfgefährten König Edwins, den Anführer seiner Kriegerschar. Bassus und Beobrand hatten Schulter an Schulter in der Schlacht von Elmet gekämpft. Der ältere Recke war der Freund ihres Herrn und hatte sich im Kampf gegen die Pikten im Morgengrauen auf ihre Seite gestellt, also hießen sie ihn willkommen.

Reaghan zuckte zusammen, als sie das raue Lachen der Männer im Großen Saal vernahm. Sie waren guter Dinge. Froh, am Leben zu sein. Erfüllt von ihrem Sieg über die Pikten. Die Männer ebenso wie die Frauen. Sie alle badeten in der Jubelstimmung, die im Saal herrschte. Der Tag war warm, und es gab Essen und Trinken in Hülle und Fülle.

Und doch empfand Reaghan keinerlei Glücksgefühl. In der Stille der ausgehenden Nacht, als sie sich mit den anderen Frauen und den Kindern versteckt hatte, war sie voller Angst gewesen. Hatte darauf gewartet, dass der Lärm der Schlacht einsetzte. Dass Flammen in der Dunkelheit zuckten.

Beobrand, der am anderen Ende des Saales Platz genommen hatte, winkte sie zu sich. Mit gesenktem Kopf ging sie an den voll besetzten Tischen vorüber, spürte die Blicke der Männer auf sich. Sie wusste, was sie wollten. Was alle Männer wollten.

»Mehr Met, mein Herr?«, fragte sie Beobrand leise.

Lächelnd streckte er ihr seinen Becher entgegen.

Es war das erste Mal seit Sunnivas Tod, dass sie ihn lächeln sah. Nicht einmal wenn er seinen Sohn Octa anblickte, der noch ein Säugling war, ließ er eine Gefühlsregung erkennen, mit Ausnahme vielleicht von einem grüblerischen Unbehagen.

Reaghan schenkte ihm etwas von der bernsteinfarbenen Flüssigkeit ein und trat einen Schritt zurück. Die Angst der vergangenen Nacht klebte noch wie regennasse Wolle an ihr. Sie schauderte.

Das Kampfgebrüll, der Zusammenprall der Schilde und das Knistern der Feuer hatten sie in jene Nacht zurückversetzt, als sie von Torran und seinem Bruder verschleppt worden war. Seit ihrer Kindheit hatte sie sich nicht mehr so gefürchtet, seit jenem Herbsttag, als die Angeln über sie hergefallen waren und ihre gesamte Familie getötet hatten. Doch seither waren viele Jahre vergangen. Die Erinnerung hatte ihren Stachel längst verloren, die Steine waren vom Strom der Zeit glatt geschliffen worden. Die Entführung durch die Söhne Nathairs war hingegen noch nicht so lange her. Ihre Wunden waren noch frisch.

Sie hatten sie nicht besonders gut behandelt. Reaghan wusste, wie Krieger waren, sie war schließlich eine Sklavin. Erst war sie Fürst Ubbas Eigentum gewesen, bis dieser, zusammen mit seinen beiden Söhnen, im letzten Jahr in einer Schlacht den Tod gefunden hatte. Alle drei hatten sie bei ihr gelegen, hatten gekeucht und zugestoßen und in ihr langes schwarzes Haar gestöhnt. Trotzdem hatte sie niemals Angst verspürt, dass sie ihr ernsthaft wehtun würden. Vielmehr hatte sie sie bedauert. Und verachtet. Aber sie hatte nie geglaubt, dass sie ihr Böses wollten.

Doch die Pikten waren anders. Sie hatten sie geschlagen und geohrfeigt und ihren zarten Leib mit Faustschlägen traktiert. Da sie nicht stark genug war, um sich zu wehren, griff sie zu dem einzigen Mittel, das sie kannte. Bevor sie sie bewusstlos prügeln konnten, hob sie ihren Rock, machte die Beine breit und bot sich ihnen an. Von diesem Augenblick an hörten die Schläge auf.

Aber was folgte, war kaum besser gewesen. Die Erinnerung an jene Nacht drohte sie noch immer mit ihren schwarzen Schwingen zu umhüllen. Sie war ohnmächtig geworden, noch bevor die Männer mit ihr fertig waren.

Als sie geschunden und voller Schmerzen wieder zu sich kam, bestand die Nacht aus Feuer und tödlichem Entsetzen. Rauch quoll dick in den Saal, und die Männer um sie herum schrien aufgeregt. Sie dachte an ihr Heimatdorf, an ihre Hütte, die vor vielen Jahren in einer ähnlichen beißenden Rauchwolke vernichtet worden war. An die Schreie ihrer Mutter. Die Angeln, die Nachfahren der Krieger, die über die Straße der Wale gekommen waren, hatten ihre Familie getötet und sie selbst versklavt. Und doch waren es Pikten gewesen, Angehörige jenes Stammes, der sich seit Urzeiten die Insel Albion mit ihrem Volk teilte, die ihr Gewalt angetan hatten. Die sie getreten und geschlagen hatten. Zuvor hatte sie sich jahrelang ausgemalt, wie sie aus Ubbanford flüchten und ihrem Sklavenleben entkommen würde. Wie sie den verfluchten Angeln für immer den Rücken kehren und zu ihrem Volk im Westen zurückkehren würde.

Da bemerkte sie eine Bewegung im Saal. Aus ihren Tagträumen gerissen sah sie, wie Beobrand seinen Becher leerte und sich erhob. Er reckte den Kopf und sah sich suchend nach ihr um. Als er sie im Schatten entdeckt hatte, schenkte er ihr ein weiteres kurzes Lächeln, bevor er Bassus nach draußen folgte.

Sie blickte ihm nach. Sah sein langes blondes Haar. Seine geschmeidigen, entschlossenen Bewegungen, selbst jetzt, da der Alkohol ihn eigentlich schon träge hätte machen müssen.

Die Angeln waren eine Geißel für das ganze Land. Das hatte sie immer geglaubt. Stumpfsinnige Trottel, die sich alles, was sie begehrten, mit Gewalt nahmen. Sie besaßen weder Ehre noch Sinn für die Gepflogenheiten der Göttin Danu und ihrer Kinder; für Traditionen, die Reaghans Mutter ihr beigebracht hatte.

Ja, sie waren eine Plage. Sie hatten ihre Landsleute abgeschlachtet, sie selbst versklavt und nur benutzt. Und Beobrand war einer ihrer Recken. Ein Fürst.

Kurz bevor er in die Nachmittagssonne hinaustrat, wurde seine muskulöse Gestalt im Türrahmen zur strahlenden Silhouette. Reaghan schluckte, und ihr Mund fühlte sich schlagartig trocken an.

Eigentlich müsste sie ihn hassen, so wie sie Ubba und seine Söhne gehasst hatte. Sie errötete.

Doch als sie, eine Sklavin, aus Ubbanford verschleppt worden war, hatte Beobrand sie nicht im Stich gelassen. Inmitten der nächtlichen Feuersbrunst war sie im Piktensaal zu sich gekommen, allein und fest davon überzeugt zu sterben.

Das Nächste, woran sie sich erinnern konnte, war, dass sie auf seinem Pferd gesessen hatte und er, Beobrand, sie fest im Arm gehalten und über ihr Haar gestrichen hatte.

Ja, eigentlich müsste sie ihn hassen, aber ihr war klar, dass sie das niemals konnte. Denn als alles verloren schien, als sie keinen Ausweg mehr gesehen hatte, da war Beobrand gekommen, um sie zu retten.

* * *

»Dein Bruder Octa wäre stolz auf dich.« Bassus streckte die Beine aus und lehnte sich an den Stamm der Eiche. Von seinem Platz aus hatte er freie Sicht auf den neuen Saal, den

Beobrand hatte bauen lassen, sowie auf die Siedlung, die sich unter ihnen in die Flussbiegung schmiegte. »Ich lasse dich gerade mal ein Jahr alleine, und schon bist du ein Fürst, hast eigene Kampfgefährten und einen eigenen Saal.«

Beobrand suchte sich einen Flecken Gras im Schatten des Baumes und ließ sich stöhnend zu Boden sinken.

Bassus registrierte, dass er hauptsächlich das linke Bein belastete und das rechte nicht anwinkelte. Vermutlich eine frische Verletzung, dachte er. Beobrands linke Hand trug ebenfalls Spuren vergangener Schlachten. Der kleine Finger fehlte ganz, der daneben zur Hälfte. Außerdem prangte unter dem linken Auge eine unschöne Narbe. Bassus erinnerte sich daran, dass Beobrand mit einer gefährlichen Augenverletzung vom Schlachtfeld bei Elmet geflohen und schließlich von Mönchen gesund gepflegt worden war.

»Du musst unbedingt wieder den Umgang mit dem Schwert trainieren«, fuhr Bassus fort. »Du kannst dich kaum auf den Beinen halten, und die linke Hand ist schwach.«

»Ja, ich war im Kampf unvorsichtig«, erwiderte Beobrand. »Obwohl Hengist erheblich mehr verloren hat als ich.«

»Ich habe von der Schlacht bei Bebbanburg und davon gehört, dass du ihn dort getötet hast. Die Erzählung ist bis zu uns nach Cantware gedrungen. Dein Onkel war voller Stolz, als er von deinem Geschick im Umgang mit dem Schwert hörte.«

Beobrand hob ruckartig den Kopf. »Selwyn lebt?«

»So ist es. Er war zäh wie ein Bär, als ich ihn das letzte Mal gesehen habe.«

»Und ich war mir sicher, dass er längst tot ist«, erwiderte Beobrand. »Als ich Hithe verließ, hatte er das Fieber.«

Bassus ließ die Fingerknöchel knacken. »Nun, er lebt immer noch und ist wohlauf. Er war begierig darauf, von deinen Taten zu erfahren … und von denen deines Bruders.« Bassus schwieg, während er an jenen Augenblick zurückdachte, als er dem alten Krieger von Octas Tod und Beobrands Racheabsichten berichtet hatte. Stolz und Trauer waren eine mächtige Mischung.

»Was hast du ihm berichtet?«, wollte Beobrand wissen. Die Wirkung des Alkohols, der seine Zunge hatte schwer werden lassen, war fast vollständig verflogen.

»Die Wahrheit. Dass Octa ein großer Krieger war, er von einem Feigling getötet wurde und du entschlossen bist, seinen Tod zu rächen. Als mich die Nachrichten erreichten, dass Hengist sein Ende gefunden hat und du auch beim Tod von König Cadwallon zugegen warst, habe ich alles deinem Onkel berichtet.«

Beobrand fuhr sich mit den Fingern durch das Haar. Bassus betrachtete ihn von der Seite. Der junge Mann hatte sich gewaltig verändert. Ihre letzte Begegnung war etwas mehr als ein Jahr her, und seither war Beobrand zum Mann gereift. Seine Schultern waren jetzt breiter, seine Züge härter. Trotz seiner Unerfahrenheit hatte schon immer ein Kämpfer in ihm gesteckt. Er war geschickt im Umgang mit Waffen und der geborene Krieger. Die Ereignisse des vergangenen Jahres hatten ihn jeder Weichheit beraubt und den Krieger mit steinerner Miene aus ihm gemacht, der jetzt neben Bassus saß.

»Der fahrende Händler, der uns von Cadwallons Niederlage erzählt hat«, fuhr der alte Recke fort, »berichtete auch von einem jungen Kämpfer aus Cantware, der Cadwallon, den König der Waliser, Oswald, dem Herrscher über ganz Northumbria, zu Füßen gelegt hat.«

Beobrand rutschte unruhig hin und her, gab jedoch keine Antwort. Stattdessen starrte er über das breite Tal des Tuidi hinweg. Der Fluss glitzerte in der Sommersonne wie poliertes Gold. Schwalben sausten auf der Jagd nach unsichtbaren Insekten durch die Luft.

»Ich stelle fest, dass du immer noch kein Plappermaul bist«, lachte Bassus. »Dein neuer Herr hat dich ausgiebig belohnt, Beobrand. Du bist ein reicher Mann geworden.«

»Ich fühle mich aber nicht reich.«

»Du hast Krieger, die dir folgen. Du hast Land. Einen Saal. Sklaven. Und was ist aus diesem reizenden Mädchen geworden, der Tochter des Schmieds? Hast du sie zum Schluss auf dein Lager gelockt? War sie es nicht wert, bei ihr zu bleiben?«

Kaum hatte er die Sätze ausgesprochen, wusste Bassus, dass er sich auf dünnes Eis begeben hatte. Wann würde er wohl lernen, seinen Mund zu halten?

Beobrands Haltung versteifte sich, und er wandte sich von ihm ab. »Sie ist tot.« Seine Stimme war so leise, dass die Worte kaum zu verstehen waren.

»Das tut mir leid. Bei Frige, ich muss endlich lernen, meine Zunge im Zaum zu halten. Ich benehme mich wie ein altes Waschweib.«

Beide schwiegen eine Zeit lang. Durch die geöffneten Saaltore drangen Gesprächsfetzen und Gelächter zu ihnen. Von einem Hang im Süden ertönte das ferne Pfeifen eines Hirten. Die beiden Männer sahen zu, wie dessen Hund die Schafe Richtung Ubbanford trieb.

Als Beobrand endlich das Wort ergriff, zitterte seine Stimme wie ein Zweig im Winterwind. »Ich habe sie hier auf diesem Hügel verbrannt. Auf einem Scheiterhaufen, der einer Königin würdig war.«

»Wie ist sie gestorben?«

»Die Götter haben sie mir genommen. Sie haben mir einen Sohn geschenkt, aber mir die Frau geraubt.«

»Einen Sohn?«, platzte Bassus heraus. »Das wusste ich nicht.«

»Ich habe ihn Octa genannt.«

»Ein guter Name.« Bassus dachte an Beobrands älteren Bruder. Seinen eigenen Schwertbruder. Seinen Freund. »Ich hoffe, der kleine Octa wird eines Tages ein ebenso tapferer Mann, wie sein Namensgeber einer gewesen ist.«

Er hätte gerne noch mehr Fragen gestellt, noch mehr Antworten bekommen, doch eine tiefe Schwere hatte sich über die beiden Männer gelegt. Er schluckte hinunter, was er sagen wollte, und biss sich auf die Lippen.

Beobrand stand auf und zog eine Grimasse, als ihm der Schmerz in das verletzte Bein fuhr. Als er sich vor Bassus aufbaute, lag sein Gesicht im Schatten, aber die Sonne umgab seinen Haarschopf mit einem Lichtkranz.

»Aber genug von mir«, sagte er betont munter, um die Stimmung ein wenig zu heben. »Wie ist es dir und Gram ergangen? Und was bringt euch nach Bernicia? Reist ihr in Ethelburgas Auftrag? Was ist euer Ziel?«

»Ziel?«, gab Bassus zurück.

Beobrand glaubte zu verstehen. »Ihr könnt selbstverständlich so lange in meinem Saal bleiben, wie ihr wünscht«, erwiderte er. »Ich war lediglich neugierig.«

Lächelnd streckte Bassus ihm die Hand entgegen. Beobrand packte sie mit dem Kriegergriff und zog den alten Recken in die Senkrechte.

Bassus klopfte ihm auf die Schulter. »Ich habe kein Ziel mehr«, sagte er.

Beobrand sah ihn verwirrt an. »Aber wo wollt ihr denn hin?«

Bassus' Lächeln wurde breiter. »Nirgendwohin. Wir sind schon da.«

Beobrand runzelte die Stirn. »Ihr wolltet mich besuchen?«

»Wir wollten dich besuchen, ja. Aber nicht nur das. Wir wollen dir auch dienen.« Bassus war erleichtert, dass die dunkle Stimmung verflogen war. Fast wäre er angesichts von Beobrands verdutzter Miene in schallendes Gelächter ausgebrochen. »Aber natürlich nur«, fuhr er mit verschmitztem Lächeln fort, »wenn du in deiner Kriegerschar noch ein Plätzchen für einen alten Mann wie mich übrig hast.«

* * *

Gram, schlank, kräftig und selbstbewusst, sah Elmer mit gebleckten Zähnen an. Sie umkreisten einander mit erhobenen Schilden, jederzeit bereit zum Sprung. Ihre Kettenhemden und Helme blitzten in der Morgensonne, ganz im Gegensatz zu den Klingen ihrer Waffen, die mit Leder und Wolle umwickelt waren. Der Übungskampf war Bassus' Idee gewesen. Die Männer sollten so schnell wie möglich zu einer Gemeinschaft zusammenwachsen, wofür es nichts Besseres gab als einen zünftigen Kampf. Beobrands Gefährten hockten im Gras und feuerten die beiden Gegner an.

Die meisten waren auf Elmers Seite. Er war beliebt bei der wachsenden Kriegerschar und hatte mit ihnen gemeinsam schon so manche Schlacht geschlagen. Gram hingegen war ein Neuling und der Freund des hünenhaften Bassus. Ihr Herr hatte sich für die beiden verbürgt, die den anderen beim Trinken, Prahlen und Stellen von Rätseln in nichts nachstanden, dennoch waren sie Fremde. Sie mussten sich den Respekt der anderen Krieger erst noch verdienen, ebenso wie ihr Vertrauen.

»Komm schon, Gram!«, rief Bassus. »Du bewegst dich wie eine Ziege, die gerade von einem Bullen bestiegen wurde.«

Die Männer lachten. Eine gute Beleidigung war nie zu verachten. Auch Beobrand konnte sich ein Grinsen nicht verkneifen. Durch Bassus' Auftauchen hatte sich seine Stimmung zumindest ein wenig gebessert.

Maida, Elmers Gemahlin, bedachte Bassus mit einem wütenden Blick. Sie war von Kindern umringt. Das kleinste war Octa, Beobrands Sohn, den sie auf der Hüfte trug. »Hüte deine Zunge. Es sind schließlich auch Kinder hier«, fauchte sie ihn an. »Außerdem bist du selbst kaum besser als ein Bulle!«

»Schön, dass Ihr das bemerkt habt, Verehrteste.« Bassus grinste. »Viele Frauen durften das schon am eigenen Leib erfahren.«

Noch mehr polterndes Gelächter folgte, während die Falten auf Maidas Stirn tiefer wurden. Mit knallroten Wangen setzte sie zu einer Erwiderung an. Doch kein Laut kam über ihre Lippen, denn im selben Augenblick stieß Elmer einen lauten Schrei aus und ging zum Angriff über.

Er hatte breite Schultern, war gesund und kräftig und ließ seine Schläge auf Grams Schild niederprasseln. Das dumpfe Dröhnen der umwickelten Klinge auf dem Lindenholz und das angestrengte Stöhnen der Kämpfer gingen fast unter in den heiseren Anfeuerungsschreien der Männer. Auch Maida und die anderen Frauen trugen jetzt mit schrillen Stimmen ihren Teil zu dem Lärm bei.

Gram wich zurück. Er setzte seine Füße schnell und sicher, ohne sein Gleichgewicht zu verlieren. Elmer drängte ihn noch weiter. Seine Augen funkelten unter dem Helm, er konnte den Sieg bereits riechen. Sein Gegner war in der Defensive, seine Frau, seine Kinder und seine Freunde sahen zu.

Doch bald waren Elmers Hiebe mit Verzweiflung durchsetzt. Beobrand konnte es spüren. Sein Kampfgefährte machte sich immer noch Vorwürfe wegen Tobrytans Tod. Vor Kurzem hatte er die beiden als einzige Krieger in Ubbanford zurückgelassen, um das Dorf zu beschützen, und als Torran und Broden, die Söhne Nathairs, die Siedlung angegriffen hatten, hatte einer von Torrans Pfeilen Tobrytans Hals durchbohrt und den Kameraden tödlich verletzt.

Erneut stieß Elmer einen wilden Schrei aus, während er auf Grams Schild eindrosch. Doch nun lag Frustration in seiner Stimme. Elmer wollte sich vor seinen Gefährten und seinem Herrn als Kämpfer beweisen, doch der Neue wehrte jeden seiner Schläge ab. Er fand einfach keine Lücke.

Und dann geschah ohne Vorwarnung das, was Beobrand erwartet hatte. Urplötzlich wich Gram nicht mehr zurück, sondern blockte stattdessen mit der Kante seines Schildes einen kraftvollen, auf seinen Kopf gezielten Hieb ab. Gleichzeitig ließ er die rechte Schulter nach unten sacken und stieß seine Schwertspitze unter Elmers Schild hindurch in dessen Lenden.

Wie ein einziger Mann verzogen die zuschauenden Krieger das Gesicht. Mit einer ungeschützten Klinge wäre der Stoß tödlich gewesen. Wer so getroffen wurde, verblutete wie ein im Blotmonath geopfertes Schwein. Und selbst jetzt litt Elmer mit Sicherheit heftige Schmerzen. Die Klingen waren schwer, und Gram hatte nicht gerade sanft zugestoßen.

Dieser sprang jetzt zurück, tänzelte auf den Fußballen und machte sich auf Elmers Gegenangriff gefasst. Doch das war unnötig. Kurz sah es zwar so aus, als wollte Elmer sich auf ihn stürzen, aber dann erbleichte er und sackte zu Boden, die Hände zwischen seine Beine geklemmt. Maida eilte zu ihm, wurde jedoch wütend von ihm weggescheucht.

»Gut gemacht, Gram«, sagte Beobrand, als er in den Kampfring hinkte, den die Männer mit Seilen abgesperrt hatten. Sein Bein schmerzte, genau wie sein rechter großer Zeh. Er sah zum Himmel hinauf, über den jedoch nur weiße Wolkenfetzen zogen. Normalerweise kündigte sein schmerzender Zeh Regen an. Er musterte Elmer, der immer noch um Atem rang. Beobrand wäre es lieber gewesen, Gram hätte ihn nicht besiegt. Elmer war ein guter Mann. Tapfer und aufrichtig. Aber jetzt war sein Selbstbewusstsein angeschlagen.

Lächelnd streckte er ihm die Hand entgegen. »Steh auf, Elmer, Sohn des Eldrid.«

Elmer griff zu und ließ sich von seinem Herrn auf die Füße ziehen.

»Du hast dich gut geschlagen.« Beobrand klopfte ihm auf den Rücken. »Gram hatte keine andere Wahl, als sich ein großes Ziel zu suchen. Vielleicht sollten wir dich von nun an Elmer der Stier nennen.«

Die Männer ließen zustimmendes Gebrüll hören, und Elmer errötete. Mit einem dümmlichen Grinsen auf den Lippen suchte er Maidas Blick.

»Wer ist als Nächstes an der Reihe?«, fragte Beobrand in die Runde. Alle, die nicht verletzt waren, hatten vorher Lose gezogen.

Jetzt stiegen Aethelwulf und Garr über die Seile in den Ring. Aethelwulf, der deutlich kleiner war als sein Gegenüber, ließ den Kopf kreisen, um seine Nackenmuskeln zu lockern. Garr, groß gewachsen und hager, reckte die Arme in die Höhe und beugte sich anschließend vornüber, bis seine Fingerspitzen seine Zehen berührten. Schließlich machte er noch ein paar hohe Sprünge auf der Stelle.

Aethelwulf wirkte unbeeindruckt. »Hör auf, wie ein Floh herumzuhüpfen, und kämpfe lieber wie ein Mann.«

Beobrand kehrte zu seinem Stuhl zurück, der zwischen Acennan und Bassus auf ihn wartete. Er nickte Rowena zu, der einstigen Herrin von Ubbanford. Nachdem ihr Gemahl in der Schlacht den Tod gefunden hatte, hatte König Oswald Beobrand die Siedlung und das sie umgebende Land zum Geschenk gemacht. Jetzt hatte Rowena zusammen mit ihrer Tochter Edlyn im Schatten der Eiche Platz genommen. Als Garr und Aethelwulf den Kampf aufnahmen, wurden die Augen des jungen Mädchens groß.

Beobrand wandte sich ab. Auch Sunniva hatte gern unter dieser Eiche gesessen und von dort aus die Bauarbeiten am neuen Saal verfolgt. Er schluckte den dicken Kloß in seiner Kehle hinunter. Er wollte nicht an sie denken, es war zu schmerzhaft. Und doch war sie allgegenwärtig. Der Große Saal, majestätisch und prachtvoll, war ihre Idee gewesen. Die überbordende Zahl an Ziernägeln und die extravaganten Türangeln an den Toren waren ihr Werk. Sunniva hatte sie selbst mit ihren kleinen, aber kräftigen und geschickten Händen geschmiedet.

Das Geschrei seiner Männer holte Beobrand aus seinen Gedanken. Aethelwulf hatte einen mächtigen Schlag auf Garrs Helm gelandet. Der große Krieger taumelte, als wäre er betrunken. Der Schild hing kraftlos an seiner Seite, und er hatte Mühe, sein Schwert zu heben. Aethelwulf, der seinen Gegner keinesfalls beschämen wollte, trat mit schnellen Schritten zu ihm und nahm ihm das Schwert aus der Hand.

»Na, komm, Garr«, sagte er. »Diese ganze Hüpferei davor hat dich wahrscheinlich müde gemacht. Besorgen wir uns einen Becher Met.«

Die Zuschauer applaudierten.

Als Nächster trat Ceawlin in den Ring. Er hatte ein flaches, mürrisches Gesicht und trug sein dünner werdendes rotblondes Haar zu einem Zopf geflochten. Er nahm Aethelwulf das Schwert und den Helm ab. Die beiden waren gute Freunde und einander wie Brüder zugetan.

Gleichzeitig stemmte sich Bassus, der neben Beobrand saß, auf die Füße. Allein sein Körperbau war furchteinflößend, und Beobrand wusste, dass sein Können und seine Cleverness dem in nichts nachstanden. »Es ist noch nicht zu spät zum Weglaufen, kleiner Mann«, sagte Bassus.

Ceawlin erwiderte etwas, das Beobrand nicht verstand. Etliche der Männer, die dichter am Kampfring saßen, kicherten.

Da bemerkte Beobrand eine Bewegung nahe dem Saal. Sklaven und Bedienstete stellten Essen und Trinken bereit. Bauschende Röcke und der Schwung langer dunkler Haare fesselten seine Aufmerksamkeit, obwohl er den Jubel seiner Männer angesichts des Wortgefechts der Krieger hörte.

Reaghan.

Als sie in seine Richtung sah, begegneten sich für einen Moment ihre Blicke. Hastig wandte sie sich ab.

Schild krachte auf Schild, dann ertönte ein Schmerzensschrei. Noch immer betrachtete Beobrand unverwandt die zierliche Waliserin.

»Bei allen Göttern, Mann«, sagte Acennan. »Du machst wirklich lieber einer Sklavin schöne Augen, als einem zünftigen Kampf zuzusehen. Als Nächstes gesellst du dich noch zu den Mönchen auf Lindisfarena und verlegst dich ganz auf das Gebet und die innere Einkehr, was?«

Beobrand gab sich einen Ruck und riss sich von Reaghans Anblick los. Er empfand nicht das für sie, was er für Sunniva gefühlt hatte, und doch musste er jedes Mal, wenn er sie sah, daran denken, wie sich ihr zitternder Körper unter seinen Händen angefühlt hatte. Wie ihr Haar roch. Als sie von den Pikten geraubt worden war, hatte er nur noch daran denken können, sie zu befreien. Und jetzt, da sie in Sicherheit war, schlich sie sich immer öfter in seine Gedanken.

Er schüttelte den Kopf und lächelte Acennan an. Es war klar, dass sein Freund noch mehr sagen wollte – vermutlich lag ihm eine weitere scherzhafte Bemerkung auf der

Zunge –, doch dann schloss er den Mund und wandte sich wieder den beiden Kontrahenten des gerade begonnenen Kampfes zu. Die Ereignisse der vergangenen Monate hatten viele Narben auf Beobrands Seele hinterlassen, und Acennan war ihm gegenüber immer noch sehr vorsichtig. Er wollte auf keinen Fall den Schorf von den noch verheilenden Wunden reißen.

Unvermittelt stießen die Männer einen Freudenschrei aus. Ceawlin hatte erheblich unter Druck gestanden und Bassus' kraftvolle Hiebe nur unter Aufbietung seiner ganzen Schwertkünste abwehren können. Aber eine Siegchance hatte er nie gehabt. Bassus war einfach zu stark, seine Reichweite zu groß. Und er war ebenso flink wie stattlich. Doch als es gerade so aussah, als würde Ceawlin endgültig zu Boden gehen, strauchelte der Hüne Bassus und landete, alle viere von sich gestreckt, im schon bräunlichen Sommergras. Aethelwulf pirschte sich von hinten an ihn heran und ließ sich auf Knie und Hände nieder. Ceawlin nutzte die Gelegenheit und rammte seinen Schild auf den seines Gegners, Buckel auf Buckel. Dann bedurfte es nur mehr eines letzten kräftigen Stoßes, und Bassus stolperte rückwärts über Aethelwulf.

Beobrands Kampfgefährten lachten und klopften sich gegenseitig auf den Rücken. Ein einfacher, aber wirkungsvoller Trick. Außerdem freuten sie sich, den Hünen am Boden zu sehen.

Von einem wutentbrannten Schrei begleitet sprang Bassus auf. »Ihr Hurensöhne!«, brüllte er und ließ seine gepolsterte Klinge kreisen. »Das war nicht fair!«

Beobrand erhob seine Stimme, um den Tumult zu übertönen. »Ganz ruhig, Bassus. Du sprichst die Wahrheit. Es war ein unfairer Kampf.«

Der Lärm verstummte, und die Männer starrten ihren Herrn an.

»Unfair«, wiederholte Beobrand, »aber Ceawlin hat nur das getan, was du mir immer wieder eingebläut hast, Bassus.«

Das Gesicht des Hünen war gerötet und schweißbedeckt, sein Mund abschätzig verzogen. »Und das wäre?«

»Zu siegen.«

Kapitel 3

Beobrand wusste nur zu gut, was der Gestank in dem kleinen Zimmer zu bedeuten hatte. Am liebsten hätte er die Flucht ergriffen. Der Übelkeit erregende Fäulnisgeruch legte sich auf seinen Gaumen. Der Gestank war kaum zu ertragen. So lange wie nur möglich hatte er sich davon ferngehalten. Er wollte nicht Zeuge dessen werden, was sich unweigerlich ankündigte, und fand zahlreiche Aufgaben, um sich abzulenken.

So erforderten Zwistigkeiten zwischen ein paar Bauern seine ungeteilte Aufmerksamkeit. Wem gehörte dieses Schaf? Wer hatte jenen Laib Brot gestohlen? Er musste sich mit diesen Fragen beschäftigen. Schließlich war er der Fürst von Ubbanford, und es war seine Pflicht, sich um seine Untertanen zu kümmern.

Aber er hatte auch noch eine andere Aufgabe. Er musste seine Leute beschützen und sie belohnen. War Lehnsherr. Oberhaupt. Fürst.

Er verteilte Geschenke, und im Gegenzug schenkten die Kampfgefährten ihm ihre unverbrüchliche Treue. Ihren Eid. Das Band zwischen ihnen war so stark wie Eisen.

Aber selbst Eisen konnte zerbrechen, konnte rosten und zu Staub zerfallen.

Zwei Tage nach den Übungskämpfen auf dem Hügel

hatte Acennan ihn im Saal ausfindig gemacht. »Komm schnell, Beobrand!«

Beobrand hob ruckartig den Kopf. Eben noch hatte er in die Glut des Kaminfeuers gestarrt und sich in Erinnerungen an Flammen und den Tod verloren. An Höhlen und gegen ihn ausgestoßene Flüche. Er griff nach seinem Metbecher und stellte fest, dass er leer war.

»Ich soll also kommen, was?«, lallte er.

Acennan seufzte und baute sich in seiner gesamten Größe vor ihm auf.

Obwohl Beobrands Sinne vom Alkohol betäubt waren, sah er, dass sein Freund sich zum Kampf bereit machte. Beobrand holte tief Luft. Zu oft schon hatte Acennan einen hohen Preis für den Jähzorn seines Herrn bezahlt. Aber Acennan trug keine Schuld für seine Stimmung. Beobrand durfte seinen Zorn nicht gegen ihn richten.

»Wie steht es um ihn?«, erkundigte er sich daher in sanfterem Tonfall.

Acennan entspannte sich sichtlich. »Schlimm.«

Mehr hatte er nicht sagen müssen. Beobrand war Herr über Land und Leute. Er befehligte Männer, die bereit waren, für ihn im Schildwall zu kämpfen. Für ihn zu töten. Und für ihn zu sterben.

Im Verlauf der vergangenen Monate hatte Beobrand so viel vom Tod gesehen, dass er gehofft hatte, wenigstens eine Zeit lang von ihm verschont zu bleiben. Doch sein Schicksal hatte offensichtlich etwas dagegen. Es schien, als bestünde es darin, die Menschen in seiner Umgebung dahinschwinden zu sehen.

Beobrand wappnete sich innerlich, als er jetzt zur Pritsche in dem abgedunkelten Zimmer trat. Eine Gestalt, die sich gerade noch über das Krankenlager gebeugt hatte, richtete sich auf und schlurfte auf ihn zu. Das war Odelyna, die alte Heilerin, die vergeblich versucht hatte, Sunnivas Leben zu retten.

»Das Elfenfieber, Herr«, flüsterte sie. Ihr Atem fügte dem Pesthauch im Raum eine weitere unangenehme Note hinzu. »Die Fäulnis ist schon in die Wunde eingedrungen.«

Für einen kurzen Moment verspürte Beobrand das schreckliche Bedürfnis, die Frau zu schlagen. Sie stand für Krankheit und Tod, überbrachte ihm fast ausschließlich Botschaften des Verderbens.

Doch sie hatte auch geholfen, seinen Sohn zur Welt zu bringen. Den Säugling, der seine eigene Mutter getötet hatte.

Beobrand ballte die Fäuste. »Lass uns allein«, herrschte er Odelyna mit kalter, harter Stimme an.

Acennan scheuchte die Alte fort, während Beobrand seinen Blick auf das Lager senkte.

Ein Schweißfilm lag auf Attors Gesicht, das so bleich war, dass man glauben konnte, er wäre bereits aus dem Leben geschieden.

Beobrand schloss die Augen und stieß einen Seufzer aus. Attors Schulterwunde von Torrans Pfeil war nicht tief gewesen, aber kurz nach der Attacke im Morgengrauen war das Fleisch darum herum angeschwollen, hatte sich stark gerötet und entzündet. Und jetzt würde Attor sterben. Noch ein Tod, der nach Vergeltung schrie. Noch ein Freund, der diese Erde verlassen musste.

Als Beobrand die Augen wieder aufschlug, starrte Attor

ihn an. Seine Augen leuchteten in der Düsternis wie mondbeschienene Teiche.

»Seid nicht traurig, mein Fürst«, sagte Attor. »Der Pfeil des Pikten galt Euch.«

Beobrand verzog das Gesicht. »Das weiß ich, Attor. Und ich will nicht, dass du sterben musst, weil du mir das Leben gerettet hast. Der Preis ist zu hoch.«

Attors Lächeln war schmal. »Ich habe Euch meinen Eid geleistet, und Ihr seid mir ein guter Herr gewesen. Wie sollte es anders sein?« Der Krieger stoppte kurz, biss die Zähne zusammen und hielt den Atem an, während eine Woge des Schmerzes über ihn hinwegbrandete. »Ich hätte es nicht anders gewollt. Wie hätte ich als Euer Kampfgefährte mit der Scham leben können, diesen Pfeil nicht aufgehalten zu haben?«

Beobrand dachte an den Angriff am frühen Morgen zurück. Er hatte sein Kettenhemd zum Schutz getragen, Attor nur seinen Schild. Möglicherweise hätte der Pfeil ihn gar nicht verletzt, hätte er denn sein Ziel getroffen. Doch das würden sie niemals erfahren.

»Denkt nicht daran, was hätte sein können«, sagte Attor nun, als hätte er die Gedanken seines Herrn gelesen. »Mein Lebensfaden ist von den Schicksalsgöttinnen längst gesponnen.«

Beobrand begegnete Attors fiebrigem Blick und nickte langsam und mit fest zusammengepressten Zähnen. Bassus sagte immer, dass man keine Zeit mit Dingen vergeuden sollte, über die man keine Macht hat. Scand, der Beobrand ein vorzüglicher Herr gewesen war, hatte sich auf ganz ähnliche Art geäußert. Beobrand wusste also, dass er sich nicht mit der Vergangenheit aufhalten sollte, mit den Dingen, die niemand mehr ändern konnte. Er wusste das, aber er war nicht in der Lage, auch so zu handeln.

»Du warst der beste Krieger, den ich mir wünschen konnte. Treu und tapfer.« Er schluckte hart. »Wir werden die Erinnerung an dich in Ehren halten. Und ich werde dich rächen.«

Tränen standen in Attors Augen.

Beobrand streckte ihm die Hand entgegen, und Attor umfasste Beobrands Unterarm fest mit dem Kriegergriff. Seine Hand war heiß und feucht.

Die Stille wurde von drei kurzen Tönen aus einem Horn unterbrochen, die aus dem Tal zu ihnen drangen.

Beobrand drückte Attors Handgelenk ein letztes Mal, bevor er sich Acennan zuwandte. »Schnell. Lass uns nachsehen, wer Ubbanford diesmal einen Besuch abstattet. Wenn es die Pikten sind, werden sie ihr Auftauchen mit ihrem Blut bezahlen.«

Sie huschten nach draußen in die Sonne. Das wilde Grinsen, das sich bei den Worten seines Fürsten auf Attors Lippen gelegt hatte, sahen sie nicht mehr.

* * *

»Wer seid ihr, und was wollt ihr?« Beobrands Stimme klang unfreundlich. Er hatte keine Lust, für diese durchnässten Männer den Gastgeber zu spielen. Natürlich war ihm klar, wer sie waren, schließlich trugen sie die Talare der Christusnachfolger. Aber noch nie zuvor hatte er so viele Mönche auf einmal außerhalb eines Klosters gesehen.

Es waren insgesamt dreizehn an der Zahl. Einer von

ihnen, ein mageres Bürschchen, schien nass bis auf die Knochen zu sein. Zitternd stand er am steinigen Flussufer, während sein Talar an seinem knochigen Körper klebte. Etliche der anderen trieften ebenfalls, waren jedoch bei Weitem nicht in einem solch erbärmlichen Zustand wie der Junge.

Elmer, der in das Horn gestoßen hatte, trat zu Beobrand. »Sie sind einfach zwischen den Bäumen aufgetaucht und haben die Furt durchquert. Bevor ich am Ufer war, ist der Kleine da ausgerutscht und flink wie ein Otter im Wasser verschwunden. Er hat Glück gehabt, dass der Dicke da ihn so schnell gepackt hat.« Er zeigte auf einen der Mönche. Er war groß und kräftig gebaut und wirkte wie ein Krieger im Talar, nicht wie ein frommer Mann.

Beobrand erkannte ihn sofort. »Biorach!«, sagte er und musste unwillkürlich lächeln. Der Mönch hatte sie damals mit einem Boot auf die Insel Muile zur Höhle von Nelda der Hexe gebracht. Doch Beobrand wollte an jene finsteren Stunden nicht erinnert werden, seine Gedanken waren ohnehin schon düster genug. Er schob die aufsteigenden Bilder beiseite und trat mit ausgebreiteten Armen auf den Mönch zu. »Du bist mir in meinem Saal herzlich willkommen. Was bringt dich und deine Brüder hierher?«

Der Mönch strahlte vor Freude über das Wiedersehen. »Meine Brüder und ich begleiten den Heiligen Abt Aidan.« Er zeigte auf einen Mann mittleren Alters. Wie alle Mönche hatte er sich die Vorderseite seines Schädels kahl rasiert, sodass seine bereits ergrauenden Haare nur hinter den Ohren hinabhingen. Er trug einen Vollbart und hatte freundliche dunkle Augen.

Da er der Anführer der Gruppe zu sein schien, richtete

Beobrand das Wort an ihn. »Wohin des Wegs?«, wollte er wissen.

Aidan begegnete seinem Blick und nickte sanft, gab jedoch keine Antwort.

Beobrand schüttelte verständnislos den Kopf, dann sagte Biorach etwas in der singenden Sprache der Hibernier, woraufhin Aidan etwas erwiderte.

»Vater Aidan ist der Sprache der Angeln noch unkundig«, erklärte Biorach. Dann sagte Aidan noch einmal etwas, und der Mönch nickte. »Aber er ist begierig, sie zu lernen. Wir sind auf dem Weg nach Lindisfarena und würden uns sehr freuen, heute Nacht Eure Gastfreundschaft in Anspruch nehmen zu dürfen. Unsere Körper sind erschöpft und unsere Füße wund. Zudem fürchte ich, dass der junge Conant erfriert, wenn wir ihn nicht bald ins Trockene bringen.«

»Ihr habt den ganzen Weg von der Insel Hii zu Fuß zurückgelegt?«, fragte Beobrand überrascht. Er hatte die Strecke auf dem Rücken eines Pferdes bewältigt. Die Anstrengung zu Fuß konnte er sich nicht vorstellen. Die Reise war weit und gefährlich.

»So ist es. Der Abt reitet nicht gerne, und auf diese Weise sind wir Gottes Land und Seinem Volk erheblich näher.«

Beobrand konnte es immer noch kaum glauben, dass sie die gesamte Insel Albion von Küste zu Küste zu Fuß durchquert hatten, noch dazu ohne den Schutz einer sie begleitenden Kriegerschar.

Plötzlich nieste der junge Conant und begann, unkontrolliert zu zittern.

Beobrand wollte nur ungern seine Zeit den Christusmännern opfern, aber sie waren Reisende, die eine Unterkunft benötigten, und hatten ihn ebenfalls beherbergt, als er sich im vergangenen Winter auf ihrer heiligen Insel aufgehalten hatte.

»Folgt mir«, sagte er daher. »In meinem Kamin brennt ein Feuer, und ich werde euch Speis und Trank bringen lassen.« Er drehte sich um und ging voraus, seinem neuen Saal auf dem Hügel entgegen.

* * *

Reaghan fühlte sich nicht wohl. Ungewohntes vielstimmiges Geplapper in ihrer Muttersprache umgab sie und weckte Erinnerungen. Die durch den Saal hallenden Worte beschworen das verschwommene Bild einer kleinen Strohpuppe herauf, die ihr Vater für sie gefertigt hatte. Doch bald schon wurden diese bittersüßen Bilder ihrer Kindheit von aktuelleren verdrängt. Sie schloss für einen Moment die Augen und hatte wieder die heiseren Stimmen ihrer Entführer in Nathairs Saal im Ohr.

»Was machst du da, Reaghan?« Die Frage, so scharf wie eine schartige Klinge, holte sie in die Gegenwart zurück. Sie öffnete die Augen.

»Siehst du nicht, dass die Männer auf ihr Bier warten?«, fuhr die Stimme fort.

Reaghan drehte sich um und sah Edlyn vor sich stehen. Das Mädchen war etliche Jahre jünger als Reaghan. Früher einmal hatten sie sich nahegestanden, doch das war eine Weile her. Vom Winde verweht, zusammen mit der Asche von Sunnivas Scheiterhaufen und von Nathairs abgebranntem Saal. Einst hatte Edlyn zu Reaghan aufgesehen. Sie hatten zusammen gespielt, wenn Reaghan von ihren Pflichten entbunden worden war. Eine Zeit lang waren sie wie Schwestern gewesen. Doch mit Sunnivas Ankunft veränderte sich ihre Beziehung. In Sunniva fand Edlyn ein neues Objekt für ihre Zuneigung. Sunniva war wunderschön, liebevoll und die Gattin eines Fürsten. Vor allem aber war sie keine Sklavin und gehörte zu Edlyns Volk.

Solange Sunniva lebte, ignorierte Edlyn Reaghan lediglich, wo sie zuvor ihre Nähe gesucht hatte. Doch als Beobrand nach dem Tod der Fürstin Interesse an Reaghan zeigte, schlug Edlyns Ignoranz in Hass um. Als würde sie Reaghan die Schuld an Sunnivas Tod geben. Je mehr Aufmerksamkeit Beobrand ihr schenkte, desto schlechter behandelte Edlyn sie. Doch das Schlimmste war, dass die anderen Frauen sich ein Beispiel an Edlyns Verhalten zu nehmen schienen. Auch Rowena, die Mutter ihrer einstigen Freundin, verhielt sich ausgesprochen unfreundlich Reaghan gegenüber und hatte sie sogar geschlagen, nur weil sie ein frisch gewaschenes Kleid hatte fallen lassen. Zum ersten Mal hatte sie Gewalt angewendet. Und sogar die anderen Sklavinnen und Bauersfrauen in Ubbanford zeigten Reaghan mittlerweile die kalte Schulter.

Dabei hatte sie nichts mit Sunnivas Tod zu tun. Und Beobrand daran hindern, dass er sie zu sich in seine Schlafkammer holte, konnte sie auch nicht. Er war der Fürst von Ubbanford und sie eine Sklavin, sie hätte keine Wahl gehabt. Das alles war sehr verwirrend und ungerecht.

Doch an Ungerechtigkeiten war sie gewöhnt. Das Leben war schon seit vielen Jahren ungerecht zu ihr.

Ihre momentane Verwirrung hatte jedoch nicht nur damit zu tun, wie sie von anderen behandelt wurde, sondern auch mit ihren eigenen Gefühlen. Sie warf Beobrand, der an der Hohen Tafel saß, einen Blick zu. Gerade beugte er sich nach vorn, um eine Bemerkung Acennans besser verstehen zu können. Die beiden hatten ernste Mienen aufgesetzt. Eigentlich waren alle Krieger düsterer Stimmung.

Beobrand schien zu spüren, dass sie ihn beobachtete, denn er hob den Kopf und sah sie an. Der Anblick seiner eisblauen Augen jagte ein leises Zittern ihren Rücken hinunter. Sie musste an sein Gewicht auf ihrem Körper denken. Daran, wie er sie genommen hatte, sanft und wild zugleich. Ganz anders als die anderen Männer, bei denen sie gelegen hatte. Wärme breitete sich in ihrem Inneren aus. Ja, ganz anders.

»Welcher Geist hat dir bloß die Sinne geraubt?«, brüllte ihr Edlyn da ins Ohr. »Zwing mich nicht, dich vor den Gästen mit der Gerte zu schlagen.«

Sofort senkte Reaghan den Blick und hastete zu den Tischen, um die Mönche und die Krieger zu bedienen.

* * *

Beobrand war ruhelos. Er sah, wie Reaghan Becher und Trinkhörner mit Bier füllte, und griff nach seinem eigenen Becher. Am liebsten hätte er den Saal verlassen, hätte den Trubel hinter sich gelassen und wäre irgendwohin gegangen. Zum Fluss vielleicht. Er mochte es dort. Gut möglich, dass der Reiher wieder an der üblichen Stelle hockte. Beobrand saß gerne einfach nur da und beobachtete ihn. Der Vogel war so still. Wirkte konzentriert. Er hätte Reaghan mitnehmen können. Sie war eine angenehme Gesellschaft, redete nur wenig und beklagte sich nie. Er schnaubte. Wie dumm konnte er nur sein? Sie war eine Sklavin – natürlich beklagte sie sich nicht.

»Aidan möchte wissen, wie es deinem Bein geht.« Acennan, der mit den Söhnen Æthelfrith' viele Jahre im Exil verbracht und dort die Sprache der Hibernier gelernt hatte, gab den Übersetzer für den Abt, der auf Beobrands linker Seite Platz genommen hatte.

»Meinem Bein?« Beobrand hatte den heiligen Mann fast vergessen gehabt. Attors bevorstehender Tod belastete ihn. Ihm war klar, dass er unter diesen Bedingungen ein schlechter Gastgeber war, aber in dieser Situation konnte er sich diesen Christusnachfolgern und ihrem sanften Gott einfach nicht angemessen widmen.

»Er hat dein Hinken bemerkt, als du den Hügel hinaufgegangen bist.«

»Ach so. Sag ihm, dass ich mir bei einem Kampf mit den Nachbarn eine Verletzung zugezogen habe. Aber sie verheilt gut.«

Acennan sagte etwas zu Aidan, und dieser nickte und lächelte, bevor er ein paar Worte erwiderte.

»Der Abt möchte wissen, warum du so traurig bist. Ob einer deiner Angehörigen verstorben ist.« Acennan verzog das Gesicht.

Beobrand blieb lange Zeit stumm. War seine Niedergeschlagenheit so offensichtlich? Anscheinend. Aber er würde mit diesem Fremden nicht über seine Verluste reden. Über seinen Schmerz in der Zeit, bis er Sunniva getroffen hatte, und über den, nachdem sie ihm wieder genommen worden war. Der Abt hätte garantiert etwas vom Willen seines Gottes oder dergleichen Unsinn von sich gegeben, und dann hätte sich Beobrand womöglich nicht länger beherrschen können. Und einen Angriff auf den neuen Bischof hätte König Oswald ihm vermutlich nicht verziehen.

»Sag ihm, dass wir um einen tapferen Krieger trauern, der dem Wundbrand erliegen wird.«

Aidan hörte aufmerksam zu, dann sprang er mit der Energie eines deutlich jüngeren Mannes auf.

»Wohin will er denn?«, wunderte sich Beobrand. Er hatte bereits so viel getrunken, dass seine Worte undeutlich klangen.

»Er möchte Attor sehen«, sagte Acennan, der sich ebenfalls erhoben hatte. »Er will für ihn beten.«

Aidan stieß eine schnelle Wortfolge hervor.

»Er sagt, wir haben keine Zeit zu verlieren. Wir sollen ihn sofort zu ihm bringen.«

Beobrand seufzte und stand auf. Wieder machte sich das Pochen in seinem verletzten Bein bemerkbar. »Müssen wir Attor denn unbedingt aus seiner wohlverdienten Ruhe reißen?«

Doch Aidan hatte sich bereits mit langen Schritten in Bewegung gesetzt. Acennan konnte ihm nur mit Mühe folgen. Die Mönche und Krieger verstummten, als der Abt den Saal verließ.

Beobrand verspürte kein Bedürfnis, erneut die stinkende Hütte aufzusuchen, in der Attor lag, aber dann drückte er die Brust durch und hinkte dem Abt und seinem Kampfgefährten hinterher. Als er an Reaghan vorbeiging, fing er ihren Blick auf und legte die Stirn in Falten. Hätte er den

Saal doch nur mit ihr zusammen verlassen. Um am Fluss spazieren zu gehen. Weit weg von all den Problemen. Weg von der Traurigkeit.

Doch er war der Fürst von Ubbanford und musste seinen Pflichten nachkommen.

Unter erneutem Seufzen trat er in die kühle Abendluft.

* * *

Beobrand stand in der Tür und beobachtete Aidan. Er bewunderte die Sicherheit in dessen Bewegungen, die Ruhe in seiner Stimme. Den Gestank, der im Raum hing, schien der Abt gar nicht wahrzunehmen. Stattdessen trat er zielsicher an Attors Krankenlager.

Der Krieger blickte den Priester ehrfürchtig an.

Während sie sich in gedämpftem Ton unterhielten, sprach Aidan Attor immer wieder mit Namen an. Manchmal vergaß Beobrand, dass die meisten seiner Kampfgefährten viele Jahre bei den Hiberniern verbracht hatten.

Nach einem kurzen Wortwechsel löste Aidan den Verband von Attors Schulter. Selbst im dunklen Zimmer war die Schwellung nicht zu übersehen. Die Haut spannte sich stark gerötet um die nässende Wunde. Beobrand verspürte den instinktiven Drang zurückzuweichen, beherrschte sich jedoch und biss stattdessen die Zähne fest aufeinander. Das war eindeutig Wundbrand, das Elfenfieber. Attor würde eines qualvollen Todes sterben, das stand fest. Erneut nagte das Schuldgefühl an ihm. Der Pfeil, der die Verletzung verursacht hatte, war eigentlich für ihn bestimmt gewesen.

Aidan hingegen wirkte völlig unbeeindruckt. Er beugte sich nach vorne und sog hörbar Luft durch die Nase ein.

Dann drückte er mit den Fingern in das rohe Fleisch, was Attor einen leisen Schmerzensschrei entlockte.

Scheinbar zufrieden mit dem, was er gesehen hatte, drehte der Abt seinen Kopf und sagte etwas in seiner Muttersprache. Er redete schnell und so selbstbewusst wie jemand, der es gewohnt ist, Befehle zu geben, die befolgt werden.

Beobrand verstand nichts davon. Er glaubte, dass Aidan mit Acennan gesprochen hatte, und rechnete mit einer Antwort seines Freundes, doch zu seiner Verblüffung hörte er in seinem Rücken eine leise Frauenstimme.

Reaghan stand direkt hinter ihm im Türrahmen. Sie musste ihnen aus dem Saal gefolgt sein. Jetzt redete sie mit dem Priester und nickte dabei.

Im letzten goldenen Schein des Abendlichts sah sie wunderschön aus. Ihr blasses, ebenmäßiges Gesicht wurde von ihren dunklen Haaren umrahmt. Eine Fledermaus flatterte vor der Tür vorbei, für den Bruchteil eines Moments ein Schatten am schimmernden Abendhimmel.

Sie wollte sich gerade zum Gehen wenden, als Beobrand ihre Hand nahm. Erzitterte sie etwa unter seiner Berührung?

Sie lief rot an. »Der heilige Mann hat mich gebeten, heißes Wasser, Brot, Met, Honig und saubere Tücher zu holen«, sagte sie zu Beobrand.

»Glaubt er denn tatsächlich, dass er Attor retten kann?«

Aidan erhob sich. Anscheinend hatte er zumindest den Sinn von Beobrands Frage verstanden, denn er erwiderte stockend in der Sprache der Angeln: »Nicht ich. Der Christusgott.«

Beobrand wagte nicht zu hoffen. Er hatte in dieser Welt noch nicht viel gesehen, was sein Vertrauen in die Götter gestärkt hätte. Andererseits ... Der Sieg bei Hefenfelth kam ihm in den Sinn; zuvor hatte Oswald dieses große Kreuz errichtet und die Männer zum Beten aufgefordert. Hätten sie Cadwallon auch ohne die Hilfe des Christusgottes besiegt? Hatte ihnen vielmehr Thunors Gewittersturm den Sieg beschert? Wer konnte das schon sagen?

Beobrand musterte Aidan. Gelassen erwiderte der Abt seinen Blick aus tiefgründigen dunklen Augen. Aus freundlichen Augen.

Es konnte nicht schaden, wenn dieser Mann seinen Gott um Hilfe anrief. Beobrand nickte.

Erst jetzt bemerkte er, dass er immer noch Reaghans Hand hielt. Er ließ sie los, nicht ohne einen Hauch von Verlust zu empfinden. »Bring ihm, was immer er verlangt.«

* * *

Reaghan sah zu, wie Aidan mit geschickten Fingern einen Umschlag für Attors Schulter vorbereitete. Nachdem sie ihm alles Geforderte gebracht hatte, war sie in der Hütte geblieben. Mehrere Mönche, die ihr gefolgt waren, hatten in einer Sprache, die sie nicht verstand, leise Beschwörungsgesänge angestimmt. Die heiligen Worte machten ihr keine Angst, im Gegenteil – der gleichförmige Gesang tröstete sie.

Beobrand und Acennan waren bereits in den Saal zurückgekehrt, aus dem Reaghan laute Stimmen und ebenfalls Gesänge hörte. Während Bier und Met in Strömen flossen, hatte sich die düstere Stimmung in Ubbanford ein wenig aufgehellt. Doch sie ahnte, dass sich das Leichentuch der Schwermut schon am kommenden Morgen erneut über sie ausbreiten würde, zusammen mit einer Gereiztheit, die der Alkoholnebel in den Köpfen der Männer mit sich brachte. Sie würde gut daran tun, ihnen nach Möglichkeit aus dem Weg zu gehen.

Der Rauch des Feuers in der Hütte reizte ihre Augen. Sie war zu klein für die Anzahl der Anwesenden, und die Hitze raubte Reaghan schier den Atem. Aidan, der gerade in einem kleinen Topf über dem Feuer rührte, hielt für einen Moment in seiner Bewegung inne.

»So willkommen und segensreich eure Gebete auch sind«, wandte er sich an seine Brüder, »ich fürchte, unser Patient benötigt ein wenig Luft, wenn wir Gott gestatten wollen, ihn zu heilen. Es ist ein milder Abend. Geht nach draußen und schickt eure Gebete direkt zum Himmel. Habt Dank.«

Die Mönche verließen die Hütte, einer oder zwei murrten dabei vor sich hin. Draußen nahmen sie ihren Gesang wieder auf und hielten sich nicht mehr zurück.

Aidan ließ ein leises Kichern hören und sah Reaghan an, eine Augenbraue hochgezogen. »Nun ja, so ist es hier drinnen vielleicht nicht unbedingt leiser geworden, aber wenigstens nicht mehr ganz so heiß. Und mehr Platz haben wir auch.«

Reaghan erwiderte sein Lächeln nicht. Der Abt wirkte freundlich. Väterlich. Aber sie kannte ihn nicht, und einem Fremden konnte man nicht trauen.

Der Gottesmann machte keine weitere Bemerkung mehr, sondern saß nur schweigend neben dem Topf, den er vom

Feuer genommen hatte. In einen anderen hatte er etwas von dem Met gegossen, den sie ihm gebracht hatte. Er hatte Reaghan um den stärksten Met gebeten, den sie auftreiben konnte, sodass sie sich ein wenig verlegen an Ceawlin gewandt hatte. Sie wusste, dass er immer einen Vorrat hatte. Seine nächtlichen Trinkgelage mit Aethelwulf waren legendär. Zunächst reagierte er misstrauisch, doch als sie ihm sagte, dass der Trank für die Mönche sei, die mit ihm versuchen wollten, Attor zu heilen, hatte er sich sehr schnell an das Versteck einer Flasche vom feinsten Met erinnert.

Jetzt war das Gebräu heiß, kochte aber noch nicht. Aidan hatte eine Hand mit einem Lappen umwickelt und nahm auch diesen Topf vom Feuer. Dann griff er nach einem der Tücher, die Reaghan aus der Milchhütte mitgebracht hatte. Normalerweise dienten sie dazu, die Molke aus der geronnenen Milch zu pressen, und wurden anschließend abgekocht. Aidan tauchte das Tuch in den heißen Met und säuberte damit Attors schwärende Wunde. Nachdem er etwas Eiter entfernt hatte, nahm er den Topf erneut und kippte die heiße Flüssigkeit über die entzündete Wunde an der Schulter.

Mit lautem Wimmern erwachte Attor aus seinem benommenen Halbschlaf.

»Ich weiß, dass es wehtut, mein Sohn«, sagte Aidan und strich dem Krieger die schweißnassen Haare aus der Stirn. »Aber die Wunde muss gereinigt werden.«

Attor starrte den Abt mit vor Schmerz glasigen Augen an. Dann nickte er, und Reaghan sah, wie er seine Kiefermuskulatur anspannte. Er würde keinen Laut mehr von sich geben.

Draußen in der Dunkelheit schwoll der Gesang der Mönche an, als versuchten sie, Attors Schmerzenslaute zu übertönen.

Nachdem Aidan die Wunde zu seiner Zufriedenheit gesäubert hatte, griff er nach dem anderen Topf, der eine dickflüssige Paste aus erhitztem Honig, Brot und noch mehr Met enthielt. Mit einem Löffel gab er etwas davon in eines der Tücher und drückte den Umschlag, bevor dessen Inhalt erkalten konnte, fest auf Attors Schulter. Der Krieger sog scharf die Luft ein.

»Der Schmerz sollte bald nachlassen«, sagte Aidan und ließ das Tuch auf der Wunde liegen.

Attor entspannte sich und stieß einen langen Atemzug aus.

»Jetzt können wir nur noch beten, dass Gott deine Schmerzen lindern möge. Ich sehe morgen früh wieder nach dir.«

»Habt Dank, Vater«, sagte Attor in der Sprache des Abtes. Die Schmerzen und das Fieber waren ihm anzuhören, doch der Abt strahlte ihn voller Zuversicht an, während er ihm die Hand tätschelte.

Als Reaghan in die Kühle der Nacht trat, wurde ihr klar, dass sie nichts mehr zu tun hatte. Sie hatte nur selten ein wenig Zeit für sich, aber jetzt hatte sie genug von den singenden, auf dem Boden knienden Mönchen. Sie mochten heilige Männer sein, gewiss, aber das hinderte sie nicht daran, ihr mit Blicken zu folgen, als sie an ihnen vorüberging. Sie ließ sie mitsamt ihren seltsamen, gen Himmel gerichteten Worten allein.

Ob der Christusgott ihre Worte erhören würde? War es

denkbar, dass Attor überlebte? Sie zuckte mit den Schultern. Wer konnte das schon sagen? Natürlich hoffte sie, dass Attor am Leben blieb. Dabei war ihr der stille, furchterregende Krieger eigentlich ziemlich gleichgültig, es war Beobrand, dem ihre Sorge galt. Er hatte mit all den anderen Verlusten, die er erlitten hatte, schon mehr als genug zu ertragen. Attors Tod würde ihn hart treffen.

Sie musste daran denken, wie er sie vorhin mit seiner schwieligen, warmen Hand berührt hatte. An seine kühlen eisblauen Augen. Immer wieder spürte sie seinen Blick und sein Verlangen.

Verblüfft stellte sie fest, dass ihre ziellosen Schritte sie auf den Hügel geführt hatten. Vor ihr erhob sich der riesige Umriss des neuen Saals. Der Duft nach gebratenem Fleisch stieg ihr in die Nase, und ihr Magen begann zu knurren. Sie hatte Hunger, sagte sie sich. Nur deshalb war sie wieder zum Saal gegangen. Es gab keinen anderen Grund.

Sie dachte daran, wie die anderen Frauen sie behandelten. Als trüge sie die Schuld für die Situation. Aber schließlich konnte sie Beobrand sein Interesse an ihr nicht verwehren. Er war der Herr und sie die Sklavin. Sie musste seine Befehle befolgen. Aber vielleicht bemerkten die Frauen etwas, was sie bis jetzt noch nicht zu denken gewagt hatte.

Sie trat in den Schatten des Saals. Aethelwulf bewachte das Tor, und noch während sie ihm zunickte, gestattete sie einem neuen Gedanken, Gestalt anzunehmen. Sie mochte keine Wahl haben, wenn ihr Herr ihr etwas befahl, aber dass sie zum Saal zurückkehren sollte, hatte er am heutigen Abend nicht von ihr verlangt. Sie konnte sich zwar einreden, dass sie nur etwas essen wollte, aber in ihrem tiefsten Inneren war ihr klar, dass sie sich nach einer ganz anderen Art von Nahrung sehnte.

Beobrands Einsamkeit war ein Hilferuf. Sie konnte es nicht ertragen, ihn so zu sehen.

Sie ging in den Saal, und Wärme und Lärm umfingen sie. Köpfe drehten sich in ihre Richtung. Die Anwesenden waren neugierig, wer der Neuankömmling war, wandten sich aber schnell wieder ab, als sie sahen, dass es sich nur um eine Sklavin handelte.

Beobrand saß an der Hohen Tafel. Sein goldenes Haar schimmerte im Feuerschein, während er sie mit seinem durchdringenden Blick quer durch den ganzen Saal fixierte.

Er war ihr in der finstersten Nacht zu Hilfe geeilt. Sie konnte seine starken Arme, die sie an seine Brust gedrückt hatten, während sie nach Ubbanford zurückgeritten waren, nicht vergessen.

Reaghan ging zur Hohen Tafel, ohne auf den Lärm im Saal zu achten. Noch immer ließ Beobrand sie nicht aus den Augen.

Und auch sie konnte den Blick nicht von ihm abwenden, während sie immer näher kam. Als ihr klar wurde, was sie wirklich in den Saal zurückgelockt hatte, breitete sich eine Hitze in ihrer Mitte aus.

Beobrand hatte sie vor der Finsternis gerettet.

Vielleicht konnte sie ihn auch retten.

Kapitel 4

Beobrand erwachte mit einem Wohlgefühl, das er schon lange nicht mehr empfunden hatte. Er streckte sich und gab sich alle Mühe, Reaghan nicht zu wecken, die neben ihm schlief. Das erste Morgenlicht drang in die Kammer und fiel auf den Schwung ihres schlanken Halses und die sanften Rundungen ihrer kleinen Brüste. Ihre zerzausten dunklen Haare umrahmten ihren Kopf.

Für einen kurzen Augenblick spürte Beobrand den Stich seines schlechten Gewissens. Eigentlich hätte Sunniva dort neben ihm liegen müssen. Der Saal war ihr Traum gewesen, und sie hatte einen Großteil des Baus persönlich überwacht. Er hatte Rowenas missbilligenden Blick bemerkt, als er Reaghan in seine Schlafkammer geführt hatte, aber was sollte er machen? Er war keiner von diesen Christenmönchen, die freiwillig auf jede Berührung einer Frau verzichteten.

Sunniva war tot. Er holte tief Luft. Sie war nicht mehr auf dieser Erde. Vielleicht würde sich Neldas Fluch bewahrheiten, und er würde einsam und allein sterben, aber im Augenblick lebte er und fühlte sich mit dieser schweigsamen, zierlichen, walisischen Sklavin sehr lebendig.

Überrascht und erfreut zugleich hatte er registriert, dass sie ihm gefolgt war, als er sich in sein Schlafgemach zurückgezogen hatte. Ohne ein Wort zu sagen, hatte sie seine Hand genommen und mit ihm seine Kammer betreten. Die Heftigkeit, mit der sein Körper auf ihre Berührung reagierte, hatte ihn erschüttert. Es war, als hätte er wochenlang geschlafen, als hätten Reaghans zärtliche Finger und ihre warmen Lippen ihn nach all der dunklen Zeit zu neuem Leben erweckt.

Zunächst hatten sie sich nur zögerlich geliebt, waren beide unsicher gewesen. Er wollte ihr auf keinen Fall wehtun. Sie wirkte so zerbrechlich.

Doch als die Leidenschaft sie in Besitz nahm, umklammerte sie mit beiden Beinen seine Hüften, nahm ihn in sich auf und flüsterte ihm ins Ohr: »Du kannst mir nicht wehtun.«

Und so versenkte er sich hungrig in sie, bis sie vollkommen erschöpft und schwer atmend nebeneinanderlagen.

Sie schwiegen und waren vollkommen zufrieden damit, die Wärme des anderen zu spüren.

Das letzte Geräusch der Nacht, an das Beobrand sich jetzt erinnern konnte, waren die Gesänge der christlichen Mönche. Sie förderten Bilder von seiner Zeit in Engelmynster zutage. Damals war er auch allein gewesen und hatte sich verloren gefühlt, und ein junger Mönch namens Coenrad hatte ihn aus seiner Düsternis gerettet.

Bei dem Gedanken musste er lächeln. Coenrad war ihm ein guter Freund, aber die Art und Weise, wie Reaghan ihm klarmachte, dass das Leben noch nicht zu Ende war, war ihm letztendlich doch lieber. Wie mochte es dem jungen Mönch wohl auf Lindisfarena ergehen? Vielleicht würde Beobrand noch einmal dorthin reisen, bevor der Sommer endete. Es wäre schön, seinen Freund wiederzusehen.

Aus dem Saal drang jetzt das Geräusch schneller Schritte an sein Ohr. Dazu laute Stimmen.

Schlagartig war das Gefühl der friedlichen Stille, das ihn umhüllt hatte, verflogen und wurde von Bildern von Blut und Feuer inmitten einer vom Grauen erfüllten Nacht abgelöst.

Waren Torran und die Pikten etwa zurückgekehrt? Beobrand sprang vom Lager. Sein Bein reagierte zwar auf die plötzliche Bewegung, hielt aber der Belastung stand. Er zog Hrunting aus der Scheide. Das Heft des Schwertes lag kalt in seiner Hand, die elegante Klinge funkelte schlangengleich im Halbdunkel der Kammer.

Die Schritte und Rufe kamen näher. Beobrand war zum Kampf bereit. Wer immer es auf ihn abgesehen hatte, er würde es bereuen. Er packte Hrunting mit festem Griff, entschlossen, den Angreifer teuer bezahlen zu lassen. Als die Tür aufgestoßen wurde, machte sich Beobrand zum Sprung bereit, wollte denjenigen aufspießen, der es wagte, ihn in seinem Schlafgemach zu überfallen. Doch dann brach die Wahrheit über ihn herein, als hätte jemand einen Kübel Eiswasser über ihm, dem Schlafenden, ausgekippt. Der Mann in der Tür war kein fremder Eindringling. Kein wütender Pikte. Es war sein Freund Acennan.

Er war tatsächlich kurz davor gewesen, seinen engsten Freund zu töten. Zitternd ließ Beobrand sein Schwert sinken. Ein Fürst sollte in seinem eigenen Saal niemals Angst verspüren.

Acennan erfasste die Szenerie vor sich. Sein Blick wanderte von dem Schwert in Beobrands Hand zu seinem Herrn und von dort zu der Sklavin auf dem Lager, die sich gerade erschrocken, bleich und mit wirrem Haar auf einen Ellbogen stützte.

Mit einem Mal wurde sich Beobrand der morgendlichen Kühle bewusst. Er war nackt von seinem Lager aufgesprungen. Jetzt meinte er zu spüren, wie sich seine Wangen rot färbten.

»Nun?«, fuhr er Acennan hörbar verärgert an. »Warum reißt du mich aus dem Schlaf?«

Acennan hatte Mühe, sich ein Grinsen zu verkneifen. »Komm mit. Das willst du dir nicht entgehen lassen.« Er wandte sich zum Gehen, drehte sich aber noch einmal um. »Ach so, dein Schwert wirst du nicht brauchen.« Dann konnte er sich nicht mehr länger beherrschen.

Beobrand war sich sicher, dass das schallende Gelächter seines Freundes bis zum Fluss zu hören war.

* * *

Als Beobrand das kleine Zimmer betrat, erhob sich Aidan. »Mein Herr.« Der Abt neigte den Kopf.

»Gibt es Neuigkeiten?«, wollte Beobrand mit Anspannung in der Stimme wissen. Die plötzliche Panik, die ihn bei Acennans Auftauchen erfasst hatte, hatte ihn immer noch im Griff. Er überspielte sie mit Schroffheit. »Ist Attor tot?«

Aidan wechselte einen Blick mit Acennan. »Seht selbst«, sagte er dann und trat beiseite.

Beobrand schluckte und zwang sich, einen Schritt nach vorn zu machen. Als er auf die Pritsche blickte, rechnete er fest damit, in das bleiche Gesicht eines Toten zu starren. Doch Attor war noch am Leben. Er schenkte Beobrand ein schmales Lächeln und ließ dabei seine gelben Zähne sehen. Die Blässe des unmittelbar bevorstehenden Todes war verschwunden, und auch der Schweißfilm, ausgelöst vom Elfenfieber, war getrocknet. War das wirklich möglich? Odelyna hatte doch gesagt, dass er sterben würde.

»Wie kann das sein?« Hätte Beobrand es nicht mit eigenen Augen gesehen, er hätte eine solche Verwandlung nicht für möglich gehalten.

Aidan ergriff mit sanfter Stimme das Wort, und Acennan übersetzte.

»Der Herr, unser Gott, ist überaus gnädig. Wir haben gebetet, und Er hat uns erhört. Es scheint, als hätte Attor auf Gottes Erdboden noch etwas zu erledigen, bevor er in das Himmelreich eingehen kann.«

Aidan legte Beobrand leicht die Hand auf die Schulter.

»Vielleicht habt auch Ihr, Beobrand, dem Herrn einen Dienst zu erweisen.« Acennan kommentierte nicht, was er in Aidans Namen gesprochen hatte.

Beobrand und der Abt sahen einander einen Moment lang an, und Beobrand fragte sich, ob es sein Schicksal sein sollte, ein Spielball der Götter zu sein.

»Schön, dass du auf dem Weg der Besserung bist«, wandte er sich wieder Attor zu. »Wir hatten schon Angst, wir hätten dich verloren.«

»Ich fürchte, ich hätte einen sehr einsamen Weg beschritten, wäre nicht der gute Abt gekommen, um mich zu retten.« Attor grinste, bevor er seine Worte für den Abt in der Sprache der Hibernier wiederholte.

»Nicht mir gebührt dein Dank, Attor«, erwiderte Aidan, erneut übersetzt von Acennan, »sondern dem Herrn, unserem Vater im Himmel. Ich hoffe sehr, dass du dich taufen lässt, sobald du wieder zu Kräften gekommen bist.«

»Das will ich tun, und zwar mit großer Freude«, erwiderte Attor. In seiner Antwort lagen Dankbarkeit und reines Glück.

»Zeig mir die Wunde«, sagte Beobrand, der nicht viel über Taufen und den Glauben der Christusnachfolger wusste, aber Erfahrungen mit Kampfverletzungen hatte. Er war neugierig, wie die Wunde, die eigentlich schwarz und vereitert hätte sein müssen, nach einer Nacht der Gebete aussah.

Acennan wickelte den Verband ab und nahm den Umschlag von der Wunde. Honigduft mischte sich mit Fäulnisgestank. Aidan wischte die Schulter sauber. Attor verzog das Gesicht, und Beobrand erkannte sofort, dass die Schwellung zurückgegangen war. Die Haut war weit weniger entzündet und hatte fast wieder eine gesunde Farbe angenommen.

Aidan wandte sich einem Topf zu, der über dem kleinen Feuer hing. Er sprach leise, dann wartete er ab, bis Acennan seine Worte für Beobrand übersetzt hatte.

»Er macht einen frischen Umschlag. Er muss noch etliche Male gewechselt werden.«

Beobrand beugte sich vor und schnüffelte. Von der Wundfäule war keine Spur mehr zu sehen.

Attor grinste. »Ein Wunder«, sagte er.

Beobrand sah Aidan zu, wie er das Gemisch aus Met, Honig und Brot erhitzte und es anschließend auf ein frisches Tuch löffelte. Ob es nun ein göttliches Wunder war oder den Zauberkünsten dieses Christuspriesters zu verdanken war, fest stand, dass Attor leben würde. Beobrand lächelte den Abt an. Das Gefühl des Wohlbefindens gewann allmählich wieder die Oberhand.

»Ich stehe tief in Eurer Schuld«, sagte Beobrand zu Aidan.

Nachdem Acennan übersetzt hatte, hob Aidan zerstreut den Blick. »Ihr schuldet mir nichts. Ich bin nur Gottes Diener. Dankt Ihm.«

»Nun denn, Dank sei Euch und Eurem Gott.« Beobrand registrierte die dunklen Ringe unter den Augen des Abtes. »Aber ich sehe hier einen Mann vor mir, der in der Nacht nicht viel geschlafen hat. Kommt in meinen Saal, dann lasse ich Euch und Eure Mönche wie Könige verwöhnen. Und wenn Ihr bereit seid, nach Bebbanburg weiterzureisen, werde ich Euch begleiten.«

»Etwas zu essen wäre sehr schön, aber mehr als ein einfaches Mahl benötigen wir nicht«, ließ Aidan Beobrand ausrichten. »Und Euer Angebot einer Eskorte lehnen wir dankend ab. Gott beschützt uns auf unserer Reise.«

Tatsächlich waren sie schon unbeschadet viele Tage und Wochen durch gefährliches Gebiet gereist, um bis nach Bernicia zu gelangen. Aber Beobrand musste an Tata denken, Coenrads Schwester, deren Leiche er geschändet und blutüberströmt auf dem Altar der Kapelle von Engelmynster gefunden hatte. Auch Tata hatte geglaubt, dass der Christus sie beschützen würde.

»Ihr habt einem meiner Kampfgefährten das Leben gerettet, und ich werde nicht zulassen, dass Euch auf der letzten Etappe Eurer Reise noch etwas zustößt. Wir reiten mit Euch gen Bebbanburg.«

Allen war klar, dass Beobrands Entschluss unverrückbar feststand.

»So sei es denn«, erwiderte Aidan durch Acennan. »Ich danke Euch. Alles, was passiert, ist Teil von Gottes großem Plan.«

Beobrand schnaubte. Er wusste nicht, ob der Christusgott einen Plan für ihn hatte. Aber das Schicksal würde ihn schon dort hinführen, wo es ihn haben wollte.

Dieser neue Abt hatte ihm einen großen Dienst erwiesen, und so würde er es vorerst bereitwillig zulassen, dass die Schicksalsgöttinnen ihre Lebensfäden miteinander verwoben.

* * *

»Wenn ich wirklich hierbleiben soll«, sagte Bassus, und seine Stimme dröhnte durch den ganzen Saal, »dann lass mich dir wenigstens zuerst meinen Eid schwören.«

»Ich brauche deinen Eid nicht. Ich habe deine Freundschaft. Das ist genug.« Beobrand errötete. Es war ihm peinlich, von solchen Dingen zu sprechen, besonders vor seinen Männern und Aidans Mönchen, die von ihren Tischen interessiert zu ihnen herüberblickten.

»Du hast meine Freundschaft, und zwar aus freien Stücken. Aber hier geht es um mehr. Ich möchte dir als Kampfgefährte dienen, und dazu musst du den Eid aus meinem Mund hören und mich in deine Reihen aufnehmen.«

Gram stellte sich neben den hünenhaften Krieger. Aufrecht wie die Eichenpfeiler des Saales standen die beiden Männer da.

»Auch ich will dir die Treue schwören«, sagte Gram.

Beobrand blickte in die Gesichter seiner Männer. Manche nickten.

Acennan hob die Augenbrauen – Beobrands Unwohlsein schien ihn zu amüsieren. »Sie sprechen die Wahrheit«, sagte er. »Du solltest ihren Eid hören. Aber auch du hast recht: Sie können nicht mit uns nach Bebbanburg reiten. Niemand weiß, wie der König reagieren würde, spazierte Edwins einstmals rechte Hand unversehens in seinen Saal hoch auf dem Felsen. Das Beste ist, wenn die beiden hier in Ubbanford bleiben.« Acennan musterte die beiden groß gewachsenen Männer vor ihnen. »Nachdem sie dir ihre Treue geschworen haben.«

»Also gut. Ich will euren Eid hören.« Beobrand seufzte. »Obwohl ich niemals gedacht hätte, dass ich eines Tages der Fürst eines Mannes wie dir sein würde, Bassus.«

»Du meinst, eines solch meisterlichen Kriegers?«

»Nein«, erwiderte Beobrand und erhob sich, um Bassus in die Augen sehen zu können. »Eines so alten Mannes.«

Nach einer kurzen Stille brachen die Männer in lautes Gelächter aus.

Bassus lächelte gezwungen. »Wenn dein Bein verheilt ist, liefern wir beide uns einen schönen Übungskampf oder auch zwei, und dann werden wir schon sehen, wie alt ich wirklich bin. Und zwar ohne irgendwelche Tricks.« Er bedachte Aethelwulf und Ceawlin, die höchst konzentriert in ihre Suppenschalen starrten, mit einem finsteren Blick.

»Die Herausforderung nehme ich an. Sobald wir zurückgekehrt sind, kreuzen wir die Klingen.« Beobrand verspürte einen Hauch von schlechtem Gewissen, weil er sich in einem solch feierlichen Moment über seinen Freund lustig gemacht hatte, aber zum ersten Mal seit einer gefühlten Ewigkeit war ihm wieder leicht ums Herz. Er hatte nicht geglaubt, jemals wieder so etwas wie Fröhlichkeit empfinden zu können, aber seine Nacht mit Reaghan sowie Attors wundersame Gesundung hatten seine düstere Stimmung vertrieben. Er versuchte, seine Freude festzuhalten, setzte jedoch trotzdem eine feierliche Miene auf. »Aber zuerst bringt mir euren Eid zu Gehör.«

Bassus und Gram gingen vor ihm auf die Knie.

»Auf dass alle hier Anwesenden die Worte dieser beiden stolzen Krieger hören mögen.«

Stille legte sich über den Saal. Nicht alle Mönche verstanden, was Beobrand sagte, spürten aber die Bedeutung dessen, was sich da gerade abspielte.

Gram sprach gleichmäßig und voller Ernsthaftigkeit. Das Wort eines Kriegers war noch stärker als sein Schwert. Es war alles, was er hatte, und darum gab er es niemals leichtfertig.

Auch Beobrand hatte die Worte schon gesprochen und sie aus dem Mund seiner Kampfgefährten gehört, dennoch fühlte er angesichts der gewaltigen Bedeutung dieses Bandes zwischen Fürst und Krieger eine gewisse Beklommenheit in sich aufsteigen.

Dann erhob Bassus die Stimme und ließ sie laut durch den Saal dröhnen. »Ich, Bassus, Sohn des Nechten, gelobe Beobrand, Sohn des Grimgundi, ihm allzeit aufrichtig und wahrhaftig zu begegnen, alles zu lieben, was er liebt, und alles zu verabscheuen, was er verabscheut, gemäß den Geboten Gottes und der Ordnung der Welt. Darüber hinaus werde ich niemals, weder durch meinen Wunsch noch durch mein Handeln, weder durch Worte noch durch Taten, etwas unternehmen, was ihm missfällt, immer vorausgesetzt, er hält seine schützende Hand über mich, wie es im Lichte meiner Verdienste gerechtfertigt ist.«

Beobrand fiel auf, dass Gram und Bassus, genau wie die Männer, die ihm im letzten Jahr in Bebbanburg den Eid geleistet hatten, sich auf einen Gott bezogen. Den Christusgott. Die Dinge veränderten sich. Onkel Selwyn, der ihm den Kriegereid beigebracht hatte, hatte noch von Woden, dem Vater der Götter, gesprochen. Beobrand sah zu Aidan hinüber, der seinerseits mit einem Blick aus dunklen, freundlichen Augen und einem Lächeln antwortete. Nun ja, was den Schwur betraf, so war ein Gott vermutlich so gut wie der andere. Schließlich ging es um das Wort des Mannes, nicht um das des Gottes.

»Ich nehme euer Gelöbnis freudig an. Erhebt euch, Bassus und Gram.« Als er die beiden umarmte, erfüllten das Stampfen der Männer und ihre Hiebe auf die Tische den Saal.

»Octa wäre sehr stolz auf dich«, sagte Bassus mit feucht glitzernden Augen und hielt Beobrands Arm im Kriegergriff umklammert.

Vielleicht, dachte Beobrand, hätte es auch sein Bruder sein sollen, der hier in diesem neuen Saal stand, umgeben von seinen Bediensteten, den Sklaven und seiner Kriegerschar. Octa war der bessere Kämpfer gewesen. Der bessere Mensch. Und doch war er durch Hengists Hand gestorben, hinterrücks von ihm überfallen in der Dunkelheit, während er, Beobrand, lebte. Er schob die Gedanken beiseite wie einen hungrigen Hund, der am Tisch um einen Leckerbissen bettelt. Er würde nicht zulassen, dass die Traurigkeit sich wieder seiner bemächtigte. Mit aller Macht klammerte er sich an seine glücklichen Gedanken.

Später, nachdem sie sich satt gegessen hatten und als ihre Zungen vom Met und Bier gelockert waren, beugte Bassus sich zu Beobrand hinüber. Mit den Augen verfolgte der Jüngere die zierliche walisische Sklavin, die gerade die Männer am anderen Ende des Saales bediente. Als sie ihrem Herrn einen flüchtigen Blick zuwarf, umspielte ein sanftes Lächeln ihre vollen Lippen.

»Ich freue mich, dass du jemanden gefunden hast, der dir Freude schenkt«, sagte Bassus.

Beobrand zuckte zusammen wie ein Kind, das bei einem Unfug erwischt wird, ließ seinen Blick aber noch einen Moment länger auf Reaghan ruhen. In ihren Schritten lag eine Leichtigkeit, die er bis jetzt nicht bemerkt hatte. Auch sie schien glücklicher zu sein als noch tags zuvor.

»Sie hat etwas an sich …«, erwiderte Beobrand, ohne den Satz zu beenden.

Bassus lachte. »Ganz bestimmt sogar.«

»Nein. Ich meine … Tatsächlich weiß ich nicht, was ich meine.« Beobrand hatte noch nicht darüber nachgedacht, was er für dieses Mädchen empfand, und war sich nicht sicher, ob er das ausgerechnet jetzt tun wollte. »Aber ich spüre den Drang, sie zu beschützen.« Er musste an die überwältigende Panik denken, die ihn befallen hatte, als er der Überzeugung gewesen war, sie wäre in Nathairs brennendem Saal ums Leben gekommen.

»Vielleicht musst du sie sogar vor einigen Menschen schützen, die ganz in der Nähe sind.«

»Was willst du damit sagen?« Ruckartig setzte Beobrand sich auf, alle Sinne wie die eines Wolfes geschärft, der einen Hasen wittert.

»Wahrscheinlich ist es nichts.« Bassus winkte ab. »Aber ich habe mitbekommen, wie Rowena und ihre Tochter sie behandeln.«

»Nun ja, sie ist eine Sklavin.« Die Worte blieben Beobrand fast im Hals stecken.

»Sicherlich.« Bassus rieb sich den Bart. »Ein Leben in Furcht ist bestimmt nicht leicht.«

Beobrand legte die Stirn in Falten. »Hier hat sie nichts zu befürchten.«

»Von dir vielleicht nicht, aber eine Sklavin lebt immer in Angst vor irgendetwas. So ist es nun mal.«

Beobrand nahm einen tiefen Zug von seinem Bier, ohne Reaghan aus den Augen zu lassen. Die Männer betrachteten grinsend ihre schwingenden Hüften, wenn sie an ihnen vorüberging. Dann bemerkte er Edlyn. Auch ihre Blicke folgten Reaghan, doch die Miene des Mädchens war nicht wie sonst sittsam und freundlich. Stattdessen hatte sie das Gesicht zu einer hasserfüllten Fratze verzogen. Wie hatte er das bisher übersehen können?

Das Bier, das ihm zuvor so wunderbar frisch und bitter die Kehle hinuntergelaufen war, hinterließ mit einem Mal einen unangenehmen sauren Geschmack auf seiner Zunge.

Mit einem lauten Knall stellte er den leeren Becher auf dem Tisch ab. Seine gute Laune war wie weggewischt.

Kapitel 5

Der nächste Morgen war warm und feucht. Die Wolken hingen tief am Himmel, und die Luft war erfüllt von Mückenschwärmen. Schwalben segelten über den Fluss, um ihre Schnäbel immer wieder für einen kurzen Moment in das kalte Wasser zu tauchen. War Beobrand am Vortag noch guter Stimmung gewesen, so hatten die Erinnerungen an die Vergangenheit und die Sorgen um die Zukunft sie nun gründlich vertrieben. Ihm war klar, dass er weder das eine noch das andere ändern konnte, und während er noch versuchte, jenes wohltuende Gefühl der Zufriedenheit wieder in sich wachzurufen, kam er sich vor, als wollte er an einem regnerischen Tag die Sonne sehen. Als wollte er etwas Unmögliches erzwingen.

Reaghan hatte die Nacht erneut auf seinem Lager verbracht. Ohne dass er sie darum gebeten hatte, war sie unter seine Decke geschlüpft, und sie hatten sich geliebt, bis sie gesättigt gewesen waren. Doch nicht einmal Reaghan konnte die Düsternis vertreiben, die ihn wieder in Besitz genommen hatte. In den dunkelsten Stunden der Nacht war er erwacht, hatte ihre Wärme neben sich gespürt und einen kurzen Augenblick lang geglaubt, sie wäre Sunniva.

Da erregte ein wieherndes Pferd seine Aufmerksamkeit. Acennan trieb seine braune Stute auf Beobrand zu. Etwas weiter voraus stapften Aidan und die Mönche in Begleitung von Ceawlin, Aethelwulf und Garr den Pfad hinauf, der sie zur Küste und nach Bebbanburg bringen würde.

»Ich warte auf dich«, sagte Acennan und ließ sein Pferd vor Beobrand zum Stehen kommen.

»Das brauchst du nicht. Ich mache mich gleich auf den Weg, dann habe ich euch wieder eingeholt. Sceadugenga wird eine längere Strecke im Galopp guttun.«

»Sceadugenga oder dir?« Acennan hob fragend eine Augenbraue.

»Uns beiden.« Beobrand rang sich ein Grinsen ab. Sicherlich, sein Rappe würde sich über ein bisschen Freilauf freuen, aber auch er, Beobrand, sehnte sich nach ein wenig Zeit allein mit sich und seinen Gedanken.

»Trotzdem müsste ich dich begleiten. Wenn ich nicht an deiner Seite bin, kann ich dich nicht beschützen.«

»Richte den Blick auf euren Weg und mach dir keine Sorgen. Ich bin dicht hinter euch, mir wird schon nichts geschehen. Außerdem könnte Sceadugenga es mühelos mit Thunors Ziegen und Wodens Ross Sleipnir aufnehmen.«

Acennan wirkte dennoch nicht hundertprozentig überzeugt. »Wenn du uns zur Mittagszeit nicht eingeholt hast, mache ich mich auf die Suche nach dir.«

»Bitte sehr. Und jetzt geh. Sei gewiss, bevor die Sonne ihren höchsten Punkt erreicht hat, wirst du erfolgreich nach mir Ausschau halten.«

Acennan nickte, presste die Fersen in die Flanken seines Pferdes und galoppierte den Hügel hinauf, den anderen hinterher.

Beobrand schlenderte zurück und durch das kleine

Ubbanford. Die Schmiede war kalt, kein Anzeichen von Leben darin. Edlyn hätte die Esse zu gerne angeheizt und versucht, das von Sunniva Gelernte anzuwenden, doch Rowena gestattete es ihr nicht. Das sei keine Frauenarbeit, meinte sie.

Ansonsten war das Dörfchen voller Leben. Zwei Männer trieben mit kraftvollen Hammerschlägen Keile in einen Baumstamm, um ihn in Bretter zu spalten, die zum Bau einer neuen Scheune benötigt wurden. Einige Frauen waren damit beschäftigt, Wolle zu kämmen oder sie auf ihre Spindeln zu wickeln. Von der Hügelflanke drangen die Pfiffe eines Schäfers und das leise Blöken seiner Schafe herüber, dazu die Rufe der drahtigen Männer, die am kiesigen Ufer des Tuidi ihre Fischreusen knüpften.

Es war ein guter Ort. Ein schönes Zuhause.

An seinem Ziel angelangt sah Beobrand eine Frau vor ihrer Hütte Garn spinnen. Von Zeit zu Zeit drehte sie sich zu ihrer acht oder neun Jahre alten Tochter, um ihr zu zeigen, wie sie die Wolle auf die Spindel wickeln musste. Auf dem Gras zu ihren Füßen spielten etliche kleinere Kinder. Ein kräftiger Säugling mit rosigen Backen lag auf dem Rücken und nuckelte an einem Spielzeug aus glattem Holz.

Zunächst bemerkte die Frau Beobrand nicht. Wegen der drückenden Hitze hatte sie die Ärmel aufgekrempelt und die Haare hochgebunden. Sie war keine Schönheit, strahlte aber Verlässlichkeit aus. Sicherheit. Sie erinnerte Beobrand an seine eigene Mutter, die schon seit zwei Jahren tot war. Er vermisste sie immer noch, und daran würde sich wohl auch nichts ändern. So viele waren gestorben. Schauten sie jetzt aus dem Jenseits auf ihn herab? Er schüttelte den Kopf und versuchte erneut, durch die dunklen Wolken der Verzweiflung hindurch einen Blick auf die blasse Sonne zu erhaschen, die ihm Hoffnung schenken könnte.

»Maida«, sagte er schließlich.

Die Frau erschrak und ließ, begleitet von einem lautstarken Fluch, die Spindel fallen. Das locker gewickelte Garnknäuel landete auf dem Boden. Zunächst wollte sie sich danach bücken, überlegte es sich aber offensichtlich anders und nahm stattdessen den Säugling auf. Als diesem das Holzspielzeug aus der Hand glitt, fing er an zu weinen. Sofort stimmte eines der anderen Kinder in sein Geschrei ein. Mit hochrotem Kopf versuchte Maida, sich vor Beobrand zu verneigen, und streckte ihm gleichzeitig das schreiende Baby entgegen.

»Mein Herr«, stammelte sie. »Eurem Sohn geht es gut. Seht nur, wie kräftig er ist.«

Beobrand lächelte. »Jedenfalls besitzt er eine kräftige Lunge, daran kann es keinen Zweifel geben.« Als das Geschrei seines Sohnes neue Höhen erreichte, verzog er das Gesicht.

»Wollt Ihr ihn nehmen, Herr?«, fragte Maida. Ihre furchtsame Stimme ging im lauten Protestgeschrei des Kleinen fast unter.

Beobrand zögerte. Der Gedanke, den Jungen selbst im Arm zu halten, war ihm gar nicht gekommen. Er hatte keine Ahnung, wie er das anstellen sollte.

Maida spürte sein Unbehagen. »Legt am besten den Arm stützend unter seinen Kopf.« Sie ließ ihm keine andere Wahl und drückte ihm das Kind in die Arme. »Genau so«, fuhr sie mit besänftigender Stimme fort, um Kind und Vater gleichermaßen zu beruhigen. »So ist es gut. Jetzt haltet Ihr ihn.«

Octa verstummte und blickte seinem Vater in die Augen. Eine Zeit lang betrachteten sie sich interessiert. Der Säugling war so leicht. So winzig. So wehrlos.

»Jetzt haltet Ihr ihn«, wiederholte Maida leise.

Beobrand war sich nicht sicher, ob sie mit ihm oder Octa sprach. Oder mit ihnen beiden.

Octa streckte sein Händchen aus und umklammerte Beobrands schwieligen Finger.

»Mein Sohn«, flüsterte Beobrand, während der Junge ihn aus blauen Augen anblickte. »Maida, Weib des Elmer, du hast die Pflege meines Sohnes übernommen, und es ist mir bewusst, dass ich dir meine Dankbarkeit dafür noch nicht zum Ausdruck gebracht habe.«

Maida wurde nervös und errötete. Das Mädchen, das ihr beim Spinnen der Wolle geholfen hatte, stand hinter seiner Mutter und schaute Beobrand eingeschüchtert an. Das andere Kind, das gerade noch geweint hatte, umklammerte nun schniefend Maidas Bein.

»Es ist mir eine Ehre, Herr«, sagte sie kaum hörbar.

»Du hast schließlich auch eigene Kinder, für die du sorgen musst. Aber du sollst keine Not leiden. Wenn es dir an irgendetwas fehlt, dann wende dich an mich.«

»Ein Kleinkind mehr macht keine Mühe, Herr.«

Beobrand schaute erneut in die blauen Augen des Säuglings, die im stumpfen Licht des Tages glänzten. Er sah sich selbst darin. Seinen durchdringenden Blick. Die Narbe unter seinem linken Auge. Das kantige Kinn mit den spärlichen strohfarbenen Bartstoppeln. Es war ein hartes Gesicht. Er war entsetzt über die grimmige Miene, die ihm da entgegenblickte. Ob Octa eines Tages ebenso mürrisch aussehen würde? Hoffentlich musste er weniger Leid erleben. Weniger Tod.

»Ich danke dir für deine Freundlichkeit. Ein Junge braucht eine Frau, die sich um ihn kümmert. Eine Mutter.« Seine Kehle wurde eng. Er schluckte trocken. »Auch Sunniva wäre dir sehr dankbar gewesen.«

Behutsam gab er Octa Maida zurück. Sie nahm den Kleinen wortlos, beide schwiegen sie einen Augenblick lang, dann nickte sie Beobrand zu.

Dieser zog an dem Riemen des Beutels, den er an seinem Gürtel trug, und holte einen kleinen Gegenstand hervor. Mit geöffneter Hand hielt er ihn Maida hin.

Trotz des trüben Lichts funkelte der Gegenstand hell. Es war ein Ring aus Gold mit einem geschliffenen und polierten Granat in einer kunstvoll gefertigten, mit geschwungenen Linien verzierten Fassung.

»Ein Fürst sollte seine Krieger sowie seine loyalsten Diener mit Geschenken belohnen. Dieser Ring war Teil von Sunnivas Brautgabe. Sie hat ihn sehr gemocht und hätte bestimmt gewollt, dass du ihn bekommst.«

Maida rührte sich nicht. Ihre Augen saugten sich an dem glänzenden Metall und dem tiefen Rot des Steines fest. Der Ring war von seltenem Wert, aber sie machte keine Anstalten, ihn zu nehmen.

»Er gehört nun dir«, sagte Beobrand. »Elmer wird von mir Kriegerringe und Waffen erhalten, aber dieses Schmuckstück soll ganz dein sein. Nimm es zusammen mit meiner Dankbarkeit entgegen.«

Maida verlagerte Octa ein wenig und streckte schließlich ihre zitternde Hand aus. Sanft wie Federn strichen ihre Fingerspitzen über Beobrands Handfläche. Als sie schließlich das Gewicht des Rings spürte, strahlte sie über das ganze Gesicht.

»Ich weiß gar nicht, was ich mit solch einer Kostbarkeit anfangen soll«, sagte sie. Die Freude über das Geschenk verlieh ihren Worten Wärme, und plötzlich schien sie sich aufrechter zu halten. »Möchtet Ihr Euch mit einem Schluck stärken, Herr?«, fragte sie ihn nach einer kurzen Pause. Vermutlich wusste sie nicht, was sie sonst sagen sollte. »Oder etwas essen?«

»Hab Dank für das Angebot, aber ich muss jetzt aufbrechen. Ich werde den Priester und seine Mönche nach Bebbanburg begleiten.«

Sie neigte den Kopf in der Erwartung, dass damit ihre Begegnung zu Ende war.

Doch Beobrand rührte sich nicht vom Fleck. »Es gibt da noch etwas, worum ich dich bitten möchte«, sagte er dann.

Maida drehte den schweren Goldring in ihrer Hand. »Was immer Ihr wollt, Herr.«

»Du hast dich als aufrichtige Vertraute erwiesen. Mir gegenüber. Sunniva gegenüber. Ich möchte, dass du auch Reaghan eine Vertraute bist.«

Maidas Haltung versteifte sich, und sie presste die Lippen zu einem schmalen Strich zusammen. »Aber sie ist eine Waliserin. Eine Sklavin.«

Beobrand seufzte. »Ich weiß. Und doch ist sie …« Er wurde unsicher und zögerte kurz. »Sie ist mir teuer.«

Maida legte die Stirn missbilligend in Falten.

»Reaghan trifft an alldem keine Schuld.« Mit einer Handbewegung umfasste er ganz Ubbanford, war sich aber nicht sicher, was genau er eigentlich damit meinte. Die Gewalt? Die Toten? Octas Geburt? »Sie trifft keine Schuld daran«, wiederholte er. »Sie ist eine Sklavin, und du kannst sie gerne den ganzen Tag beschäftigen. Aber ich möchte nicht, dass sie in meiner Abwesenheit misshandelt wird. Wenn du ihr keine Freundin sein kannst, dann bitte ich dich, zumindest darauf zu achten, dass ihr kein Unrecht geschieht. Wirst du das tun?«

Maida sah ihn lange Zeit an und drehte dabei unentwegt den Ring in ihrer Hand. Schließlich nickte sie.

* * *

Beobrand genoss den kühlen Wind, der ihm die Haare aus dem Gesicht blies. Sceadugenga, dessen wie Wasser glänzendes Fell sich über seinen Muskeln spannte, trug ihn mühelos im Galopp den Pfad entlang. Als der Hengst in der Ferne Acennans Stute witterte, wieherte er laut. Behutsam zog Beobrand die Zügel an, und das Pferd verlangsamte seine Schritte, bis es schließlich stehen blieb. Beobrand war kein besonders guter Reiter, aber Sceadugenga schien zu spüren, was er wollte. Seit ihrem ersten gemeinsamen Ritt nach der Schlacht von Hefenfelth, als Beobrand auf seinem Rücken Cadwallon, den König von Gwynedd, verfolgt hatte, war Sceadugenga ihm ein treues und zuverlässiges Ross gewesen. Seither war noch nicht einmal ein Jahr vergangen, aber Beobrand konnte sich kaum mehr vorstellen, jemals wieder ein anderes Pferd zu reiten. Er tätschelte dessen schlanken Hals, und Sceadugenga schnaubte vernehmlich. Beobrand wusste, dass der Hengst am liebsten losgestürmt wäre und dabei seine Hufe wuchtig in den warmen Boden geschlagen hätte.

Auf einer Kuppe hinter einem kleinen Birkenwäldchen hatte Beobrand die Mönche und ihre Eskorte erblickt. Die Gruppe war gut vorangekommen. Die Mönche mussten ein Tempo vorlegen wie marschierende Krieger. Beobrand war froh, sie bald einzuholen, freute sich aber zunächst auf eine letzte Strecke im Galopp.

Als er mit der Hand durch Sceadugengas Mähne fuhr, raunte er ihm leise zu: »Gib noch einmal alles, mein Junge, bevor wir nur noch im Schritt gehen dürfen.«

Sceadugenga lauschte den Worten seines Herrn, indem er die Ohren nach hinten legte, dann brauchte er keine zusätzliche Aufmunterung mehr. Mit einem mächtigen Satz jagte er los, sodass Beobrand um ein Haar das Gleichgewicht verloren hätte. Er lachte laut und hielt sich am Sattelknauf fest. Die Kraft des Hengstes zu spüren bereitete ihm jedes Mal aufs Neue unbändige Freude. Es geschah nicht oft, dass er sich wie ein Fürst fühlte, aber im Sattel von Sceadugenga, den König Oswald ihm geschenkt hatte, nachdem er ihm Cadwallon ausgeliefert hatte, war er einer. Er blickte von dem Rücken des Hengstes auf die Welt hinab und fühlte sich wie ein Herrscher; mächtig. Grinsend richtete er sich auf und passte sich erneut dem Rhythmus des Pferdes an. Nun ja, vielleicht nicht der vollkommene Herrscher.

Gemeinsam preschten Pferd und Reiter den Pfad entlang, an Büschen und einigen wenigen Eschen vorbei einem Tal mit einem Birkenwäldchen entgegen. Der Pfad wurde schmal und stellenweise sehr steil, doch Sceadugenga kannte keine Angst und stürmte unverdrossen weiter. Unter seinen mächtigen Hufen stoben Erdklumpen nach allen Seiten.

Im Tal wurde der Hengst für einen Moment langsamer, da es nun nicht mehr abwärts, sondern leicht aufwärts ging, doch dann fiel er erneut in Galopp und jagte einem dunklen grünen Tunnel aus Blattwerk entgegen. Im Wald würde Beobrand sein Pferd zügeln und nur im Schritt weitergehen lassen. Es wäre zu gefährlich gewesen, einfach hindurchzureiten, zudem gab es keinen Grund zur Hast.

Als sie den schattigen Tunneleingang erreichten, bemerkte Beobrand etwas am Wegesrand. Sceadugenga schien es nicht anders zu gehen. Er scheute und machte einige Schritte nach rechts, um etwas auszuweichen, das zwischen den langen Grashalmen und Nesseln lag. Beobrand drohte die Balance zu verlieren. Er umklammerte die Zügel und presste seine Beine verzweifelt an Sceadugengas Flanken.

Der Hengst drehte sich zweimal im Kreis, bevor Beobrand ihn wieder im Griff hatte.

»Ganz ruhig, mein Junge«, beschwichtigte er ihn und tätschelte ihm mit seiner versehrten linken Hand erneut den Hals. Das Tier zitterte unter seiner Berührung und legte die Ohren flach an den Schädel. »So ist es brav.«

Erst als er sich ganz sicher war, dass das Pferd nicht durchgehen würde, wandte Beobrand sich dem Gegenstand am Boden zu, der Sceadugenga einen solchen Schreck eingejagt hatte.

In einem Nest aus frisch geschnittenen Stechpalmenzweigen lag ein langer, kantiger Schädel. Dort, wo einst die Augen gewesen waren, klafften zwei dunkle Löcher. Es war ein Pferdeschädel, bräunlich beschmiert und bespritzt.

Getrocknetes Blut.

Um das schaurige Totem verstreut lagen grob geschnitzte Figuren aus Holz, Geweih und Knochen. An einigen niedrigeren Zweigen der umstehenden Bäume und Büsche hingen Tuchfetzen schlaff in der drückenden Wärme des späten Vormittags.

Vom mit Blutspritzern übersäten Pferdeschädel hob sich grellweiß ein Vogelskelett ab. Aus leeren Höhlen starrte Beobrand das winzige Köpfchen an – kleine dunkle Kreise im Vergleich zu den gewaltigen Augenlöchern des Pferdes.

Ihn fröstelte. Als würde der Winterwind der Insel Muile ihn streifen. Wie in der Höhlenkälte eines Hexenlagers. Die Härchen auf seinen Armen und an seinem Nacken stellten sich auf.

Aber Nelda, die Hexe, die ihn verflucht hatte, konnte nicht hier sein. Aus ihrer Höhle weit entfernt im Nordwesten konnte sie ihm unmöglich bis hierher gefolgt sein. Oder doch? Nein. Auch in diesen Gefilden brachten die Menschen den alten Göttern, den Geistern des Landes, noch immer Opfer dar. Genauso wie den weisen Frauen. Den Hexen, die über heilende Kräfte verfügten und aus geheimen Kräutern Zaubertränke brauten.

Verflucht seien sie.

Ein plötzlicher Schrei, schrill und laut, ließ ihn zusammenzucken.

Kraah, kraah, kraah.

Der Ruf einer Dohle.

Sceadugenga schüttelte verängstigt den Kopf.

Beobrand schauderte erneut. Er starrte zwischen die Bäume, suchte nach etwas, was ihn von dort aus der Dunkelheit beobachtete. Vielleicht nach dem lebenden Bruder des Vogels, dessen Knochen auf dem Pferdeschädel lagen? Inzwischen war er sich sicher, dass das Skelett von Neldas Vogel Munin stammte. Und wo Munin, Wodens Rabe der Erinnerung, war, war sein Bruder Hugin mit Sicherheit nicht fern.

Doch der Vogel war nirgendwo zu entdecken. Zwar war noch einmal sein Schrei in den Bäumen zu vernehmen, aber dann breitete sich Stille aus.

Beobrand wünschte sich an einen anderen Ort, an irgendeinen, während er sich vorstellte, dass sich ein Augenpaar auf ihn richtete.

Erneut starrte er in das Dunkel des Wäldchens. Er verspürte nicht das geringste Bedürfnis hindurchzureiten, und trotzdem würde er vor Schatten und Vögeln nicht die Flucht ergreifen.

»Es ist nur ein Vogel«, flüsterte er und wiederholte damit die Worte, die Acennan auf Muile gesprochen hatte. Mit ihnen wollte er Sceadugenga beruhigen. Oder sich selbst?

Er hatte dem Hengst seinen Namen gegeben, nachdem dieser ihn durch die Schatten eines nächtlichen Waldes getragen hatte. Sceadugenga. Schattengeher.

Das Pferd zitterte. Sein Instinkt riet ihm zu fliehen, und doch hielt es still und wartete auf den Befehl seines Herrn.

Es war gefährlich, unter einem dichten Blätterdach entlangzugaloppieren, doch Beobrand neigte entschlossen den Kopf. »Los geht's, mein Junge«, flüsterte er. »Zeigen wir ihnen, dass du deinen Namen zu Recht trägst.«

Er musste mit den Absätzen seiner Schuhe nur die Flanken des Pferdes streifen, dann jagten sie auch schon vorwärts in das Dunkel der Bäume.

Die kreischenden Schreie der unsichtbaren Dohle verfolgten sie.

* * *

»Ich habe doch gleich gesagt, dass wir sie umbringen sollen«, sagte Acennan und warf ein kleines Holzscheit in das Feuer. Funken flogen in die nächtliche Luft. Es war ein warmer Abend, aber ein Feuer diente auch dazu, Ängste zu zerstreuen. Es hielt wilde Tiere und die Dunkelheit fern.

Beobrand hob den Blick von den Flammen und starrte in das rundliche Gesicht seines Freundes. Der Feuerschein betonte seine tiefen Falten und seine Härte. »Vielleicht ist es ja gar nicht ihr Werk«, meinte er, doch der Zweifel in seinen Worten war nicht zu überhören.

»Das hoffe ich. Aber ich fürchte, dass du damit falschliegst. Sie will dir schaden, Beobrand. Wir müssen sie ausfindig machen und töten.«

Eine Motte flatterte auf die neu erwachten Flammen zu. Einen kurzen Augenblick lang flog sie scheinbar fröhlich dem Licht entgegen, dann fingen ihre Flügel Feuer, und sie taumelte in die Glut, um dieser ihr eigenes bisschen Asche hinzuzufügen.

Nachdem Beobrand am Morgen das Wäldchen durchquert hatte, hatte er sich ohne einen weiteren Zwischenfall zu der Gruppe um Acennan gesellt. Sie kamen schnell voran, und die Nachmittagswärme nahm Nelda und ihrem Fluch allmählich den Schrecken. Doch wie bei einem schlecht verheilten Knochenbruch wollte der dumpfe Druck der Besorgnis nicht vollständig weichen. Und jetzt, unter der scheinbar endlosen Decke einer mondlosen Nacht, war die Furcht mit aller Macht zurückgekehrt, so wie der Schmerz in einen einst gebrochenen Knochen zurückkehrt, wenn es kälter wird.

Geistesabwesend rieb sich Beobrand die linke Seite. Noch immer machten sich seine Rippen gelegentlich bemerkbar, obwohl sie in den mittlerweile fast zwei Jahren seit seiner Brustverletzung gut verheilt waren. »Vielleicht beobachtet sie uns jetzt gerade. Von irgendwo dort im Dunkel.«

»Lass sie ruhig kommen«, erwiderte Acennan. Seine Zähne leuchteten gelb im flackernden Feuerschein. »Ich werde ihrem Leben ein schnelles Ende bereiten. Außerdem hält Aethelwulf Wache. An ihm kommt niemand unbemerkt vorbei.« Er zog sein Sachsmesser und hieb damit wütend auf einen Stock ein.

»Von wem sprecht ihr?«, mischte sich plötzlich eine Stimme ein.

Beide Kämpfer erschraken. Acennan, der für gewöhnlich die Gelassenheit in Person war, sprang auf und packte sein Sachsmesser, bereit, sich zu wehren. Bereit zum Kampf.

»Habt keine Angst. Ich bin es nur, Biorach.« Der stattliche Mönch trat von Abt Aidan begleitet in den Feuerschein.

Beschämt von seiner Reaktion nahm Acennan wieder auf seinem Mantel neben dem Feuer Platz.

Auch Beobrand entspannte sich. Er mochte Biorach und Aidan. Hinter ihnen standen Ceawlin und Garr und redeten leise miteinander. Die restlichen Mönche waren still geworden, nachdem sie zuvor lange gesungen hatten.

Beobrand rückte ein wenig zur Seite und bedeutete den

heiligen Männern, sich zu ihnen zu setzen. Er reichte Aidan eine Flasche Met. Als höchstgestelltem der Mönche gebührte ihm der erste Schluck.

»Habt Dank«, sagte Aidan im melodischen Singsang der Hibernier. Er trank einen kleinen Schluck, bevor er die Flasche an Biorach weiterreichte.

Dieser nahm einen tiefen Zug und wischte sich dann mit dem Handrücken über den Mund. Als Aidan die Augenbrauen hob, lächelte Biorach nur und gab Acennan die Flasche zurück. »Der Abt missbilligt jeden etwas größeren Schluck.« Sein Kichern klang so fröhlich wie ein über ein paar Felsen plätschernder Bach. »Mir fällt es schwer, dem Alkohol zu entsagen, aber der Herr gibt mir meistens die Kraft dazu.«

Eine Zeit lang saßen sie schweigend da, dann ergriff Biorach auf ein Kopfnicken Aidans hin erneut das Wort. »Von wem habt ihr gerade geredet? Wir müssen uns nicht zurückhalten, Abt Aidan hat mir gestattet, nach der Komplet frei zu sprechen.«

»Komplet?«, hakte Beobrand nach.

»Das letzte Offizium des Tages für diejenigen, die den Regeln folgen.«

Die Worte hatten für Beobrand nur wenig Bedeutung, obwohl er von seinem Freund Coenrad und den anderen Mönchen in Engelmynster bereits Ähnliches gehört hatte. Ob er diese heiligen Männer des Christus wohl jemals begreifen würde?

»Und nach dieser … Komplet dürft ihr normalerweise nicht mehr sprechen?«, erkundigte sich Acennan.

»So ist es. Normalerweise halten wir uns dann bis zu den Vigilien an das Schweigegebot.«

Acennan und Beobrand blickten ihn verständnislos an.

»Bis zum ersten Offizium des Tages«, erläuterte Biorach lächelnd.

Acennan nickte, als würde er verstehen. Beobrand war sich sicher, dass dem nicht so war, aber da er jetzt keine lange Unterhaltung über den Glauben der Christusnachfolger beginnen wollte, nickte auch er.

»Nun?«, sagte Biorach, während Aidan sie durchdringend musterte.

»Wir haben über Nelda gesprochen, die weise Frau«, sagte Beobrand. Eine Windbö ließ die Flammen tanzen. Die Nacht war ruhig und warm, und Beobrand wollte sich auf keinen Fall dabei ertappen lassen, wie er zitterte.

Aidan schien zumindest den Namen verstanden zu haben, denn er wandte sich im Flüsterton an Biorach.

Dieser übersetzte: »Seitdem im Norden das Tauwetter eingesetzt hat, haben wir sie nicht mehr gesehen. Aber kurz nachdem Ihr Hii verlassen hattet, hat ein Schäfer beobachtet, wie sie nach Osten gegangen ist.«

»Und anschließend?«

Biorach schüttelte verneinend den Kopf. »Kein Zeichen von ihr bis zu unserem Aufbruch. Und bis dahin waren etliche Monate vergangen.« Er wandte sich an Aidan und übersetzte.

Beobrand fing einen Blick von Acennan auf. »Wir glauben, dass sie hier ist«, sagte er dann. »In der Nähe.«

»Wie kommt Ihr darauf?«

Beobrand berichtete den beiden von dem Pferdeschädel, den Vogelknochen, den Tuchfetzen und den Schnitzereien.

Biorach schlug das Christuskreuz. Seine Hand fuhr vom Kopf zur Brust und von Schulter zu Schulter.

Aidan sagte leise etwas, und Biorach wiederholte die Worte in der Sprache des Angelvolkes. »Fürchtet Euch nicht vor den Ränken der Finsternis, Beobrand. Das Licht wird siegen, so wie Jesus den Tod selbst besiegt hat. Diese Frau ist eine verlorene Seele. Sie sucht nach einem Sinn, wo es keinen gibt. Wie ich hörte, ist sie schon einmal aus diesem Land vertrieben worden. Und sie wird es erneut verlassen. Die Macht des einen, wahren Herrn ist zu groß für ihre schwachen, alten Götter.«

Die Brise wurde steifer, sodass in den umstehenden Bäumen die Blätter raschelten. Das Feuer flackerte. Beobrand warf einen frischen Zweig in die Flammen.

Er hatte die Macht dieses neuen Gottes mit eigenen Augen gesehen. Er hatte Attor gesund gemacht. Und Oswald den Sieg bei Hefenfelth beschert. Oder war das doch Thunor mit seiner von Ziegen gezogenen Kutsche und seinem donnernden Kriegshammer gewesen?

Dieses ganze Gerede von Hexen und Göttern machte ihn nervös. Er griff nach der Metflasche und nahm einen tiefen Schluck. Wer wusste schon, welcher Gott der mächtigste war? Ganz egal, ob Nelda nun über starke Zauberkräfte verfügte oder nicht, er wollte diese Hexe nicht in seiner Nähe wissen. Sie war eine Bedrohung für ihn und die Seinen.

Als er vor den im Wind flackernden Flammen des Lagerfeuers saß, umgeben von der mondlosen schwarzen Nacht, war er sich nur einer Sache gewiss. Acennan hatte recht gehabt. Er hätte Nelda töten sollen, als er die Gelegenheit dazu gehabt hatte.

Kapitel 6

Es war trocken geblieben. Der nächtliche Wind hatte die Wolken vertrieben, jetzt bedeckten glitzernde Tautropfen das Land. Ihre Ängste verschwanden zusammen mit den nächtlichen Schatten, und im Lager herrschte zuversichtliche Stimmung. Die Mönche verrichteten ihre morgendlichen Gebete und Gesänge, bevor sie die erste Nahrung des Tages zu sich nahmen, und machten sich anschließend zum Aufbruch bereit – schneller als eine vorrückende Kriegerschar und unter erheblich weniger Murren.

Bald fielen die heiligen Männer in ein angenehmes Tempo, und sie kamen zügig voran. Die Erde unter ihren Füßen war trocken und fest, und der Tag lag lang vor ihnen. So kam es, dass sie, als die Sonne sich schließlich dem Horizont im Westen entgegensenkte, bereits die Festung Bebbanburg sehen konnten. Schroff wie eine Faust ragte der steile Felsen vor ihnen auf und schien über die umgebende, sanfte Hügellandschaft zu wachen. An seiner höchsten Stelle waren ein Palisadenzaun und eine Steinmauer zu erkennen, die mehrere Gebäude umschlossen. Beobrand sah, dass die neue Christuskirche, deren Bau Oswald befohlen hatte, beinahe vollendet war. Im Gegensatz zu den anderen Gebäuden würde sie zur Gänze aus Steinen bestehen.

Richtung Osten schlug das graue Wasser der Nordsee an

die Klippen. Es war ein klarer Abend, sodass in der Ferne die Umrisse mehrerer Inseln auszumachen waren.

Sie gingen an weiten, bis zum Meer reichenden Marschflächen vorbei. Die untergehende Sonne tauchte das Wasser in einen rotgoldenen Schimmer, während unzählige Vögel über das Gras, den Schlamm und das brackige Wasser flitzten und die schon abendlich kühle Luft mit ihren vielstimmigen Schreien erfüllten. Hinter der Marsch lag die flache Insel Lindisfarena, mattgrün und mit blassen Sandstränden. An ihrer Südspitze stand, wie als Gegenstück zur Klippe von Bebbanburg, ein kleinerer Felsen.

Beobrand deutete von seinem Aussichtspunkt auf Sceadugengas Rücken in Richtung des Eilands. »Eure neue Heimat. Lindisfarena.«

Biorach und Aidan sprachen kurz miteinander.

»Und das ist wirklich eine Insel?«, wollte Biorach dann wissen. »Bei dem Schlamm und dem Sand könnten wir mühelos zu Fuß hinübergelangen.«

Beobrand lächelte. »Bei Ebbe ist Lindisfarena tatsächlich zu Fuß zu erreichen, aber bei Flut ist es eine Insel.«

Biorach übersetzte, und Aidan nickte, allem Anschein nach zufrieden. Die anderen Mönche steckten aufgeregt die Köpfe zusammen.

»Allerdings kann der Sand recht trügerisch sein«, fuhr Beobrand fort. »Und die Flut kommt, so habe ich gehört, schnell wie ein galoppierendes Pferd. Ich bin mir sicher, ihr werdet bald alles über euer neues Zuhause erfahren, aber zunächst gehen wir nach Bebbanburg. Zu König Oswald.«

»Dort gibt es auch Fleisch und wohlschmeckenden Met«, ergänzte Acennan. »Vielleicht sogar ein bequemes Lager und eine hübsche, kleine Sklavin, die es für mich anwärmt!« Er trieb seine Stute vorwärts.

Beobrand hielt Sceadugenga noch einen Augenblick lang zurück. Verblüfft registrierte er, welch tiefe Sehnsucht Acennans Worte bei ihm ausgelöst hatten. Hoffentlich ging es Reaghan gut. Maida würde dafür sorgen, dass sie nicht schlecht behandelt wurde, da war er sich sicher.

Er verharrte noch einen kurzen Augenblick und sah dem davongaloppierenden Acennan hinterher. Dann stieß er einen Schrei aus, der einen ganzen Schwarm weißer Vögel aufschreckte. Flatternd erhoben sie sich in die Luft, als Beobrand die Hacken in Sceadugengas Flanken grub und der Hengst mit einem kraftvollen Satz losjagte.

* * *

»Aidan, mein alter Freund!« Oswald stand an der Hohen Tafel neben seinem Thron und breitete die Arme zur Begrüßung aus. Im Saal ging es hoch her. Dunkelheit hatte sich über das Land gelegt, und das Kaminfeuer erfüllte den großen Raum mit Licht und Wärme. Binsenfackeln und Kerzen sorgten dafür, dass auch die hintersten Ecken zumindest noch schwach beleuchtet wurden. Die Tische bogen sich unter der Last des Festmahls, das zu Ehren des neuen Abtes von Lindisfarena stattfand.

Der rötliche Feuerschein spiegelte sich in Aidans dunklen Augen. Er verneigte sich, durchquerte den mit Binsen ausgelegten Saal und umarmte den König.

Beide unterhielten sich leise in der singenden Sprache der Hibernier, während auch die Mönche den königlichen Saal betraten. Die Gottesmänner wirkten verlegen und eingeschüchtert, sie waren ein solch reichhaltiges Angebot an Speisen und die herrschaftliche Umgebung nicht gewohnt.

Kurz bevor sie den Felsen Bebbanburgs erreicht hatten, waren Beobrand und Acennan vorausgeritten, um die Ankunft des Abtes und der Mönche anzukündigen. Jetzt winkte Beobrand Garr zu, der alle heiligen Männer bis auf Biorach deutlich überragte. Garr erwiderte die Geste und führte Aethelwulf und Ceawlin zu einem Tisch in der Nähe ihres Herrn.

Alle drei ließen sich auf die Bank fallen und baten die nächste vorbeikommende Dienerin um Bier. Sie konnten den ersten Schluck kaum mehr erwarten.

»Ich habe einen solchen Durst vom Marschieren, dass ich einen ganzen See aussaufen könnte«, sagte Aethelwulf. »Und meine Beine brennen immer noch wie Feuer. Diese heiligen Männer haben ein Tempo angeschlagen, als hätte hier in Bebbanburg ein warmer Schoß auf sie gewartet.«

Das junge Mädchen, das gerade dabei war, ihm Bier einzuschenken, errötete.

»Na ja«, lachte Aethelwulf und versetzte ihm einen Klaps auf den Hintern. »Ich will mich nicht beklagen. Das Bier hier ist bestimmt auch nicht schlecht.«

Das Mädchen entfernte sich mit hastigen Schritten. Stattdessen tauchte eine kräftige Frau mittleren Alters mit fleckigem Gesicht auf. Mit ernster Miene schenkte sie die restlichen Becher voll, bevor sie Aethelwulf durchdringend ansah.

»Das Einzige, was Ihr in diesem Saal anfassen dürft, sind Speisen und Getränke«, blaffte sie. »Wenn ich noch einmal sehe, dass sich eine Hand irgendwo anders hin verirrt, schneide ich noch eine zusätzliche Wurst in den Eintopf.«

Aethelwulf nahm einen tiefen Schluck Bier, ohne dass ihm eine passende Erwiderung einfiel.

»Da macht Euch mal keine allzu großen Hoffnungen, gute Frau«, erwiderte Ceawlin an seiner statt. »Seine Wurst ist nicht allzu groß.«

Sie wandte sich um und durchbohrte ihn mit Blicken. »In dem Fall brauche ich vielleicht mehr als nur eine, damit es sich auch lohnt. Die Hände bleiben auf dem Tisch«, sie ließ ihren Blick über die Männer schweifen, »und die Schwerter in der Scheide, sonst bekommt Ihr es mit mir zu tun.«

Mit diesen Worten watschelte sie weiter, um Männer an einem anderen Tisch zu bedienen. Oder eher, um sie zurechtzuweisen.

Acennan lachte. »Ich bin ja nicht besonders scharf auf Aethelwulfs Bekannte, aber ich glaube, sie ist verliebt.«

Beobrand lächelte und wandte den Blick zur Hohen Tafel. Oswald machte sich bereit, zu ihnen zu sprechen. Der Lärm verstummte allmählich, und die Männer drehten sich um, um ihrem König zu lauschen.

Oswalds kantiges, intelligentes Gesicht wurde von kastanienbraunem Haar umrahmt. Wieder breitete er die Arme aus, als wollte er seinen Christusgott am Totenkreuz imitieren. Aidan stand neben ihm. Seine Wangen hatten sich in der Wärme des Saales sichtlich gerötet.

Schweigend erwarteten die Männer Oswalds Rede. Zwei Hunde balgten sich um einen Knochen, bis ein Krieger mit dunklem Teint einen der beiden mit einem Fußtritt davonjagte.

Endlich ergriff Oswald das Wort. Er erhob nicht die Stimme wie die meisten Herrscher, wenn sie zu ihrer Kriegerschar sprachen. Beobrand hatte ihn schon viele Male reden hören und war jedes Mal wieder voller Bewunderung dafür, wie es Oswald gelang, alle Aufmerksamkeit auf sich zu lenken. Seine leise Stimme sorgte dafür, dass es den Zuhörern vor Aufregung beinahe den Atem verschlug.

»Meine Männer«, sagte er. »Ich freue mich, den heiligen Vater von Lindisfarena, Abt Aidan, hier in meinem Saal und in meinem Land willkommen zu heißen.«

Applaus donnerte los. Fäuste krachten auf die Tische, sodass die Messer klapperten. Jubelrufe wurden laut. Was jedoch nicht daran lag, dass die versammelten Recken des Königs, seine Gefolgschaft, besonders glücklich über die Ankunft des Christuspriesters gewesen wären. Sie waren lediglich froh, dass sie endlich ein Ventil für ihre große Anspannung gefunden hatten.

Erneut hob Oswald die Arme.

Stille setzte wieder ein. Schweigen.

»Etliche von euch wissen, dass die Mönche, die Christus nachfolgen, ein einfaches Leben führen. Sie essen kein fettes Fleisch. Sie saufen nicht wie die Krieger in den Metsälen.«

»Dann bleibt für uns mehr übrig!«, rief ein Mann aus einer der hinteren Reihen dazwischen. Gelächter lief durch die Reihen. Selbst Oswald lächelte.

»Aber heute Abend werden sie eine Ausnahme machen. Heute Abend sitzen sie als Ehrengäste an meinem Tisch, nachdem sie diese weite Reise auf mein Geheiß angetreten und überstanden haben. Aidan hat seinen Brüdern die Erlaubnis gegeben, mit uns zu feiern. Also seid nett zu ihnen und denkt immer daran: Sie sind keine Kämpfer, sondern Diener Gottes.«

Die Krieger brachen in lauten Jubel aus. Ein paar neue Gesichter im Metsaal waren schließlich immer interessant. Und vielleicht würden sie ja die eine oder andere Neuigkeit aus der Ferne erfahren. Vielleicht ein paar neue Rätsel für lange Abende kennenlernen. Oder Spiele.

Oswald wandte sich jetzt den Mönchen zu, die sich nervös auf der einen Seite des Saals versammelt hatten, und übersetzte ihnen, was er soeben gesagt hatte. Sie entspannten sich zusehends und suchten sich dann Sitzplätze. Vor allem Biorach wirkte ausgesprochen erfreut, dachte Beobrand. Der kräftig gebaute Mönch griff nach einem Methorn und leerte es in einem Zug, begleitet von lautem Geschrei und zustimmendem Gelächter der Krieger in seiner Nähe.

Aidan hatte sich neben Oswald an der Hohen Tafel niedergelassen, wo auch Oswiu, der Bruder des Königs, Platz genommen hatte. Der Prinz, so massiv und bisher so still wie der Felsen von Bebbanburg, prostete Beobrand mit seinem Trinkhorn zu, während ein leises Lächeln seine Lippen umspielte.

Am hinteren Ende der Tafel saß eine Frau von auffallender Schönheit. Flammend rote Zöpfe hingen fast bis zu ihrem Steißbein. Sie hielt den Blick gesenkt und die Hände züchtig im Schoß gefaltet. Das war Finola, Witwe von Oswalds anderem Bruder Eanfrith und Schwester von Gartnait, dem König der Pikten, weshalb sie für Oswald von großem Wert war. Wie immer, wenn Beobrand sie sah, saß sie stumm und regungslos an dem Platz, der ihr zugedacht worden war. Ein wunderschönes Friedenspfand inmitten von mächtigen Männern und Kriegern.

Beobrand hatte Mitleid mit ihr und ihrem Sohn Talorcan an ihrer Seite. Im Grunde genommen waren sie nichts anderes als Oswalds Gefangene. Dennoch – so schlecht war ihr Schicksal nicht. Sie hatten ein Dach über dem Kopf und wurden mit feinsten Speisen und Getränken versorgt. Viele andere hätten für solche Privilegien getötet, ohne mit der Wimper zu zucken.

Für einen kurzen Augenblick tauchte Reaghan in Beobrands Gedanken auf. Etwas an Finola erinnerte ihn an die zierliche walisische Sklavin. Beide Frauen wirkten so zerbrechlich, ihre zarten Körper anmutig und verführerisch zugleich.

Und beide waren sie Gefangene, Sklavinnen ihres jeweiligen Schicksals.

Erst eine Bewegung am anderen Ende der Hohen Tafel riss ihn aus seinen Betrachtungen.

Oswald blickte Beobrand direkt an. Seine in tiefen Höhlen liegenden Augen wirkten düster, als er ihn mit der rechten Hand zu sich winkte.

* * *

»Du hast einem meiner Männer einen langen Ritt erspart.« Oswald setzte sich und griff nach einem wunderschönen Trinkbecher aus Glas.

»Mein Herr und König?« Unsicher stand Beobrand vor seinem Herrscher. Das letzte Mal hatten sie sich in Dor gesehen, an der Grenze zwischen Mercia und Deira. Ein finsterer Tag, gefolgt von einer Nacht voller Blitze und Grausamkeiten. Sie hatte zur Folge gehabt, dass Beobrand seinem Diener Anhaga das Leben nehmen musste, weil dieser den Waffenstillstand des Königs gebrochen und damit beinahe einen Krieg zwischen Northumbria und Mercia heraufbeschworen hatte. Einen Krieg, den Oswald, wie er unmissverständlich deutlich gemacht hatte, um jeden Preis vermeiden wollte. Damals war er voller Zorn auf Beobrand gewesen, und der Krieger war sich nicht sicher, wie es heute um die Stimmung seines Königs stand.

Lächelnd hob Oswald sein Glas. Anscheinend war er Beobrand wohlgesonnen. Doch es war nie ratsam, sich in der Gegenwart von Königen zu entspannen.

»Ich wollte ohnehin einen Boten nach Ubbanford senden. Das hast du mir erspart.« Oswald bedeutete einem Sklaven, einen Hocker für Beobrand herbeizuschaffen.

Dieser setzte sich zögerlich. Er fühlte sich nicht besonders wohl an der Hohen Tafel. Nervös räusperte er sich. Nachdem der Sklave einen Becher mit einer dunklen Flüssigkeit vor ihn hingestellt hatte, nahm Beobrand einen Schluck und riss die Augen auf. Der Geschmack war ihm vollkommen unbekannt.

Als Oswald seinen Gesichtsausdruck sah, lachte er laut. »Das ist Wein aus Frankia. Er wurde über Cantware hergebracht.«

»Wein?«, wiederholte Beobrand. Die dunkle Wärme des Getränks streichelte immer noch seinen Gaumen. Er hatte von diesem Gebräu schon gehört, es aber noch nie gekostet. »Woraus wird er gemacht?«

»Aus Trauben. Früchten. In Frankia trinken sie das wie wir hier Bier.«

Beobrand nahm einen weiteren Schluck. Die samtene Würze des Weins wirkte auf ihn ebenso beruhigend wie die gute Laune des Königs. »Warum wolltet Ihr nach mir schicken lassen?«, erkundigte er sich dann.

Oswald ging auf seine Frage nicht ein. »Ich habe gehört, dass Nathairs Saal den Flammen anheimgefallen ist.« Sein Blick war schlagartig hart geworden, unnachgiebig wie Feuerstein.

Beobrands Körper spannte sich an.

»Nathair und seine Männer waren meine Untertanen, Beobrand. Du kannst meine Untertanen nicht einfach niedermetzeln wie ein Stück Vieh im Blotmonath.«

So schnell wie die Wolken eines Sommergewitters ballte sich der wilde Hass jener Nacht in Beobrands Innerem zusammen. Er musste sich anstrengen, um nicht laut zu werden.

Seine Antwort fiel knapp und scharf aus. »Dieser piktische Abschaum hat meine Leute getötet.« Im Augenwinkel sah er Finolas Haarschopf rot leuchten. Für einen kurzen Moment bedauerte er seine Worte. Auch sie war eine Piktin. Dann musste er an die roten Streifen auf Rowenas Mantel denken. Tobrytans Blut. Und an Reaghans zitternde Gestalt und wie er sie an seine Brust gedrückt hatte. Sein Mund war trocken. Als er schluckte, schmeckte es sauer.

»Sie haben meine Leute entführt, nachdem ich sie gewarnt hatte.«

»Du hättest dich an mich wenden sollen. Schließlich gibt es Gesetze. Du hättest Blutgeld für die Getöteten verlangen sollen, genau wie für alle Gegenstände oder Sklavinnen, die dir von ihnen geraubt wurden.«

Beobrand holte tief Luft. »Ihr habt recht. Die Gesetze gelten für Eure Untertanen. Aber ich habe weder Nathair noch seine Söhne in Hefenfelth kämpfen gesehen. Wo waren sie, als wir Cadwallon vernichtet und seine Kriegerschar in alle Winde zerstreut haben?«

Oswald kniff die Augen zusammen. Natürlich wusste er, dass die Pikten nicht dabei gewesen waren. Viele Männer hatten beschlossen, den Ausgang jener schicksalhaften Schlacht bei dem Großen Wall abzuwarten, bevor sie einen Lehnseid ablegten.

»Habt Ihr sie vielleicht danach zu Gesicht bekommen? Ist Nathairs Clan bei Euch aufgetaucht, um Euch den Treueeid zu schwören, König Oswald?«

Oswalds Miene war Antwort genug.

»Dann habe ich Euch einen Dienst erwiesen, indem ich Euch von ihnen befreit habe. Das waren keine Ehrenmänner. Und so wahr ich hier stehe, es werden nicht die letzten Pikten gewesen sein, die wir töten müssen, bevor dieses Land wahrhaftig Euer Land ist.«

Erneut flammte Oswalds Ärger auf. »Dir steht kein Urteil darüber zu, wer leben und wer sterben soll. So mächtig ist allein Gott, der Herr. Wenn wir die Gesetze dieser Welt nicht befolgen, sind wir kaum besser als die Tiere.«

Als Beobrand seinen Weinbecher auf den Tisch stellte, zitterte seine Hand. Er drückte den Rücken durch und erwiderte: »Ich habe nichts Unrechtes getan. Meine Untertanen wurden angegriffen, und ich habe sie verteidigt und die Schuld mit Blut beglichen.«

»Du hättest Blutgeld fordern sollen. Gold im Tausch gegen das Unrecht, das den Deinen angetan wurde.«

»Ich habe nichts Unrechtes getan«, wiederholte Beobrand. »Behauptet irgendjemand denn, dass ich meinen Eid gebrochen habe, oder fordert Blutgeld für ein von mir begangenes Verbrechen?«

Der König leerte erst sein Weinglas, bevor er eine Antwort gab. Seine Stimme hatte an Stärke verloren. »Wer tot ist, kann kaum mehr Blutgeld verlangen.«

Beobrand nickte. Zumindest verstanden sie einander. »Nathair musste sterben«, fügte er hart und eiskalt hinzu. »So wie Cadwallon von Gwynedd.«

Der König blickte Beobrand in die Augen. Eine Zeit lang starrten sie einander regungslos an. Schließlich nickte Oswald kaum wahrnehmbar und ließ die Andeutung eines Lächelns sehen.

»Was ist mit Nathairs Söhnen? Hast du sie auch getötet?«

»Er hatte drei«, erwiderte Beobrand. Mit einem Mal spürte er die Wunden, die sie ihm am Arm und an seinem Bein beigebracht hatten. »Zwei von ihnen sind tot.«

»Und der dritte?«, wollte Oswald wissen.

Beobrand dachte an die weißen Federn in der Dunkelheit, den Fäulnisgestank, der aus Attors Schulterwunde aufgestiegen war. Aber es machte keinen Sinn, Oswald davon zu berichten. »Torran. Er ist geflohen wie ein getretener Köter.«

»Du musst vorsichtig sein, Beobrand. Du kannst nicht jeden töten, der dir in die Quere kommt.«

»Vielleicht nicht«, entgegnete Beobrand, griff nach seinem Becher und leerte ihn in einem Zug. »Aber ich habe Euch die Treue geschworen, mein Herr und König. Und darum seid gewiss, dass ich jeden töten werde, der Euch in die Quere kommt.«

* * *

Der Abend schritt voran. Gewaltige Mengen an Speisen wurden aufgetragen. Es gab gebratenes Wild, Austern sowie einen großen Kessel mit reichhaltigem, schmackhaftem Eintopf und dazu reichlich frisch gebackenes, weiches Brot. Die Getränke flossen unaufhörlich wie ein Bachlauf, sodass die Männer, ganz gleich ob Krieger oder Mönch, trunken wurden. Rätsel wurden gestellt, und schon bei dem ersten der allseits beliebten derben Wortspiele, das die Runde machte, erklang schallendes Gelächter.

Beobrand saß wieder bei seinen Männern und lehnte sich satt und zufrieden zurück. Sein Trinkhorn war mit starkem Met gefüllt. Aethelwulf schien die kräftig gebaute Servierdame verhext zu haben, denn sie füllte ihnen immer wieder aufmerksam die Becher, ohne dass sie sie darum bitten mussten. Außerdem war Beobrand sich sicher, dass sie Aethelwulf nur die besten Fleischstücke vorlegte.

»Was wollte Oswald von dir?«, erkundigte sich Acennan.

»Dass ich niemanden mehr umbringe.« Beobrand trank einen Schluck Met. Er hatte den Punkt, wo ihm klar war, dass er sein Verhalten am nächsten Morgen bereuen würde, bereits überschritten, und der Met schmeckte einfach zu süß und duftete zu himmlisch. Trinken war, wie wenn ein Mann mit einer willigen Frau im Bett liegt. Irgendwann kam immer der Moment, von dem an es kein Zurück mehr gab.

Acennan verschluckte sich an seinem Bier. »Niemanden?«, stieß er hervor.

»Er sagt, dass es Gesetze gibt.«

Acennan, der ebenfalls schon ziemlich angetrunken war, nickte langsam. »Also bringen wir niemanden mehr um.«

»Letztendlich haben wir uns geeinigt«, erwiderte Beobrand mit schmalem Lächeln.

»Worauf?«

»Dass ich nur diejenigen töte, die der König tot sehen will.«

»Klingt doch ganz vernünftig«, meinte Acennan.

Sie sahen zu, wie Conant, der junge Mönch, der beinahe im Tuidi ertrunken wäre, sich auf einen Tisch stellte und anfing, mit drei hölzernen Bechern zu jonglieren. Es war eine beeindruckende Demonstration seiner Geschicklichkeit. Die Krieger johlten ihm zu. Nur wenige Augenblicke später verlor Conant jedoch die Balance, versuchte, mit einem Seitschritt wieder sicheren Stand zu finden, und fiel vom Tisch. Er landete auf mehreren von Oswalds Recken und löste damit einen Jubelsturm aus, der lauter war als alles andere zuvor.

Als sich der Aufruhr allmählich legte, wandte sich Acennan Beobrand zu. Es gelang ihm nur noch mit Mühe, geradeaus zu blicken. »Und das war alles?«

»Nein. Er hatte noch ein anderes Anliegen. Wenn wir heute nicht zu ihm gekommen wären, hätte er nach uns geschickt. Wir sollen ihn gen Süden begleiten.«

»Nach Eoferwic?« Die altehrwürdige Stadt mit einem weiteren Königssaal lag in Deira, südlich des Großen Walls.

»Nein. Noch weiter. Nach Wessex.«

»Was sollen wir denn dort?«

»Es scheint, als benötigte der König einen Thronfolger.«

»Aber in Wessex wird er bestimmt keinen finden, oder

doch? Wachsen die dort vielleicht auf den Bäumen?« Acennan fing an zu kichern.

»Nein«, seufzte Beobrand. »Aber auch wenn auf den Bäumen in Wessex keine Thronfolger wachsen, reist Oswald aus diesem Grund dorthin. Und um die Bande mit König Cynegils zu stärken.«

Acennan sah ihn verständnislos an.

»Oswald will ein Friedenspfand.«

Jetzt endlich dämmerte es Acennan. »Also sucht er nicht nach einem Thronfolger, sondern nach der ihn gebärenden Hülle«, lallte er.

»Genau.« Beobrand streckte die Hand nach seinem Methorn aus. Die Zeit, sich dem Vergessen hinzugeben, war längst gekommen. »Oswald will Cynegils' Tochter heiraten. Und wir sollen ihn als seine Eskorte begleiten.«

Kapitel 7

Coenrad holte tief Luft und wandte den Blick zurück nach Lindisfarena. Weiße Wolkenfetzen sprenkelten den dunkelblauen Himmel über der Insel. Im flachen, feuchten Sand, der Lindisfarena vom Festland Albions trennte, hinterließ er tiefe Spuren. Er staunte immer noch darüber, wie das Meer den Sand bei jeder Flut aufs Neue überschwemmte. Sein Blick ging weiter hinaus zu den schiefergrauen Wellen auf der Straße der Wale. Er wusste, dass ihm keine Gefahr drohte. Das Wasser würde noch lange nicht zurückkehren, trotzdem war es immer ein ungutes Gefühl, auf dieser Sandfläche zu stehen, die zu anderen Zeiten der Meeresboden war.

In weiter Ferne, kaum erkennbar vor dem eintönigen Grün der Insel, standen das Gebäude mit den Zellen und die Kapelle des Klosters. Er hatte beim Bau geholfen und auch den umgebenden Graben ausgehoben. Und er hatte den alten Abt Fearghas mit begraben, den er sehr gern gehabt hatte. Fearghas hatte ihn aus einem Leben voller Jammer und Elend befreit und ihm so viel gegeben. Einen Lebenssinn. Einen neuen Gott. Brüder in Christus. Eine Familie aus christlichen Brüdern.

Ein Zuhause.

Coenrad seufzte. Seevögel kreisten hoch über ihm. Viele

von ihnen hatten sich auf dem Sand niedergelassen und pickten nun in den Fußabdrücken der Mönche nach aufgeschreckten Würmern. Er liebte die Insel und den Frieden auf ihr. Das einfache Leben, bestehend aus Gebet und Arbeit, war ein gutes Leben. Und doch konnte er nicht verhehlen, dass er sich freute, erneut nach Bebbanburg gerufen worden zu sein.

Oswald würde eine Prinzessin aus Wessex heiraten, und der König dieses fernen Reiches, Cynegils, sollte getauft werden und den christlichen Glauben annehmen. Es waren bedeutende Zeiten. Oswald hatte ausdrücklich darum gebeten, dass er, Coenrad, ihn begleitete und als Schreiber die Ereignisse dokumentierte.

Coenrad erinnerte sich an die Begegnung der Könige bei Dor. Auch er war anwesend gewesen und hatte die Entscheidungen und Vereinbarungen notiert, die Oswald und Penda gemeinsam getroffen hatten. Eine große Ehre. Und doch hatte er damals zum ersten Mal ernsthafte Zweifel an seiner Berufung verspürt. Als er vor dem verletzten Wybert stand, dem Mann, der Beobrands Gattin Sunniva so schändlich missbraucht hatte, war Coenrad von einer beinahe allumfassenden Wut in Besitz genommen worden. Und als Wybert keinerlei Anzeichen von Reue zeigte, hatte er, Coenrad, seine ganze Kraft aufbieten müssen, um dem Kerl nicht Gewalt anzutun.

Vogelschreie holten ihn zurück in die Gegenwart. In einer finsteren, verborgenen Ecke seines Geistes beschworen sie jedes Mal Erinnerungen an den vergangenen Winter herauf. An die Höhle auf Muile. Die Hexe. Die Dohle. Und an Cormán.

»Nun komm schon, Coenrad.«

Dalstons Stimme bewahrte ihn davor, noch länger an die grausigen Schrecken jenes eiskalten Winters zu denken.

Coenrad warf einen letzten Blick auf Lindisfarena, dann drehte er sich um und folgte Dalston und Gothfraidh. Dalston kannte er, seit sie gemeinsam Novizen in Engelmynster gewesen waren. Sie waren nie befreundet gewesen. Dalston hatte etwas an sich, das Coenrad gehörig auf die Nerven ging. Dennoch verband sie das Leid, das sie beide hatten erfahren müssen. Ihr Zuhause war zerstört, Menschen, die sie geliebt hatten, waren ermordet worden. Keiner von ihnen war länger ein Kind. Sie waren erwachsen. Dalston war inzwischen fast einen Kopf größer als Coenrad, und die Pickel, die in den vergangenen Jahren seine ständigen Begleiter gewesen waren, waren verschwunden. Nur noch pinkfarbene Schatten auf seiner blassen Haut erinnerten an sie.

Obwohl sie keine Freunde waren, teilten sie doch viele schwere Erfahrungen, die sich nicht einfach vergessen oder ignorieren ließen. Coenrad mochte Dalston nicht besonders, aber er respektierte ihn. Die Kunst des Schreibens und der Illustration war ihm nicht von Anfang an zugefallen, aber er hatte sich so lange unermüdlich bemüht, bis er ebenso gut schreiben konnte wie der begabteste Mönch des Klosters. So war er in dieser Hinsicht nun sogar geschickter als Coenrad.

Gothfraidh war älter als sie beide. Er gehörte zu den Mönchen, die König Oswald auf seinem Weg zurück von der Insel Hii begleitet hatten. Obwohl Gothfraidh oft wortkarg war und ruppig wirkte, hatte Coenrad ihn ins Herz geschlossen. In einem Moment, als alles für ihn verloren schien, hatte er sich auf Coenrads Seite gestellt. Gothfraidh hatte ihm mehr geglaubt als dem vorgeblichen Gottesmann Cormán, und das würde Coenrad ihm niemals vergessen.

Warum Oswald wohl ausgerechnet ihn bei sich haben wollte? Fearghas und der König hatten ein enges Verhältnis gepflegt, und Oswald schätzte auch Gothfraidh sehr. Fearghas und Gothfraidh wiederum hatten großes Zutrauen zu Coenrad gehabt. Vielleicht hatte der König ihn ja deshalb zu seinem persönlichen Schreiber auserkoren. Vielleicht gab er ja gerade wegen des Vorfalls mit Cormán Coenrad den Vorzug vor den anderen Mönchen. Aber ganz gleichgültig, was der Grund dafür sein mochte, er war froh über die Gelegenheit, einmal mehr die Grenzen seiner Welt erweitern zu können. Vieles von dem, was er außerhalb des schützenden Klosters erlebt hatte, hatte ihn verängstigt und traurig gemacht, und trotzdem verlangte es Coenrad nach mehr.

Er schloss zu Gothfraidh und Dalston auf.

»Wir haben keine Zeit zum Herumtrödeln, Coenrad«, sagte Gothfraidh. Seine Stimme klang ernst, aber seine Augen funkelten heiter.

Schweigend setzten sie ihren Weg fort. Die untergehende Sonne warf bereits Schatten auf den Felsen und die Festung Bebbanburg, und vor ihnen lag noch ein ordentliches Wegstück. Aber beeilten sie sich jetzt, dann würden sie ihr Ziel noch sicher vor Einbruch der Dunkelheit erreichen.

»Wir werden bei einer königlichen Hochzeit dabei sein«, sagte Dalston mit der atemlosen Stimme, die Coenrad seit Langem kannte und aus der gleichermaßen Furcht und Begeisterung sprachen. »Und bei einer königlichen Taufe. Ist denn das zu glauben?«

Gothfraidh schnaubte nur als Antwort und stiefelte voraus, um die Jungen unter sich plaudern zu lassen.

Coenrad erwiderte zunächst nichts. Er dachte an all die schicksalhaften Momente, die er bereits miterlebt hatte. In denen über die Zukunft von Königreichen entschieden worden war. Oder Äbte bestimmt worden waren. Und in denen Fürsten Männer in mächtige Positionen erhoben hatten. Was würde sie in Wessex noch erwarten?

Er schüttelte den Kopf. »Nein«, sagte er, nachdem ihm klar geworden war, wie er empfand – trotz all der Mühen und Qualen, die er hinter sich hatte. »Nein, das ist wirklich nicht zu glauben. Wir müssen wahrhaftig gesegnet sein.«

* * *

Bebbanburg platzte aus allen Nähten. Recken und Grafschaftsvorsteher hatten den Ruf ihres Königs vernommen und waren herbeigeeilt. Jeder von ihnen mit einem Gefolge im Schlepptau, bestehend aus Kriegern und Leibeigenen. Die Atmosphäre in der Festung erinnerte Beobrand mehr und mehr an seinen letzten längeren Aufenthalt innerhalb dieser engen Mauern. Im vergangenen Sommer hatten sie sich hier auf die Schlacht gegen die Waliser vorbereitet. Es war eine angsterfüllte Zeit gewesen, der festliche Gelage folgen sollten. Jetzt erinnerte ihn die Stimmung eher an die Siegesfeiern als an das zermürbende Warten auf den Beginn der Schlacht, auch wenn etwas ganz eindeutig anders war als damals.

Im vergangenen Sommer hatte Beobrand jedes Mal, wenn ihm der Lärm und das Getümmel auf Bebbanburg zu viel geworden waren, Trost und Zuspruch in Sunnivas

Armen gefunden. Jetzt gab es keine Geliebte mehr, mit der er sich hier in einer stillen Ecke zurückziehen konnte, um sich in deren Armen zu vergessen. Keine aufmunternden Worte, wenn die Selbstzweifel ihn plagten.

Jetzt gab es keine Sunniva mehr.

Wie schon oft stand er auf der östlichen Seite der Palisade und blickte aufs Meer hinaus. Er beobachtete, wie unten am Strand Schiffe beladen wurden. Männer riefen einander etwas zu und schleppten Bündel und Fässer an Bord. Taue wurden geflickt. Beobrand freute sich nicht auf die Fahrt gen Süden. Er war kein Seemann und hielt sich nur ungern länger auf dem schwankenden Deck eines dieser Wellenreiter auf, die die Straße der Wale befuhren. Das war nicht seine Bestimmung. Doch er würde seinem König folgen, egal, wohin dieser ihn führte.

Er wandte den Blick gen Süden, wo die langen Schatten der untergehenden Sonne den Dünen scharfe Konturen verliehen. Dort, jenseits des Sandes und des Strandhafers, lag ein heiliger Ort. Ein Gräberfeld. Dort verfaulte sein Bruder Octa, begraben nach Art der Christusnachfolger. Aber dieses Mal würde Beobrand ihm keinen Besuch abstatten. Das von Bäumen gesäumte Areal mit seinen schiefen Grabsteinen und Hügeln löste Unruhe in ihm aus und hätte nichts zu seiner Aufmunterung beigetragen.

Sunniva fehlte ihm. Genauso wie Octa. Er sehnte sich nach den Lebenden, nicht nach den Toten.

Vielleicht spürten Acennan und die anderen Männer seine düstere Stimmung, denn sie ließen ihn in Ruhe. Sie waren nun schon mehrere Tage in Bebbanburg, und je mehr Männer in der Festung eingetroffen waren, desto schlechter war Beobrands Laune geworden. Er sorgte sich um Ubbanford. Er war sich sicher, dass Nelda nach Süden gezogen war, um ihm und scinen Leuten Leid zuzufügen. Aus diesem Grund hatte er Aethelwulf und Ceawlin bereits nach Ubbanford zurückgeschickt; sie sollten Bassus bitten, Wachen zu postieren. Sie mussten aufmerksam sein. Und falls Nelda sich blicken ließ, durften sie nicht zögern. Dann mussten sie sie töten.

Es hatte den beiden tapferen Kriegern nicht gefallen, wieder nach Hause zu gehen. So würde ihnen das Festmahl entgehen, das Bestandteil einer königlichen Hochzeit war. »Ich habe so manches über die Dirnen von Wessex gehört«, hatte Aethelwulf gesagt. »Und zwar nur Gutes, wenn Ihr versteht, was ich meine.«

»Du wirst dich mit den Mädchen aus Bernicia begnügen müssen, denn ihr werdet in Ubbanford bleiben«, erwiderte Beobrand.

»Piktinnen und alte Schachteln, mehr gibt es dort nicht«, stöhnte Ceawlin. »Von den Schönheiten aus Wessex keine Spur.«

»Mehr als Schweine und Rindviecher habt ihr doch gar nicht verdient«, hatte Acennan sich grinsend eingeschaltet. »Und jetzt macht euch vom Acker. Aber lasst uns was von dem Met übrig.«

Die beiden Männer zusätzlich unter Bassus' Kommando zu wissen beruhigte Beobrand zumindest ein wenig. Aber es war klar, dass seine Nervosität erst dann ganz von ihm abfallen würde, wenn er wieder in seinem eigenen Saal und Nelda keine Bedrohung mehr war.

»Sei gegrüßt, Beobrand, du hässlicher Hurensohn!«

Beobrand blickte in den Burghof hinab. Wer hatte da gerade seinen Namen gerufen? An der Spitze einer Krieger- und Dienerschar ritt ein groß gewachsener, kräftiger Mann mit wallendem Bart durch das Tor. Er winkte Beobrand zu und sprang trotz seiner Körperfülle höchst geschmeidig von seinem schönen Pferd. Sein blauer Mantel leuchtete im schwindenden Tageslicht, und an seinen muskulösen Armen glitzerten die Kriegerreifen.

Beobrand hob die Hand zum Gruß. »Athelstan, du räudiger Ziegenficker, ich wusste gar nicht, dass du uns nach Wessex begleitest. Ich hätte nicht geglaubt, dass Oswald sich außerhalb seines Reiches mit dir sehen lässt.« Er stieg die Leiter vom Palisadengang nach unten.

Athelstan kam auf ihn zu und packte seinen Unterarm. »Nun ja, die Prinzessin ist dem König bereits versprochen worden, also kann ich ihm mit meinem guten Aussehen keine Konkurrenz mehr machen. Natürlich werden sich die anderen Frauen von Wessex vorsehen müssen, um bei meinem Anblick nicht reihenweise in Ohnmacht zu fallen.« Er grinste.

»Bei deinem Anblick in Ohnmacht fallen?« Beobrand lachte. »Wie ich gehört habe, ist das die einzige Art und Weise, wie du überhaupt eine Frau bekommst.«

»Wir werden sehen, junger Beobrand. Wir werden sehen. Vielleicht zeige ich dir ja, wie man einer Frau den Hof macht. Aber nur, wenn du Glück hast.«

Beobrands Miene verdüsterte sich kurz. Athelstan wusste von Sunnivas Tod. Und auch, was ihr einige Zeit davor durch Wybert widerfahren war, der damals zu Athelstans Kriegerschar gehört hatte. Mit gerunzelter Stirn dachte

Beobrand an das dunkle Geheimnis, das Sunniva mit sich ins Jenseits genommen hatte: auf welche Art Wybert ihr Gewalt angetan hatte. Beobrand ballte die Fäuste. Damals hatte er sie nicht beschützen können, und als er Wybert bei Dor das Leben hätte nehmen können, war ihm die Rache verwehrt worden.

Athelstan spürte, dass er mit seiner unbedachten Bemerkung zu weit gegangen war. »Schluss jetzt mit dem Gerede über Frauen«, sagte er laut. »Wo bekommt man hier etwas zu trinken? Lass uns das Horn erheben und auf alte Freunde und gefallene Kameraden anstoßen.«

Kapitel 8

»Wirst du es denn niemals lernen?«

Die Stimme bohrte sich in Beobrands Schädel wie ein Sachsmesser in einen reifen Apfel. Er hatte sich am Heck des Schiffes zusammengekauert. Nun hob er den Blick und sah Coenrad vor sich, der breit grinsend auf ihn herabblickte. Die Deckplanken vibrierten, als der Bug durch mehrere kleinere Wellen pflügte. Der kräftige Wind ließ die gespannten Taue singen, die Segel ächzten und knallten. Das Rauschen der See war hier nur gedämpft zu vernehmen, doch die Geräusche des Schiffes wirkten, als würden sie verstärkt werden. Der Kahn war ein lebendiges Wesen, das stöhnte und knirschte.

Eine Welle brach sich am Bug, und kühle Gischt spritzte Beobrand ins Gesicht. Sein Magen sackte mit der Bewegung des Schiffes nach unten, und er atmete behutsam durch den Mund. Er wollte sich nicht blamieren. Speichel sammelte sich in seinem Mund, und er schluckte ihn hinunter. Er schmeckte bitter.

»Jedes Mal, wenn wir uns begegnen, bist du entweder betrunken oder in einen Kampf verwickelt«, sagte Coenrad. In seiner Stimme lag kein Vorwurf. Noch immer lächelnd streckte er Beobrand die Hand entgegen.

Dieser überlegte kurz, bevor er sie ergriff und sich vom

Mönch auf die Füße ziehen ließ. Coenrad war durch die Arbeit am Kloster und auf den Feldern von Lindisfarena spürbar kräftiger geworden.

»Du bist jetzt fast ein Mann«, sagte Beobrand und versuchte sich trotz seines aufgewühlten Magens an einem Lächeln.

»Ich wette, das Mönchlein verträgt mehr als du«, dröhnte Athelstans Stimme von mittschiffs herüber. Etliche Seeleute und Krieger lachten, aber Beobrand fand die Bemerkung nicht witzig.

»Du bist so blass wie Milch«, bemerkte Coenrad.

»Es geht mir gut.«

»So siehst du aber nicht aus.«

Beobrand wollte nichts anderes, als allein gelassen zu werden, bis sein Magen sich wieder beruhigt hatte. Bei Woden, warum nur hatte er sich von Athelstan zu einem Saufgelage verführen lassen? Und warum musste Oswald immer auf dem Seeweg reisen?

Er drehte das Gesicht in den Wind und war dankbar für die kalte Luft und die Gischt. Hätte er diese Reise doch nie antreten müssen! Er wäre nur allzu gerne bei Oswiu in Bernicia geblieben. Gestern erst hatte Oswald bekannt gegeben, dass sein Bruder nicht mit nach Wessex reisen und dort an den Hochzeitsfeierlichkeiten teilnehmen würde. Im Norden des Landes war es zu Unruhen gekommen. Anscheinend waren Beobrands Nachbarn nicht die einzigen Pikten, denen die Herrschaft der Angeln missfiel. Gerüchten zufolge war ein weiterer Saal in Brand gesteckt worden. Eine Bande von Pikten hatte von den Hügeln aus eine Siedlung angegriffen und alle Einwohner getötet. Vielleicht waren in der Horde auch etliche von denen gewesen, die Beobrand vertrieben hatte. Oswiu würde unerschütterlich und grimmig diesem piktischen Abschaum Einhalt gebieten, daran hatte Beobrand keinen Zweifel. Hoffentlich stellte Torran sich dem Prinzen in den Weg, denn diese Begegnung würde er garantiert nicht überleben.

»Musst du nicht wieder etwas in deine Kalbshäute ritzen?«, wandte Beobrand sich an Coenrad. Er wusste, dass Oswald großen Wert darauf legte, dass all seine Entscheidungen niedergeschrieben wurden. Coenrad hatte versucht, ihm den Wert von solch schriftlichen Aufzeichnungen klarzumachen, aber Beobrands Meinung nach war das Ganze eher sinnlos. Er spuckte den widerlich schmeckenden Speichel aus.

Coenrad nickte. »Dalston und ich sollen alles aufschreiben, was in Wessex vereinbart wird. Gothfraidh wird dabei stets an unserer Seite sein.«

»Damit ihr euch anständig benehmt?« Beobrand ließ ein schwaches Lächeln sehen. »Die Damen des Südens sollten wohl besser die Beine geschlossen halten, wenn ihr in der Nähe seid, was?«

Coenrad verzog errötend das Gesicht, und Beobrand bedauerte sofort, dass er sich über ihn lustig gemacht hatte.

»Was ist mit Abt Aidan?«, erkundigte er sich. »Warum kommt er nicht mit in den Süden?«

»Er wollte auf Lindisfarena bleiben«, erwiderte Coenrad kurz angebunden. »Der König hätte ihn gerne dabeigehabt, aber Aidan hält es für unabdingbar, seine Brüder in Bernicia besser kennenzulernen.«

Das Schiff krachte in die nächste Welle, und Coenrad

streckte die Hand aus, um Beobrand zu stützen, der sie jedoch verärgert abschüttelte. Wenn er doch nur bei Oswiu hätte bleiben können.

»Wie gesagt, es geht mir gut.«

»Wie du meinst.« Coenrad klang beleidigt. Sie hatten einander viele Wochen lang nicht gesehen, und der Mönch war eindeutig bemüht, ihrer Freundschaft wieder neues Leben einzuhauchen.

»Es tut mir leid, mein Freund«, erwiderte Beobrand. »Aber ich bin nicht ich selbst.«

Das Grinsen kehrte in Coenrads Gesicht zurück. Sein Talar flatterte im Wind. »Und ich dachte, es geht dir gut?«

»Tut es ja auch.« Beobrand lächelte schwach. »Alles bestens.« Mit diesen Worten beugte er sich über die Reling und entleerte unter lautem Würgen seinen Magen in die schäumende See.

* * *

Obwohl der Wind günstig stand, war es keine angenehme Reise. Je weiter die Schiffe Richtung Süden vordrangen, desto mehr dunkle Wolken und Regen brachten die kalten Böen mit sich. Mit dem Wetter wurde auch die Stimmung des Königs schlechter. Er war nervös, obwohl der Anlass der Reise eigentlich ein freudiger war – der Zusammenschluss zweier Königreiche unter demselben Gott durch eine Heirat. Oswald hatte jahrelang im Exil ausgeharrt, bevor er nach Northumbria zurückgekehrt war und den Thron bestiegen hatte. Die Rückeroberung war schwer erkämpft gewesen. Dass er sein Königreich ausgerechnet jetzt verlassen musste, da die Pikten sich im Norden zu einer ernsthaften

Bedrohung auswuchsen, passte ihm gar nicht. Seine Recken beruhigten ihn, er solle sich nicht sorgen, Oswiu wisse sich schon zu wehren. Oswald nickte bei jedem ihrer Worte. In der Schlacht glänzte sein Bruder in der Tat durch Stärke und Entschlossenheit.

Und doch nagte die Ungewissheit unerbittlich an ihm. Wie würde diese Reise enden?

Beobrand wusste genau, wie sein König sich fühlte. Auch er wurde den Gedanken nicht los, dass Nelda gerade ein Unheil vorbereitete. In seinen Träumen sah er Ubbanford in Flammen stehen, ein Abbild von Nathairs Saal, den er in Brand gesteckt hatte. Er hörte die Schreie von Sterbenden. Oftmals tauchte das zerschmetterte Gesicht einer Frau, die er in jener Höllennacht niedergeschlagen hatte, vor seinem geistigen Auge auf, als hätte das Feuer ihm dieses Bild für immer eingebrannt. In den dunkelsten Nachtstunden erwachte er manchmal mit tränennassen Wangen, aber seine Männer sahen ihn niemals weinen. Am Tag verhärtete er seine Miene zu einer grimmigen, mürrischen, narbigen Fratze. Sein Bart war noch nicht besonders dicht, war noch immer der Bart eines jungen Mannes, aber niemand hätte es gewagt, ihn zu unterschätzen. Diejenigen, die Beobrand bereits in der Schlacht erlebt hatten, waren voller Bewunderung für seine Fähigkeiten. Und die anderen erkannten in dem starren Gesichtsausdruck einen Mann, der häufiger den Tod gesehen hatte als viele andere und dennoch die Raben so lange mit Leichen füttern würde, bis deren Mägen zu platzen drohten und sie nicht mehr fliegen konnten.

Das Auf und Ab des Meeres unter dem Kiel des Schiffes

trug nicht dazu bei, dass Beobrands Stimmung sich besserte. Nachdem er sich am ersten Tag übergeben hatte, behielt er am zweiten das Essen zumindest teilweise bei sich. Aber er war kein Seemann, und so war Übelkeit sein ständiger Begleiter. Jeden Augenblick rechnete er damit, Galle zu schmecken.

Nach vier Tagen erreichten sie ein Land des Nebels und der Sümpfe. Zwischen kleinen Inseln hindurch suchten sie sich ihren Weg. Manchmal tauchten Schilf oder Binsen aus dem Dunst auf, dann musste der Steuermann schnell reagieren, damit die Schiffe nicht auf Grund liefen. Dann schlief der Wind ein wie der Atem eines Gehängten, sodass die Männer sich in die Riemen legen mussten. Im Nebel war jeder Laut weithin zu hören. Fernes Platschen ertönte, aber nie konnten sie erkennen, welche Kreaturen die Geräusche verursachten. Vögel pfiffen und kreischten. Beobrand steckte die Hand unter seinen Kittel und griff nach dem Amulett in Form von Thunors Hammer, das er an einer Schnur um seinen Hals trug. Dies hier war ein Land des Bösen.

Die Riemen ächzten in den Dollen. Die Männer unterhielten sich nur noch im Flüsterton.

Athelstan spuckte über die Seitenwand. »Das hier ist kein Land für Menschen.«

»Ich hoffe, du irrst dich, Athelstan, Sohn des Ethelstan«, erwiderte Oswald mit einer Stimme so kalt wie der Nebel. »Denn dies ist das Land der Ostangeln, und bald werden wir König Sigeberts Saal in einem Ort namens Dommoc unseren Besuch abstatten.«

»Wir werden nicht direkt nach Wessex fahren?«, erkundigte sich Beobrand. Je schneller sie diese Hochzeit und den

Christusritus hinter sich brachten, desto schneller konnten sie nach Bernicia zurückkehren.

»Wir werden uns in Sigeberts Land nicht lange aufhalten, aber er verehrt den einen, wahren Gott und hat uns um eine Zusammenkunft gebeten. Er ist unser Bruder in Christus. Gut möglich, dass wir einander unterstützen müssen, um uns der Dunkelheit zu erwehren.«

»Na ja, bei dem Nebel müssen wir Glück haben, wenn wir ihn überhaupt finden«, meinte Athelstan. »Die Dunkelheit scheint das Königreich von diesem Sigebert bereits fest im Griff zu haben.«

Wie als Antwort auf seine Worte zuckte in der Ferne ein Licht durch den Nebel. Ein warmes Leuchten, ähnlich dem der untergehenden Sonne, lag plötzlich wie ein Schleier über dem Horizont.

»Seht nur«, sagte Oswald mit einem Hauch von Aufregung. »Sie haben ein Leuchtfeuer entzündet, das uns, ihre christlichen Brüder, sicher zu Sigeberts Saal leiten soll.«

Athelstan warf Beobrand einen Blick zu. Sie waren beide weit weniger zuversichtlich als der König, dass es sich bei dem Feuer um das Werk von guten Christusgläubigen handelte. Es konnte auch entzündet worden sein, um arglose Seeleute ins Verderben zu locken. Beobrand half Athelstan beim Anlegen seines Kettenhemdes, bevor er sich mühsam sein eigenes überstreifte. Die meisten Männer, die gerade nicht ruderten, taten es ihnen nach. Das Geklapper der Schilde und Speere hallte durch den Nebel.

»Sieh zu, dass mein Schwert bereitliegt, Beobrand!«, rief Acennan, der Riemendienst hatte. »Ich will nicht unbewaffnet sein, wenn wir angegriffen werden.«

»Habt keine Angst«, ließ sich Coenrad mit schwacher Stimme vernehmen. »Der König dieses Landes ist ein gottesfürchtiger Mann.«

»Und ich bin ein Mann, der kaltes Eisen und Dinge fürchtet, die er noch nicht mit eigenen Augen erblicken kann«, entgegnete Athelstan und legte die Hand an das Heft seines Schwertes.

Sie kamen dem Licht immer näher. Angestrengt versuchten sie, in den Schemen rund um das Feuer am Strand Einzelheiten zu erkennen.

Kurz darauf wussten sie, dass sie ihrem König hätten vertrauen können. Das Feuer war tatsächlich von Sigeberts Männern entzündet worden, die sie mit mürrischen Mienen am Kiesstrand erwarteten. Anschließend geleiteten Wächter die Northumbrier lustlos zu einem lang gestreckten Saal hinter den Sanddünen, den mehrere kleinere, reetgedeckte Gebäude umgaben. Als sich kurz der Nebel lichtete, warf eine wässerige Sonne ihre Strahlen auf die Siedlung. Mit einem Lächeln nahm Oswald zur Kenntnis, dass auf dem Saal ein hölzernes Kreuzsymbol des Christus thronte.

Doch seine gute Laune war nur von kurzer Dauer. Nachdem sie den Wachen ihre Waffen übergeben hatten, betraten sie den Saal. Aber weder warteten dort Speisen auf übervollen Tischen auf sie, noch brannte ein Feuer im Kamin. Sie waren mehrere Tage auf See gewesen, waren müde und hungrig. Aber das hier? Das war kein Empfang für einen König und sein Gefolge.

»Wo ist dein König?«, wandte sich Oswald an einen Torwächter. »Will er uns nicht mit einem Begrüßungstrunk willkommen heißen?«

Der Mann senkte den Blick, unfähig, dem König von Northumbria in die Augen zu sehen.

»Er ist dort drüben.« Seine Worte trieften vor Verachtung. »Er betet.«

Im hinteren dunklen Teil des Saals kniete eine schmale Gestalt in einem hellen Umhang.

Oswald holte tief Luft. »Nun gut.« Er setzte sich in Bewegung.

Als Beobrand und die anderen ihm folgen wollten, hob er die Hand. »Nein. Ich möchte allein mit dem König der Ostangeln sprechen.«

Er schritt durch den Saal und kniete sich neben Sigebert. Lange verharrten die beiden Monarchen mit gesenkten Köpfen in der Dunkelheit und unterhielten sich im Flüsterton.

Beobrand, Athelstan, Acennan und die übrigen Männer Oswalds warteten ein wenig ratlos. Einen solchen Empfang hatten sie nicht erwartet. Verrat und Eisen, damit musste man immer rechnen, wenn zwei Herrscher einander begegneten. Oder aber mit einem Festgelage und lautstarker Fröhlichkeit. Mit Prahlereien und Geschenken.

Dieser Empfang beunruhigte alle. Da die Krieger es nicht gewohnt waren zu warten, traten sie unruhig von einem Bein aufs andere.

Auch der Torwächter war sichtlich erleichtert, als Oswald sich endlich wieder erhob und zu ihnen zurückkam.

Die Männer blickten ihrem König erwartungsvoll entgegen. Seine Miene war undurchdringlich, aber Beobrand glaubte, einen angespannten Ausdruck in ihr zu bemerken. Als würde er die Zähne aufeinanderbeißen.

»Wir übernachten hier.« Er wandte sich an den Wächter. »Du sollst für meine Männer Brot und gesalzenen Fisch bringen lassen. Und sauberes Wasser.«

»Wasser? Fisch und Brot?« Athelstans Zorn hallte durch den Saal. »Wir sind Krieger. Recken Eurer Gefolgschaft. Keine Schäfer oder Leibeigene.«

»Ja, ihr seid meine Gefolgschaft«, erwiderte Oswald kurz angebunden, »und ich bin euer König. Aber hier befinden wir uns im Reich eines anderen Königs. Wir sind Gäste in seinem Saal und werden annehmen, was man uns anbietet.«

Athelstan ließ ein Brummen ertönen, das aus den Tiefen seiner Kehle zu dringen schien, sagte jedoch nichts mehr.

* * *

Sie verbrachten eine kalte, freudlose Nacht in Sigeberts Saal. Der Fisch schmeckte nach nichts, das Brot war hart. Kein Feuer wurde im Kamin entzündet. Irgendwann am Abend, als das Licht der untergehenden Sonne die Sehnsucht der Krieger nach einem lodernden Feuer noch zusätzlich anfachte, erhob sich Sigebert von seinem Platz und hielt eine Rede in der Sprache der Christuspriester.

Oswald neigte den Kopf und nickte zustimmend. Gothfraidh, Coenrad und Dalston antworteten auf Sigeberts Worte ebenfalls in der uralten Sprache. Beobrand und die übrigen Männer verstanden nichts, aber der König der Ostangeln strahlte beglückt, als die Mönche schließlich zu singen begannen.

»Dieser Sigebert«, raunte Acennan, »scheint mir mehr Mönch als Herrscher zu sein.« Sein Magen gurgelte. »Das ist doch kein Leben für einen König und seine Krieger.«

Mehrere Northumbrier nickten und murmelten ihre Zustimmung. Als Oswald sie mit einem finsteren Blick bedachte, verstummten sie. Beobrand erkannte die Scham auf den Mienen von Sigeberts Gefolgschaft. Die Männer wussten, wie ein König auf Reisen eigentlich empfangen werden musste. Sigebert brachte Schande über sie alle.

Beobrand dachte daran, wie Aidan seinen Kampfgefährten Attor geheilt hatte. An den Sieg bei Hefenfelth. Der Christus besaß wahrhaftige Macht, aber war es wirklich notwendig, wegen ihm allen fleischlichen Genüssen zu entsagen? Ein König musste vor allen Dingen großzügig sein, musste seiner Wertschätzung durch Geschenke Ausdruck verleihen. Solche Dinge zeichneten einen guten Herrscher aus. Wie lange mochten Sigeberts Recken wohl noch an seiner Seite ausharren? Er betrachtete die Männer mit den mürrischen Mienen und die Sklaven, die durch den Saal eilten. Lange würde es mit Sicherheit nicht mehr dauern, bis sie diesen König mit seinem Gott allein hier zurückließen.

Am Morgen setzten sie ihre Reise fort, erleichtert, der düsteren Frömmigkeit Sigeberts zu entkommen. Oswald verlor kein Wort über die Begegnung, aber eine gewisse Beunruhigung war ihm deutlich anzusehen. Wenn er auf einen starken Verbündeten in Christus gehofft hatte, jemanden, der die Mercianer an der Grenze in Kämpfe verwickeln würde, war diese Hoffnung enttäuscht worden.

Der Nebel folgte ihnen anfangs gen Süden, löste sich am späten Vormittag aber endgültig auf. Der Wind frischte allerdings noch immer nicht auf, sodass sie an diesem und am folgenden Tag nur langsam vorankamen. Die Männer waren überwiegend ungeübte Ruderer, und mehr und mehr von ihnen klagten über Blasen an den Händen. Beobrand war froh, sich nützlich machen zu können, und setzte sich gern auf eine Ruderbank. Schon bald hatte er einen für ihn angenehmen Rhythmus gefunden. Zunächst glaubte er, den ganzen Tag die Ruder durchs Wasser ziehen zu können, doch es dauerte nicht lange, bis seine Schultern und sein Rücken zu brennen begannen und sein einst verletzter linker Arm bei jedem Zug protestierte. Er biss die Zähne zusammen, während er auf Garrs schmalen Rücken starrte und sich Zug um Zug dessen Tempo anpasste.

Von Fröhlichkeit oder Freude war auf den Schiffen nichts zu spüren. Es war, als hätte man den Reisenden in Sigeberts Saal auch den letzten Rest ihrer guten Laune aus den Seelen gesaugt. Ihre einzige Hoffnung bestand nun darin, möglichst bald das Ziel zu erreichen. Und dass Cynegils, der sich, wie sie wussten, ebenfalls zum Christusnachfolger taufen lassen wollte, nicht auch schon zum Schatten eines wahren Königs geworden war.

Endlich in der breiten Temesmündung wandten sie sich nach Westen und nutzten die auflaufende Flut, um den Fluss hinaufzufahren, der sie bis nach Wessex, ins Herz von Albion, bringen würde. Nach Dorcic. Zum Saal von König Cynegils. Doch vorher mussten sie noch das Land der Ostsachsen durchqueren.

Am Abend, als die Sonne am Horizont versank, warfen sie die Anker. Im Westen zogen schwere graue Regenwolken auf.

»Jetzt geht es nur noch den Fluss hinauf«, sagte Athelstan am nächsten Morgen, als sich die Wolken mit einem unaufhörlichen Nieselregen entluden. Die Welt schien zusammenzuschrumpfen. Der dichte Schleier verbarg alles, was in der Ferne lag.

»Auf geht's!«, dröhnte Athelstan. »Legt euch in die Riemen!«

Zug um Zug zogen, wuchteten und quälten sie sich den Fluss hinauf. Zunächst war er so breit, dass sie nicht einmal das andere Ufer sehen konnten. Später stachen Schemen aus dem Nebel hervor. Häuser aus Stein und Lehm wie jene in Eoferwic. Errichtet von den geheimnisvollen Römern, die so vieles gebaut und alles erobert hatten. Bis sie plötzlich verschwunden waren, einem Traum gleich, an den sich nur noch das Land selbst erinnern konnte. Wie jedes Mal beim Anblick dieser steinernen Monumente wurde Beobrand auch jetzt unbehaglich zumute. All diese einstige Macht, heute vergangen und vergessen. Er schauderte.

Schlagartig versiegte der Regen. Die Sonne, die so lange eine Gefangene der Wolken gewesen war, brach durch und warf ihr gleißendes Licht auf den Fluss. Die Ruinen der Stadt, die sich nach Norden hin erstreckte, verloren alles Geheimnisvolle, boten aber noch immer einen beeindruckenden Anblick. Mehrere Häuser waren eingestürzt. Andere gezeichnet von Brandspuren. Doch viele standen immer noch unbeschädigt neben zahlreichen neueren Holzbauten am Ufer.

Der Verkehr auf der Temes nahm zu. Männer in kleinen Ruderbooten kamen ihnen entgegen und boten ihre Waren zum Kauf an. Eimer voller Frischfisch. Bier- und Metfässer. Schmuck. Taue. Schilfbündel. Alle nur denkbaren Speisen.

»Das hier ist Lunden«, sagte Athelstan. »Einst eine prächtige Stadt, aber heute zum Großteil zerstört.«

Auf Beobrand machte die Siedlung immer noch einen prächtigen Eindruck. Sie schien riesig zu sein, und über den Fluss hallte das Geschrei der Höker und Fischer. Einer von ihnen rammte mit dem Bug seines Bootes ihr Schiff.

Athelstan schob ihn mit seinem Speer wieder weg. »Verschwinde!«, brüllte er. »Wir wollen nichts von dir.«

Das Durcheinander verzögerte ihre Fahrt, doch nach langem Geschubse und Geschrei hatten die drei Schiffe aus Northumbria die kleinen Boote hinter sich gelassen und setzten ihren Weg flussaufwärts fort.

Der einzige weitere Vorfall, der den Männern an den Ruderriemen eine Pause bescherte, ereignete sich noch hinter Lunden. Hinter einer Flussbiegung sahen sie sich drei am Bug und Heck zusammengebundenen Langschiffen gegenüber, die sie an der Weiterfahrt auf der Temes hinderten.

Oswald hatte nicht die Absicht, erneut anzuhalten und dem Herrscher des Landes Gesellschaft zu leisten, und war vorbereitet.

»Legt eure Rüstungen an!«, befahl er. »Die eine Hälfte der Männer rudert weiter, die andere greift zu den Waffen.«

Mit Acennans Hilfe schlüpfte Beobrand in sein Kettenhemd, und ringsum taten die Männer es ihm gleich. Darin waren sie geübt. Das Rudern war vielleicht ganz gut, um Schultern und Arme zu kräftigen, doch nur in einer Schlacht konnte ein Mann Ruhm und Ehre gewinnen.

Sie machten sich zum Blutvergießen bereit. Mit einem Mal erhob sich auf jedem der northumbrischen Schiffe ein schwankendes Dickicht aus Speeren. Helme und Speerspitzen blitzten im milchigen Sonnenlicht.

Auch auf den gegnerischen Schiffen war hektisches Treiben auszumachen. Rufe, die die Männer zur Eile antreiben sollten, schallten über das Wasser. Bald schon war die Reling mit Bewaffneten besetzt. Bemalte Schilde leuchteten, polierte Schildbuckel funkelten.

Doch am heutigen Tag durften weder die Northumbrier noch die Ostsachsen auf eine ruhmreiche Schlacht hoffen. Die Ungeheuer und die Fische der Temes würden auf Futter verzichten müssen, denn Oswald wollte keine weitere Verzögerung in Kauf nehmen.

Er gab Athelstan ein Zeichen, dann gingen sie gemeinsam zum Bug des Schiffes.

»Weiterrudern«, sagte Athelstan. »Bringt uns dicht ran.«

Die wenigen Männer an den Riemen zogen die Ruderblätter gleichmäßig durch das Wasser, und das Schiff glitt der Barrikade entgegen.

Als sie nur noch einen Speerwurf von ihr entfernt waren, wandte sich Oswald an die Männer, die die Durchfahrt blockierten. »Ich bin Oswald, Sohn des Æthelfrith, Herrscher über Bernicia und Deira, König von ganz Northumbria. Ich verlange freie Fahrt für meine getreuesten Krieger und mich.«

Ein Mann mit schwarzem Vollbart, dunklem Teint und Knollennase auf dem mittleren Schiff der Barrikade erwiderte: »Der Fluss ist gesperrt. Es sei denn, Ihr entrichtet einen Tribut.«

Athelstan machte einen Schritt nach vorn, als wollte er seinen Speer auf den Mann schleudern.

Oswald legte ihm die Hand auf die Schulter. »Ich habe Euch meinen Namen genannt. Wer seid Ihr, und in wessen Namen fordert Ihr einen Tribut?«

»Ich bin Tredan, Sohn des Tredan. König Sigebert ist mein Fürst, und er ist es, der den Tribut verlangt.«

Lautes Gemurmel machte sich unter den Männern auf den Schiffen der Northumbrier breit.

»Was? Diese widerliche Kröte«, stieß Athelstan wutentbrannt hervor. »Dieser Feigling. Noch keine drei Tage ist es her, dass wir in seinem Saal gehockt haben, und jetzt schickt er Männer, die uns ausrauben sollen. Ich reiße ihm das Herz aus dem Leib. Ich mache mir einen Gürtel aus seinen Gedärmen. Ich ...«

Oswald brachte ihn mit einer Geste zum Verstummen. »Ich denke, dieser Tredan«, sagte er ruhig und leise, »spricht von einem anderen Sigebert. Sigebert der Kleine ist der Anführer der Ostsachsen. Er ist kein Christusnachfolger, und ich habe Gerüchte gehört, dass er ein häufiger Gast im Saal von Penda von Mercia sein soll. Wir müssen vorsichtig sein. Halte deine Zunge im Zaum, Athelstan.«

Der Hüne von einem Recken holte tief Luft und warf Tredan einen tödlichen Blick zu, bevor er nickte und einen Schritt zurücktrat.

Oswald sprach jetzt lauter, damit ihn alle hören konnten. »Tredan, Sohn des Tredan, ich nehme an, wir wollen einander nichts Böses?«

Tredan wirkte verlegen, als wüsste er nicht, was er antworten sollte. Nach einer Pause nickte er. »Dann werdet Ihr also meinem König Sigebert den geforderten Tribut entrichten?«

»Das werde ich nicht tun«, erwiderte Oswald.

Die Krieger auf beiden Seiten scharrten mit den Füßen. Schlagartig lag Gefahr in der Nachmittagsluft.

»Solange Ihr Sigebert keinen Tribut zahlt, dürft Ihr nicht passieren. Dann müsst Ihr umdrehen und auf die Straße der Wale zurückkehren.«

»Ich bin König von Bernicia und Deira und werde in Bälde eine Tochter des Hauses Wessex ehelichen. Ich schulde niemandem einen Tribut.«

Beobrand musterte die Männer auf den Schiffen der Barrikade. Welchen würde er als Ersten töten müssen, sollte es zu einem Kampf kommen? Da begegnete sein durchdringender Blick dem eines Ostsachsen, eines untersetzten Mannes mit einem Metallhelm, gelbem Schild und grünem Umhang. Etliche Augenblicke lang starrten sie einander an. Dachte der Sachse womöglich ähnlich wie er? Dass er zuerst den groß gewachsenen blonden Northumbrier mit der Narbe unter dem linken Auge töten würde?

»Ich entrichte an keinen König dieser Welt einen Tribut«, fuhr Oswald fort. »Aber ich bin bereit, für das Befahren eines Flusses zu bezahlen, der durch das Land eines anderen Herrschers führt.«

Tredan kratzte sich den Bart und ließ sich Oswalds Worte durch den Kopf gehen. Schließlich nickte er. Die Anspannung verflüchtigte sich wie Blut, das in einen Fluss geschüttet wird.

Nach zähen Verhandlungen zwischen Athelstan und Tredan – für einen König wäre es erniedrigend gewesen, einen Preis auszuhandeln – übergaben die Northumbrier eine kleine Kiste mit Hacksilber für Sigebert und als Gabe für Tredan ein schön gearbeitetes Sachsmesser.

Die Seile zwischen den Schiffen wurden gelöst, und Oswalds kleine Flotte konnte passieren.

Während sie an den Ostsachsen vorbeiglitten und sich einem Flussabschnitt mit dichtem Wald zu beiden Seiten näherten, spuckte Acennan über die Reling. »Damit hätten wir also zwei Könige mit dem Namen Sigebert überstanden. Der eine hat uns nichts als kalten Fisch und Wasser vorgesetzt, und der andere hat uns pfundweise Silber abgeknöpft, damit wir einen Fluss hinaufrudern können. Ich hoffe, wir treffen nie wieder auf einen Sigebert.«

Beobrand gab keine Antwort, sondern sah zu, wie die Boote der Ostsachsen hinter einer Flussbiegung verschwanden.

Dunkelheit und Kühle empfingen die Schiffe der Northumbrier, während sie langsam in den Schatten der Bäume gelangten. Ein Schauder lief Beobrands Rücken hinunter. Sie ruderten in unbekanntes Territorium und ließen zwei Könige mit demselben Namen zurück. Der eine war ein Verbündeter Pendas und konnte den Fluss erneut blockieren und damit später ihre Rückkehr aufs Meer verhindern. Und der andere, ein Verehrer von Oswalds Christus, war mehr Mönch als König und würde ihnen in einer Schlacht mit Sicherheit keine Hilfe sein. Er wusste nicht genau, welcher der beiden ihm mehr Unbehagen bereitete.

Kapitel 9

Torran holte langsam und tief Luft. Im Unterholz raschelte etwas. Dieser Pfad wurde regelmäßig von Rehen und Hirschen genutzt, er hatte ihre Fährten gesehen. Ein gedämpftes Knacken ertönte. Das Tier näherte sich ihm. Torran lauerte schon lange neben dem kleinen Teich. Sein Magen knurrte. Hoffentlich wurde das Wild dadurch nicht verschreckt.

Sobald es auf die Lichtung trat, würden seine drängendsten Probleme gelöst sein. Auf diese Entfernung konnte er gar nicht daneben schießen. Broden hatte immer behauptet, Torran könne auf hundert Schritte Entfernung einen Spatzen im Flug erlegen, aber sein Bruder hatte gerne übertrieben. Torran kannte die Wahrheit. Er war ein brauchbarer Bogenschütze. Vielleicht sogar ein guter. Aber kein herausragender. Doch unter Nathairs Leuten war er der beste gewesen. Er hatte nur selten sein Ziel verfehlt.

Bis dieser sächsische Hurensohn Beobrand nach Ubbanford gekommen war. Torrans Faust krampfte sich um seinen Bogen. Wenn doch nur Beobrand statt eines Rehs aus dem Schatten der Bäume treten würde. Er würde freudig eine ganze weitere Woche hungern, bekäme er nur die Chance auf Vergeltung. Dieser sächsische Schweinehund hatte ihm alles genommen. Zuerst Aengus. Armer, dämlicher Aengus. Wie war sein kleiner Bruder bloß auf die idiotische Idee gekommen, Ubbanford zu überfallen? Beobrand hatte den Jungen abgeschlachtet, ohne mit der Wimper zu zucken, und keinerlei Wiedergutmachung angeboten. Kein Blutgeld.

Torrans Hände zitterten vor Wut. Er verlangsamte seinen Atemrhythmus. Er musste ruhig bleiben, sonst würde er sein Ziel wieder verfehlen, wie so oft in jüngster Zeit. Es kam ihm vor, als hätten ihn seine Fähigkeiten zeitgleich mit Beobrands Auftauchen im Stich gelassen. Nach Brodens Tod und der Zerstörung des Saals seines Vaters war Torran gen Norden geflohen. Etliche andere hatten sich ihm angeschlossen und Nathairs letzten noch lebenden Sohn als ihren Anführer akzeptiert. Sie hatten ein wenig Unruhe gestiftet, hatten Reisende und fahrende Händler ausgeraubt, doch schon bald war die Gier nach Rache so übermächtig geworden, dass Torran ihr nicht mehr hatte widerstehen können. Er hatte seine Räuberbande zum nächtlichen Überfall auf Ubbanford überredet, um dafür zu sorgen, dass Beobrand in seinem Saal verbrannte. Sie würden seine aus dem Schlaf aufgeschreckten Gefolgsleute töten, genau so, wie Beobrand es mit ihren Gefährten gemacht hatte. Zuerst hatten sich die Männer geweigert, es mit dem mächtigen Krieger und dessen Leuten aufzunehmen, doch Torran redete so lange auf sie ein, bis sie endlich einwilligten. Er war sich des Sieges so sicher gewesen.

Aber Beobrand schien ihr Kommen vorausgeahnt zu haben. Statt also ein paar schlafende Männer zu überfallen, waren Torran und seine Pikten selbst in einen Hinterhalt geraten und hatten sich weithin gerühmten Kriegern mit Schwertern und in Kettenhemden gegenüber wiedergefunden. Die Sachsen hatten sie niedergemäht wie der Bauer die Gerste in der Erntezeit. Torran stieß einen stummen Fluch aus, als er an jene Nacht voller Blut, Versagen und Schande zurückdachte. Sein letzter Pfeil hätte mit Sicherheit sein Ziel gefunden, hätte dieser Irre ihn nicht gezwungen, vorschnell zu schießen. Hoffentlich war der Kerl seinen Verletzungen erlegen.

Die Überlebenden hatten sich aus dem Staub gemacht und Torran allein zurückgelassen. Tagelang war er über Hügel und durch Wälder gestreift, zu stolz, um irgendwo Zuflucht zu suchen. Die Pirsch war schon immer seine Stärke gewesen, sodass er in der Lage war, auch dann ein Stück Wild zu erlegen, wenn der Bestand nur gering war, aber jetzt kam er sich vor wie verflucht. Schon seit Tagen hatte er kein Fleisch mehr zwischen die Zähne bekommen, und Beeren, Wurzeln und Blätter waren keine Speisen für einen Krieger.

Erneut waren gedämpfte Huftritte zu hören. Gleich würde das Reh zwischen den Bäumen hindurchbrechen.

Lautlos, alle Sinne aufs Äußerste geschärft, atmete Torran ein und zog die Bogensehne zurück. Den Blick richtete er über den lang gestreckten Schaft seines Pfeils hinweg. Die eiserne Spitze wirkte stumpf im Licht, das gedämpft durch die Bäume fiel. Sein Herz klopfte heftig, während er den Atem anhielt und vollkommen regungslos wartete.

Endlich tauchte das Reh mit vorsichtigen Schritten aus der Düsternis auf. Das gelbbraune Fell glänzte seidig in den wenigen Sonnenstrahlen, die sich ihren Weg durch das Blätterdach bahnten. Jetzt schaute der Kopf des Tieres hinter dem Stamm einer mächtigen Eiche hervor.

Nur noch einen Moment. Er würde auf den perfekten Augenblick warten. Noch ein Schritt, dann hatte er freie Sicht auf seine Brust. Vor Anspannung begannen die Muskeln in seiner Schulter und seinem Rücken zu schmerzen. Die Sehne schnitt in seine Finger, aber er geduldete sich, konzentrierte sich ausschließlich auf das Reh.

Prüfend hob das Tier seine Schnauze in die Luft. Doch auch wenn es ihn gewittert hatte, würde er es töten. Auf diese Entfernung konnte er sein Ziel gar nicht verfehlen.

»Wen haben wir denn hier?«, ertönte plötzlich in seinem Rücken eine Stimme.

Vor Schreck stieß Torran einen leisen Schrei aus und ließ den Pfeil los. Mit einem einzigen Satz sprang das Reh am Teich entlang und verschwand zwischen den Bäumen auf der anderen Seite der Lichtung. Ein letztes Aufblitzen seines gelbbraunen Fells, dann war es verschwunden. Der Pfeil prallte gegen den dicken Stamm der Eiche und fiel, ohne Schaden anzurichten, ins dichte Unterholz.

Torran wirbelte herum, die Hand an das Heft seines Schwertes gelegt. »Ich bringe dich um, egal, wer du bist!«, brüllte er. All sein Zorn, sein Hunger und seine Enttäuschung waren auf den Neuankömmling gerichtet, der ihn überrumpelt hatte.

»Nichts dergleichen wirst du tun, Torran mac Nathair.« Eine Frau kam zwischen den dicht stehenden Bäumen hervor. Einzelne frostgraue Strähnen durchzogen ihr Haar, und ihr halb abgewandtes Gesicht war wunderschön. Ein spöttisches Lächeln lag auf ihren vollen Lippen, während einzelne Sonnenstrahlen auf sie fielen. Ihr Kleid hatte dieselbe grüne Färbung wie das sommerliche Blattwerk des Waldes.

Es schmiegte sich eng an ihren Körper und betonte ihre wohlgeformten Brüste und Hüften.

Torrans Mund war wie ausgedörrt. Wie hatte sich diese Frau so lautlos an ihn heranschleichen können? Sie hatte weniger Geräusche verursacht als sein schlagendes Herz. Ob sie eine Elfe war? Eine Kreatur des Waldes?

»Wer bist du?« Seine Stimme brach. Seit Tagen hatte er mit niemandem gesprochen.

Die Frau drehte den Kopf in die andere Richtung, und Torran stockte der Atem. Ihre linke Gesichtshälfte war von Narben entstellt, als wäre sie ein Geschöpf aus einer Metsaal-Geschichte. Ihr Aussehen hätte jedem Kind einen gehörigen Schrecken eingejagt. Ihr Gesicht war wie der Mond – die eine Seite weiß, blass und schön, die andere finster und böse. Mit einem Mal musste er pissen.

»Ich heiße Nelda.« Sie antwortete in der Sprache der Pikten. »Du hast von mir nichts zu befürchten, Torran.« Ihre Stimme klang voll und sinnlich.

Sein Blick wanderte über die Kurven unter ihrem Kleid, nur um sich anschließend wieder ihrem vernarbten Gesicht zuzuwenden.

»Woher weißt du, wer ich bin?«, krächzte er.

»Ich weiß vieles.« Sie lächelte. Die Zahnstümpfe hinter ihren Rosenblätterlippen sahen grässlich aus. »Unter anderem, wonach es dich verlangt, Torran, Sohn des Nathair.«

Er schauderte, als hätte ihn ein kühler Windstoß gestreift. Dabei schien die Sonne immer noch, und es war ein warmer Tag. »Und zwar?« Er hörte sich so leise und verzagt an wie ein kleiner Junge.

»Ich kann dir zu Ruhm und Reichtum verhelfen.« Sie trat näher.

Er wollte weglaufen und wusste gleichzeitig doch ganz genau, dass er das nicht tun würde.

»Und ich weiß, wie du Vergeltung an deinem Erzfeind üben kannst. An Beobrand, Sohn des Grimgundi.« Neldas Augen waren so tiefgründig und kühl wie zwei Bergseen, während sie mit der Zunge über ihre Zahnruinen fuhr und sich dann die Lippen benetzte.

Er schluckte gegen die staubige Trockenheit in seinem Mund an. Woher war diese Fremde bloß so plötzlich gekommen? War sie tatsächlich aus Fleisch und Blut? Oder war sie womöglich eine Göttin, die auf die Erde herabgestiegen war, um eine Weile unter den Sterblichen zu wandeln? Doch egal, ob sie nun Frau oder Göttin war, sie kannte seinen Namen und seine tiefsten Sehnsüchte. Sein Herz lechzte nach Ruhm, aber noch heißer loderte in seinem Inneren ein anderes Feuer – angefacht vom Verlangen nach Vergeltung.

Er blickte Nelda direkt ins Gesicht. Sah die beiden Seiten des Mondes, die dunkle und die helle. Die perfekte und die hässliche. Die gute und die böse.

Sie grinste ihn an.

Ja, er würde zusehen, wie Beobrand verblutete. Er würde den verfluchten Sachsen für das, was er getan hatte, in den Tod schicken. »Sag mir, wie«, erwiderte er.

Kapitel 10

»Ich gehe niemals vor einem anderen Mann auf die Knie!«

Der Ausruf war laut genug, um aus dem Stimmengewirr vom Großen Saal von Dorcic herausgehört zu werden. Beobrand hob den Blick und setzte das schöne Trinkhorn ab, das ihm nur wenige Augenblicke zuvor gereicht worden war. Es war gefüllt mit einem Gebräu aus der Gegend, das gleichermaßen die Kehle kühlte und die Sinne betäubte.

An der Hohen Tafel hatte sich König Cynegils von seinem Platz erhoben und dabei seinen geschnitzten Stuhl umgeworfen. Er und der fromme König Sigebert aus dem Reich der Ostangeln waren so unterschiedlich wie Feuer und Eis. Mit seinem großen Wuchs, seinen breiten Schultern und der dicken, rot geäderten Nase wirkte er auf Beobrand nicht wie ein Mann, der den alten Sitten des Geschenkeverteilens und der Festgelage abgeneigt war.

In Dorcic waren Oswald und sein Gefolge mit dem Pomp und den Ehren empfangen worden, die man als hoher Besuch erwarten konnte. Unter fröhlichem Lachen waren sie zum Großen Saal geführt worden, hocherfreut angesichts all der Pracht. Als Acennan gesagt hatte, der Saal sei so groß wie der in Gefrin, hatte Beobrand nur genickt. Dieser Saal war eines Königs würdig, daran gab es keinen Zweifel. Ihm erschien er sogar noch etwas größer als der von Gefrin, und auch noch üppiger geschmückt. Am Türsturz waren allerhand geschnitzte Tiere zu erkennen, die regelrecht ineinander verschlungen waren: ein Wolf biss in die Schwanzfeder eines Raben, der wiederum nach den Klauen eines riesigen, feuerspeienden Drachen schnappte. Das Dach des Saals wurde von zwei Hörnern gekrönt, die größer waren als die jedes Stiers, den Beobrand je gesehen hatte.

»Vielleicht sind das die Hörner eines Auerochsen«, raunte Garr ihm zu.

Der Herr des Saales bereitete ihnen einen freundlichen Empfang. Cynegils' Tochter Cyneburg reichte ihnen verschleiert und demütig den Willkommenstrunk, den Becher des Waes Hael, und alle nahmen einen herzhaften Schluck von dem starken Met. Die Prinzessin hatte die Rolle ihrer Mutter übernommen, die vor etlichen Jahren verstorben war, und kam mit selbstverständlicher Leichtigkeit ihren Pflichten als Dame des Saales nach. Sie würde Oswald eine gute Königin sein.

Am Nachmittag ihrer Ankunft war es warm, darum brannten keine Holzscheite im Kamin. Aber an mehreren Feuerstellen vor dem Saal wurde Fleisch gebraten. Cynegils musste ein paar Späher zum Fluss gesandt haben, um angemessen für sein Treffen mit Oswald vorbereitet zu sein.

Beobrands Laune und die der anderen hatte sich noch einmal gehoben, als sie der jungen Frauen ansichtig geworden waren, die im Saal bedienten. Die meisten von ihnen waren hübsche Geschöpfe mit wiegenden Hüften und einem freundlichen Lächeln. Und manche sogar echte Schönheiten.

»Wir müssen Aethelwulf und Ceawlin auf jeden Fall

berichten, was sie verpasst haben«, kicherte Acennan, nachdem eine junge Frau mit rabenschwarzen Haaren und atemberaubend blauen Augen seinen Becher mit Bier gefüllt hatte. Beobrand hingegen fühlte sich bei ihrem Anblick an Nelda erinnert, sodass winzige eiskalte Krallen seinen Rücken hinabwanderten. Dennoch konnte er nicht bestreiten, dass die Frau ausgesprochen liebreizend war. Acennan winkte sie zu sich, und sie beugte sich dicht vor ihm hinunter, die Lippen leicht geöffnet, ein Lächeln in den Augen.

»Hier«, sagte Acennan und streckte ihr einen eleganten goldenen Ring mit einem kleinen Granat hin. »Für das schönste Mädchen in ganz Wessex.«

Beobrand hatte keine Ahnung, woher er den Ring hatte.

Die junge Frau musterte Acennan und den Ring misstrauisch, nahm ihn aber schließlich an und steckte ihn in einen kleinen Beutel, der an ihrer Seite hing.

»Dann hast du also schon alle Mädchen in Wessex gesehen?« Sie setzte eine ernsthafte Miene auf, doch das Lächeln wich nicht aus ihren blassblauen Augen. »Hast du ihnen dasselbe gesagt?«

»Ich muss all die anderen nicht erst sehen, um zu erkennen, dass du mit Abstand das schönste bist.«

Sie wurde rot, und ihre dunklen Lippen verzogen sich zu einem strahlenden Lächeln. Dann verließ sie ihren Tisch, um noch weitere Becher mit dem Inhalt ihres Kruges zu füllen.

Beobrand klopfte seinem Freund auf die Schulter. »Du bist wirklich schnell. Bei dem Tempo, das du vorlegst, bist du noch vor Sonnenuntergang verheiratet.«

Die Männer lachten, aber Beobrand registrierte mit

einem Anflug von schlechtem Gewissen, dass Acennans Züge sich verfinsterten. Beide waren sie bereits verheiratet gewesen. Glücklich und verliebt. Doch Dinge änderten sich. Und Gemahlinnen starben.

Beobrand hatte bis jetzt stets darauf geachtet, nichts zu tun, was seine oder Acennans Laune trüben könnte. Die Reise von Bebbanburg hierher war eine triste Angelegenheit gewesen. Aber jetzt, da die Hörner mit Bier und Met gefüllt waren, Speisen auf den Tischen standen und gut gebaute Frauen sie bedienten, gab es keinen Grund mehr zur Melancholie. Er klopfte Acennan auf die Schulter und rang sich ein Lächeln ab. »Na, komm schon, trinken wir auf die Frauen von Wessex.«

Die Männer verliehen ihrer Begeisterung über den Trinkspruch lautstark Ausdruck, und dann nahmen sie alle einen tiefen Schluck.

Seitdem hatte im Saal fröhliche Stimmung geherrscht. Bis zu Cynegils' Wutausbruch.

Jetzt waren alle Augen auf ihn gerichtet.

»Niemals gehe ich vor einem anderen Mann auf die Knie!«, wiederholte er mit vom Alkohol und vom Zorn geröteten Wangen.

Ein zweiter Mann erhob sich an der Hohen Tafel. Er trug den Talar eines Christuspriesters und die Haare seltsam geschnitten. Im Gegensatz zu Coenrad, Dalston und den anderen Mönchen von Hii und Lindisfarena, die sich die Stirn bis zur Schädelmitte kahl rasierten, hatte dieser Mann eine kreisrunde freie Fläche auf seiner Schädeldecke, umgeben von einem Haarkranz. Das musste Birinus sein, der Bischof aus den südlichen Landen jenseits des Meeres, der, wie sie bereits vernommen hatten, die Taufe und die Hochzeit zelebrieren sollte.

»Mein König …« Birinus sprach mit einer eigenartig singenden Melodie. Er zitterte, und seiner bebenden Stimme war anzuhören, dass er sich vor der Reaktion auf seine Worte fürchtete. »Mein König, wir haben darüber bereits gesprochen. Bei der Taufe müsst Ihr Euch niederknien …«

»Ich werde nicht knien!«, dröhnte Cynegils und ließ eine Faust auf den Tisch krachen, um seinen Worten noch mehr Nachdruck zu verleihen. Beobrand entdeckte an seinem Unterarm zahlreiche Narben. Dieser Fürst war ein König, der selbst im Schildwall gestanden hatte. Erneut hieb Cynegils mit beiden Fäusten auf die Holzplatte, sodass Becher und Teller auf den mit Binsen ausgelegten Boden fielen. Sein Zorn war furchteinflößend. Diesen Mann musste man ernst nehmen.

Ein Hund sprang von seinem Schlafplatz unter dem Tisch des Königs auf und ging auf sichere Distanz zu dem aufgebrachten Herrscher.

Langsam erhob sich nun auch Oswald von seinem Stuhl neben Cynegils und legte dem Älteren die Hand auf die Schulter. »Ihr werdet niederknien.« Er schien keinen Widerspruch zu dulden.

Stille senkte sich über den Saal. Alle lauschten angestrengt. Wachsam blickte Beobrand sich um. Falls es während des Festmahls zu einem Streit kommen sollte, waren sie in der Unterzahl. Und schlimmer noch – sie hatten ihre Waffen bei den Torwächtern abgegeben.

Cynegils wandte sich Oswald zu und funkelte ihn wütend an.

Er wollte gerade den Mund öffnen und sein Gegenüber anbrüllen, da fuhr Oswald kühl und ruhig fort: »Ihr werdet niederknien. Aber nicht vor einem Menschen. Vielmehr werdet ihr Eure Knie vor dem einen, wahren Gott beugen, um von Seinem Heiligen Geist reingewaschen zu werden. Tut Ihr das nicht, wird es auch keine Heirat geben. Kein Bündnis mit Northumbria. Dann wird der nächste Mensch, vor dem Ihr auf die Knie sinkt, Penda sein. Und glaubt mir: Der Fürst von Mercia ist weit weniger gnädig als Christus.«

Der Saal schien den Atem anzuhalten. Die beiden Könige standen einander von Angesicht zu Angesicht gegenüber. Cynegils keuchte hörbar, so stark war sein Zorn. Oswald rührte sich nicht, im Vergleich zu der kolossalen Erscheinung des Königs von Wessex wirkte er fast zerbrechlich. Und doch gab er nicht nach. Seine klugen braunen Augen wandten sich keinen Wimpernschlag lang von Cynegils ab. Er mochte von keiner so massigen Statur sein wie sein Gegenüber, war ihm aber durchaus ebenbürtig.

Nach einer scheinbaren Ewigkeit fing Cynegils an zu lachen. Er umarmte Oswald, während er weiterlachte. Oswald wirkte angesichts dieser Reaktion zunächst etwas verwirrt, doch dann lächelte er ebenfalls und erwiderte die Umarmung.

»Wie gesagt, ich gehe vor keinem Menschen auf die Knie.« Die Wut in Cynegils' Stimme war in Heiterkeit umgeschlagen. »Aber ich denke, selbst ich, Cynegils, Sohn des Ceol, Sohn des Cutha, Sohn des Cynric, König aller Westsachsen, kann die Knie vor einem Gott beugen. Und zwar nicht vor irgendeinem, sondern vor dem einen, wahren Gott!«

* * *

Die Nacht brach an. Fledermäuse flatterten zwischen den Häusern hin und her. Die Glut in den Feuertöpfen leuchtete. Nicht zum ersten Mal an diesem Abend steuerte Beobrand die Mistgrube an, um sich zu erleichtern. Seine Schritte waren schwer, er schwankte. Würde er es denn niemals lernen? Zumindest würde niemand von ihm erwarten, gleich morgen früh ein Schiff zu besteigen. Schon bei der bloßen Vorstellung drehte sich ihm der Magen um.

Stöhnend öffnete er seine Hose und ließ einen Strahl dampfender Pisse in den stinkenden Morast der Grube plätschern. Gelächter und Gesänge drangen aus dem Saal nach draußen. Seitdem die Könige sich in den Armen gelegen hatten, herrschte ungetrübte Fröhlichkeit. Barden sangen. Männer stellten ihren Kameraden Rätsel und erzählten Geschichten von Schwertkämpfen und Schlachten. Bier- und Metfässer wurden geleert und dazu reichlich Fleisch verzehrt.

Beobrand wandte den Blick zum wolkenverhangenen Himmel. Sterne waren keine zu sehen, im Mondlicht schimmerten die Wolken blass. Er fingerte an seinem Gürtel und seiner Hose und fluchte leise, weil er mit der linken Hand so ungeschickt war. Dann drehte er sich um und schwankte wieder davon. Es würde ihm nicht gut bekommen, Cynegils' Gastfreundschaft am heutigen Abend noch länger zu strapazieren. Er musste zwar am Morgen nicht in See stechen, aber sie alle würden sich ans Ufer begeben. Bis jetzt hatte er noch nie einer Taufe beigewohnt, aber Coenrad hatte ihm erzählt, was dabei geschehen würde. Und es würde kein gutes Licht auf ihn werfen, wenn er sich in den Fluss übergab, während ein König mit heiligem Wasser übergossen wurde.

Als er sich dem Saal näherte, waren für einen kurzen Moment zwei Silhouetten vor der erleuchteten Saaltür sichtbar, die eines Mannes und einer Frau. Gemeinsam verließen sie das Gebäude. Die Frau hatte ein blasses Gesicht und schwarze Haare. Der Mann war Acennan. Schön für ihn. Er hatte der jungen Frau schon den ganzen Abend über seine Aufmerksamkeit geschenkt, und nun schien sie ihm für seine lächelnden Schmeicheleien – und natürlich den Granatring – geben zu wollen, wonach es ihn verlangte. Beobrand spürte einen leisen Stich der Eifersucht. Er dachte daran, wie Reaghans warmer Körper neben seinem gelegen hatte. Es würde noch Wochen dauern, bis er sie wiedersah. Vielleicht würde ja auch er noch ein williges Mädchen aus Wessex finden.

Er sah den beiden nach, wie sie Arm in Arm, die Köpfe zusammengesteckt, im Schatten zwischen zwei Gebäuden verschwanden.

Lächelnd über Acennans Glück wandte er sich erneut dem Saal zu und bemerkte vier Gestalten, die ebenfalls ins Freie traten. Zunächst glaubte er, sie wollten, wie er zuvor, Wasser abschlagen, doch etwas an ihnen ließ ihn stutzig werden. Sie bewegten sich nicht wie Betrunkene, die sich erleichtern wollten, sondern so geschmeidig wie Jäger. Alle waren sie groß und kräftig gebaut und sprachen nur im Flüsterton miteinander, während sie Acennan und der jungen Frau folgten.

Noch vor wenigen Augenblicken hatte der Alkohol Beobrands Sinne benebelt, doch jetzt legte sich eine tiefe Ruhe über ihn. Er hatte keine Zeit, um Hilfe zu holen oder sich eine Waffe zu besorgen, obwohl unmissverständlich war, dass diese Männer nicht erfreut darüber waren, dass die dunkelhaarige Schönheit an Acennan Interesse zeigte. An der Art und Weise, wie sie hinter den beiden her in die Dunkelheit schlichen, konnte Beobrand sich denken, was sie im Sinn hatten: Sie wollten dafür sorgen, dass Acennan es bereute, die junge Frau jemals angesprochen zu haben.

Leise und in sicherem Abstand folgte Beobrand den Männern. Wenn sie seinem Freund tatsächlich etwas antun wollten, würden sie diejenigen sein, die mit Reue auf diesen Abend zurückblickten.

Die vier Männer verschwanden in der Nacht, ohne zu wissen, dass sie von Beobrand beschattet wurden. Acennan und das Mädchen entfernten sich immer weiter vom Saal. Suchten nach einem Ort, der ruhig war. Abgeschieden.

Sie huschten in den Gang zwischen zwei weiteren Gebäuden. Das größere schien eine Scheune zu sein, jedenfalls umwehte es der Duft nach Heu und Mist. Das andere lag still und dunkel da, vielleicht eine Lagerhalle. Die Geräusche der Feiernden im Saal hallten nur noch gedämpft durch die nächtliche Luft. Am nördlichen Rand des Feldes, das die Siedlung umgab, streichelte der Wind leise raschelnd die Blätter der Bäume.

Die vier Männer beschleunigten ihre Schritte und verkürzten den Abstand zwischen sich und ihrer Beute. Einen Augenblick lang sah Beobrand, wie sich das blasse Mondlicht in Metall spiegelte. Eine Klinge! Er stürmte los. Er würde nicht zulassen, dass Acennan diesen Männern alleine gegenübertreten musste. Oder gar unbewaffnet und arglos von ihnen überrumpelt wurde. Als er etwas in seinem Gesicht spürte, zuckte er zusammen. Nur eine Motte, die vom Licht der Feuertöpfe angezogen wurde. Geistesabwesend verscheuchte er sie und hastete weiter. Auch die Männer waren mittlerweile zwischen den beiden Gebäuden verschwunden und nicht mehr zu hören.

Leise und mit schnellen Schritten schlüpfte Beobrand um die Ecke. Im Stall wieherte ein Pferd und stampfte mit den Hufen. Im Schatten, den das Mondlicht warf, starrte er in die Nacht, ohne etwas zu erkennen. Ein Rascheln war zu hören, dann lösten sich Schemen aus dem Dunkel. Plötzlich prallte jemand mit dem Rücken gegen ihn und stöhnte laut auf. Ohne nachzudenken, stieß Beobrand den Kerl von sich, während Acennans Stimme erklang.

»Ist das alles, was ihr zu bieten habt? Habt ihr etwa geglaubt, ihr würdet zu viert mit mir fertigwerden?«

»Wir werden dich töten, du Abschaum aus Northumbria!« Die junge Stimme war frech und kräftig. Siegessicher, weil vier Bewaffnete einem Unbewaffneten gegenüberstanden.

»Heute wird hier niemand getötet«, sagte Beobrand. Er spürte mehr, als dass er sah, wie sie ihm die Köpfe zuwandten.

»Wer bist du?«, wollte die junge Stimme wissen.

»Ich bin Beobrand, Sohn des Grimgundi, Recke von Bernicia und Fürst von Ubbanford. Und wer seid ihr?«

»Verpiss dich, oder wir schlitzen dich auf.« War in der Drohung ein leichtes Zittern zu hören?

»Wir sind zu zweit, ihr zu viert. Lasst eure Klingen fallen und kämpft wie Männer.«

»Warum sollten wir?«

»Unsere Könige haben soeben den Bündnisschwur geleistet. Oswald soll Cynegils' Tochter heiraten. Glaubst du etwa, dass sie sich darüber freuen, wenn ihre Recken sich gegenseitig abschlachten?« Beobrand hielt kurz inne, um seine Worte wirken zu lassen. »Und solltet ihr euch tatsächlich mit gezückten Schwertern Acennan und mir in den Weg stellen, dann schwöre ich bei Thunors Hammer, dass wir euch alle töten werden. Also dann, trefft eure Entscheidung.«

Er machte einen Schritt von der Wand weg und spannte die Muskeln in seiner rechten Wade an. Die Wunde schmerzte noch, aber das Bein war wieder stark und kräftig. Er rollte seine Schultern und verzog das Gesicht, als er das Ziehen in seinem linken Arm spürte. Doch die Nacht verbarg seine Grimasse. Sein Arm würde es schon überstehen, denn es war klar, worauf die Situation hinauslief. Es würde einen Kampf geben.

Langsam und misstrauisch traten die vier Männer aus der finsteren Gasse in das Mondlicht. Hinter ihnen war Acennans untersetzte Gestalt zu erkennen. Die Männer drehten sich hektisch hin und her, um keinem der beiden Krieger den Rücken zuzukehren.

»Ich sehe immer noch eure Sachsmesser. Das ist eure letzte Chance. Lasst die Waffen fallen, oder sie kosten noch vor Ende der Nacht euer Blut, das schwöre ich.«

Nach kurzem Zögern ließen die Männer ihre Messer los. Sie plumpsten in das Gras am Wegesrand. Noch währenddessen machte Beobrand einen Satz nach vorn und schwang seinen rechten Arm herum. Der Angegriffene hatte zwar eine Vorahnung gehabt und wollte sich ducken, doch er war zu langsam. Beobrands Ellbogen landete mit voller Wucht an seiner Schläfe. Wie von einer Axt gefällt ging er zu Boden.

Gleichzeitig registrierte Beobrand, wie Acennan in den Kampf eingriff, hörte Stöhnen und Ächzen und sah im Augenwinkel eine Bewegung, doch er konnte sich keine Ablenkung erlauben. Dann umfing ihn die Ruhe der Schlacht, und er ließ sich in sie hineinsinken wie in die Umarmung eines alten Freundes. Er hatte gehofft, sein ungestümer Angriff würde den zweiten Mann aus Wessex zögern lassen, doch das war nicht der Fall. Anstatt verblüfft an Ort und Stelle zu verharren, stürzte sich der Kerl blitzschnell auf Beobrand. Dieser wich zurück und nahm dadurch dem Faustschlag, der sein Kinn streifte, den Großteil seiner Wucht. Der Angreifer hielt jedoch nicht etwa inne, sondern fuhr fort, Beobrand zu attackieren. Er versuchte, ihn niederzuringen und in den Würgegriff zu nehmen.

Beobrand schlug seine Hände beiseite, wich erneut zurück und ließ den anderen weiterhin angreifen. Er spürte einen Schlag auf dem rechten Unterarm, gefolgt von einem zweiten, wehrte den Gegner mit dem linken Arm ab und biss die Zähne zusammen. Das hatte wehgetan. Er gestattete dem Kerl aus Wessex noch zwei weitere Schläge – den einen parierte er, dem anderen wich er aus. Dann verzog sein Gegenspieler die Lippen zu einem siegesgewissen Lächeln und machte einen schnellen Schritt auf Beobrand zu, um den nächsten Treffer zu landen. Aber dieses Mal wich Beobrand nicht zurück. Stattdessen riss er die Arme nach oben, packte den anderen mit beiden Händen am Kragen und zog ihn zu sich heran. Im selben Augenblick stieß er den Kopf nach vorne und legte sein ganzes Körpergewicht in den Stoß. Die Faustschläge des Angreifers fanden ihr Ziel nicht mehr. Sie kümmerten Beobrand noch weniger als die Motte, die vor wenigen Augenblicken mit seiner Wange kollidiert war.

Krachend und mit voller Wucht landete Beobrands Stirn auf der Nase seines Gegners. Das spritzende Blut wirkte schwarz im Licht des Mondes. Der Mann schwankte, ging zu Beobrands großer Überraschung jedoch nicht zu Boden. Er warf einen hastigen Blick zu Acennan hinüber, der auf der Erde mit einem der Angreifer rang. Der vierte von ihnen war schon als regungsloser Haufen im Gras neben den Sachsmessern zusammengesackt.

Beobrand wandte sich wieder seinem unmittelbaren Gegner zu und musste zähneknirschend anerkennen, dass der Kerl sich zu wehren verstand. Wie ein Bär, der von einer Biene gestochen wurde, schüttelte der Westsachse jetzt den Kopf, bevor er sich laut brüllend auf Beobrand stürzte.

Sie hatten keine Zeit mehr für diesen Unsinn. Wieder ließ Beobrand den Kerl auf sich zukommen. Dieses Mal jedoch täuschte er einen Aufwärtshaken in dessen blutverschmiertes Gesicht an. Der andere sah die Faust kommen und wollte sie abblocken. Beobrand hinderte ihn nicht daran, machte aber einen entschlossenen Schritt nach vorne und hämmerte dem Kerl das Knie mit solcher Wucht in den Unterleib, dass diesem sämtliche Luft aus der Brust gepresst wurde und er einen tiefen Seufzer ausstieß. Beobrand versetzte ihm noch einen harten Schlag gegen die Brust, und der Mann taumelte, stolperte und landete schließlich auf der

Erde. Mit einem Fußtritt gegen den Schädel schickte Beobrand ihn in die Bewusstlosigkeit.

Er wirbelte herum, um Acennan zu helfen, doch sein Freund löste sich bereits von seinem ebenfalls regungslosen Gegner.

Beobrand empfand eine seltsame Mischung aus Enttäuschung und Euphorie. Sein Herz schlug wild in seiner Brust. Sein Arm brannte. Hinter seiner Stirn pochte es. Sein großer Zeh tat weh. Er hatte ihn sich schon einmal gebrochen, als er einem Mann ins Gesicht getreten hatte. Vielleicht war dasselbe ja wieder passiert. Trotz all der Pein breitete sich unwillkürlich ein zufriedenes Grinsen auf seinem Gesicht aus. Es fühlte sich einfach gut an zu kämpfen. Tag für Tag hatte er seine aufgestaute Wut runtergeschluckt. Darüber, dass die Götter ihm lachend alle Menschen genommen hatten, die er geliebt hatte. Aber jetzt stand er keuchend in der Dunkelheit, umgeben von am Boden liegenden Feinden.

Er besaß Reichtümer. Hatte einen schönen, großen Saal. Ländereien. Ein wunderbares Schwert. Einen Sohn.

All das war sein, aber nichts davon machte ihn glücklich.

Acennan kam auf ihn zugestolpert und versetzte unterwegs einem der am Boden Liegenden einen Fußtritt. »Danke für deine Unterstützung«, sagte er. »Aber mit denen wäre ich auch alleine fertiggeworden.«

»Wo ist das Mädchen abgeblieben?«, erkundigte sich Beobrand.

»Ist beim ersten Anzeichen eines Kampfes geflohen. Ich kann es ihr nicht verübeln.«

Beobrand ließ den Blick suchend über die Umgebung

schweifen, und ihm dämmerte eine Erkenntnis, die ihm einen Schauder über den Rücken rieseln ließ. »Schade, dass es bloß vier waren«, sagte er.

»Wieso?«

Und dann fasste er das in Worte, was ihm eine solche Angst einjagte. »Ich hatte gerade angefangen, den Kampf zu genießen.«

Kapitel 11

Coenrad kniff die Augen zusammen, um sie vor den grellen Sonnenstrahlen zu schützen, die durch die Weidenblätter fielen. Es war, als würde Gott selbst auf sie herabschauen. Und natürlich tat Er das auch. Falls Gott überhaupt an menschlichen Dingen interessiert war, dann mit Sicherheit an der Taufe eines Königs. Grafschaftsvorsteher und Recken säumten das Flussufer, allesamt bedeutende Männer, ihre Gemahlinnen an der Seite. Auf dem gegenüberliegenden Ufer hatten Krieger einen Schildwall gebildet, wobei sie dem Täufling und den versammelten Ehrengästen den Rücken zuwandten. Cynegils hatte darauf bestanden.

»Wenn ich nur mit einem weißen Hemd bekleidet im Fluss knien soll«, hatte der König von Wessex gesagt, »dann will ich meine Krieger in der Nähe haben, denen ich vertraue. Ich habe viele Feinde und bin mir nicht sicher, ob Gott einen Pfeil aufhalten kann.«

»Gott kann alles«, erwiderte Oswald.

Cynegils hatte die Stirn gerunzelt. »Das mag sein. Aber würde er auch handeln? Bei meinen Männern bin ich mir diesbezüglich sicher.«

Jetzt standen Cynegils und Oswald auf dem Kiesstrand. Beide hatten sie ihre engsten Vertrauten um sich geschart. Coenrad ließ den Blick über die Krieger in ihren prachtvollen Rüstungen schweifen. Helme und Schulterbrünnen blitzten in der Sonne. Beobrand stand steif neben Oswald. Sein Blick huschte permanent von einem Mann zum nächsten, als wären alle Anwesenden potenzielle Angreifer. Endlich verharrte er bei einem bestimmten Krieger aus Wessex, der ihn voller Hass aus geschwollenen, blutunterlaufenen Augen erwiderte.

Also war es genau so, wie Coenrad es sich gedacht hatte. Beobrand hatte etwas damit zu tun, dass vier Wessex-Krieger auf dem Höhepunkt des Festes in den Saal getaumelt waren, blutüberströmt und mit Blutergüssen übersät. Als Cynegils sich erkundigt hatte, was vorgefallen war, hatten sie abgewiegelt und etwas von einer unbedeutenden Meinungsverschiedenheit gemurmelt. Cynegils hatte genickt und die Sache auf sich beruhen lassen. Aber Coenrad hatte gesehen, wie Oswald zu Beobrand und seinem Freund Acennan hinübergeblickt hatte. Die beiden waren auffallend guter Laune gewesen, hatten ihre fröhliche Sprücheklopferei jedoch in dem Augenblick eingestellt, als die verletzten Westsachsen den Saal betraten. Stattdessen hatten sie sich aufrecht hingesetzt, ihre Becher beiseitegestellt und aufmerksam dem kurzen Wortwechsel zwischen Cynegils und den Männern gelauscht. Coenrad wusste nicht, ob es auch Oswald aufgefallen war, aber mit seiner Beobachtungsgabe hatte er eine Wunde auf Beobrands Wange bemerkt. Und als Acennan nach seinem Trinkhorn gegriffen hatte, waren seine aufgerissenen, blutigen Knöchel nicht zu übersehen gewesen.

Jetzt waren die scharfen Augen des jungen Mönchs aufgrund der grellen Sonne jedoch fast geschlossen, so wie die von zahlreichen anderen Zuschauern. Viele von ihnen wünschten sich insgeheim, am Vorabend nicht so ausgiebig dem Met des Königs zugesprochen zu haben. Zwei Festnächte hintereinander waren für etliche zu vicl des Guten gewesen, und so standen sie nun mit gesenkten Blicken und gebeugten Schultern da.

Birinus gehörte jedoch nicht dazu. Er hatte nach dem Willkommensfest einen Tag und eine Nacht gefastet. Jetzt betrat der Bischof in seinem dunklen Talar den Strand und bat mit erhobenen Händen um Stille. Sein großer Moment war gekommen. Er war von weither zu den hier versammelten Menschen gereist, um ihnen das Wort Gottes zu bringen, und sollte jetzt ihren König taufen. Die Außergewöhnlichkeit dieses Augenblicks zauberte ein stolzes Strahlen auf sein Gesicht. Coenrad musste grinsen. Er konnte die Gedanken des Bischofs beinahe hören. Aber Stolz war eine Sünde. Er war ausschließlich hier, um Gottes Werk zu tun, nicht, um sich verdient zu machen. Birinus tat, was er konnte, um seine Gefühle nicht so offensichtlich zu zeigen, und ersetzte sein Strahlen durch ein demütiges Lächeln.

All das nahm Coenrad wahr. Seine Sinne waren geschärft wie eine Speerspitze. Er wusste, dass diese gesteigerte Aufmerksamkeit eine Folge des Fastens war.

Seit dem Willkommensfest hatte Coenrad zusammen mit Birinus dem Essen entsagt und gebetet. Seit dem Vorfall mit Cormán fiel es ihm schwer, einem Fremden zu vertrauen – besonders wenn es sich bei diesem um eine Autoritätsperson aus dem Kreis der christlichen Brüder handelte. Doch nachdem er dem Mann mit der seltsamen Frisur und dem ungewöhnlichen Akzent zum ersten Mal begegnet war, hatte er sich in seiner Gegenwart schnell wohlgefühlt. Es war schwer zu beschreiben, aber Birinus strahlte eine allumfassende Güte aus. Auch Gothfraidh war Coenrads Meinung.

»Birinus' Glaube unterscheidet sich in der einen oder anderen Hinsicht von unserem«, hatte der grauhaarige Mönch Dalstons Frage beantwortet, warum der Bischof eine andere Frisur trug als die Mönche von Hii und Lindisfarena. »Aber ich habe keinen Zweifel daran, dass er ein wahrer Jünger Christi ist. Die Westsachsen haben einen wirklich guten Hirten gefunden.«

Oswald hatte sich für einen Großteil des Abends, an dem sie bereits gefastet hatten, zu ihnen gesellt und sich an den Gebeten und Gesängen beteiligt. Auch Cynegils war aufgetragen worden, zur Vorbereitung auf seine Reinwaschung durch das Sakrament der Taufe auf jegliche Speisen zu verzichten, doch Coenrad bezweifelte, dass er sich daran gehalten hatte. Allerdings stand es ihm nicht zu, über andere zu urteilen. Das war allein dem Herrn vorbehalten. Nichtsdestotrotz hatte er den Eindruck, dass der König von Wessex den Christusglauben vor allem deshalb annehmen wollte, um vor Oswald Gefallen zu finden und der Macht näher zu sein, die dem König von Northumbria zugeschrieben wurde.

Als sein Blick schließlich an Cynegils' Tochter Cyneburg hängen blieb, drängte sich Coenrad unweigerlich der Gedanke auf, dass Oswald bei den Verhandlungen den Sieg davongetragen hatte. Cyneburg war so schön wie ein von der Sonne geküsster Sommermorgen. Ihr Haar türmte sich in aufwendig geflochtenen Zöpfen wie unzählige Goldketten auf ihrem Kopf. Ihre vollen Lippen erinnerten ihn an saftige Hagebutten, und unter ihrem prächtigen blauen Mantel konnte Coenrad dralle Hüften und pralle Brüste …

Gothfraidh versetzte ihm einen Stoß mit dem Ellbogen und blickte ihn scharf an. Coenrad spürte, wie er knallrot wurde. Warum nur war er so leicht in Versuchung zu führen? Warum ließ der Teufel ihn nicht endlich in Ruhe? Er tat sein Bestes, um solch unzüchtige Gedanken aus seinem Kopf zu verbannen, aber in Gegenwart junger Frauen schien ihm jedes Mal sämtliche Konzentration abhandenzukommen. Ungeschickt veränderte er seine Haltung, plötzlich von der grässlichen Angst gepackt, dass alle, die sich zu diesem feierlichen Anlass am Flussufer versammelt hatten, seine Erregung erkennen konnten.

Birinus hatte zu sprechen begonnen, und Coenrad zwang sich mit aller Macht dazu, die Prinzessin, die schon bald seinen König heiraten würde, keines Blickes und keines Gedankens mehr zu würdigen.

»Wer der hier Anwesenden will sich als Pate und Fürsprecher für Cynegils, Sohn des Ceol, anlässlich seiner Taufe und Aufnahme in die Kirche Christi zur Verfügung stellen?«

Oswald trat nach vorn. Er trug einen prachtvollen violetten Umhang und eine mit Juwelen besetzte Schulterspange. Ein einfacher goldener Ring sorgte dafür, dass ihm das kastanienbraune Haar nicht in die Stirn fiel. Aufrecht und stolz stand er da. Ein König in jeder Hinsicht. »Ich, Oswald, Sohn des Æthelfrith, König von Deira und Bernicia, Herrscher von Northumbria, ich will Cynegils' Pate sein.«

Birinus neigte sanft den Kopf in Oswalds Richtung, so eine große Ausstrahlung besaß der König von Northumbria. In seinem Zustand erhöhter Aufmerksamkeit registrierte Coenrad eine leichte Anspannung in Cynegils' Blick.

Birinus fuhr fort: »So tretet denn vor, König Cynegils.

Begebt Euch in das fließende Wasser dieses Flusses, auf dass es Euch von Euren Sünden reinwäscht.«

Cynegils öffnete seine Schulterspange und ließ seinen prächtigen Wollmantel zu Boden gleiten. Der Recke mit den blauen Flecken im Gesicht fing ihn auf.

Die Menge schwieg. Ein Zauber lag in der Luft. Der Zauber des neuen Gottes, des Christus.

Birinus führte Cynegils in den Fluss. Als das kalte Wasser den beiden Männern bis zu den Waden reichte, blieben sie stehen.

»Und nun kniet nieder vor dem Herrn, Eurem Gott«, sagte Birinus fröhlich.

Cynegils zögerte. Einen kurzen Moment lang sah es so aus, als hätte er es sich anders überlegt. Sein Blick ging zu Oswald, der ihm fast unmerklich zunickte. Schließlich, als müsste er sich gegen eine starke Kraft durchsetzen, kniete sich der stolze König der Westsachsen in den Fluss. Sein einfaches weißes Hemd blähte sich wie die Rockschöße einer Frau bei starkem Wind.

Birinus gab dem König von Northumbria ein Zeichen. »Oswald, Ihr seid Cynegils' Pate und Zeuge dieses heiligen Sakraments. Tretet zu uns und legt Eure Hand auf seine Schulter. Ihr seid sein Unterstützer, sein Führer beim Eintritt in die Kirche Christi.«

Ohne zu zögern, ging Oswald in die Fluten, legte dem knienden Cynegils die Hand auf die Schulter und wandte sich Birinus zu, der mit dem Ritual fortfuhr.

»Cynegils, was erbittet Ihr von der Kirche Christi?«

Cynegils hatte die Antworten auf die nun folgenden Fragen nach ausgiebigem Drängen in der vergangenen Nacht noch auswendig gelernt. »Den Glauben.« Seine Stimme klang leise und verzagt, als würde sie in seiner Kehle feststecken.

»Was hat der Glaube Euch zu bieten?«

Cynegils schien keinen Ton mehr hervorzubringen. Vielleicht war ihm die korrekte Erwiderung entfallen. Nach einem kurzen Augenblick flüsterte Oswald ihm etwas zu.

Cynegils lief dunkelrot an, sagte dann aber klar verständlich: »Das ewige Leben.«

Birinus nickte. »So Ihr denn wünscht, ins ewige Leben einzutreten, haltet Euch an die Gebote: ›Du sollst den Herrn, deinen Gott, lieben von ganzem Herzen, von ganzer Seele und mit deinem ganzen Gemüt und deinen Nächsten wie dich selbst.‹«

Anschließend verlief das Ritual reibungslos. In stummer Ehrfurcht sah die Menge zu, wie ihr König einen neuen Gott annahm und den alten Göttern abschwor, die sie seit Generationen verehrt hatten. Die meisten verstanden nicht jedes Wort, das gesprochen wurde, aber keiner von ihnen würde je vergessen, wie der König von Wessex dreimal mit Flusswasser aus einem goldenen Becher übergossen wurde, während der seltsame Priester aus einem fernen Land im Süden etwas von der Reinwaschung aller Sünden verkündete. Sie alle würden sich daran erinnern, wie Cynegils gezittert hatte, als das kalte Wasser über ihn geflossen war und sich sein weißes Hemd wie eine zweite Haut an seinen massigen Körper geschmiegt hatte.

Doch am allerdeutlichsten würden sie sich daran erinnern, wie ihr Fürst Cynegils, Sohn des Ceol, vor dem stolzen König von Northumbria gekniet hatte.

Kapitel 12

Beobrand kratzte sich den struppigen Bart. Sein Schädel pochte dumpf. Es war ein windstiller, schwüler Tag, an dem die Erde von der Sonne erhitzt wurde wie ein Brot in einem Lehmofen. Kein Lüftchen ging, und neben dem Saal, wo Beobrand sich niedergelassen hatte, gab es keinen Schatten. In einiger Entfernung spazierte Oswald mit steifen Schritten neben seiner jungen Braut.

Acennan ließ sich stöhnend neben Beobrand auf den Boden fallen. »Bei Tyrs Eiern, ich glaube, ich kippe tot um, wenn ich auch nur noch einen Bissen Wildschwein essen oder einen Tropfen Met trinken muss.«

Beobrand schnaubte verächtlich. »Ach was, das schaffst du schon. Bestimmt.« Doch er konnte Acennan verstehen. Während die lange Reise von Bebbanburg hierher von großer Ernsthaftigkeit und Anspannung geprägt gewesen war, litten sie hier in Dorcic fast unter einem Übermaß an fröhlicher Festlichkeit.

Auf die Taufe des Königs war ein großes Festmahl gefolgt. Und dann, ohne genügend Zeit, um sich davon zu erholen, die Hochzeit von Oswald und Cyneburg. Beobrand dachte an den Augenblick, als die Prinzessin zu dem Altar geführt worden war, an dem Birinus den Hochzeitsritus vollzogen hatte, und musste trotz seines schmerzenden

Schädels grinsen. Wie die Männer bei Cyneburgs Anblick den Atem angehalten hatten! Die meisten hatten vorher noch nie ein so schönes Geschöpf zu Gesicht bekommen. Beobrand schüttelte den Kopf. Sie war fast so schön, wie Sunniva es gewesen war. Es gab keinen einzigen Mann hier, der keinen Neid auf den König von Northumbria verspürte, weil dieser mit einem solch atemberaubenden Friedenspfand die Ehe eingehen durfte.

»Da bin ich mir nicht so sicher«, meinte Acennan, rieb sich den Bauch und dehnte sich, um seine verspannten Schultern zu lockern. »Vielleicht fange ich auch mit dem Fasten an, so wie diese Christusmönche.«

»Sobald wir wieder auf der Straße der Wale sind, wirst du dich nach warmem Fleisch und gutem Met sehnen. Ich nehme an, wir werden schon bald aufbrechen. Cynegils muss angesichts all der Speisen, die wir vertilgt haben, ja verzweifeln. Wenn wir noch länger bleiben, droht seinen Leuten im Winter der Hungertod.«

Sie schwiegen eine Weile, zufrieden damit, Oswald und Cyneburg zu beobachten. Nur wenige Schritte dahinter folgte Derian, der bärtige Recke und Anführer von Oswalds Schar der vertrautesten Krieger. Neben ihm ging die schwarzhaarige junge Frau vom ersten Abend. Ihr Name war Eadgyth, und für Acennan war das Werben um ihre Gunst mittlerweile zur Besessenheit geworden. Nach dem Kampf hatte sie nicht wieder seine Nähe gesucht. Und wenn er sie im Saal ansprechen hatte wollen, war sie ihm nur mit eisigem Schweigen begegnet.

»Sieh dir nur den König an«, sagte Acennan mit Bitterkeit in der Stimme. »Es wirkt fast so, als wüsste er gar nicht, was er mit einer so liebreizenden Frau anstellen soll. Ihr Götter, was gäbe ich dafür, an Derians Stelle an Eadgyth' Seite zu sein. Dann würde ich Oswald zeigen, wie man eine Dame behandelt.«

»Genau.« Beobrand grinste. »Die Realität ist ja, dass du bei Eadgyth so durchschlagenden Erfolg hast, dass der König jeden deiner Ratschläge mit Sicherheit begrüßen würde.«

Acennan runzelte die Stirn. »Woher hätte ich das denn wissen sollen?«

»Ich nehme an, wir hätten fragen können.«

»Ausgerechnet ihr Bruder«, erwiderte Acennan seufzend.

Der Recke, dem Beobrand mit seinem Kopfstoß zu sturmwolkenfarbenen Blutergüssen und einer gebrochenen Nase verholfen hatte, war Wulfgar, Eadgyth' Bruder. Jung und stolz, wie er war, hatte es ihm nicht gefallen, dass seine Schwester von einem Krieger aus Bernicia mit so viel Aufmerksamkeit bedacht worden war. Zwar hatten Wulfgar und seine Gefährten seit dem Zwischenfall beim Stall keinen Versuch mehr unternommen, Beobrand oder Acennan anzugreifen, doch die beiden Freunde achteten darauf, sich niemals alleine außerhalb des Saals sehen zu lassen. Hinter Wulfgars dunkel geränderten Augen loderte eine unübersehbare Feindseligkeit. Beobrand kannte dieses Gefühl des Rachedurstes nur zu gut und befürchtete, dass der Westsachse und seine Gefährten, falls sie denn auf Vergeltung aus waren, ihre Waffen kein zweites Mal beiseitelegen würden. Und mit gezogenen Klingen würde auch Blut fließen. Jemand würde sterben. Aber es wäre nicht gut gewesen, das Blut ihrer neuen Verbündeten zu vergießen. Diesen gefährlichen Pfad hatte Beobrand schon einmal beinahe bei Dor eingeschlagen, als Oswald sich auf einen Friedensschluss mit Penda von Mercia verständigt hatte. Er wollte sich nicht in eine Situation verstricken, die nur schlecht für alle Beteiligten ausgehen konnte.

Sie sahen, dass Oswald auf etwas in den Bäumen deutete, was sie nicht erkennen konnten. Cyneburgs Lachen drang an ihre Ohren. Vielleicht machte der König ja doch allmählich Fortschritte bei seiner Gemahlin.

»Wir sollten uns glücklich schätzen, dass Oswald nicht stärker nachgeforscht hat, was zwischen uns und Wulfgar vorgefallen ist.«

»Wieso?«, sagte da eine Stimme und ließ sie beide zusammenzucken. »Was ist denn vorgefallen?«

Beobrand drehte sich um und sah, dass Coenrad um die Saalecke gekommen war. Er lächelte den Mönch an. »Gar nichts«, beeilte er sich zu versichern.

Coenrad ließ sich zwischen den beiden Kriegern auf dem Boden nieder. »Tatsächlich? Das Gesicht dieses Mannes da drüben spricht aber eine andere Sprache. Und wie er und seine Kumpane euch anblicken. Ihr solltet gut auf euch achtgeben.«

»Mach dir mal keine Sorgen um uns. Hier in Wessex sind wir unter Freunden. Das weißt du.«

»Genau das ist dein Problem.« Coenrad wischte sich die Schweißtropfen von der rasierten Stirn. »Du machst dir deine Freunde zu oft und zu schnell zu Feinden.« Er warf Beobrand einen vorwurfsvollen Blick zu, den er jedoch nicht lange aufrechterhalten konnte.

Acennan lachte und sah ihn von der Seite an. Ob er an

jene Gewitternacht vor nicht allzu langer Zeit zurückdachte, als Beobrand ihn bewusstlos geschlagen hatte?

»Und dein Problem, Coenrad, ist, dass du zu viel nachdenkst«, entgegnete Beobrand. »Und mehr siehst, als gut für dich ist.«

Der König, seine neue Königin und ihr Gefolge waren inzwischen zum Fluss gegangen und aus ihrem Blickfeld verschwunden.

Beobrand klopfte Coenrad auf die Schulter. »Jetzt schau nicht so trübsinnig, ich habe nur Spaß gemacht. Am besten erwähnst du Wulfgar und seine Freunde nicht mehr, und wir versuchen, den Frieden zu bewahren. Wie kommst du mit deiner Arbeit voran?«

»Ich bin fertig. Heute Morgen haben Dalston und ich die letzten Kopien angefertigt.«

»Kopien?«

»Wir haben alles aufgeschrieben, worauf Oswald und Cynegils sich verständigt haben. Pelze als Tributzahlungen, Königin Cyneburgs Braut- sowie ihre Morgengabe und das Handgeld. All die Mengen und Werte, auf die sie sich geeinigt haben. Und damit es später keine Missverständnisse gibt, haben wir Kopien angefertigt.«

Beobrand hatte schon einmal mit Coenrad über diese Schriften gesprochen. Er konnte wenig Sinn in ihnen erkennen, aber Oswald hielt viel von dem, was die heiligen Männer in ihre gespannten Kalbshäute ritzten. Beobrand vermutete, dass Oswald sich dadurch aus irgendeinem Grund weniger als Kriegsfürst und mehr als König fühlte; als ein Herrscher, der für seine mutig geführten Schlachten und seine Klugheit in Friedenszeiten gleichermaßen geachtet wurde. Obwohl sich Beobrand nur mäßig für die Schriften der Mönche interessierte, hatte er bereits bei der einen oder anderen Gelegenheit einen Blick darauf geworfen und seine Bewunderung für ihre Kunstfertigkeit nicht verhehlen können. Die Tintenstriche waren sehr präzise, und gelegentlich fügten die Mönche den Worten auch eine einfallsreiche Zeichnung hinzu, Tiere oder Menschen, mit einer großen Liebe für Details. Die Bedeutung der Worte war ihm herzlich egal, aber die Bilder sah er sich gerne an.

»Und diese Kopien sind wirklich vollkommen identisch?« Er würde ja nicht einmal die Geduld aufbringen, einen einzigen dieser Pergamentbögen vollzuschreiben, geschweige denn auch noch einen zweiten.

»In dem Maße, wie es nur möglich war. Der Inhalt ist derselbe. Aus diesem Grund fertigen wir diese Kopien ja an.«

»Und nun?«, schaltete sich Acennan ein, der bis jetzt stumm dagesessen hatte. »Wenn die Könige zu einer Übereinkunft gelangt sind und ihr alle eure Worte aufgeschrieben habt, dann müssten wir doch bald abreisen, oder nicht?«

»Das meint Gothfraidh auch. König Oswald wollte möglichst schnell nach der Hochzeit aufbrechen, aber Cynegils hat ihn gebeten, noch ein wenig länger zu verweilen.«

»Wieso denn das?«, wollte Beobrand wissen. »Wir sind doch schon so lange hier, dass seine Gastfreundschaft allmählich ein bisschen abgekühlt sein dürfte.«

Das ferne Lachen einer Frau drang an ihre Ohren.

»Gothfraidh glaubt, dass Cynegils sich nicht von seiner Tochter verabschieden kann.«

»Aber sie ist doch nicht mehr seine Tochter«, wandte Acennan ein. »Sie ist Oswalds Königin.«

»Das stimmt. Trotzdem möchte Cynegils noch ein letztes Festmahl zu Oswalds Ehren abhalten.«

Acennan stöhnte laut auf. »Noch ein Festmahl. Dann platze ich garantiert.«

»Wir können nur hoffen, dass die Pikten im Norden Ruhe geben und bei unserer Ankunft in Bernicia kein Krieg herrscht«, sagte Coenrad.

Auch Beobrand hoffte auf Frieden im Norden, konnte aber Coenrads Gedankengang trotzdem nicht folgen. »Wieso?«

»Weil ihr nach all den Gelagen nicht mehr in eure Kettenhemden passt.«

* * *

Schon wieder ein Festmahl. Man hatte frisches Bier gebraut und noch mehr wertvolle Tiere geschlachtet, die über großen Feuerstellen gebraten wurden. Kinder mit vor Schweiß glänzenden Gesichtern drehten die Spieße. Auch frischer Aal aus der Temes war herbeigeschafft worden, und erneut war der Saal vom Lärm der Gäste erfüllt. Der Tafel saßen die Könige von Wessex und Northumbria vor. Oswalds strahlend schöne Königin mit ihrem üppigen goldglänzenden Haar hatte an seiner Seite Platz genommen. Viele der Männer würden sich im Laufe des Abends dabei ertappen, wie sie Cyneburg mit offenem Mund anstarrten. Ihre Schönheit ließ die Männer zu Träumern werden. Auch Beobrand betrachtete sie durch den rauchigen Dunst des Saales, begehrte Cynegils' Tochter aber nicht. Ihre schimmernden Zöpfe und ihre makellos glatte Haut erweckten in seinem Geist vielmehr Bilder von Sunniva zum Leben.

Auch sie hatte die starren Blicke vieler Männer auf sich gezogen und sie mit ihrer Schönheit betört.

Doch sie lebte nicht mehr, so wie alle Frauen, die es bisher in seinem Leben gegeben hatte. Nun ja, fast alle. Reaghan hatte er gerade noch retten können. Die Erinnerung an ihre dunkle Mähne und ihren zerbrechlichen, blassen Körper entlockte ihm ein heimliches Lächeln. Einmal mehr sehnte er sich nach ihren tröstlichen Berührungen und danach, mit ihr zusammen in der dunklen Abgeschiedenheit seiner eigenen Schlafkammer zu liegen.

Er wandte den Blick von der Königin ab und starrte gedankenverloren in das Feuer, das im Kamin loderte, obwohl es kein kalter Abend war. Rauchwolken umschwebten die Dachbalken, an denen sich eine dicke Ascheschicht wie schwarzer Schimmel abgelagert hatte. Beobrand musste an das Feuer denken, das Nathairs Saal verschlungen hatte. An jene Nacht des Mordens und des Blutes.

Er schickte ein stummes Stoßgebet gen Himmel, zu jedem Gott, der es hören wollte. *Beschütze Ubbanford!*

Hoffentlich hatte er genug getan, um sein Land zu schützen. Torran und seine Pikten waren nach wie vor in Bernicia, aber Bassus war stark. Ein guter Anführer. Außerdem hatte Beobrand nicht wenige seiner Kampfgefährten zurückgelassen, damit sie auf seine Leute aufpassten. Damit sie in Sicherheit waren.

Damit Octa nichts zustieß.

Damit Reaghan nichts zustoßen konnte. Sie war nicht mehr als eine Sklavin, und doch sah er in jeder Nacht ihr blasses Gesicht vor sich. Wenn er manchmal erwachte, wusste er im Licht des Morgens, dass er geträumt hatte, bei einer Frau zu liegen, aber nicht mehr, bei welcher. Sunniva und Reaghan waren so unterschiedlich wie Tag und Nacht, und doch geisterten beide durch seine Träume.

Nein. Nur eine geisterte. Reaghan war schließlich noch am Leben.

Gedankenverloren zupfte Beobrand ein wenig Fleisch von der gebratenen Taube, die auf dem Holzteller vor ihm lag. Es war weich und saftig, doch kaum blickte er auf die Überreste des Vogels, schmeckte er nur noch Asche. Die Knochen der Taube waren weiß und zerbrechlich. Wie die des Skeletts auf dem Pferdeschädel neben dem Pfad nahe Ubbanford. Es konnte keinerlei Zweifel geben, dass Nelda beides dort deponiert hatte. Sobald er wieder in Bernicia war, würde er die Hexe aufspüren und ihr ein für alle Mal den Garaus machen.

Er hatte sein Möglichstes getan, um seine Sorgen beiseitezuschieben. Es hatte keinen Sinn, sich mit Dingen zu beschäftigen, die er nicht kontrollieren konnte. Aber jetzt, wo ihre Abreise immer näher rückte, war es, als wäre ein schlecht gebauter Damm ins Rutschen geraten. All seine Ängste kehrten mit einem Mal zurück und drohten Beobrands Geist zu überfluten.

Nicht mehr lange. Sie würden bald schon aufbrechen, und wenn die Götter ihnen gnädig gestimmt waren und das milde Wetter anhielt, dann würde die Reise kaum mehr als eine Woche dauern.

Beobrand ließ seinen Blick über die versammelten Männer schweifen. Die aus Northumbria und die aus Wessex hatten sich immer noch weitgehend getrennt voneinander niedergelassen. Starke, kaum mehr zu lösende Bande wurden vor allem in der Schlacht geschmiedet. Daher waren bis jetzt nur vereinzelt neue Freundschaften entstanden, und nur wenige Männer aus Wessex und Northumbria waren im Trinken und im Gespräch vereint. Doch er wollte nicht länger in seinen finsteren Gedanken versinken, riss sich zusammen und wandte sich Athelstan zu, der sich vor ein paar Westsachsen aufgebaut hatte und eine Geschichte zum Besten gab.

»Und so kam es«, dröhnte der schon grauhaarige Krieger gerade, »dass wir die walisische Kriegerschar des Nachts angegriffen haben. O ja, ihr habt richtig gehört. In der Nacht. Während Thunors Streitwagen donnernd über den Himmel fuhr und sein Hammer mit unvorstellbarer Wut herniederkrachte. Oswald führte uns zu ihrem Lager, wo wir sie mit Schwertern und Speeren im flackernden Licht des Gewittersturms besiegten.«

Die Krieger hoben ihre Becher und hämmerten mit den Fäusten begeistert auf die Tische. Geschichten von Schlachten waren immer beliebt, und Athelstan war ein guter Erzähler. Er war kein Barde, besaß aber eine klare Stimme und wählte seine Worte geschickt. Zahlreiche Schlachten, auch die von Hefenfelth, hatten an seinem Körper Narben hinterlassen, und die vielen Spangen an seinen muskulösen Armen bezeugten seinen Wert als Kämpfer. Es wurde wieder still im Saal, während sich immer mehr der Anwesenden dem grobschlächtigen Recken aus dem Norden zuwandten.

Dieser spürte deren Blicke und sah mit breitem Grinsen zu Beobrand hinüber. »Der Kampf wogte die ganze lange Nacht. Cadwallons Kriegerschar war gewaltig. Die Zahl ihrer Speere war größer als die aller Bäume in ganz Albion.

Sie wollten Bernicia überrennen. Wollten uns vernichten. Wollten uns zurück ins Meer treiben, über das unsere Vorfahren einst gekommen sind. Doch Oswald hatte zum Christusgott gebetet und ein großes Kreuz errichten lassen, vor dem wir uns alle am Vorabend der Schlacht verneigten. Der eine Gott versprach ihm den Sieg über Cadwallon, und da Er ein verlässlicher Gott ist, hielt Er sein Wort.«

Mit geradem Rücken saß Oswald stolz auf seinem Stuhl am anderen Ende des Saales und nickte. Es war nicht zu übersehen, dass er Athelstans Worten aufmerksam lauschte. Cynegils wandte sich ihm zu und sagte etwas. Vielleicht erkundigte er sich, wie die Geschichte weitergehen würde, aber Oswald bedeutete ihm zuzuhören, wie sein Recke Athelstan den Bericht von der Schlacht von Hefenfelth beendete. Etwas entfernt von den beiden waren Acennan und Derian in ein intensives Gespräch vertieft. Beobrand winkte ihnen zu, doch keiner der beiden bemerkte ihn. Und als er seinen Namen hörte, richtete er den Blick wieder auf Athelstan.

»Mit nur einer halben Hand trat der edelmütige Krieger aus dem Süden aus dem Schildwall hervor. Beobrand stellte sich dem mächtigen Ross in den Weg, und das Tier, ein riesiger schwarzer Hengst, blieb vor ihm stehen und gestattete ihm, sich auf seinen Rücken zu schwingen.«

Alle Augen richteten sich auf Beobrand. Unsicher ließ dieser ein leises Lächeln der Verlegenheit sehen und konzentrierte sich voll und ganz auf Athelstan, auf dass auch die anderen sich wieder dem Älteren zuwenden würden, der die Aufmerksamkeit in vollen Zügen genoss.

Athelstan hatte sein Publikum fest im Griff. Er berichtete, wie Beobrand den König von Gwynedd verfolgt und schließlich zu Oswald zurückgebracht hatte. Die Geschichte endete damit, dass Cadwallon geschlagen und der siegreiche Christusnachfolger Oswald Herrscher über ein vereintes Northumbria geworden war. Anschließend berichtete Athelstan von der Siegesfeier, auf der Oswald seine getreuesten Kampfgefährten mit Geschenken ausgezeichnet hatte.

Beobrand warf einen Blick zur Hohen Tafel. Cynegils hatte die Stirn gerunzelt. Die Botschaft war eindeutig. Diejenigen, die sich Oswald entgegenstellten, wurden niedergemetzelt, diejenigen, die ihn unterstützten, belohnt. Beobrand fragte sich, ob Athelstan möglicherweise den konkreten Auftrag bekommen hatte, am Abend vor Oswalds Abreise den Geschichtenerzähler zu geben, um den König der Westsachen noch einmal daran zu erinnern, was es bedeutete, dass sie jetzt Verbündete waren.

Die Tafel knarrte unter Cynegils' Gewicht, als dieser sich in die Senkrechte stemmte. Er hob die Arme, um den lauten Jubel, der sich nach Athelstans Bericht erhoben hatte, zum Verstummen zu bringen. Es dauerte eine Weile, doch dann wurde es still, und die Anwesenden lauschten gespannt, was der Herr des Saales zu sagen hatte.

Der König der Westsachsen holte tief Luft. Allem Anschein nach wollte er mit seiner durchdringenden Stimme den ganzen Raum erfüllen. Doch noch bevor er einen einzigen Laut hervorbringen konnte, durchschnitt ein Schrei von der Tür her die Stille.

»Ich muss mit meinem König sprechen!«

Mit gekreuzten Speeren und ihrem ganzen Gewicht versuchten die Torwächter, einen großen, hageren Mann aufzuhalten, der mit aller Macht in den Saal vordringen wollte.

»Ich habe wichtige Neuigkeiten für meinen König!«, rief er.

Cynegils winkte den Neuankömmling näher. Der Mann schien unter enormem Druck zu stehen. Aus jeder seiner Bewegungen sprach große Anspannung.

»Nehmt ihm die Waffen ab und lasst ihn reden.« Cynegils lächelte Oswald selbstgefällig zu. »Zu gegebener Zeit muss ein König schweigen und den Neuigkeiten lauschen, die das Volk ihm bringt.«

Die Wächter ließen den Mann durch, der zur Hohen Tafel eilte. Sein Mantel war schmutzig und seine Beinbinden mit einer Staubschicht bedeckt. Er verneigte sich knapp vor den Königen, und Cynegils nickte ihm erwartungsvoll zu.

»Mein Fürst und König Oswald, ich bringe schlechte Neuigkeiten.« Der Mann sprach so laut, dass alle im Saal ihn verstehen konnten. »Finola und ihr Sohn Talorcan sind nicht mehr länger in Bebbanburg. Sie wurden von piktischem Abschaum entführt. Euer Bruder Prinz Oswiu verfolgt die Räuber und bittet Euch, mitsamt Eurer Gefolgschaft so schnell wie möglich aufzubrechen.«

* * *

Der Bericht des Boten löste im Saal lautstarkes Durcheinander aus. Cynegils, mit vom Alkohol rotem Gesicht, wirkte verärgert darüber, dass er in seinem eigenen Saal so wenig Beachtung fand.

»Ich bin hier der König!«, brüllte er, griff nach einem verzierten Trinkhorn und schleuderte es dem Neuankömmling entgegen. Doch er verfehlte ihn und bekleckerte stattdessen sich selbst mit Met. Jemand lachte, und Cynegils lief noch röter an, sodass nur noch die Frage im Raum stand, ob er selbst an Ort und Stelle sterben oder aber jemand anders von seiner Hand den Tod finden würde.

Letzten Endes gelang es Cyneburg, den verletzten Stolz ihres Vaters wiederherzustellen. Sie legte ihm den Arm um die Hüfte und führte ihn aus dem Saal.

Gespannt beobachtete Beobrand, wie der Bote aus Bebbanburg mit Oswald sprach.

Die Neuigkeiten waren besorgniserregend. Finola war die Schwester von Gartnait, dem König der Pikten, ihr Sohn einer der Thronfolger jenes Volkes. Oswald war sicherlich fuchsteufelswild, weil sie entführt worden waren. Beide waren bedeutende Spielfiguren in der Taflpartie um die Herrschaft über Albion, an der auch er teilnahm. Doch bei aller Wut hatte die Entwicklung auch ihr Gutes.

Beobrand leerte seinen Bierbecher und lächelte trotz der spürbaren Anspannung im Saal. Vor diesem Hintergrund würden sie sich unverzüglich auf den Weg nach Bebbanburg machen. Nicht mehr lange, dann waren sie wieder in Bernicia. In Ubbanford. Er würde Octa wiedersehen. Und Reaghan.

Nach einer längeren Unterredung an der Hohen Tafel trat Derian zu Athelstan und winkte Beobrand ebenfalls hinzu. Acennan war ihm dicht auf den Fersen, mit einem Gesichtsausdruck, den Beobrand nicht deuten konnte.

»Dann ist es also beschlossen«, waren die ersten Worte Derians, die Beobrand hörte.

»Was denn?«, wollte er wissen.

Athelstans Miene gab nichts preis, aber Acennan schien sich ein Grinsen kaum mehr verkneifen zu können.

»Wir werden für Cyneburg die Kindermädchen spielen«, sagte Athelstan schließlich.

»Was?«

»Ihr habt schon richtig gehört. Wir, die Helden von Hefenfelth, sollen die Königin nach Northumbria begleiten.« Athelstan zog eine Grimasse. Er war ganz offensichtlich alles andere als glücklich darüber.

Derian hob beschwichtigend die Hand. »Mit einer solchen Aufgabe würde unser Herr und König nur seine besten und verdienstvollsten Recken betrauen. Und außerdem«, seine Zähne blitzten im schwarzen Dickicht seines Bartes auf, »reisen nicht alle Helden von Hefenfelth mit der Königin. Die meisten begleiten den König auf den Schiffen.«

Knurrend griff Athelstan nach einem Metkrug. »Dann dürft ihr also diese Pikten zurechtstutzen, während wir aufpassen müssen, dass Cyneburgs Röcke bei dem langen Ritt gen Norden nicht schmutzig werden?«

»Das ist ein Befehl«, fauchte Derian ihn an.

»Aber warum wir?« Beobrand gelang es nicht, den jammernden Ton aus seiner Stimme zu verbannen. Noch vor einem Augenblick hatte er geglaubt, schon in einer Woche wieder in Bernicia zu sein. Und jetzt …? Er hatte keine Vorstellung davon, wie lange sie für die Strecke benötigen würden.

»Wir müssen in aller Hast aufbrechen«, fuhr Derian fort. »Und können nicht warten, bis die Königin ihre Sachen zusammengepackt hat. Übrigens will sie nicht auf dem Seeweg reisen.«

»Nun, immerhin das kann ich gut verstehen«, erwiderte Beobrand. Schon beim bloßen Gedanken an die wogenden Wellen unter dem Kiel drehte sich ihm der Magen um. »Aber du hast meine Frage nicht beantwortet. Warum wir? Es gibt doch auch andere, die für diese Aufgabe geeignet wären, und ich muss zurück nach Hause. Allein die Götter wissen, was die Pikten in unserer Abwesenheit angerichtet haben. Kann nicht Cynegils ein paar seiner Männer abstellen, um seine Tochter zu begleiten?«

Derian nickte. »Das kann er, und das wird er auch tun. Einige seiner Leute werden mit euch reiten. Aber da Cyneburg jetzt Oswalds Königin ist, wird Fürst Athelstan die Führung übernehmen.«

Beobrand setzte zu einer Erwiderung an, doch Derian fuhr ihm über den Mund. Er ahnte, was Beobrand sagen wollte.

»Und die Antwort auf die Frage ›Warum wir?‹ ist einfach. Acennan hat um die Ehre gebeten, Lady Cyneburg in ihre neue Heimat begleiten zu dürfen, und Oswald war über sein Angebot mehr als erfreut. Nach Athelstans Bericht über die Schlacht bei Hefenfelth ist der König überzeugt, dass er seine Wertschätzung für die Königin nicht besser zum Ausdruck bringen kann als dadurch, dass er ihren Schutz niemand anderem als dem berühmten Beobrand Halbhand überträgt.«

Beobrand brachte keinen Ton heraus.

Athelstan lachte. »Nun komm schon, Kleiner. Du siehst ja aus wie ein Fisch auf dem Trockenen, so wie dein Mund in einem fort auf- und zuklappt. Wir kommen schon noch früh genug nach Hause. Und vielleicht wird die Reise mit der Königin und ihrer Zofe ja auch gar nicht so schlimm.«

Mit einem Mal dämmerte Beobrand die ganze Wahrheit. »Zofe, sagst du?« Dann stellte er die Frage, deren Antwort er bereits ahnte. »Wer ist Cyneburgs Gemæcca?«

Acennan verkniff sich ein Grinsen und starrte auf den mit Binsen bestreuten Fußboden.

»Ich dachte, das wüsstest du«, erwiderte Derian. »Die Königin wird die Reise in Begleitung ihrer engsten Vertrauten Lady Eadgyth antreten.«

Kapitel 13

Am nächsten Morgen nieselte es. Es war immer noch warm, doch der Sommer neigte sich spürbar seinem Ende entgegen. Die dichten Wolken am Himmel kündigten noch stärkeren Regen an, vielleicht auch Gewitter. In ganz Dorcic packten Oswalds Männer ihre Sachen und machten sich für den kurzen Weg zu den Schiffen bereit.

Einer der jüngeren Krieger, ein Mann mit zerzausten Haaren und ungewöhnlich langen Armen, geriet ins Stolpern und ließ dabei seinen Speer fallen. Er hatte sich nicht nur sein eigenes Gepäck und die Rüstung, sondern auch noch einen Sack Proviant aufgeladen. Wie alle anderen Northumbrier schien er die Abreise kaum mehr erwarten zu können und hatte daher nur ein einziges Mal zu den wartenden Schiffen gehen wollen.

»Könntet ihr mir vielleicht behilflich sein?«, wandte er sich freundlich an Beobrand und die anderen, die ihn beobachteten.

»Sieh zu, dass du deinen verdammten Speer selber aufhebst«, blaffte Beobrand zurück.

Athelstan ließ ein amüsiertes Knurren hören. »Bei Christus und allen Heiligen, Beobrand. Wenn du deinen Zorn nicht bald fahren lässt, wirst du uns kein angenehmer Reisegefährte sein.«

Doch Beobrand war noch nicht bereit, seinen Ärger darüber, dass er in Dorcic zurückbleiben musste, runterzuschlucken. »Wenn Acennan das Maul gehalten hätte, würden auch wir demnächst eins der Schiffe besteigen.«

Acennan blieb stumm, aber Athelstan lachte.

»Acennan will etwas ganz anderes besteigen, etwas mit sanfteren Kurven als jedes Schiff. Und wenn es um eine schöne Frau geht, dann hat er sein Maul genauso wenig im Griff wie jeder andere. Für einen warmen Schoß würde ein Mann alles tun, da fällt es ihm schwer, vernünftig zu bleiben. Es gibt jedoch auch eine gute Nachricht.« Athelstan grinste, und Beobrand wusste, dass ein Scherz folgen würde.

»Welche?« Er gab sich keine Mühe, seine Verärgerung zu verbergen.

»Oswald nimmt die Mönche mit an Bord. Dann müssen wir auf der Reise gen Norden wenigstens nicht Tag und Nacht beten.«

Beobrand schnaubte. Das kümmerte ihn wenig. Sicher, die Christusmönche hatten einen Hang zu übertriebener Ernsthaftigkeit, aber Coenrad war eine angenehme Gesellschaft. Eher ein weiterer Grund, sich darüber zu ärgern, dass er nicht mit dem König reisen konnte.

Schweigend sahen sie den Vorbereitungen zu, bis Oswald und seine Männer schließlich zum Ablegen bereit waren. Die mit Kostbarkeiten schwer beladenen Schiffe lagen tief im Wasser. Anscheinend brachte Cyneburg mehr in die Ehe ein als nur die Zusage ihres Vaters, Oswald bei einem möglichen Krieg gegen Mercia zur Seite zu stehen.

Cynegils hatte sich nach den Ereignissen des vergangenen Abends offensichtlich wieder beruhigt, jedenfalls schritt er lächelnd zum Ufer, um seinem neuen Verbündeten eine gute Reise zu wünschen. Seine Gefolgschaft hielt sich dicht hinter ihm. Alle hatten sie ihre schönsten Jacken, aufwendig gemusterte Mäntel sowie auf Hochglanz polierte Schnallen und Broschen angelegt. Der westsächsische König schien die Absicht zu haben, dass sich Oswald noch lange an seine Macht und seine Gastfreundschaft erinnern sollte.

Auch Cyneburg, Eadgyth und die anderen Frauen legten das kleine Stück bis zum Liegeplatz der Schiffe zu Fuß zurück. Obwohl nur sanfter Regen fiel, waren ihre fein gesponnenen Schleier und ihre geflochtenen Zöpfe schnell durchnässt. Sie beklagten sich nicht, aber Beobrand registrierte die zusammengepressten Lippen der Königin sehr wohl. Ein schneller Blick zu Acennan offenbarte, dass sein Freund weder der Königin noch dem Regen Beachtung schenkte. Er hatte nur Augen für Eadgyth. Als die dunkelhaarige Begleiterin der Königin dem untersetzten Krieger aus Northumbria im Vorbeigehen einen schnellen Blick zuwarf, strahlte Acennan, als hätte er gerade sämtliche Reichtümer von ganz Wessex geschenkt bekommen.

Beobrand seufzte. Er war zwar immer noch verstimmt, aber er konnte seinem Freund nicht lange böse sein. Acennan hatte ihm in schrecklichen Zeiten zur Seite gestanden. Beobrand wusste, dass er einst eine Gemahlin gehabt hatte. Sogar ein Kind. Und dass beide gestorben waren. Wenn er sein Glück mit Eadgyth finden konnte, dann sollte er es so lange festhalten, bis das Schicksal es ihm wieder nahm.

Beobrand versetzte Acennan einen Klaps auf die Schulter. »Na los, dann wollen wir unserem König mal eine gute Reise wünschen.«

Acennan grinste noch breiter, wenn das überhaupt möglich war. Er war froh, dass Beobrands Zorn allmählich verrauchte, und so gingen sie gemeinsam zum Fluss hinunter.

Während sie sich am Ufer versammelten, hörte es auf zu regnen. Der Duft nach frischer Erde und nassem Gras lag in der Luft, und der stahlgraue Himmel spiegelte sich in der fast glatten Oberfläche des Flusses. Zwei Schwäne glitten an den Männern und Frauen vorüber.

Oswald trat vor und hob die Arme, so wie jedes Mal, wenn er zu einer Menschenmenge sprach. Die Anwesenden verstummten.

»König Cynegils, Sohn des Ceol, Herrscher der Westsachsen, ich danke Euch für Euer Kaminfeuer, Euren Tisch«, er hielt kurz inne und zwinkerte dem Gastgeber zu, »und für Euren berauschenden Met und Euer Bier von ebensolcher Eigenschaft.«

Die Zuhörer lachten. Cynegils lächelte und nickte.

»Aber am dankbarsten bin ich selbstverständlich dafür, dass unsere Familien und Königreiche durch meine Heirat mit Eurer liebreizenden Tochter Cyneburg nunmehr miteinander verbunden sind.«

Alle Gesichter wandten sich Cyneburg zu. Als Königin von Northumbria und Prinzessin von Wessex war sie jetzt eine der mächtigsten Frauen in ganz Albion. Sie erzitterte unter der Aufmerksamkeit, die ihr zuteilwurde, und eine zarte Röte legte sich auf ihre blassen Wangen. Schnell senkte sie den Blick und betrachtete die feuchte Erde.

Oswald trat zu ihr und flüsterte ihr etwas ins Ohr.

Sie richtete sich auf, hob den Kopf und bedachte ihren Ehemann mit einem sanften Kuss. »Gott befohlen, mein

König«, sagte sie mit einer Stimme, die ebenso zart war wie ihr Kuss.

»Habt Dank, meine Königin. Ich bete zu Gott, dass Ihr die Reise gen Norden schnell und unter Seinem Schutz beenden möget.« Oswald ließ den Blick über die am Ufer Versammelten schweifen. »Denn das wertvollste Geschenk von allen ist Gottes Liebe und Sein Schutz. Ich bin überwältigt vor Freude darüber, dass der weise und mächtige König Cynegils dem einen, wahren Gott Einlass in sein Herz und in die Herzen seines Volkes gewährt hat.«

Birinus, der neben dem königlichen Gefolge stand, schien vor Stolz zu wachsen. Kurz darauf jedoch errötete er, neigte den Kopf und ließ die Schultern wieder sinken. Dennoch konnte der Priester, dessen Haut dunkler als die der Umstehenden war, seine Freude nicht verbergen.

Oswald fuhr fort: »Wir glauben jetzt an denselben Gott. Und doch verbindet Northumbria und Wessex nicht nur der gemeinsame Glaube. Ich bin nun König Cynegils' Taufpate und stehe ihm als geistlicher Führer zur Seite.« Cynegils' Haltung wurde sichtlich angespannter. »Doch der weise Cynegils ist der Vater meiner Braut und wird der Großvater unserer Kinder sein. So sind unsere Völker durch den heiligen Eid und das Blut gleichermaßen verbunden.«

Mit breiten Schultern und noch vom Regen glänzenden Wangen trat Cynegils vor. »Möge Eure Reise sicher und gefahrlos verlaufen, mein Sohn«, dröhnte seine Stimme, sodass einer der Schwäne im Wasser begann, mit den Flügeln zu schlagen. »Wie Ihr bereits gesagt habt, sind wir durch Gott und die Familie aneinander gebunden. Und doch lasst uns nicht vergessen, aus welchem Grund wir diese Verbindung eingegangen sind. Penda von Mercia reißt stetig mehr Macht an sich. Der Tag wird kommen, an dem unser Waffenstillstand bricht und er sich auch unser Land einverleiben will. Dann werden wir mit starken Schilden und spitzen Speeren den Mercianern gegenüberstehen. Mögen alle, die sich hier versammelt haben, niemals vergessen, möge es in ganz Albion bekannt werden, dass Northumbria und Wessex vom heutigen Tage an durch Blut und Schwert aneinander gebunden sind.«

Die Krieger jubelten. Manche hieben mit ihren Speeren auf das Lindenholz ihrer Schilde und die eisernen Schildbuckel.

Oswald nickte. Cynegils hatte wohl gesprochen. Er umarmte seinen Schwiegervater, der dem Jüngeren breit grinsend auf den Rücken klopfte.

Unmittelbar bevor Oswald das Schiff betrat, kam er zu Athelstan, Beobrand und den anderen Kriegern, die Cyneburg gen Norden begleiten würden. Obwohl er lächelte, lag in seinen Augen keine Spur von Fröhlichkeit.

»Bring mir meine Königin unversehrt nach Bernicia, Athelstan«, sagte er und blickte dann jeden der Männer mit ernster Miene an. »Und haltet euch nicht auf. Ich fürchte, ich werde noch vor dem ersten Winterschnee jedes einzelne der mir dienenden Schwerter benötigen.«

ZWEITER TEIL

HEIMTÜCKE UND FOLTERQUALEN

Kapitel 14

Als wollte er sie daran erinnern, dass der Sommer sich seinem Ende zuneigte, prasselte der Regen auf sie herab, während sie gen Norden zogen. Beobrand konnte Garr, der am Kopf der kleinen Reisegruppe ritt, kaum erkennen, so dicht war der Regenschleier. Garr besaß die besten Augen seiner Männer. Er redete wenig, beobachtete jedoch umso mehr, was ihn zum perfekten Späher der Gruppe machte, da Attor nicht dabei war. Neben ihm ritt einer der Westsachsen, die gewisse Zweifel hegten, ob die Northumbrier ihr Handwerk auch verstanden. Aber da Cynegils' Männer zumindest das Land gut kannten, konnte es nicht schaden, sie dabeizuhaben. Doch schon bald würden sie Wessex verlassen und nach Mercia kommen. Beobrand hoffte sehr, dass sie nie erfahren würden, wie die Männer aus Wessex mit Schild und Speer umgehen konnten.

Tropfen rannen kalt seinen Hals entlang und seinen Rücken hinab. Sein Mantel war klatschnass und klebte schwer an den Flanken seines Pferdes. Wenn er nicht aufpasste, würde sein Kettenhemd vom Rost zerfressen werden. Beobrand spuckte auf den aufgewühlten Boden unter den Hufen seines Pferdes, einer Apfelschimmelstute. Sie war kleiner als Sceadugenga und nicht so temperamentvoll, aber wendiger. Und sie gehorchte seinen Befehlen ohne jedes

Zögern. Die Pferde hatte ihnen Cynegils zur Verfügung gestellt. Sobald die Königin wohlbehalten in Northumbria angekommen war, würden die Sachsen sich mit ihnen auf den Rückweg machen und dabei einigen Händlern als Eskorte dienen. Cynegils und Oswald hatten sich darauf verständigt, und es schien ein praktisches Arrangement zu sein. Sie mussten lediglich erst ohne Zwischenfall Mercia durchqueren. Beobrand sah zu, wie ein magerer Sklave die Ochsen, die den Wagen der Königin zogen, den kleinen Hang herauftrieb, auf dem er bereits wartete. Die Tiere brüllten wütend, aber irgendwann hatte das Gefährt auch diese Herausforderung bewältigt.

Athelstan galoppierte durch den Regen und brachte sein Pferd neben dem von Beobrand zum Stehen. »Hattest du nicht gesagt, der Regen würde bald aufhören? Wenn das so weitergeht, müssen wir doch noch auf ein Schiff umsteigen.«

Beobrand seufzte. »Es kann nicht ewig weiterregnen«, erwiderte er. In Wahrheit hatte er ein schlechtes Gewissen, weil er es gewesen war, der Athelstan überredet hatte, trotz des schlechten Wetters aufzubrechen. Er wollte endlich zurück nach Ubbanford, und die Vorstellung, tagelang eingepfercht und untätig im Saal von Dorcic zu hocken, während der Himmel die Erde überflutete, war unerträglich gewesen. Cyneburg und König Cynegils hatten sie gebeten zu warten, bis das Wetter sich gebessert hatte, doch Beobrand hatte Athelstan umgestimmt, indem er darauf beharrte, dass der Regen bestimmt bald aufhören würde. Und wenn nicht, würden die Straßen mit jedem Tag, der verging, garantiert nicht besser, sondern nur noch schlechter werden. Jetzt war der hünenhafte Krieger nicht mehr ganz so überzeugt von seinem Argument wie noch beim Met an Cynegils' Kaminfeuer.

Athelstan rieb sich den Regen aus dem Gesicht und dem triefenden Bart. »Sieht ganz danach aus, als würde es nie wieder aufhören.« Er legte seine knochige Hand über die Augen und den Kopf in den Nacken. Eine dichte graue Wolkendecke spannte sich über den gesamten Himmel. »Zumindest heute wird es ununterbrochen weiterregnen. Ich werde Wulfgar fragen, wo sich der nächste Saal befindet.« Er trieb sein Pferd an und schloss zu dem Krieger mit dem dunklen Bart auf einem edlen Ross auf. Zu Eadgyth' Bruder.

Beobrand schluckte die scharfen Worte hinunter, die ihm schon auf der Zunge lagen. Sie hätten nichts bewirkt. Und doch konnte er nicht anders, als diesen Kerl zu hassen. Als Cynegils bekannt gegeben hatte, wer von seinen Männern die Königin begleiten sollte, hätte Beobrand beinahe laut aufgelacht. Die Gefolgschaft des Königs zählte so viele Krieger, aber ausgerechnet Wulfgar und die anderen drei, mit denen sie in der ersten Nacht in Dorcic aneinandergeraten waren, sollten Teil der Eskorte sein. Beobrand wusste, dass die Götter nur allzu gern ihren Schabernack mit den Menschen trieben, und dass er, Acennan, Wulfgar und Eadgyth nun Teil derselben Reisegruppe waren, versprach eindeutig eine ganze Menge Spaß. Bis jetzt war noch kein böses Wort gefallen, doch die Reise hatte erst begonnen und würde den Kriegern, die in der Dunkelheit vor dem Stall eine Niederlage hatten einstecken müssen, noch mannigfaltige Gelegenheiten zur Vergeltung bieten. Krieger hatten ein gutes Gedächtnis und vergaßen ihren Rachedurst nicht so einfach. Beobrand und Acennan mussten wachsam sein.

Beobrand drehte sich zu dem Wagen um. Der Sklave und die Ochsen keuchten schwer. Die kühle Luft verwandelte ihren Atem in dichte Wolken. Cyneburg und Eadgyth hatten bisher unter einem Tuch und einem Baldachin aus Leder gesessen, sodass sie vor den Elementen geschützt waren. Darum war er verblüfft, als er die schlanke Gestalt der Königin auf dem schlammigen Pfad erblickte. Bei allen Göttern, sie war wahrhaftig ein liebreizendes Geschöpf. An diesem düsteren Tag wirkte sie wie ein Sonnenstrahl. Anmutig schritt sie näher, wobei sie um die größeren Pfützen einen Bogen machte. Wo immer möglich trat sie auf die Reste der Steinplatten, die diese Straße einst so bedeutend gemacht hatten. Birinus hatte gesagt, er stamme aus demselben Land wie das längst vergangene Volk, dessen Spuren noch immer in Albion zu sehen waren. Mit einem Mal wurde Beobrand klar, dass die Königin direkt auf ihn zukam. Bis jetzt hatten sie noch kein Wort miteinander gewechselt. Er war vollauf damit zufrieden gewesen, sie in ihrer Schönheit aus der Ferne zu bewundern, so wie er einen seltenen Vogel bewundern würde. Seit Oswalds Abreise hatte sie einen distanzierten Eindruck gemacht und sich kaum einmal auf ein Gespräch mit einem der Krieger eingelassen. So wie es Beobrands Überzeugung nach sein sollte.

Schlagartig kam es ihm unpassend vor, dass er im Sattel saß, während seine Königin durch den Schlamm gehen musste. Er schwang ein Bein über den Rücken seines Pferdes und saß ab. Ein kreischender Schmerz zuckte durch sein rechtes Bein, als er landete. Der Muskel konnte sich noch allzu gut an Torrans Pfeil erinnern. Das Bein gab nach, und Beobrand schlitterte vorwärts, bis er den Kampf um das

Gleichgewicht verlor und sich auf einem Knie vor Cyneburg wiederfand. Um nicht mit dem Gesicht voraus im Matsch zu landen, stützte er sich mit den Händen ab. Die Haut an seinem linken Unterarm spannte unangenehm, doch in erster Linie schmerzte ihn sein verletzter Stolz.

Gelächter drang an sein Ohr. Lautstarkes dunkles Wiehern frierender, durchnässter und erschöpfter Krieger, die froh über eine Abwechslung waren. Doch direkt über Beobrand ertönte ein leises Kichern, das ihn erneut an Sunniva erinnerte. Hatte er Reaghan jemals lachen gehört? Er wusste es nicht.

Er hob den Blick und sah Cyneburgs lächelndes Gesicht vor sich. Ihr Haar umkränzte ihren Kopf wie eine Krone aus fein gesponnenem Gold. Nicht einmal der Regen und die Düsternis dieses Tages konnten der Schönheit von Cynegils' Tochter etwas anhaben.

»Ihr müsst nicht vor mir knien, tapferer Beobrand«, sagte sie, und in ihren Worten war das Lachen immer noch gegenwärtig.

Sie kannte also seinen Namen. Beobrands Wangen begannen zu brennen. Ungeschickt rappelte er sich auf, griff mit einer Hand nach hinten und schüttelte seinen durchnässten Mantel aus. Das anhaltende Gelächter der Männer versuchte er zu ignorieren, obwohl er sicher war, Wulfgars Stimme herauszuhören. Doch er würdigte den Krieger keines Blickes und hatte nur Augen für Cyneburg.

»Mylady.« Er zögerte. »Meine Königin, bitte verzeiht mein Ungeschick. Aber der Regen wird Euren kostbaren Kleidern schaden.«

»Macht Euch darüber keine Gedanken«, erwiderte sie.

»Ich konnte nicht umhin, Eure Unterredung mit Fürst Athelstan zu hören, und kenne einen Ort, wo wir Schutz suchen könnten.«

»Tatsächlich?« Wärme und trockene Kleidung waren eine verlockende Vorstellung – ebenso wie die, sich auf seine Schimmelstute zu setzen und einfach davonzugaloppieren. Und nie wieder in die lachenden Augen seiner Königin zu blicken.

»Der Saal von Eadgyth' Onkel Anwealda ist nur einen kurzen Ritt von hier entfernt. Er wird uns sicherlich aufnehmen, sodass wir dort warten können, bis der Regen aufgehört hat.«

»Sehr wohl, Mylady.« Er kam sich unbeholfen vor, genauso unsicher wie der Stand seiner Füße auf dem glitschigen Kopfsteinpflaster. »Ich werde Athelstan Bescheid geben.«

Zum Zeichen des Danks neigte sie den Kopf. »Wulfgar kann uns führen.« Damit ging sie zurück zu ihrem Wagen.

Für einen kurzen Moment betrachtete Beobrand noch ihre schwingenden Hüften, bis ihm einfiel, dass sie nicht allein waren. Als er herumwirbelte, waren seine Wangen so heiß, als hätte ihn das Elfenfieber gepackt.

Unter erneutem Gelächter griff er die Zügel seiner Stute und schwang sich zurück in den Sattel.

* * *

Beobrand streckte die Hände aus, um sie am Kaminfeuer zu wärmen, das in Anwealdas Saal prasselte. Ein seltsamer Ort, der ihn an die Kapelle von Engelmynster erinnerte. Die Mauern bestanden aus Steinen, die von Handwerkern mit längst vergessenen, bis heute nie wieder erreichten Fertigkeiten kunstvoll zugeschnitten und aufgeschichtet worden waren. Sie waren mit raffinierten, wenn auch von Ruß und Schmutz verschmierten Gemälden von Menschen und Tieren geschmückt, deren Farben längst verblasst waren. Wahrscheinlich hatten schon Generationen von Anwealdas Vorfahren genau hier gesessen und sich an den Darstellungen von spärlich bekleideten, schlanken Frauen erfreut. Eines der Bilder war rissig geworden und die Farbe durch die Feuchtigkeit an etlichen Stellen abgeplatzt. Jemand hatte versucht, es auszubessern, mit dem Ergebnis, dass die ansonsten goldfarbenen Schönheiten schlammbraune Flecken bekommen hatten. Ursprünglich durchscheinende Kleider ähnelten nun rauen Wolldecken. Ob es sich bei dem Künstler wohl um denselben Mann handelte, der auch das Dach gedeckt hatte? Einen großen Teil davon zierten noch rote Ziegel, aber eine beachtliche Fläche war eingestürzt, und statt mit Ziegeln hatte man das Loch mit Stroh abgedeckt und das Dach neu abgestützt. Angesichts der geschwärzten Balken, die die neuere Konstruktion trugen, musste die Reparatur schon geraume Zeit zurückliegen.

Unter dem Strohdach diente ein großer Kessel als Regenauffangbecken. Die Stimmung im Saal war gedämpft. Auf dem Weg hierher waren sie durch Flüsse und Wassergräben gewatet, während gleichzeitig der Regen unablässig auf sie eingeprasselt war. Anwealda hatte sie höflich, aber nicht unbedingt herzlich empfangen. Er selbst war erst am Tag zuvor von den Hochzeitsfeierlichkeiten in Dorcic zurückgekehrt und ganz offensichtlich nicht darauf eingestellt, die Königin mitsamt ihrem Kriegergefolge zu beherbergen.

Trotzdem drückte er seiner Nichte einen Kuss auf die Wange und bot ihr und der Königin nach kurzem Zögern – und nachdem seine Gemahlin ihm einen Stoß in die Rippen versetzt hatte – das eheliche Schlafgemach an. Sklavinnen und Diener huschten durch den Saal, bauten flugs Bänke und einen langen Tisch auf und servierten Bier. Osberga, die Dame des Saales, hatte schließlich den Becher des Waes Hael, des Willkommens, erhoben.

Schalen mit dünner Suppe machten jetzt die Runde, dazu gab es frisches Brot. Nach der Kälte und der Nässe des Tages tat das einfache Mahl gut und war eine gern gesehene Abwechslung zu den Festgelagen in Cynegils' Saal. Vielleicht war Anwealda wie sie des Fleisches und des Mets überdrüssig geworden. Die Männer unterhielten sich gedämpft. Wulfgar und die anderen Westsachsen saßen an einem Ende des Tisches, die Northumbrier am anderen. Cyneburg und Eadgyth hatten an der Hohen Tafel Platz genommen.

»Tja, und ich dachte schon, deine schlechte Laune würde uns die Reise erschweren«, sagte Athelstan. »Aber ich hatte natürlich nicht damit gerechnet, dass die Götter uns so schreckliches Wetter schicken und Cynegils uns so griesgrämige Gefährten zur Seite stellt.«

Beobrand nickte geistesabwesend. Das tänzelnde Licht der flackernden Flammen brachte Cyneburgs Züge im Halbdunkel zum Leuchten. Ihre Augen wirkten schwarz, während sie sich mit dem Fürst und der Fürstin des Saales unterhielt, aber ihr Haar glänzte so hell, dass es fast übernatürlich wirkte.

Athelstan stieß ein kurzes bellendes Lachen aus. Es

ähnelte dem heiseren Schrei einer Krähe. »Mir scheint«, sein in vielen Schlachten gestählter Arm deutete auf Beobrand und Acennan, »dass ihr zwei unsere Begleitung alles andere als griesgrämig findet. Obwohl ich eigentlich die Männer gemeint hatte. Ich kann durchaus verstehen, dass ihr die Frauen attraktiver findet, aber«, er senkte die Stimme, »seht euch besser vor, Freunde. Nur der König darf die Furche einer Königin pflügen, niemand sonst. Und von der Furche ihrer Gemæcca haltet ihr euch am besten ebenfalls fern.«

Beobrand spürte, wie die Hitze ihm ins Gesicht stieg. Er wandte sich Acennan zu, der ebenfalls das Objekt seiner Begierde an der Hohen Tafel angestarrt hatte. Ihre Blicke trafen sich, und schlagartig wurden sie von einer ungestümen Fröhlichkeit erfasst. Laut lachend klopften sie sich gegenseitig auf den Rücken. Die Heiterkeit fühlte sich gut an.

Athelstan leerte grinsend seinen Bierbecher, dann schüttelte er den Kopf und murmelte: »Ihr jungen Narren.«

Seine Bemerkung spornte die beiden jedoch nur noch zusätzlich an. Lang angestautes Lachen brach aus Beobrand hervor, und er fragte sich, ob er wohl je wieder in der Lage sein würde, damit aufzuhören. Er klammerte sich an seinen Freund und rang um Beherrschung. Er hatte kaum von dem Bier gekostet und fühlte sich trotzdem schon betrunken.

Erst nach langer Zeit – so kam es ihnen zumindest vor – hatten sich die beiden Freunde wieder im Griff. Um Atem ringend wischten sie sich die Tränen von den Wangen. Die Umsitzenden starrten sie an. Ihre Gespräche waren verstummt, während Acennan und Beobrand sich ihrem Lachanfall hingegeben hatten. Um ein Haar hätte die abgrundtiefe Verachtung in Wulfgars Blick Beobrand erneut zum

Lachen gebracht, doch er konnte sich gerade noch beherrschen. Und als er Cyneburg wieder ansah, lächelte er sie offen an. Sie hielt seinem Blick für einen kurzen Moment und mit undurchschaubarer Miene stand, dann runzelte sie die Stirn und wandte sich wieder ihrem Gastgeber zu.

Nachdem das Schauspiel zu Ende war, beugten sich die Gäste wieder über ihre Teller und Becher, und die düstere Stimmung senkte sich erneut wie dichter Herbstnebel auf den Saal.

Athelstan, der neben Beobrand saß, stieß einen nicht zu unterdrückenden Fluch aus. »Bei den Knochen des Christus und Tyrs Eiern, dieser Saal braucht dringend mehr Leben.« Er erhob sich und schlug mit den Handflächen auf die Tischplatte.

Wieder wurde es still.

»Merket auf!«, rief Athelstan. »Und hört gut zu! Ich erzähle euch jetzt die Geschichte des bösen und mächtigen Hengist, der von Beobrand, Sohn des Grimgundi, den manche unter seinem Beinamen Halbhand kennen, für immer besiegt wurde.«

Die Männer im Saal johlten und trampelten mit den Füßen. Allen stand der Sinn nach einer Erzählung von einer Schlacht und der Vernichtung eines Feindes.

Beobrand stöhnte innerlich auf. Er wollte nicht wieder als Held gepriesen, angestarrt und bejubelt werden. Zudem wurden mit jeder neuen Erzählung seine Taten noch größer und gewaltiger, sodass er sich selbst bald nicht mehr darin erkennen würde. Er warf Athelstan einen verärgerten Blick zu, doch der massige Recke grinste nur und ließ sich nicht aufhalten.

Bereits in Dorcic hatte Athelstan bewiesen, dass er ein guter Geschichtenerzähler war. Jetzt stellte Beobrand fest, dass seine Worte unwillkürlich dunkle Erinnerungen in ihm hervorriefen. Athelstan berichtete, was er wusste und was er gehört hatte. Er schilderte den Kampf im Schlamm bei Engelmynster, bei dem Beobrand mit einem Glückstreffer Hengist das Gesicht verunstaltet hatte. Er berichtete von der Schlacht an der Furt von Gefrin, als der Fluss vom Blut und von Körpersäften von Freund und Feind angeschwollen war und sich rot gefärbt hatte. Er beschrieb den Zuhörern, wie der Schildwall vor Bebbanburg gebrochen war und Beobrand den Großteil zweier Finger seiner linken Hand verloren hatte. Und schließlich erzählte Athelstan, der in der gebannten Aufmerksamkeit seines Publikums badete, wie Beobrand mit Hrunting, dem Schwert seines Bruders Octa, den Mann getötet hatte, der es vorher gestohlen und seinen rechtmäßigen Besitzer – ebenfalls Octa – ermordet hatte.

Die Zuhörer waren außer sich vor Begeisterung, trampelten mit den Füßen und hieben mit den Fäusten auf den Tisch ein. Athelstan hatte die Geschichte sehr gut vorgetragen, daran gab es keinen Zweifel. Und doch spürte Beobrand, wie die Leichtigkeit des Lachens, das ihn noch vor Kurzem so fest im Griff gehabt hatte, von der Düsternis seiner Vergangenheit verdrängt wurde. Athelstan hatte von großartigen Schwertkämpfen gesprochen. Von Taten, die Krieger gerne besangen, wenn der Schildwall nur noch eine ferne Erinnerung war und sie froh sein konnten, überlebt zu haben. Doch die Dinge, die sich nicht für eine unterhaltsame Geschichte eigneten, hatte Athelstan verschwiegen. Kein Wort von Cathryns flehenden Blicken, als sie auf der eiskalten Wintererde auf einer Waldlichtung geschändet worden war. Kein Wort von Strangs verkohltem, rauchendem Leichnam auf einem schwelenden Kohlenmeiler. Und auch das knarrende Seil an der Eibe, an dem Tondbert schreiend und wimmernd gehängt worden war, war in Athelstans Erzählung nicht vorgekommen.

Nein, Athelstan hatte nichts von alldem erwähnt. Manches konnte er nicht wissen, aber selbst wenn es anders gewesen wäre, hätte er es verschwiegen, dessen war sich Beobrand sicher. Glorreiche Schlachten und heldenhafte Krieger, davon wollten die Männer hören. Nicht von Blut, Scheiße und dem Gestank des Todes. Sie wollten sich Hünen in glänzenden Kettenhemden und mit polierten Helmen vorstellen, nicht schluchzende Kinder, deren Gedärme sich wie Aale aus einer klaffenden Wunde ringelten.

Die Krieger applaudierten der Erzählung und Beobrands Rolle darin gleichermaßen. Athelstan sonnte sich grinsend in dem Lobpreis und freute sich, dass es laut im Saal geworden war. Beobrand hingegen brachte nicht einmal ein Lächeln zustande. Für die, die ihn ansahen, gab er das perfekte Bild eines Kriegers ab. Ungerührt, von Narben gezeichnet, breitschultrig und von beeindruckender Körpergröße. Ein Mann, der keiner Worte bedurfte. Das Lied seines Schwertes sprach für sich.

Als sich am hinteren Ende des Tisches Wulfgar erhob, wurde es einmal mehr still im Saal.

»Das ist das zweite Mal, dass Fürst Athelstan von deiner Tapferkeit in der Schlacht berichtet hat, Beobrand«, begann Wulfgar.

Beobrand holte langsam und tief Luft. »Athelstan übertreibt gerne ein wenig«, sagte er dann mit ausdrucksloser Stimme. Er hatte gewusst, dass es irgendwann zu einer weiteren Konfrontation mit Wulfgar kommen musste, aber vielleicht ließ sie sich heute noch einmal abwenden.

»Unsinn!« Athelstan stand immer noch unter der Wirkung seines Erfolgs. »Beobrand ist genau so, wie ich ihn euch geschildert habe. Mit dem Schwert kann er jeden Mann besiegen, den ich je habe kämpfen sehen.«

Beobrand seufzte. Athelstan und sein großes Maul. Ob er sich jemals beherrschen würde?

»Nun, mich hast du noch nicht mit dem Schwert kämpfen sehen«, gab Wulfgar zurück, und die leise gesprochenen Worte wirkten auf die Anwesenden im Saal wie eine gefährliche Drohung.

»Das stimmt«, erwiderte Beobrand. Jetzt gab es kein Entrinnen mehr. »Ich habe dich nur mit deinen Fäusten kämpfen sehen … und das war eine schwache Vorstellung.«

Die Krieger hielten hörbar den Atem an. Beobrands Bemerkung war so gut wie ein Schlag ins Gesicht.

Wulfgar wurde blass unter seinen allmählich abklingenden Blutergüssen. »Ich beweise dir gern, dass ich dir mehr als ebenbürtig bin.« Er wandte sich an seinen Onkel. »Wenn Fürst Anwealda es gestattet, fordere ich dich hier und jetzt zum Kampf.«

Anwealda erhob sich und musterte seinen Neffen mit einem erschöpften Blick. »Ich gestatte es nicht«, sagte er.

»Aber, Onkel, ich …«

»Ich gestatte es nicht«, wiederholte Anwealda. »In meinem Saal wird es keinen Kampf geben. Der heutige Abend ist ein Abend des Willkommens. Muss ich euch denn daran erinnern, dass wir jetzt Verbündete sind? Freunde. Keine Widersacher mehr. Spart euch eure Wut für die Mercianer auf. Ich bin mir sicher, dass Penda schon bald nach neuem Land giert, und dann brauchen wir jedes einzelne starke Schwert.«

»Aber …«

»Genug!«, brüllte Anwealda. »Heute Abend wird nicht gekämpft. Aber ich sehe, dass ihr zwei etwas zu klären habt. Wenn also die Götter endlich aufhören, uns mit Regen zu überschütten, und ihr einverstanden seid, dann könnt ihr gerne mit hölzernen Übungsschwertern eure Kampfeskunst unter Beweis stellen.« Er sah Beobrand an.

Dieser nickte nach kurzem Zögern. Was blieb ihm auch anderes übrig?

Lächelnd gab Wulfgar ebenfalls sein Einverständnis.

»Nun denn«, sagte Anwealda. »Damit ist es abgemacht. Morgen früh werdet ihr die Klingen kreuzen und diese Angelegenheit ein für alle Mal aus der Welt schaffen.«

Kapitel 15

Am nächsten Morgen hatte es aufgehört zu regnen. Allerdings war Beobrand mitten in der Nacht von lautem Donner und dem Heulen eines Sturms geweckt worden, und beides hatte ihn an den nächtlichen Angriff auf die Waliser bei Hefenfelth erinnert. Die heftigen Böen rüttelten am Saal, ließen die Dachbalken erbeben und drohten das alte Stroh von der notdürftig reparierten Stelle im Dach zu reißen. Ein dünner Wasserfall ergoss sich von oben in den Kessel. Gegen Morgen lief er über und durchnässte die Binsen auf dem Fußboden. Beobrand lag in der Dunkelheit und lauschte Thunors Hammerschlägen und dem Rattern des Streitwagens, der von den herrlichen Ziegen des Gottes über den Himmel gezogen wurde. Obwohl er sich in seinen Mantel gehüllt hatte und trotz der wärmenden Glut in der Feuerstelle zitterte er. Wenn er die Augen schloss, glaubte er, erneut die Schreie all derer zu hören, die südlich des Großen Walls gefallen waren. Vielleicht war es ja so; vielleicht würden ihre Stimmen ihn nun jedes Mal heimsuchen, wenn ein Gewitter tobte.

Beim Aufwachen fühlte Beobrand sich steif und nicht erholt. Sein leerer Magen knurrte laut, aber er hatte keinen Appetit. Er rüttelte Acennan wach. »Na los, bringen wir es hinter uns.«

Acennan stöhnte und ächzte protestierend, wälzte sich aber dann auf die Seite und stemmte sich auf die Füße.

Beobrand stand ebenfalls auf und streckte sich. Sein verletztes Bein bereitete ihm Sorgen. Er würde aufpassen müssen, dass es nicht wie am vorigen Tag wegknickte. Er spürte die Muskeln seines linken Arms, aber er konnte ihn frei bewegen, und er schien belastbar zu sein. Dann ließ er seine Schultern kreisen. Wenn er den Westsachsen besiegte, würde dessen Hass auf ihn nur noch wachsen. Und wenn er selbst besiegt wurde, würde er das Ansehen verlieren, das er sich bei Athelstan, Acennan und den anderen Kriegern aus Bernicia erworben hatte. Und was konnte ein Recke schon Wertvolleres besitzen als seine Reichtümer und seinen Ruf als Kämpfer?

Er streckte die Arme über den Kopf, um seinen verschlafenen Muskeln ein wenig Leben einzuhauchen. Die Andeutung eines Lächelns lag auf seinen Lippen. Egal, ob er gewann oder verlor, der Ausgang des Kampfes würde ein Problem darstellen. Und doch – zu behaupten, er würde sich nicht darauf freuen, seine Fähigkeiten zu testen, wäre eine glatte Lüge gewesen. Er hatte Wulfgar schon einmal besiegt, unbewaffnet. Es würde guttun, ihm zu demonstrieren, dass seine Entscheidung, an jenem Abend in Dorcic die Klingen fallen zu lassen, klug gewesen war.

»Wacht auf«, sagte Beobrand mit lauter Stimme. »Die Sonne steht schon am Himmel, und Thunor ist zu Bett gegangen. Erhebt euch, damit ich Wulfgar besiegen und anschließend mein Morgenmahl zu mir nehmen kann.«

Er winkte Acennan, mit ihm zu kommen, und gemeinsam schlenderten sie zum Ende des Saals. Beobrand hob den Riegel des Tors und stieß es auf. Feuchte Morgenluft wehte ins Innere. Zahlreiche Flüche und lautstarke Beschwerden waren die Folge, doch überall im Saal standen die Männer nun von ihrem Lager auf. Die Frauen hatten sich in das Schlafquartier hinter dem Vorhang auf der anderen Saalseite zurückgezogen. Beobrand ging nicht davon aus, dass sie es rechtzeitig zu seinem Übungskampf schaffen würden.

Er trat auf den Hof. Über einem Wald in der Ferne hingen dicke Nebelschwaden. Die Luft war kühl, aber es war windstill. Der Sturm hatte sich verzogen, und das Land sah aus, als hätten es die Götter gründlich gereinigt. Zwei Krähen flatterten träge über ihn hinweg und landeten auf dem mitgenommenen Strohdach des Saales. Beobrand beobachtete sie. War es denkbar, dass sich Woden persönlich einen Kampf zwischen zwei Sterblichen ansehen wollte? Vielleicht, denn bekanntermaßen erfreuten sich die Götter am Unglück der Menschen. Beobrand schauderte. Die Gegenwart der Vögel machte ihn nervös. Was hielt das Schicksal heute für ihn bereit?

Acennan bückte sich, hob einen Stein vom schlammigen Boden des Innenhofs auf und schleuderte ihn nach den Krähen. Er verfehlte sie, doch der Stein prallte laut gegen einen Lehmziegel, sodass sich die schwarzen Vögel aufgeschreckt und ärgerlich krächzend in die Lüfte schwangen.

»Ich hoffe, du hast nicht vor, mich auch mit Steinen zu bewerfen«, sagte Wulfgar, der in diesem Moment aus dem Saal trat. »Steinwerfen ist nämlich nicht gerade meine Stärke. Ich überlasse es eher Kindern und Sklaven.« Seine drei Begleiter lachten pflichtbewusst über den lahmen Scherz. Die Krieger, die noch immer Spuren des Kampfes mit Beobrand und Acennan trugen, wichen niemals von seiner Seite.

»Keine Sorge, ein Holzschwert wird mir genügen«, gab Beobrand mit einer Stimme so kühl wie der Morgen zurück.

Jetzt taumelten auch die übrigen Männer mit verquollenen Augen und zerzausten Haaren aus dem Saal. Sie rieben sich über die Gesichter und murrten, wenn auch wenig überzeugend. In Wirklichkeit waren sie alle auf den Kampf gespannt. Beobrand wusste, dass einige sogar auf den Ausgang gewettet hatten.

Wie erwartet waren bis auf zwei Sklavinnen keine Frauen erschienen, um dem Spektakel beizuwohnen. Es hätte Beobrand gefreut, hätte Cyneburg seine Fertigkeit im Umgang mit dem Schwert mit eigenen Augen bewundert, aber sie würde mit Sicherheit von anderen hören, wie der Kampf verlaufen war.

Beobrand beugte sich zu Acennan hinüber. »Wo steckt Athelstan?«, flüsterte er ihm zu.

»Keine Ahnung. Vielleicht schläft er noch?«

»Der Kerl, der hierfür verantwortlich ist, bleibt gemütlich in seine Decke gewickelt liegen, während ich kämpfe?«, stieß Beobrand hervor. Aber er konnte Athelstan nicht wirklich böse sein. Der andere mochte grobschlächtig und laut sein, aber er war auch ein guter Krieger und mittlerweile ein guter Freund.

»Vielleicht ist es ja das Beste so«, meinte Acennan mit schiefem Lächeln. »Wenn er dabei wäre, müssten wir uns in Zukunft bestimmt in jedem Saal, in dem wir nächtigen, seine Schilderung des Kampfes anhören.«

»Du hast recht. Obwohl er sich vermutlich trotzdem nicht von einem ausführlichen Bericht abhalten lassen wird. Er wird es noch bereuen, dass er das verschlafen hat.« Beobrands Grinsen bekam etwas Wölfisches, je näher der Kampf rückte. Es spielte keine Rolle, wo Athelstan gerade war, er wollte jetzt kämpfen. Er spürte, wie der Druck in ihm zunahm. Es war, als würde er irgendwo in seinem Inneren eine Bestie gefangen halten, die mit jedem Schlachtenbeginn freigelassen wurde. Und jetzt hatte die Bestie schon viel zu lange an ihren Fesseln gezerrt. Beobrand lockerte seine Arme.

Anwealda trat in die Mitte des Innenhofs. »Wie ich sehe, wartet ihr begierig darauf, euer Können mit dem Schwert zur Schau zu stellen. Es ist früh am Tag, und wir alle wollen möglichst schnell den Durst der Nacht löschen und unsere Mägen füllen.« Er winkte einem seiner Kämpfer zu, der daraufhin zwei einfache Schilde und aus Eichenholz geschnitzte Übungsschwerter für Wulfgar und Beobrand brachte.

Beobrand schwang das Schwert testweise einige Male durch die Luft. Es lag gut in der Hand und war viel leichter als Hrunting, mit einer ganz anderen Gewichtsverteilung. Außerdem war es eine Handbreit kürzer. Es würde auf einen schnellen Kampf hinauslaufen. Der Schild bestand aus mit Fell überzogenen Brettern aus Weidenholz. Als Schildbuckel diente eine stumpfe Halbkugel aus Eisen, der Griff für die linke Hand war mittig an der Innenseite angebracht. Beobrand vermisste die Riemen, die Sunniva nach dem Verlust seiner Finger für seinen persönlichen Schild angefertigt hatte. Er war daran und an die Unterstützung, die sie ihm gewährten, gewöhnt. Im Vergleich dazu fühlte sich dieser Schild in seiner halben Hand sperrig an. Beobrand hob ihn hoch und stieß ihn vorwärts, als wollte er mit dem Buckel zuschlagen. Seine Hand hielt ihn zu seiner Überraschung stabil.

»Ich weiß, dass ich nicht der Einzige bin, der hungrig und durstig ist«, fuhr Anwealda fort. »Lasst uns daher die Angelegenheit kurz halten.« Einige Zuschauer, die sich bereits auf einen epischen Kampf gefreut hatten, stöhnten enttäuscht auf. Die meisten jedoch warteten still und mit vor Spannung jetzt weit aufgerissenen Augen auf das Kräftemessen der zwei Krieger. »Der Kampf ist entschieden, sobald einer der beiden sieben Treffer gelandet hat. Ein Sturz auf den Boden wird als empfangener Treffer gewertet. Als Fürst dieses Saales gilt allein mein Wort. Ist der Kampf zu Ende, soll keiner von euch mehr einen Groll gegen den anderen hegen. Es wird keine Fehde geben. Aller Zwist wird jetzt und hiermit begraben. Sind wir uns einig?«

Weder Beobrand noch Wulfgar antwortete.

»Sind wir uns einig?«, wiederholte Anwealda. »Ich habe Hunger und bin nicht in Stimmung für die närrischen Launen junger Männer.« Er wandte sich an den bärtigen Wulfgar. »Und bilde dir ja nicht ein, mein Neffe, dass ich im Zweifel zu deinen Gunsten entscheiden werde. Der Mann gewinnt, der am besten mit der Klinge umzugehen versteht. Zum letzten Mal: Sind wir uns einig?«

»Wir sind uns einig«, stimmte Beobrand zu.

Wulfgar nickte. »Einig.«

»Sehr gut«, sagte Anwealda. »Alle anderen, ihr bildet jetzt einen Kreis.«

Die Menge gehorchte. Die freie, schlammige Fläche in ihrer Mitte hatte einen Durchmesser von etwa der Länge von drei ausgewachsenen Männern.

Anwealda begab sich an den Rand des Rings. »Macht euch bereit«, sagte er laut.

Beobrand hob den Schild und packte sein Schwert fester. Der Matsch unter seinen Sohlen schmatzte. Der Untergrund würde die vor ihm liegende Aufgabe nicht einfacher machen.

Anwealda hob die rechte Hand. »Und vergesst nicht: Wer zuerst sieben Treffer gelandet hat, ist der Sieger.« Trotz seines Hungers schien der Herr des Saales jetzt ganz bei der Sache zu sein. Die Aussicht auf ein bisschen Kurzweil hatte ihn in ihren Bann geschlagen. Einige Augenblicke lang hob er, seine Rolle sichtlich genießend, die Hände, dann ließ er sie sinken und rief: »Beginnt!«

Beobrand würdigte den Fürsten keines Blickes. Die Zuschauer waren für ihn nur Schemen im Rücken seines Gegners. Würde er jetzt die Konzentration verlieren, bestünde die Gefahr, leichtfertig den Sieg aus der Hand zu geben. Er blickte über den Rand seines Schildes und beobachtete Wulfgars Beinarbeit. Er würde keinesfalls als Erster angreifen, sondern dem Westsachsen die Initiative überlassen, um einschätzen zu können, wie es um seine kämpferischen Fähigkeiten bestellt war.

Misstrauisch umkreisten die beiden einander. Beobrand spürte seinen linken Arm und den stechenden Schmerz in seinem rechten Bein, als er im Schlamm ein wenig wegrutschte.

Möglicherweise hatte Wulfgar diesen kleinen Ausrutscher als Schwäche interpretiert, jedenfalls entschloss er sich im nächsten Augenblick zum Angriff. Verblüffend schnell, auch angesichts des weichen Untergrundes, schoss er nach vorn und zielte mit seinem Holzschwert auf Beobrands Körpermitte. Beobrand wich ihm mühelos aus, fing den

Hieb mit seinem Schild ab und ließ Wulfgar an sich vorbeischlittern, während er seine hölzerne Klinge gegen dessen linkes Bein schlug. Obwohl er nicht seine ganze Kraft in den Hieb gelegt hatte, verzog Wulfgar das Gesicht.

»Beobrand hat den ersten Treffer gelandet«, verkündete Anwealda.

Acennan, Garr und Athelstans Kampfgefährten stießen wilde Jubelschreie aus.

Beobrand grinste. Es schien, als würde dieser Kampf ihn weniger fordern als befürchtet.

Doch sein Überlegenheitsgefühl währte nur kurz. Wulfgar wirbelte herum, um sofort zum Gegenangriff überzugehen.

Bei allen Göttern, der Kerl war flink. Beobrand wich zurück und blockte einen nach dem anderen von Wulfgars Hieben mit seinem Schild. Aber der Schlamm und sein verletztes Bein behinderten ihn. Er war zu langsam. Wulfgar ließ eine ganze Serie von Hieben auf seinen Schild herabregnen. Beobrand wäre gerne noch weiter zurückgewichen, spürte aber bereits die Zuschauer in seinem Rücken. Kurz entschlossen änderte er die Richtung, stieß seinen Schild nach vorne links, um Wulfgars Schwert aufzuhalten, und nahm erneut die Beine seines Gegners ins Visier. Aber dieses Mal verlor Wulfgar nicht wie geplant das Gleichgewicht. Er hatte die Attacke vorausgeahnt, drehte sich aus der Reichweite des Schildes und ließ seine Klinge mit voller Wucht auf Beobrands ausgestreckten Arm niedersausen.

Die Menge sog hörbar den Atem ein. Selbst mit einer Holzklinge war der Schlag nicht zu unterschätzen. Beobrand ging mit einem Satz auf Distanz zu seinem Gegner und zog sich anschließend hastig auf die andere Seite des

Kampfplatzes zurück. Sein Arm war taub. Nur mit Mühe hielt er sein Schwert überhaupt noch fest. Er ließ Wulfgar nicht aus den Augen. Würde der Kerl sofort wieder auf ihn einstürmen, konnte Beobrand sich womöglich nur noch mit dem Schild verteidigen.

»Je ein Treffer für beide Kämpfer!«, rief Anwealda über den Jubel der westsächsischen Zuschauer hinweg.

Wulfgar wischte sich mit dem Unterarm den Schweiß von der Stirn. »Wenn das ein echtes Schwert gewesen wäre, hättest du gerade eben deinen Arm verloren, Beobrand«, höhnte er.

Beobrand wusste, dass er recht hatte. Sein Arm pochte immer noch, doch allmählich kehrten das Gefühl und damit auch seine Beweglichkeit wieder zurück. Nur noch ein paar Augenblicke, dann würde das Blut wieder normal fließen. Er ließ den Arm kreisen.

»Wenn wir echte Klingen benutzen würden, Wulfgar, dann hättest du festgestellt, wie schwer es ist, mich mit nur einem Bein anzugreifen.«

Wulfgar runzelte die Stirn. Die Zuschauer lachten. Sie bekamen wirklich ein seltenes Vergnügen geboten.

Die beiden Krieger umrundeten einander wachsam. Beobrand drehte und dehnte seinen Unterarm und konnte ihn wieder spüren. Aber ein paar Tage lang würde ihn wahrscheinlich ein großer blauer Fleck an Wulfgars Hieb erinnern. Zum Glück hatte der Knochen dessen Wucht standgehalten. Vielleicht wollte es sein Schicksal, dass er Wulfgar am heutigen Tag doch noch besiegte. Die Krähen hatten sich erneut auf der strohgedeckten Stelle des Saaldaches niedergelassen und schrien heiser. Sah Woden ihnen wirklich zu? Brachen er und die anderen Götter beim Anblick der Männer und ihrer Holzschwerter in lautes Gelächter aus? Beobrand hätte zu gerne die Finger an das Amulett an seinem Hals gelegt, das Thunors Hammer nachempfunden war, aber er wagte es nicht, seine Deckung zu verlassen.

Stattdessen spuckte er auf den matschigen Boden. Sein Arm pochte heftig, und seine Gedanken wanderten zu einem anderen, tödlicheren Kampf im Schlamm von Engelmynster zurück. Damals hatte er Hengist verhöhnt, obwohl jeder Kämpfer in der Schlacht doch eigentlich seinen Zorn im Zaum halten sollte. Ungezügelte Wut war nur selten eine Gefährtin des Sieges.

»Nun denn, Wulfgar, willst du mir nicht zeigen, was für ein fantastischer Schwertkämpfer du bist? Oder soll ich dir dafür lieber den Rücken zukehren? Und sollen deine Freunde dir beistehen? Denn so greifst du doch am liebsten an, oder nicht? Von hinten und in Überzahl.«

»Ich bin kein Feigling!«, brüllte Wulfgar und stürzte sich auf Beobrand.

Obwohl dieser den Angriff erhofft hatte, war er einmal mehr erschrocken über die Geschwindigkeit, mit der Wulfgar agierte. Dessen Eichenholzklinge fuhr nur einen Fingerbreit über Beobrands Schädel hinweg, als dieser auf ein Knie ging und seinen linken Fuß im weichen Untergrund vorwärtsrutschen ließ. Sein rechtes Bein protestierte scharf gegen die plötzliche Bewegung, dann stieß er mit schmerzverzerrtem Gesicht sein Übungsschwert vorwärts und traf Wulfgars Magengrube. Sein Gegner blieb ruckartig stehen und rang hustend um Atem.

Das Publikum johlte.

»Das war Beobrands zweiter Treffer!«, rief Anwealda.

Wulfgar presste sich vornübergebeugt die Hände auf seine Körpermitte und starrte Beobrand wutentbrannt an. Der Zorn hatte ihn jetzt fest im Griff – ein Zustand, den Beobrand nur allzu gut kannte. Doch dann flackerte etwas anderes in seinen Augen auf, nur für einen kurzen Moment, bevor es wieder der Härte im Blick des Kriegers weichen musste. Aber ganz kurz war dort, dessen war Beobrand sich sicher, die Unsicherheit eines Mannes aufgeblitzt, der sein Bestes gegeben und festgestellt hatte, dass es nicht genug war. Wulfgar war geschickt, stark und flink. Und dennoch war Beobrand ihm überlegen, und genau wie die zuschauenden Krieger wussten beide nun, dass Wulfgar verlieren würde.

Beobrand nickte ihm zu, während Wulfgar sich aufrichtete und einmal mehr Schild und Schwert mit festem Griff packte. Er hatte die Wahrheit gesprochen, er war kein Feigling. Beobrand fühlte einen Hauch von schlechtem Gewissen. Er hatte Wulfgar schon einmal gedemütigt und verspürte keinen Drang, es vor den Augen von so vielen Männern noch einmal zu tun. Die Vorstellung eines Kampfes hatte ihn gereizt, aber die Flammen seiner Schlachtenlust waren in dem Moment erloschen, als er in Wulfgars Augen geblickt und erkannt hatte, dass er sich nicht mehr beweisen musste.

Doch es gab kein Zurück mehr. Wer jetzt auf den Sieg verzichtet hätte, hätte das Gesicht verloren. Wieder begannen sie, einander zu umkreisen. Der Schweiß lief Beobrand in die Augen, bis sie brannten. Vielleicht mochte er nichts mehr zu beweisen haben, aber wenn er jetzt nicht all seine

Kraft und all seine Konzentration auf den Kampf verwendete, würde ihn das teuer zu stehen kommen. Dessen war er sich sicher. Es blieb ihm nichts anderes übrig, als weiterzumachen und zu hoffen, dass er Wulfgar schnell besiegen würde. Vielleicht waren die Götter des Spektakels ja müde geworden. Vielleicht hatten sie erkannt, dass die Kämpfer nicht länger mit dem Herzen dabei waren.

In diesem Augenblick ertönte vom Saal her ein grässlicher Schrei. Alle Köpfe drehten sich zu dem Tor, aus dem eine junge Sklavin auf den Hof rannte. Ihr Gesicht war ebenso grau wie der Himmel über dem Dach des Saales, auf dem immer noch die Krähen hockten und mit scheinbar gleichgültigem Blick das Schauspiel verfolgten.

Die Sklavin blickte sich am ganzen Körper zitternd um.

»Was ist los?«, wollte Anwealda wissen und trat auf sie zu. »Was ist passiert?«

Schweißtropfen rannen Beobrands Rücken hinunter. Kalt wie die Finger des Todes.

»Weg«, sagte die junge Frau, und ihre Stimme zitterte ebenso sehr wie ihre Unterlippe.

»Weg?«

»Räuber«, erwiderte sie.

»Was wurde geraubt? Sprich, Gitta, aber so, dass man dich verstehen kann.« Jede Selbstsicherheit war aus Anwealdas Stimme gewichen.

»Nicht was. Wer.«

»Was redest du da?«

»Die Königin. Sie haben Cyneburg geraubt.«

Kapitel 16

»Bei allen Göttern, was ist hier geschehen?«, flüsterte Anwealda. Im Schlafgemach herrschte Düsternis. Das schwache Morgenlicht fiel nur durch den Spalt zwischen den geschlossenen Fensterläden herein. In der Tür standen so viele Menschen, dass die Helligkeit, die das Kaminfeuer und die Binsenfackeln im Saal spendeten, nicht bis in die Kammer drang.

Beobrand, der immer noch das Holzschwert und den Schild in den Händen hielt, zwängte sich durch das Gedränge, bis er neben Anwealda ganz vorn in der Menschenmenge stand. In dem kleinen Raum war kaum etwas zu erkennen; nur ein Bett aus Holz und seitlich davon zwei schmalere Pritschen. Es herrschte tödliche Stille. Er schnüffelte. Der Geruch war ihm vertraut. Scheiße. Aber das hier war das Gemach der Damen, und niemals hätte er diesen Gestank mit einer Königin oder dem weiblichen Geschlecht im Allgemeinen in Verbindung gebracht. Es sei denn …

Ein Stöhnen. Ein Deckenhaufen bewegte sich. Anwealda stürzte nach vorn und beugte sich neben die Gestalt, als die er sich entpuppte.

»Meine Liebe«, sagte er mit erstickter Stimme.

Der Haufen stöhnte erneut.

»Ich kann nichts sehen.« Die Verzweiflung war Anwealda anzuhören. »Ich brauche Licht.«

Beobrand ging zum Fenster und stieß die Läden auf, sodass der Raum in wässeriges Grau getaucht wurde.

Anwealda hielt seine Gemahlin Lady Osberga in den Armen. Ihr aschfahles Gesicht war voller Blut. Außerdem hatte ihr jemand mit einem Tuch den Mund gestopft. Ihre Hände und Füße waren mit Fellstücken gefesselt. Anwealda riss und zerrte an ihnen, bis Beobrand seinen Schild und das Schwert fallen ließ und sich neben die beiden kniete. Er zog sein kleines Speisemesser aus dem Gürtel und durchtrennte die Fesseln, während Anwealda seine Gemahlin vom Knebel befreite.

Osberga wirkte benommen, als könnte sie nur unscharf sehen. Anwealda strich ihr die Haare aus dem blutverschmierten Gesicht.

»Was ist geschehen, Mylady?«, fragte Beobrand mit sanfter Stimme, die im starken Gegensatz zu seinem wild pochenden Herzen stand. Cyneburg, seine Königin, war verschleppt worden. Von wem? Und wohin?

Hinter ihm drängten immer mehr Personen in die Kammer. Beobrand gebot ihnen mit erhobener Hand, still zu sein.

Allmählich wurde Osbergas Blick klar, und sie schien Beobrand zu erkennen. Er sah, wie sie zu verstehen begann. Sie öffnete den Mund und riss die Augen auf.

»Was ist geschehen?«, wiederholte er. Dann fügte er in dem Tonfall hinzu, den er auch gebrauchte, wenn er sein verängstigtes Pferd beruhigen wollte: »Ihr seid jetzt in Sicherheit.«

»Sie … sind mitten in der Nacht über uns hergefallen.«

»Wer?«

»Das weiß ich nicht. Sie waren leise. Schnell. Sie wussten,

was sie wollten, und haben sie mitgenommen. Bei Frige, sie haben sie wirklich mitgenommen, nicht wahr?« Osberga machte Anstalten, sich aufzusetzen, ließ sich aber dann seufzend wieder gegen die Brust ihres Gemahls sinken.

Beobrand versuchte, sich einen Reim auf das Geschehene zu machen. Sie waren hier doch in Anwealdas Saal. In Sicherheit. Wie hatte das passieren können? »Und Ihr habt niemanden erkannt?«

Sie schüttelte den Kopf, verzog jedoch sofort das Gesicht und hielt in der Bewegung inne. »Nein. Wir haben geschlafen. Es waren so viele, dass sie uns mit Leichtigkeit überwältigt haben. Bevor wir etwas unternehmen konnten, hatten sie Gitta und mich auch schon in ihrer Gewalt. Ich habe noch um Hilfe geschrien, dann spürte ich einen Schlag.«

In der finsteren Kammer wirkte das Blut auf ihrem Gesicht und in ihren Haaren schwarz. Beobrand konnte sich von ihrem Anblick nicht losreißen. Für einen kurzen Moment musste er an das Gesicht der Frau vor Nathairs Saal denken. Sie hatte sich auf ihn gestürzt, und dann, bevor er wusste, was geschah, hatte sie auch schon tot zu seinen Füßen gelegen. Von ihm erschlagen. Er verachtete Männer, die die Hand gegen Frauen erhoben. Das waren die schlimmsten Feiglinge von allen. Hengist. Wybert. Sein Vater Grimgundi. Aber war er denn wirklich so anders?

Schnell schob er alle düsteren Gedanken beiseite und zwang sich, Osberga in die Augen zu sehen. »Ich werde diese Männer finden, und dann werden sie für ihre Taten bezahlen.«

Sie erwiderte seinen Blick. Er wusste nicht, was sie in seinen Augen sah, aber schließlich packte sie ihn mit der Andeutung eines Nickens am Arm. Ihr Griff war verblüffend fest.

»Ihr müsst Cyneburg zurückbringen.« Sie sah an ihm vorbei zu den Gesichtern, die auf sie herabblickten. »Geht es ihm gut? War er es, der Alarm geschlagen hat?«

Beobrand runzelte die Stirn. Der heftige Schlag auf den Kopf musste ihre Sinne verwirrt haben. Nicht ungewöhnlich. Hoffentlich würde sie sich wieder erholen.

»Sie braucht jetzt Ruhe«, sagte er zu Anwealda, der ihm zustimmte. Beobrand wollte sich erheben, doch Osberga hielt seinen Arm umfasst.

»Mylady, wir haben keine Zeit zu verlieren.« Mit sanfter Gewalt versuchte Beobrand, ihre klauenartigen Finger zu lösen. »Wir müssen den Männern sagen, dass sie sich zum Aufbruch bereit machen sollen. Die Zeit drängt.«

Sie achtete nicht auf seine Worte, sondern grub ihre Finger stattdessen noch tiefer in sein Fleisch. »Geht es ihm gut?«, wiederholte sie besorgt. »Er hat wie ein Bär gekämpft, um uns zu beschützen.«

Kalte Furcht ergriff von Beobrand Besitz. »Von wem sprecht Ihr?«

»Von dem groß gewachsenen Krieger. An seinen Namen kann ich mich nicht erinnern. Meine Schreie haben ihn herbeigerufen. Er ist in die Kammer gestürmt und mit den Fäusten auf die Angreifer losgegangen. Einen hat er mit einem einzigen Schlag gefällt. Dann habe ich wieder angefangen zu schreien, und ein anderer muss mich erneut geschlagen haben. Diesmal bewusstlos, jedenfalls kann ich mich an nichts mehr erinnern, bis ich wieder hier zu mir gekommen bin.«

Beobrand ging tiefer in die Kammer. Ein Kleiderbündel lag zwischen dem Bett und den Pritschen, wo es noch intensiver nach Scheiße stank. Behutsam streckte er die Hand aus. Er wusste, was er gleich vorfinden würde. Sein Geist verlieh dem konturlosen Haufen vor seinen Augen Form und Gestalt.

Mit seiner zitternden halben Hand zog er die Decke vom Körper – denn dass sich ein menschlicher Körper darunter verbarg, daran konnte kein Zweifel bestehen. Ein aschfahles Gesicht kam zum Vorschein. Zwei wütend gefletschte Zahnreihen in einem zerzausten Bart. Das Herz wurde ihm schwer. Athelstan hatte seinen Kampf heute Morgen nicht verschlafen.

Acennan, der neben ihm aufgetaucht war, hielt den Atem an, als er die blinden Augen und das totenbleiche Gesicht des Recken sah.

»Bei Woden, Thunor und Tyr, dafür werden diese Schweinehunde bezahlen.«

Der durchdringende Gestank des Todes war kaum zu ertragen.

Beobrand wandte sich an die versammelten Männer. »Athelstan hat bei dem Versuch, Königin Cyneburg vor ihren Entführern zu beschützen, den Tod gefunden.«

Athelstans Männer stöhnten laut auf vor Trauer.

Einer von ihnen, ein Mann namens Dreogan mit schütterem Haar und hartem Gesicht, das durch schwarze Linien auf seinen Wangen – Schnittwunden, in die er Asche gerieben hatte – noch härter wirkte, trat vor. »Wir hätten das verhindern müssen«, sagte er. »Oder an der Seite unseres Herrn sterben sollen. Aber stattdessen haben wir geschlafen und uns dann einen Kampf zu unserem Vergnügen angeschaut.« Der Blick, den er Beobrand zuwarf, war feindselig.

Beobrand musste an seine Träume von den Schreien im Sturm denken. Als er tief Luft holte, streifte der stechende Geschmack des Todes seinen Gaumen. »Athelstan war ein vorbildlicher Krieger. Ein starker Herr und ein wahrer Freund. Ich teile deine Trauer, Dreogan. Und ich teile auch dein Schuldgefühl, weil wir seinen Tod nicht verhindert haben. Aber er ist gestorben, weil er versucht hat, seine Königin zu beschützen. Das ist ein guter Tod, und wir sollten uns nicht damit aufhalten, was geschehen ist. Wir müssen die Männer ausfindig machen, die das getan haben, und dann Vergeltung für Athelstan üben.« Und unsere Ehre retten, dachte er noch.

Dreogan senkte den Blick.

Beobrand suchte unter den Umstehenden nach Wulfgar. »Lass uns unseren Streit begraben und Königin Cyneburg suchen.«

Der Westsachse nickte. »Jetzt ist keine Zeit für Zwistigkeiten«, sagte er. »Gemeinsam werden wir Cyneburg finden.«

Weder Beobrand noch Wulfgar mussten aussprechen, was auf dem Spiel stand. Ihre Königin, die Gemahlin König Oswalds von Northumbria, war verschwunden, entführt von Männern, die offensichtlich imstande waren zu morden. Es waren schon aus nichtigerem Anlass Kriege ausgebrochen.

»Was ist mit meiner Schwester?«, erkundigte sich Wulfgar unvermittelt.

In fiebriger Hast durchsuchte Acennan den Rest der Kammer. Er warf Mäntel und Decken beiseite, um zu sehen, ob sie vielleicht ein weiteres grausiges Geheimnis verbargen. »Sie ist nicht hier«, sagte er dann mit einem Anflug von Panik in der Stimme.

Kapitel 17

Beobrand saß auf seinem Pferd und wartete, dass Wulfgars Mann seine Meinung kundtat. Die Pferde waren schweißüberströmt und schnauften. Diese Rast würde ihnen guttun. Sie mussten das Tempo insgesamt etwas vermindern, sonst würden die Tiere die Anstrengung nicht überstehen. Hoffentlich hatten die Entführer keine frischen Ersatzpferde dabei. Falls doch, bestünde kaum Aussicht, sie einzuholen.

Regen setzte ein, während sie warteten und der Krieger, der abgesessen war, hin und her lief und den aufgewühlten Boden studierte. Beobrand hob den Blick zum stahlgrauen Himmel. Es sah nicht nach einem heftigen Regenguss aus, sodass keine Gefahr bestand, dass er die Spuren tilgte. Die Erde war weich und die Reiterschar, die sie verfolgten, groß.

Wieso dauerte es bloß so lange, bis der Kerl ihnen sagte, welche Richtung die Gejagten eingeschlagen hatten? Wehmütig wünschte sich Beobrand Attor herbei. Er war ein herausragender Spurenleser und hätte wohl kaum absitzen müssen, um zu wissen, wo entlang die Entführer der Königin an dieser Kreuzung geritten waren. Beim Gedanken an Attor musste er unwillkürlich auch an Reaghan denken. Er hoffte inständig, dass es ihr gut ging. Ein grimmiges Lächeln huschte über sein Gesicht. Er hatte Bassus' Stimme im Ohr und konnte beinahe hören, wie dieser ihn ermahnte, sich nicht um Dinge zu sorgen, die er nicht beeinflussen konnte. Obwohl er genau wusste, dass der Ratschlag richtig war, gelang es ihm einfach nicht, ihn zu befolgen.

Ob Wulfgar seine Gedanken hören konnte? Jedenfalls sagte er genau in diesem Augenblick: »Mach dir keine Sorgen. Hlisa ist der beste Spurenleser, den ich kenne. Er wird uns nicht enttäuschen.«

Beobrands einzige Antwort war ein Nicken. Er hatte Wulfgar gebeten, gemeinsam mit ihm an der Spitze der kleinen Kriegerschar zu reiten. Die Männer schienen zufrieden damit zu sein, zwei Anführern zu folgen. Er hoffte nur, dass der Westsachse, falls es zum Kampf kam – und daran hatte er keinen Zweifel –, ihm den Vorrang lassen würde. Um in einer offenen Feldschlacht zu siegen, bedurfte es eines eindeutigen Anführers.

Wulfgar machte einen gelassenen Eindruck. Lediglich seine angespannten Kiefermuskeln und die zusammengekniffenen Augen verrieten eine gewisse Nervosität. Verständlich, denn seine Schwester war ebenfalls entführt worden. Mit einem Mal empfand Beobrand Mitgefühl. Noch am heutigen Morgen hatte er den Mann verachtet, aber anschließend gesehen, wie er sich im Angesicht eines bewaffneten Feindes und in einer Ausnahmesituation verhalten hatte. Wulfgar war stolz und eitel, aber auch mutig und ein fähiger Krieger. Beobrand musterte ihn, wie er aufrecht im Sattel saß, den Kriegerring fest an seinem muskulösen Arm, an seiner Seite ein Schwert mit einer elegant verzierten Scheide. Wulfgar starrte zum bewaldeten Horizont, hielt nach einem Hinweis auf die Männer Ausschau, die Cyneburg und Eadgyth entführt hatten. Sein Anblick gab Beobrand die Gewissheit, dass die Räuber ihre Tat schon bald bereuen würden.

Wenige Schritte links von Beobrand war Acennan ebenfalls abgesessen. Mit einer so düsteren Miene wie eine Gewitterwolke ging er auf und ab, während er etwas vor sich hin murmelte. Auch er machte sich große Sorgen um Eadgyth, konnte es aber nicht so gut verbergen wie Wulfgar.

Beobrand lenkte seine Stute zu seinem Freund hinüber, außer Hörweite von Wulfgar und den anderen. Das relativ kleine Tier reagierte auf die schnellen Bewegungen des untersetzten Kriegers mit nervösem Kopfschütteln.

»Spar dir deine Kräfte, Acennan«, raunte Beobrand ihm zu. »Du wirst sie brauchen, sobald wir die Schweinehunde aufgestöbert haben.«

Acennan ging zurück zu seinem Pferd, das an den regennassen Grashalmen neben dem Pfad knabberte. Er griff nach den hängenden Zügeln, was das Tier mit einem Schnauben quittierte, und schwang sich behände in den Sattel.

»Mach dir um mich keine Gedanken«, erwiderte er dann. »Ich habe mehr als genug Kraft, um diesem Ungeziefer die Schädel zu spalten.«

Endlich war Hlisa zu einer Entscheidung gekommen, saß auf sein Pferd auf und trieb es zu Wulfgar hinüber. Beobrand ritt zu den beiden und schüttelte den Ärger darüber ab, dass der Spurenleser mit dem Verkünden seiner Erkenntnisse nicht gewartet hatte, bis er und Wulfgar sie gemeinsam hören konnten. Aber er war schließlich ein Westsachse und keiner seiner Männer.

»Hlisa ist sich sicher, dass sie dorthin geritten sind«, sagte Wulfgar, als Beobrand näher gekommen war, und zeigte auf den Weg, der zwischen bewaldeten Hügeln hindurch gen Nordwesten führte.

»Und es ist kein Irrtum möglich?«, wollte Beobrand wissen.

»Nein, Herr«, erwiderte Hlisa. »Es sind mehrere Reiter. Die genaue Anzahl lässt sich nicht mit Gewissheit bestimmen, aber ich schätze sie auf ungefähr zehn. Sie sind sehr schnell.«

»Haben sie frische Pferde dabei?«

»Von der Tiefe der Spuren her würde ich sagen, vielleicht ein paar wenige, aber nicht eins für jeden Reiter.«

»Nun, das ist ja zumindest etwas. Dann bleibt uns zu hoffen, dass das eine oder andere bald anfängt zu lahmen.« Beobrand starrte den Pfad entlang, bis er zwischen den Bäumen verschwand. »Dies hier ist dein Land, Wulfgar«, fuhr er fort. »Wohin bringen sie sie?«

Wulfgar kratzte sich gedankenverloren den Bart. »Ich kenne die Gegend gut. Wir waren oft hier, um Onkel Anwealda zu besuchen. Wir haben in den Wäldern gejagt, und er hat andere Fürsten aus Wessex und noch ferneren Ländern bewirtet.«

»Aus noch ferneren Ländern?«

»Ja. Wir befinden uns hier im Grenzgebiet von Wessex. Da kommt es immer wieder zu Auseinandersetzungen mit den Nachbarn. Aber zwischendurch ist es friedlich. Anwealda wollte stets, dass Frieden herrscht. Das sei gut für den Handel.« Wulfgar schüttelte den Kopf, als wollte er die Erinnerungen daraus vertreiben. »Dieses Land kenne ich tatsächlich gut, aber ich weiß nur wenig darüber, was jenseits der Hügel liegt.«

»Dennoch glaubst du zu wissen, warum sie Cyneburg geraubt haben? Und wohin sie die Königin bringen wollen?«

Wulfgar und Acennan warfen Beobrand gleichzeitig einen scharfen Blick zu.

Schnell verbesserte er sich: »Wohin sie die beiden Frauen bringen wollen?«

»Ich kann mir keinen anderen Grund denken, als dass sie auf einen Krieg aus sind. Wir müssen ihnen rasch folgen und sie stellen, bevor sie ihr Ziel erreicht haben, wo immer das auch liegen mag.«

»Dann sind wir einer Meinung. Lasst uns also nicht länger verweilen!«, rief Acennan. Und stellte schließlich die Frage, deren Antwort Beobrand sich bereits aus Wulfgars Worten und mit Hilfe seiner eigenen bruchstückhaften Kenntnisse der Insel Albion und ihrer Königreiche erschlossen hatte. »Und wo bringen sie die beiden jetzt hin?«

Ohne zu antworten, grub Wulfgar seinem Pferd die Hacken in die Flanken, und das Tier schoss vorwärts. Schlammbrocken wirbelten auf, Wasser spritzte.

»Kommt, Männer!«, rief Beobrand. »Wir müssen uns beeilen. Sie bringen die beiden nach Mercia. Zu Penda.«

* * *

Regungs- und lautlos stand Reaghan da, genau wie der große Vogel, den sie beobachtete. Es war so ruhig und still hier am Tuidi, wo das Wasser leise an ihr vorüberplätscherte. Sie konnte verstehen, weshalb Beobrand so gerne hierherkam. Es war ein guter Ort, um nachzudenken. Nicht, dass sie große Probleme zu lösen gehabt hätte. Sie musste nicht Recht sprechen, wenn zwei Bauern sich nicht auf den

Grenzverlauf zwischen ihren Grundstücken einigen konnten, oder entscheiden, ob die Lehnszahlungen eines Landmanns in Form von Käse oder Getreide ausreichend waren. Dennoch war ihr Kopf voller Gedanken, die wie zankende Kinder um ihre Aufmerksamkeit wetteiferten.

Sie legte die Hand auf ihren Bauch unter dem Gewand. Flach. Doch das konnte sich schon bald ändern.

Der Wind trug Stimmen aus Ubbanford zu ihr herüber. Auch der Reiher mit dem Schlangenhals hörte sie und veränderte seine Haltung. Er neigte ein wenig den Kopf, als wollte er den Worten lauschen.

Reaghan war froh, dass sie sie nicht verstand. Sicherlich wollte ihr jemand einen Auftrag geben, den sie rasch erledigen sollte. Nach dem Melken hatte sie den Eimer mit warmer Ziegenmilch zur Molkerei gebracht, dort jedoch, anders als erwartet, Rowena nicht angetroffen. Ohne darüber nachzudenken, hatte sie den Eimer im Schatten der Hütte abgestellt und war am Flussufer entlang Richtung Westen gegangen.

Der Reiher erinnerte sie an Beobrand. Er sprach von dem Vogel wie von einem alten Freund. Er fehlte ihr. Erneut wanderte ihre Hand zu ihrem Bauch, nervös wie ein Schmetterling, der nicht wusste, wo er sich niederlassen sollte.

Rowena würde dafür sorgen, dass sie Schläge bekam, sobald sie wieder in die Siedlung zurückkehrte. Seit Beobrand weg war, war Reaghan öfter geschlagen worden als je zuvor. Die Einzige, die sie freundlich behandelte, war Maida. Sie lud Reaghan manchmal ein, sich zu ihr zu setzen, während sie Wolle spann oder webte. Das Geplapper der spielenden Kinder erinnerte Reaghan an ihre eigene Kindheit in der fernen Vergangenheit, als die Jungen und Mädchen in einer anderen Zunge gesprochen hatten. Als sie geliebt worden war. Dann musste sie jedes Mal an die Stärke ihres Vaters denken, daran, wie er sie nach einem Erntetag in die Arme genommen hatte. Der Duft nach frisch gemähtem Gras hatte sie genauso umfangen wie seine warme Nähe.

Sie war dankbar für Maidas Freundlichkeit, glaubte jedoch insgeheim, dass Beobrand vor seiner Abreise Elmers Frau gebeten hatte, Zeit mit ihr zu verbringen. Sich um sie zu kümmern. Allein der Gedanke, sie könnte ihm so viel bedeuten, dass er sich um sie sorgte, machte sie nervös. Was steckte dahinter? Sie war lediglich eine Sklavin, Beobrand aber ein Fürst. Daran würde sich nie etwas ändern. Und was, wenn ihre Befürchtung sich als wahr erweisen sollte?

Weglaufen wäre eine Möglichkeit. Doch diese Idee löste Furcht in ihr aus. Und Erinnerungen an ihre Familie und den Überfall vor vielen Jahren, bei dem alle außer sie selbst ums Leben gekommen waren.

Aber wo hätte sie hingehen sollen? Sie hatte nichts zu bieten als das, was sie Fremden nicht geben wollte. Da war es besser hierzubleiben. Die Schläge würden aufhören, sobald Beobrand wieder zurück war. Er würde das nicht zulassen. Und trotz der Blicke, mit denen manche der Krieger sie bedachten, wenn sie im Saal das Essen servierte, hatte bisher keiner gewagt, sie anzufassen. Nicht, solange Beobrand ihr Herr war. Sie wussten genau, dass sie ihm gehörte, und niemand war so töricht, ihm in die Quere zu kommen.

Der Reiher bewegte sich und holte Reaghan zurück in die Gegenwart ans schattige Flussufer. Einen Augenblick später breitete der Vogel seine Schwingen aus und schwebte flussabwärts davon. Sie sah, wie er immer höher in die Lüfte stieg, grau vor einem ebensolchen Himmel. Der Sommer neigte sich seinem Ende entgegen. Es war immer noch warm, doch bald stünde der Winter vor der Tür. So lange war Beobrand schon weg.

Reaghan erschrak, als sie in ihrem Rücken eine Stimme hörte.

»Was hast du denn, Mädchen? Steckst du in Schwierigkeiten?«

Reaghan wirbelte herum.

Eine Frau in einem fließenden grünen Gewand trat zwischen den Erlen und Weiden am Flussufer hervor. Ihr Haar war lang und so schwarz wie die Klauen eines Raben. Nur an den Schläfen waren einzelne hellere Strähnen zu erkennen. Ihr Gang war von einer animalischen Anmut – schwingende Hüften, schlanke Gliedmaßen und sanfte Rundungen. Abgesehen von der grässlichen wulstigen Narbe, die sich von ihrem Mundwinkel aus über die linke Wange zog, war sie wunderschön.

Jetzt lächelte die Frau. Dort, wo ihr zwei Zähne fehlten, klaffte eine dunkle Lücke, und Reaghan revidierte ihr Urteil. Früher war sie vielleicht einmal schön gewesen, aber das war vorbei. Trotzdem war Reaghan von ihr fasziniert. Sie konnte ihren Blick nicht von der Fremden nehmen – wie bei Thunors Donnerblitzen, die von einer Gewitterwolke herabfuhren, oder den lodernden Flammen eines Lagerfeuers.

Als die Unbekannte auf sie zutrat, wich Reaghan einen Schritt zurück. Aber hinter ihr verlief der Fluss, kalt und tief. Es gab kein Entrinnen.

»Hab keine Angst, mein Kind«, sagte die Frau, und ihre

Stimme klang weich wie das Plätschern von Regentropfen auf dem Laub der Bäume.

»Ich habe keine Angst«, gab Reaghan zurück und hoffte, dass die andere ihre Lüge nicht bemerkte.

Die Frau warf den Kopf in den Nacken und stieß ein lautes Lachen aus. Es klang schroff, dem Ruf einer Dohle nicht unähnlich. Reaghan versuchte, nicht zu zittern. Instinktiv hatte sie die Hand wieder auf ihre Körpermitte gelegt.

»Oh, du hast sehr wohl Angst, meine Liebe. Aber das musst du nicht.«

»Was wisst Ihr schon über mich und meine Ängste?«, wollte Reaghan trotzig wissen.

»Ich weiß viele Dinge, mein Kind. Dinge, die du nie und nimmer begreifen würdest. Ich bin weit gereist, bin in Begleitung von Göttern und Geistern meinen Weg gegangen. Deine Ängste liegen so klar und offen vor mir, als hättest du sie mir selbst offenbart.«

Das Gerede von Göttern und Geistern jagte Reaghan einen eiskalten Schauer über den Rücken. »Wer seid Ihr?«

»Mein Name tut nichts zur Sache. Du brauchst nur zu wissen, dass ich dir helfen kann.«

»Wobei?«

Die Frau setzte ein verschlagenes Lächeln auf und machte einen schnellen Schritt nach vorn. Mit festem Griff packte sie Reaghan am Handgelenk, die einen Schrei unterdrückte.

Die andere Hand der Frau glitt langsam über den rauen Stoff von Reaghans Gewand. Behutsam streichelte sie über ihren flachen Bauch und verharrte dort. Reaghan hätte die Hand am liebsten weggeschlagen, doch stattdessen starrte sie gebannt in die Augen der Fremden. Sie waren haselnussbraun und golden gesprenkelt. In ihnen lag ein Hauch von Wahnsinn.

»Wobei helfen?«, wiederholte Reaghan fast unhörbar.

»Bei der Sache, bei der hübsche, unverheiratete Mädchen immer Hilfe brauchen, Reaghan.«

Reaghan zuckte zusammen. Woher kannte die Fremde ihren Namen?

»Muss ich es wirklich aussprechen, Reaghan? Muss ich die sündige Tat, über die du nachdenkst, wirklich beim Namen nennen?«

Langsam schüttelte Reaghan den Kopf, sie war wie benommen. »Nein.«

»Gut.« Die Frau begann, sanft Reaghans Bauch zu streicheln. »Dann lass mich dir helfen, dich von deiner Last zu befreien.«

Kapitel 18

Die Sonne stand tief am Himmel. Den ganzen Tag über hatte sie sich versteckt, aber jetzt, als die Nacht näher rückte, schien sie hell und gleißend unter dem dunklen Wolkenband hervor. Während ihres Ritts gen Westen hatte es immer wieder geregnet, aber das war nichts im Vergleich zu dem Sturm der vergangenen Nacht gewesen. Und nun versprachen die vollgesogenen dunklen Wolken weiteren Niederschlag.

Beobrand blickte mit zusammengekniffenen Augen in die untergehende Sonne, deren Strahlen sich in den Pfützen auf dem Pfad spiegelten. In weiter Ferne schlängelte sich ein Fluss wie geschmolzenes Gold durch die Landschaft. Die Männer, denen sie auf den Fersen waren, waren im Gegenlicht nicht zu erkennen, aber weit konnten sie nicht mehr sein. Im Verlauf des Nachmittags war Hlisa mehrfach von seinem Pferd abgesessen und hatte ihnen versichert, dass die Spuren von Mal zu Mal frischer wurden. Dass sie den Abstand zu ihrer Beute verringerten.

Wulfgar lenkte sein Pferd neben Beobrands. »Wir müssen ein Lager aufschlagen, und wenn wir nur kurz rasten.«

Beobrand nickte. Sie alle waren erschöpft. Die Stelle an seinem Arm, wo Wulfgar ihn mit der Holzklinge getroffen hatte, schmerzte immer noch.

Acennan zerrte wild an den Zügeln seines Pferdes und riss dessen Kopf herum, sodass es gegenüber Beobrands und Wulfgars Tieren zum Stehen kam. »Wir sollten lieber weiterreiten. Wenn wir jetzt haltmachen, entwischen sie uns womöglich.«

Beobrand bemerkte die Verzweiflung in seinem Blick, die auch an ihm nagte. Das war der Fluch des Anführers: Er durfte seine Ängste nicht zeigen. »Wulfgar hat recht, Acennan. Wenn wir auch in der Nacht reiten, setzen wir nicht nur das Leben der Pferde aufs Spiel. Wir riskieren zusätzlich, die Spur zu verlieren. Außerdem werden auch die Entführer Rast machen. Lass die Männer dort in dem Wäldchen das Lager aufschlagen. Ich verspreche dir, dass wir noch vor Tagesanbruch wieder im Sattel sitzen.«

Acennan starrte ihn kurz aufgebracht an, riss dann aber sein Pferd herum und gab den Kriegern Anweisungen. Sie ritten auf einen kleinen Hain aus Eichen und Eschen zu und ließen Wulfgar und Beobrand zurück.

»Was meinst du, wo sie hinwollen?«, erkundigte sich Beobrand.

Wulfgar kratzte sich den Bart, räusperte sich und spuckte in die Nesseln neben dem schlammigen Pfad. »Das weiß ich nicht. Aber ganz egal, was sie im Schild führen, es wird in Mercia geschehen.«

»Und wo sind wir hier?«

»Über dieses Land kann ich nicht allzu viel sagen, aber ich habe es schon einmal durchquert. Der Fluss da hinten, das ist der Afen. Wir dürften also nicht weit von Grimbolds Saal entfernt sein.«

Grimbold? Der Name kam Beobrand vertraut vor. »Den

Namen habe ich schon einmal gehört, aber ich kann mich nicht erinnern, in welchem Zusammenhang. Ist er vielleicht ein ruhmreicher Recke?«

»Man sagt, er sei ein guter Herr. Ich habe ihn gelegentlich in Anwealdas Saal getroffen. Eigentlich war ich mir sicher, dass du ihn nicht vergessen hast.« Er zog eine Grimasse. »Was sich am königlichen Hof ereignet, macht schnell die Runde.«

Beobrand starrte Wulfgar mit gerunzelter Stirn an. Was redete er da?

»Dein Schicksal ist mit Grimbolds eng verwoben. Oder zumindest mit dem eines seiner Kampfgefährten.«

Und mit einem Mal, so plötzlich, wie das gleißende Sonnenlicht unter den schwarzen Wolken im Westen hervorgebrochen war, erinnerte er sich wieder.

»Wybert«, sagte Beobrand mit schneidender Stimme.

»Aye. Grimbold ist Wyberts Herr.«

»Ich habe Wybert Blutfehde angesagt.« Seine Hand wanderte an Hruntings Heft, und seine Finger schlossen sich darum. Er war versucht, sofort zum Saal von diesem Grimbold zu reiten. Die anderen konnten Cyneburg auch ohne ihn befreien. Das Verlangen nach Vergeltung wurde schier übermächtig, sein Mund war mit einem Mal vollkommen ausgedörrt. Er fuhr sich mit der Zunge über die Lippen.

»Ich weiß, Beobrand.« Wulfgars Stimme war ungewöhnlich sanft. »Ich habe gehört, was er dir angetan hat.« Er schluckte. »Was er deiner Gemahlin angetan hat.«

Beobrand biss die Zähne aufeinander und wich Wulfgars Blick aus.

»Für Wyberts Tat würde jeder Mann den Blutzoll einfordern. Aber ich fürchte, deine Rache muss noch etwas warten.«

Beobrand sah ihn durchdringend an. »Du hast doch gesagt, dass Grimbolds Saal ganz in der Nähe liegt.«

»Das stimmt. Aber Wybert ist nicht dort.«

»Wo ist er dann? Sag es mir, damit ich ihn töten kann, sobald wir hiermit fertig sind.«

Beobrand spürte Wulfgars langen Blick.

»Ich möchte keinesfalls in Wyberts Haut stecken«, sagte er schließlich. »Und ich weiß nicht mit Sicherheit, wo er sich aufhält. Ich habe lediglich Gerüchte gehört. Gerüchte von Reisenden.«

»Wie lauten sie?«, hakte Beobrand nach.

»Dass er gen Süden geritten ist, nachdem die Verletzungen, die er bei Dor erlitten hatte, einigermaßen verheilt waren.«

»Gen Süden? Wohin genau?«

»Etliche Männer haben berichtet, dass er zur Küste wollte. Und dann weiter nach Frankia.«

Frankia? Warum ausgerechnet dorthin? Oder war er einfach nur auf der Flucht vor Beobrands Zorn?

»Wenn er glaubt, dass er vor mir sicher ist, nur weil ein Meer uns trennt, werde ich ihm beweisen, dass er sich irrt.«

Wulfgar nickte. »Ich hoffe, die Götter werden dir bei deiner Suche gewogen sein«, sagte er und trieb sein Pferd zu den anderen Männern, die bereits angefangen hatten, das Lager zu errichten.

Beobrands Hand schloss sich immer fester um Hruntings Griff, sodass seine Finger zu schmerzen begannen. Angespannt und voller Wut saß er auf seiner Schimmelstute und starrte in die untergehende Sonne, bis ihm die Tränen über die Wangen liefen.

* * *

In dieser Nacht regnete es stark. Da die Eschen und Eichen nur wenig Schutz boten, verbrachten sie unter ihnen traurige und nasse Stunden. Sie hatten kaum Proviant dabei und entzündeten kein Feuer – ein wenig altes Brot und ein paar Streifen kaltes Fleisch, das Anwealda auf die Schnelle hatte entbehren können, mussten genügen. Beobrand teilte Wachen ein und befahl den Männern, sich ein wenig Ruhe zu gönnen. Anschließend hüllte er sich in seinen feuchten Mantel und lehnte sich mit dem Rücken an den Stamm einer hohen Eiche. Trotz der unbequemen Position dämmerte er beinahe sofort ein. Donnergrollen und die Schreie Unschuldiger bevölkerten seine Träume. Als er aufschreckte, konnte er sich an kaum mehr etwas erinnern – bis auf die Augen. Starr. Anklagend. Die Augen von Cathryn, die auf dem kalten Waldboden lag.

Er sah sich um. Es war immer noch dunkel, und der Regen hatte nachgelassen. Acennan rüttelte an seiner Schulter.

»Wach auf, es fängt bald an zu dämmern«, zischte er ihm zu. Sein Gesicht war ein blasser Fleck.

Beobrand knurrte leise und streckte die Hand aus, um sich von seinem Freund auf die Füße ziehen zu lassen. Dessen Anspannung war überdeutlich.

Beobrand dehnte sich und zog eine Grimasse. Sein Körper schmerzte an so vielen verschiedenen Stellen. Nahe seinen Rippen und in seinem Bein pochte es dumpf. Sein linker Arm war steif und sein rechter mit Prellungen übersät, die Wulfgar ihm beigebracht hatte. Erst gestern Morgen hatten sie sich im Kampf gegenübergestanden, doch es kam ihm sehr viel länger vor. Er stampfte mit den Füßen auf und ließ die Arme kreisen, um den Blutfluss anzuregen.

Als er unter den Bäumen hervortrat, juckte sein rechter großer Zeh. Im Westen war der Himmel immer noch dunkel, aber im Osten war bereits ein sanfter Schimmer erkennbar.

»Weck die Männer«, sagte er zu Acennan und versetzte ihm einen Klaps auf den Rücken. »Wir reiten los, mein Freund, und dann lassen wir die Schweine für ihre Tat bezahlen. Athelstans Tod wird gerächt werden.«

Acennan zögerte. »Und wenn …?« Seine Stimme versagte. Er schaffte es nicht weiterzusprechen. Aber das war auch nicht nötig.

Erneut stand Beobrand Cathryns Blick vor Augen. Er packte Acennan fest an den Schultern. »So etwas darfst du nicht einmal denken. Wir stellen die Verantwortlichen und lassen sie für ihre Taten büßen.« Die Frage, was sie Cyneburg und Eadgyth angetan hatten, verbot er sich. »Hab keine Angst um die Frauen«, fuhr er fort. »Und jetzt geh und weck die Männer. Wir haben einen anstrengenden Tag im Sattel vor uns, aber wenn es der Wille der Götter ist, reiten wir die Entführer in Grund und Boden.«

Acennan nickte und stapfte in die Düsternis unter den Bäumen.

Bald schon hörte Beobrand, wie die Männer sich erhoben und ihre Sachen zusammenpackten. Als irgendwo eine Kreatur der Nacht kreischte, schauderte ihn.

Er war sich so gut wie sicher, dass Cyneburg nichts

Schlimmes widerfahren war. Die Entführer hatten die Königin gewiss nicht als Lustspielzeug geraubt. Dazu war sie zu wichtig. Aber was mochte Eadgyth widerfahren sein? Sie war in dem Taflspiel der Könige ohne jede Bedeutung. Und noch dazu eine Schönheit.

Hastig eilte Beobrand zurück in das Wäldchen und half Acennan, die Männer auf die Pferde zu scheuchen. Sie hatten keine Zeit zu verlieren.

Kapitel 19

Als Reaghan erwachte, war am Himmel nur ein schwacher Lichtschimmer zu sehen. Sie fühlte sich erfrischt. Die Ängste, die sie gequält hatten, waren verschwunden, wie böse Träume oder die Geister der Toten im Rauch eines Bestattungsfeuers.

Rowena hatte ihr letztendlich doch keine Schläge verabreicht. Bei Reaghans Rückkehr in die Siedlung war die ehemalige Herrin des Saales in heller Aufregung gewesen, weil Aart, ein fliegender Händler, mit neuem Tuch eingetroffen war. Alle Frauen drängten sich um den Krüppel, der aussah, als wäre er ebenso alt wie die Ubbanford umgebende Hügellandschaft. Mit seinem kleinen Handwagen stattete er der Siedlung zwei oder drei Mal im Jahr einen Besuch ab, immer in Begleitung seines rohen Gefährten, der nie auch nur ein Wort sprach, aber dessen Augen immer in Bewegung waren. Allein seine Körpergröße reichte vermutlich aus, um die meisten Räuber in die Flucht zu schlagen, und wenn nicht, wäre die mächtige Streitaxt in seinen Händen ein weiteres überzeugendes Argument.

Ein Besuch von Aart war immer etwas Besonderes. Sein Angebot bestand aus Schmuck und feinen Stoffen, außerdem aus Gewürzen und Kräutern aus fernen Ländern. Seine Augen leuchteten, wenn er seiner potenziellen Kundschaft erzählte, woher seine Waren stammten, und Reaghan fragte sich jedes Mal, wie viele seiner Geschichten er sich ausgedacht hatte. Seine Anekdoten über ferne Länder interessierten sie nicht, aber wie alle anderen Bewohner von Ubbanford dürstete es sie nach Neuigkeiten.

Während die Angeln ihn mit Fragen bestürmten, hielt sie sich im hinteren Teil des Saales auf, weil sie keine unnötige Aufmerksamkeit erregen wollte. Womöglich fiele Rowena dann wieder ein, dass sie verschwunden war, bevor sie all ihre Pflichten erledigt hatte, und außerdem gafften Aart und sein Riese von Begleiter sie jedes Mal auf unangenehme Weise an. Es waren nur Blicke, aber Beobrand war nicht hier, um sie zu beschützen, also musste sie sich möglichst klug und umsichtig verhalten. Außerdem hatte sie vermeiden wollen, dass sie ihr Geheimnis entdeckten, das sie noch nicht angewandt hatte.

Jetzt hielt Reaghan den Gegenstand in der Hand – klein, glatt und warm, weil sie mit ihm geschlafen hatte. Die Frau vom Fluss hatte ihr gesagt, was sie tun musste. Ihre Finger folgten in der Dunkelheit den Umrissen dieses Dinges. Sie war voller Bewunderung für die Kunstfertigkeit desjenigen, der es angefertigt hatte. Ein Handwerker, der eine solch kleine Tonflasche herstellen konnte, musste jedem König dienen können. Sie ertastete den Wachspfropfen, mit dem die Öffnung versiegelt war. Er wurde weich unter ihrer Berührung. Sie musste aufpassen, dass er nicht zu warm und das Fläschchen dadurch undicht wurde.

Auch gestern Abend, als Aart seine Geschichten aus Bernicia und noch ferneren Ländern zum Besten gegeben hatte, hatte sie das Behältnis fest in der Hand gehalten. Im Norden herrschte Aufruhr. Die Pikten hatten Finola und ihren Sohn aus Bebbanburg entführt und waren nach Din Eidyn geflohen, wo der Königsbruder Oswiu die gleichnamige Festung belagerte.

»Aber was ist mit Oswald?«, wollte Rowena wissen. »Hast du auch Nachricht von unserem König und von denen, die mit ihm reisen?«

Alle Anwesenden – Männer, Frauen und sogar Kinder – waren verstummt. Es waren ihre Freunde, die Oswald begleiteten. Ihre Ehemänner. Ihre Väter. Gespannt warteten sie auf Aarts Antwort.

»Nun, ich komme gerade aus Berewic, von der Küste. Gestern habe ich von einem befreundeten Seemann erfahren, dass König Oswald sich auf dem Rückweg nach Bernicia befindet. Gut möglich, dass er bereits in Bebbanburg eingetroffen ist.«

»Das sind in der Tat erfreuliche Neuigkeiten«, erwiderte Rowena. »Dann werden seine Begleiter auch bald zu uns zurückkehren.«

Reaghan fragte sich, was in Rowena in diesem Moment vorging. Ihre Männer, Mann wie Söhne, waren tot. Dann fing sie einen Blick von Edlyn auf. Gut möglich, dass das Mädchen denselben Gedanken gehabt hatte. Ihre Miene war jedenfalls finster. In ihrem Gesicht war keinerlei Freude über die bevorstehende Heimkehr der Krieger zu erkennen. Reaghan wandte sich ab, und Aart setzte seinen Bericht fort und hielt Edlyn so von einem ihrer boshaften Wutausbrüche ab.

»Es heißt, dass die Hochzeit des Königs mit der Prinzessin von Wessex ein prachtvolles Ereignis war. Die Damen trugen feinstes grünes Tuch, genau wie das hier.« Aart präsentierte einen Ballen dunkelgrünes Leinen. »Ist Lady Rowena daran interessiert? Man könnte daraus ein erlesenes Kleid für Eure wunderschöne Tochter schneidern.«

So verstrich der Abend. Die Leute von Ubbanford horchten den Händler aus, um weitere Neuigkeiten zu erfahren. Manchmal hatte er schnelle und glaubwürdige Antworten parat, manchmal überlegte er ein wenig zu lang, und wenn er dann etwas erwiderte, fiel Reaghan auf, dass seine Geschichten immer einen Bezug zu seinen Waren hatten. Oswald oder Beobrand erwähnte er nicht noch einmal, aber alles deutete darauf hin, dass sie schon bald in Bernicia eintreffen würden.

Den Rest des Abends lächelte Reaghan innerlich. Sie servierte den Männern Speisen und Getränke, ohne sich zu beklagen. Immer wieder legte sie die Hand auf das kleine Fläschchen in ihrer Bauchtasche. Bald schon würde ihr Mann zu ihr zurückkehren.

Er ist nicht dein Mann, meldete sich dann eine leise Stimme in ihrem Kopf zu Wort. *Und wird es niemals sein. Du bist eine Sklavin. Eine Walisische. Du bedeutest ihm nicht das Geringste.*

Aber er war gekommen, um sie zu retten, als kein anderer dazu bereit gewesen war. Mit der Begründung hatte sie die mürrische Stimme in den hintersten Winkel ihres Geistes verbannt. Beobrand würde nach Hause kommen und sie sich darum bemühen, nichts falsch zu machen.

Mit leisen Schritten trat sie jetzt hinaus in die Kühle der wolkenverhangenen Dämmerung. Sie zitterte.

Woher hatte die Frau am Fluss von ihrer schwierigen

Lage gewusst? Sie ließ die Hand über ihren flachen Bauch gleiten. Es gab doch noch keinerlei Anzeichen.

Als sie die Frau danach gefragt hatte, hatte diese lediglich ein schiefes Lächeln aufgesetzt. Mit der Narbe und der Zahnlücke hatte sie furchterregend ausgesehen.

»Nicht ich bin hierhergekommen, um dich aufzusuchen, meine liebe Reaghan. Vielmehr bist du an diesen Ort gekommen, um mich zu finden.«

Reaghan hatte die Antwort nicht verstanden, aber auch nicht nachgefragt.

»Und das hast du getan, mich gefunden«, fuhr die Frau fort, holte das kleine Fläschchen hervor und gab es Reaghan. »Such dir einen Ort, wo du ungestört bist, und trink diesen Zaubertrank. Bis auf den letzten Tropfen.«

»Was geschieht dann?«

»Du weißt, was dann geschieht. Der Trank befreit dich von deiner Sorge.«

Etwas im Blick der Frau jagte Reaghan Angst ein. »Wird es wehtun?«

»Ich werde dich nicht anlügen, Mädchen. Es wird dir Schmerzen bereiten, sodass du Tränen vergießen wirst. Aber wenn du jetzt nichts unternimmst, wirst du später viel größeren Schmerz ertragen müssen. In der Kälte des Winters würdest du brüllen, als würden dir die Eingeweide herausgerissen werden. Und dann? Glaubst du etwa, sie würden dir gestatten hierzubleiben? Du bist eine Leibeigene, merk dir das. Du bedeutest ihnen nichts.«

Reaghan schauderte. Mit Schmerz konnte sie umgehen, und sie wollte auf keinen Fall ausgestoßen werden. »Aber warum bietet Ihr mir Eure Hilfe an?«, fragte sie die Frau.

Erneut hatte diese gelächelt. »Wir Frauen müssen zusammenhalten. Die Männer verstehen sich aufs Kämpfen und aufs Morden, aber ansonsten auf nichts. Wir Schwestern jedoch, wir wissen um das Leben.«

Jetzt, wo sie in den Schatten der Bäume am Flussufer trat, gingen Reaghan die Worte der Frau erneut durch den Kopf. »Wir wissen um das Leben«, hatte sie gesagt.

Einmal mehr fuhren ihre Finger über die glatte Oberfläche des mit Wachs versiegelten Fläschchens, während sie sich einen Platz suchte, wo niemand sie stören würde. Bald schon würde sie sich ihrer Last entledigt haben, und Beobrand würde nach Hause zurückkehren. Dann wäre alles wieder gut.

* * *

Sie ritten schnell nach Westen, und Beobrand sehnte sich nach Sceadugengas geschmeidigem Tritt. Dabei ging sein kleiner Apfelschimmel durchaus sicher. Wenn die Stute auf dem schlammigen Pfad ausrutschte, fand sie jedes Mal schnell die Balance wieder. Allerdings mangelte es ihr an Sceadugengas Selbstbewusstsein, und Beobrand vertraute, anders als in Sceadugengas Sattel, nicht vollkommen darauf, dass sie seinen Kommandos folgen würde.

Bislang war der Tag störungsfrei verlaufen, abgesehen von einem kleinen Vorfall beim Aufsitzen. Eines der Pferde war Renward, einem von Athelstans Kampfgefährten, auf den Fuß getreten. Der Krieger hatte gebrüllt wie ein Kind und dem Tier anschließend einen Nasenstüber versetzt. Unter anderen Umständen hätten die Männer vielleicht gelacht und ihn für seine Reaktion verspottet, aber heute war niemand in der Stimmung dazu gewesen. Sie waren durchnässt, durchgefroren und erschöpft, aber vor allem waren sie voller Grimm und zu allem entschlossen.

Inzwischen waren sie mitten in Mercia und wollten hier nicht länger verweilen als unbedingt nötig. Immer wieder begegneten sie Bauern, die sich neben Haufen nasser Gerste mutlos auf ihre Sensen stützten. Ob diese Männer ihren Herren wohl berichten würden, dass sie eine Kriegerschar gesehen hatten, die gen Westen zog? Vielleicht hatten Grimbold und andere mercianische Recken schon begonnen, ihre Krieger um sich zu scharen, um die Männer zu verfolgen, die da durch ihr Land ritten. Als der Regen wieder einsetzte und auf die bereits gesättigte Erde fiel, redete sich Beobrand immer wieder gut zu, dass ihnen höchstwahrscheinlich niemand auf den Fersen war. Penda hatte Waffenstillstand mit Oswald vereinbart. Trotzdem wurde er das Gefühl nicht los, dass sie von Feinden beobachtet wurden. Schließlich waren die Männer, die Cyneburg und Eadgyth entführt hatten, mit Gewissheit Mercianer. Konnte es sein, dass sie ohne Pendas Wissen gehandelt hatten? Natürlich war das denkbar, aber wäre es auch das Risiko wert gewesen? Und aus welchem Grund? Der nächtliche Überfall auf Anwealdas Saal war ein tollkühnes und gefährliches Unterfangen gewesen.

Seine Überlegungen führten ihn zu der nächsten Frage. Einer Frage, über die er schon lange nachgedacht hatte, jedoch ohne Ergebnis. Wenn die Räuber die Absicht gehabt hatten, Cyneburg zu entführen – und eine andere Erklärung konnte es nicht geben –, woher hatten sie gewusst, dass sie die Königin in Anwealdas Saal finden würden?

Hlisa und Garr waren als Späher ein kleines Stück vorausgeritten. Jetzt kamen sie wieder zurück, ritten über einen Hügel und auf Wulfgar und Beobrand zu. Beobrand hob die Hand zum Zeichen, dass die restliche Gruppe anhalten sollte. Wulfgar holte einen Ledertrinkbeutel hervor und nahm einen Schluck, bevor er ihn Beobrand anbot. Dieser akzeptierte ihn mit einem dankbaren Kopfnicken, spülte mit dem abgestandenen Wasser den säuerlichen Geschmack im Mund weg und spuckte aus. Anschließend trank er einen großen Schluck. Obwohl sie von Wasser umgeben waren, da der Regen jetzt wieder wie ein dichter Vorhang fiel, war er durstig und froh über jeden Tropfen.

Garr und Hlisa galoppierten ihnen entgegen. Schlamm und Wasser spritzten auf, ihre Pferde waren voller Matsch und schweißgebadet. Beobrand warf Hlisa den Wasserbeutel zu, der trank und ihn dann an Garr weiterreichte.

»Wir sind ihnen dicht auf den Fersen«, sagte der Fährtenleser aus Wessex.

»Wie dicht?«, wollte Wulfgar wissen.

»Sie sind nicht mehr weit. Wenn wir uns jetzt beeilen, schnappen wir sie, bevor sie den Afen erreicht haben.«

»Und die Königin und ihre Gemæcca?«, erkundigte sich Beobrand. Acennan hatte sich zu ihnen gesellt, und Beobrand wusste genau, welche Frage ihn umtrieb.

»Sind bei ihnen. Jede auf einem Pferd. Wir sind wohl schneller als sie vorangekommen, weil uns keine Frauen aufgehalten haben.«

Acennan zog eine missmutige Grimasse. »Wie viele Männer?«, wollte er mit heiserer Stimme wissen.

Garr sah Hlisa von der Seite an. »Mehr, als wir erwartet

haben«, sagte er dann und hielt inne, um in den Schlamm zu spucken. »Zwanzig. Vielleicht noch mehr.«

Wulfgar wandte sich an Beobrand. »Uns steht ein blutiger Kampf bevor. Sie werden sich bestimmt nicht freiwillig ergeben, nachdem wir sie gestellt haben.«

»Wahr gesprochen, Wulfgar. Aber ihr Männer aus Wessex habt ein tapferes Herz, nicht wahr? Schließlich sind wir nicht durch Schlamm und Regen geritten, um mit den Männern, die wir jagen, ein Festmahl abzuhalten, oder?«

Wulfgar entblößte die Zähne zu einem wilden Grinsen. »Nein, bestimmt nicht.«

Beobrand starrte den Hügel hinauf. Der Weg wand sich durch dichten Wald. Brombeerranken und Weißdornbüsche bildeten mit den Bäumen eine für jeden Reiter undurchdringliche grüne Mauer. »Wie weit ist es noch bis zum Fluss?«, erkundigte er sich.

»Nicht weit, Herr«, erwiderte Hlisa. »Der Wald zieht sich bis ins Tal, wo es eine Furt gibt. Nach den Regenfällen wird das Wasser dort allerdings sehr hoch stehen.«

»Und jenseits des Afen?«

Kurz hatte es den Anschein, als würde Hlisa keine Antwort geben. Er starrte in die Ferne. Vielleicht stellte er sich das Land, das sich hinter dem Fluss erstreckte, im Geiste vor. »Zunächst öffnet sich eine Landschaft aus Feuchtwiesen«, sagte er schließlich, »aber dahinter folgen wieder Hügel. Allerdings sind diese nicht besonders dicht bewaldet. Zahlreiche Wege führen hindurch. Wenn sie es bis dahin schaffen, könnte es ihnen gelingen, uns abzuschütteln.«

Beobrand überlegte kurz. Sie waren schon zu weit geritten, um die Männer entkommen zu lassen. »Dann müssen wir sie einholen, bevor sie den Afen überqueren.«

Acennans Pferd drehte eine Pirouette, und er zog sein Schwert. »Also, worauf warten wir noch?«, sagte er. »Ein Stück voraus brennen ein paar Mercianer darauf, getötet zu werden!«

Da tauchte Dreogan neben ihnen auf. Seine langen Beine hingen zu beiden Seiten seines kleinen Rotschimmels hinab. Die dunklen Narben in seinem Gesicht verliehen ihm ein furchterregendes Aussehen, das durch die Schlammspritzer noch verstärkt wurde. Sie hätten auch getrocknetes Blut sein können. »Sind die Mörder meines Herrn Athelstan in der Nähe?«, wollte er wissen.

»Aye«, sagte Acennan. Er hatte Mühe, sein Pferd zu bändigen, das die Aufregung seines Reiters spürte. »Und wir stehen noch hier und reden, obwohl wir sie auch jagen könnten. Und töten.«

»Dreogan und Acennan haben recht«, sagte Beobrand. »Wir müssen los. Jedes Zaudern kann dazu führen, dass die Beute uns entkommt.«

»Wartet«, meldete sich in dem Moment Wulfgar zu Wort. »Wir wissen, dass sie uns an Zahl weit überlegen sind. Es wäre Wahnsinn, sich ihnen ohne einen Plan zu nähern.«

Beobrand zuckte innerlich zusammen. Eine Führung, die sich uneinig war, war genau das, was er gefürchtet hatte. Sie würde der Entschlossenheit der Männer schaden.

»Wulfgar, auf ein Wort«, sagte er ohne jeden Missklang in der Stimme. Er winkte den westsächsischen Recken, ihm zu folgen, und sie ließen ihre Pferde ein paar Schritte gehen, bis sie außer Hörweite der übrigen Männer waren.

»Wir sind weit von einem sicheren Saal entfernt«, begann Beobrand. »Die Mercianer sind ganz in der Nähe und mehr als wir, aber wir müssen schnell handeln. Wenn wir uns jetzt uneins sind, werden wir die Frauen nicht nur nicht befreien können. Im schlimmsten Fall werden wir alle unser Leben lassen. Wir müssen mit vereinten Kräften zuschlagen, Wulfgar.«

»Vielleicht könnten wir sie noch länger verfolgen? Dann schicken wir bei Nacht einfach ein paar Männer in ihr Lager, damit sie die Frauen befreien.«

»Und was, wenn sie in einem Saal unterkommen? Wir haben Glück, dass das nicht bereits geschehen ist. Und Woden allein weiß, welches Ziel sie haben.«

Wulfgar biss die Zähne aufeinander. Er wirkte erzürnt über Beobrands Antwort, aber vielleicht war er auch zornig auf sich selbst, weil er insgeheim wusste, dass Beobrand recht hatte.

»Und was, wenn wir die Frauen befreit haben?«, stieß Beobrand hervor. Er konnte seinen Zorn nicht länger unterdrücken. Sie vergeudeten hier nur wertvolle Augenblicke. »Was machen wir dann? Reiten wir erschöpft quer durch Mercia zurück? Auf erschöpften Pferden?«

»Ganz egal, wofür wir uns entscheiden, wie sollen wir überhaupt wieder Mercia verlassen?«, erwiderte Wulfgar nur.

Wütend starrte Beobrand den bärtigen Recken an. Seine Augen waren kalt und blau wie Wintereis. »Wenn wir alle Männer töten, denen wir begegnen, wird das nicht besonders schwierig werden. Aber wir können uns nicht erlauben, noch länger darüber zu philosophieren, Mann. Wir müssen losreiten, und zwar sofort.«

»Aber …« Wulfgar wollte noch einen Einwand erheben, doch dann sah er auf, und die Worte blieben ihm im Hals stecken.

Die Entscheidung war ihnen abgenommen worden. Auf dem Hügel waren mehr als zwanzig Reiter in Kriegerrüstung und mit schwankenden Speeren aufgetaucht. Nasse Schildbuckel glänzten.

Beobrand grinste.

Die Zeit des Redens hatte ein Ende.

* * *

Reaghan saß lange in der Stille des anbrechenden Morgens. Ihre einzige gelegentliche Gesellschaft waren unsichtbare Flussbewohner sowie der Dämmerungsgesang der Vögel. Zu gerne hätte sie den Reiher gesehen, da dieser sie an Beobrand erinnerte, aber sie war dem Lauf des Tuidi nicht gen Westen gefolgt, wo der große Vogel sich für gewöhnlich aufhielt, sondern vielmehr flussabwärts gegangen. Dort würde sie nicht behelligt werden. Außerdem hatte sie die weise Frau nahe dem Ort angesprochen, wo der Reiher lebte, und etwas hielt sie davon ab, dorthin zu gehen. Ein Schauer der Furcht lief ihr den Rücken hinunter. Sie musste sich gegen das wappnen, was vor ihr lag. Die Frau hatte gesagt, dass es wehtun würde, aber vermutlich damit recht gehabt, dass die Alternative sehr viel schlimmer wäre.

Über dem trägen Fluss hingen die Nebelschleier. Leises Platschen ertönte, und als Reaghan den Kopf drehte, meinte sie, ein silbriges Flirren wahrzunehmen, kurz bevor kräuselnde Wellen anzeigten, wo ein Fisch gesprungen war. Die Sonnenstrahlen erreichten die Stelle am Ufer noch nicht, wo sie sich hingesetzt hatte. Die Luft stand regungslos und kalt, und Reaghan zitterte im Schatten. Dann wandte sie den Blick vom Wasser ab und hin zu der kleinen Flasche in ihrer Hand.

Sie musste nur das Wachssiegel aufbrechen und den Inhalt trinken. Sie würde die Schmerzen erdulden, und danach würde alles wieder gut sein.

Der Widerhall von fernem Gebell lenkte sie kurz ab. Wenn sie das wirklich tun wollte, musste sie es jetzt tun. Ubbanford erwachte allmählich. Sie nahm den kleinen Beutel mit den Stoffresten, den sie mitgebracht hatte, in die linke Hand. Sie hatte keine Ahnung, wie stark sie bluten würde. Aber da ihr Bauch immer noch flach war, würde es bestimmt erträglich werden. Vielleicht nicht anders als eine normale Monatsblutung. Aber was wurde aus dem, was in ihr wuchs? Wie sähe es aus? Hoffentlich bekäme sie es gar nicht zu Gesicht. Sie würde alles, was aus ihr herauskam, ungesehen in ein Tuch wickeln und in den Fluss werfen. Oder es begraben.

Ich bitte dich, Danu, beschütze mich und nimm dieses Opfer meines Blutes an.

Ein Beben schüttelte ihren Körper. Kühl war es hier im Halbdunkel am Wasser. Doch nicht aus diesem Grund erschauderte sie.

Sie musste es tun, und zwar jetzt. Je länger sie wartete, desto schwieriger würde es werden.

Ohne weiteres Zögern riss sie mit zitternden Fingern den Wachspfropfen aus dem Fläschchen. Behutsam, um nichts zu verschütten, hob sie es an die Nase und verzog das Gesicht. Der Inhalt roch stechend und bitter. Sie zweifelte nicht daran, dass der Trank furchtbar schmecken würde. Danu allein wusste, was das für ein Gebräu war.

Sie ließ das Fläschchen sinken und holte tief Luft. Schauderte erneut.

Es sollte ja gar nicht gut schmecken. Es hatte nur einen einzigen Zweck: sie von der Last zu befreien, die sie in sich trug, damit sie weiterhin in Ubbanford leben konnte. Vielleicht würde Mutter Erde über sie wachen. Vielleicht hatte die Göttin selbst die weise Frau zu ihr geführt. Vielleicht hatte sie ihr auch Beobrand gebracht.

Sie schloss die Augen und hob das Fläschchen mit dem widerlichen Trank erneut empor. Der Geruch brannte in ihrer Nase, und als das Tongefäß ihre Lippen berührte, musste sie würgen.

Kapitel 20

Als die Mercianer die Reitergruppe kurz hinter der Kuppe erblickten, zügelten sie ihre Pferde. Die Entfernung betrug kaum mehr als einen Speerwurf, und Beobrand konnte schon den Schlamm und den Schweiß auf dem Fell der Tiere erkennen. Die regennassen Mäntel. Die dunklen Ringe unter den Augen der Männer, denen der lange und beschwerliche Ritt viel abverlangt hatte. Er wusste, was dieser Blick bedeutete. Die Northumbrier und Westsachsen um ihn herum zeigten genau die gleichen Anzeichen der Ermattung.

Der Anführer der Gruppe, ein breitschultriger Mann in einem ledernen Kriegerwams, erfasste die Situation als Erster. Bevor Beobrand oder Wulfgar reagieren konnten, hob er die Hand und rief seinen Männern über die Schulter hinweg etwas zu. Trotz ihrer Verfassung rissen die Männer hinter ihm in einem routinierten Manöver ihre Pferde herum und galoppierten den Weg zurück, den sie gekommen waren. Schnell waren sie wieder hinter der Hügelkuppe verschwunden. Der Anführer trieb sein Pferd ebenfalls mit den Hacken an und riss dessen Kopf zur Seite. Das Tier jagte los. Schlammbrocken stoben empor, während es den letzten beiden Reitern der Gruppe folgte. Sie hatten langsamer reagiert als die anderen, und jetzt wurde Beobrand auch klar, weshalb. Die zwei Reiter, denen der Anführer der mercianischen Kriegerschar folgte, waren keine Krieger. Sondern Eadgyth und Cyneburg.

Beobrand richtete sich im Sattel auf und erhob die Stimme. »Die Götter sind uns gnädig gestimmt. Wir haben die Männer gefunden, die wir gesucht haben. Sie haben Cyneburg und Eadgyth bei sich, die Königin von Northumbria und ihre Gemæcca. Beide sind Töchter von Wessex. Sollen wir nun verzagen, nur weil die Entführer uns an Zahl überlegen sind?«

»Nein!«, brüllte Acennan, und nur einen Herzschlag später fielen die anderen in seinen Schrei ein.

Beobrand nickte. So wie ein Schmied den richtigen Augenblick erkannte, in dem er der Klinge auf seinem Amboss den nächsten Schlag versetzen musste, so spürte er, wie die Entschlossenheit der Männer zunahm. Ihr Wille würde ihnen den Sieg bringen. Oder die Niederlage. Doch er durfte keinen Zweifel zeigen. Um Schlachten zu gewinnen, waren Gewissheit und ein fester Glaube notwendig.

»Viele von uns haben schon einer noch größeren Überzahl von Feinden gegenübergestanden und gesiegt. Auch dieses Mal werden wir den Sieg davontragen. Diese Männer haben zwei unserer Frauen entführt und einen unserer Brüder niedergemetzelt. Sie dürfen uns nicht ungestraft entkommen.«

Sein Pferd, das seine Ungeduld spürte, schüttelte den Kopf und wollte sofort losgaloppieren. Beobrand zog an den Zügeln und zwang es in eine enge Drehung um die eigene Achse. Dann richtete er den Blick auf Wulfgar. »Uns bleibt keine Zeit mehr, um Pläne zu schmieden. Wir werden ihnen unverzüglich nachsetzen, sie im Schildwall stellen und dann töten.«

Die Männer brüllten zustimmend. Auch sic schienen es nicht erwarten zu können, endlich losgelassen zu werden und Rache an den Mercianern zu üben.

»Und dann?« Wulfgars Stimme war leise, damit nur Beobrand ihn hören konnte. »Wie sollen wir dann aus Mercia entkommen?«

Das war eine gute Frage, aber Beobrand erinnerte sich an den Rat älterer und weiserer Krieger. »Jedes Problem wird zu seiner Zeit gelöst, Wulfgar«, erwiderte er und grinste. »Zuerst kämpfen wir. Und wenn wir sie alle getötet haben, wird es niemanden mehr geben, der sich uns in den Weg stellen kann.«

Er zog Hrunting aus der Scheide und reckte das Schwert in die Höhe. Das matte Licht der Sonne spiegelte sich in der Klinge.

»Wohlan, Männer!«, rief er. »Reiten wir los, um unsere Frauen zu retten und den Mord an unserem Freund zu rächen.« Mit diesen Worten und im festen Vertrauen darauf, dass die Männer ihm folgen würden, grub Beobrand die Hacken in die Flanken seiner Stute und galoppierte davon, den Mercianern hinterher.

* * *

»Was machst du denn da, Mädchen?« Die Dringlichkeit in der Stimme ließ Reaghans Herz schneller schlagen. Hastig nahm sie das Fläschchen von den Lippen und verschüttete dabei ein wenig von der kostbaren Flüssigkeit. Zäh und unheilvoll lief ihr der honiggelbe Saft übers Kinn. Schuldbewusst wischte sie ihn mit dem Handrücken ab. Sie hatte angenommen, sie wäre allein.

Es knirschte vernehmlich, als Odelyna über das kiesige Ufer eilte. Ihre Stirn, von strähnigen grauen Haaren umrahmt, lag in tiefen Falten, die Hand hatte sie ausgestreckt.

Reaghan machte Anstalten, das Tonfläschchen hinter ihrem Rücken zu verstecken, doch Odelyna fauchte sie an: »Es hat keinen Zweck zu versuchen, etwas vor mir zu verbergen, Mädchen. Ich bin vielleicht alt, aber nicht blind und ganz bestimmt nicht dumm. Also los, gib her.«

Zögerlich reichte Reaghan ihr das kleine Gefäß. Auf seiner Öffnung glänzte wie Bernstein ein Tropfen des Inhalts.

Odelyna nahm das Fläschchen in die Hand und betrachtete es genau.

Reaghan bemerkte ihren bestürzten Blick. Wenn sie doch nur nicht gezögert hätte. Wenn sie das Gebräu bereits getrunken hätte, würde es jetzt schon seine Wirkung tun, und die alte Schachtel könnte nichts mehr dagegen unternehmen. Sie wäre all ihre Sorgen los, und niemand würde je von ihrem Geheimnis erfahren. Aber jetzt lag ihr Vorhaben in Trümmern.

Kurz überlegte Reaghan, ob sie Odelyna überwältigen sollte. Ihre Finger schlossen sich um einen großen, glatten Stein. Es wäre ein Leichtes aufzuspringen, und ein Schlag mit dem Stein hätte sicherlich ausgereicht, um Odelyna außer Gefecht zu setzen. Aber wenn sie jetzt schon in Schwierigkeiten steckte, würde sich ihre Situation nur noch um ein Vielfaches verschlechtern, wenn sie eine der Dorfbewohnerinnen ermordete. Diese Tat würde sie garantiert mit dem Tod büßen. Als Sklavin konnte sie kein Blutgeld bezahlen. Sie schluckte den Wahnsinn hinunter, der sie einen Augenblick lang in seiner Gewalt gehabt hatte, und ließ den Stein fallen. Klackernd landete er auf dem kiesigen Ufer.

Das Geräusch schien Odelyna daran zu erinnern, dass sie nicht alleine war. Immer wieder hatte sie an dem Fläschchen geschnuppert und dabei nachdenklich die Stirn gerunzelt. Jetzt wandte sie sich wieder an Reaghan. »Wo hast du das her?«, wollte sie wissen.

Reaghan gab keine Antwort. Ihr Leben war ruiniert. Es gab nichts mehr zu sagen.

»Wo hast du das her?«, wiederholte Odelyna.

Reaghan blieb stur und stumm, schaffte es jedoch nicht, dem Blick der Alten standzuhalten.

»Du bist ein dummes Ding, Reaghan. Ich dachte, dir liegt etwas an unserem Herrn. Wir alle wissen, dass du sein Lager gewärmt hast. Ist er dir gegenüber denn nicht freundlich, dass du über so etwas auch nur nachdenkst?«

Reaghan sah Odelyna wieder an. »Er behandelt mich gut«, erwiderte sie leise und spürte, wie ihre Wangen heiß wurden. »Aber ich habe keinen anderen Ausweg gesehen.«

»Einen Ausweg woraus?«

Reaghan gab keine Antwort. Sie zog die Knie an die Brust und vergrub das Gesicht in ihren Rockschößen. Sie wollte die Miene dieser Frau nicht sehen. Ihre missbilligende Fratze. Ihre Verachtung. Oder noch schlimmer: ihr Mitleid.

Die Kiesel knirschten, während Odelyna sich neben sie setzte und einen Seufzer ausstieß, der voller Traurigkeit war, aber ohne jeden Hass. Als Odelyna ihr den Arm um die Schultern legte, zuckte Reaghan zusammen.

»Zwischen Männern und Frauen ist es niemals einfach«, sagte die Alte. »Erst recht nicht, wenn der Mann ein Fürst und die Frau eine Sklavin ist. Aber es muss nicht so enden, wie du glaubst. Er ist ein Mann wie jeder andere auch. Er hat gewisse Bedürfnisse, aber er ist kein schlechter Mensch. Wenn es dir so viel Unbehagen bereitet, bei ihm zu liegen, rede ich gerne mit ihm. Ein wenig überrascht bin ich jedoch schon. Wann immer ich dich in letzter Zeit sah, wirktest du so glücklich wie schon lange nicht mehr. So glücklich wie noch nie, um ehrlich zu sein. Erst kürzlich habe ich zu Maida gesagt, dass du mit deinem Schicksal zufrieden zu sein scheinst und Beobrand nach Sunnivas tragischem Tod anscheinend bei dir Trost gefunden hat. Wenn ich dich nicht aufgehalten hätte, wäre er bei seiner Rückkehr womöglich völlig der Verzweiflung anheimgefallen.«

Die Worte verwirrten Reaghan. Sie hob den Kopf. »Wie meinst du das?«

Schon wieder runzelte Odelyna die Stirn. Ganz offensichtlich verstand sie die Frage nicht. Dann antwortete sie: »Nun, wenn unser Herr bei seiner Rückkehr festgestellt hätte, dass du so kurz nach seiner Gemahlin ebenfalls den Tod gefunden hast, hätte ihm das vermutlich den Rest gegeben.«

»Den Tod?« Ihre Stimme war kaum mehr zu hören.

»Durch diesen Trank wärst du gestorben, schneller, als es dauert, einen Hasen zu häuten. Und dein Tod wäre äußerst grausam gewesen.«

»Mein Tod?«, wiederholte Reaghan und hörte selbst, wie töricht sie klang.

»Nun, was glaubst du denn, was passiert wäre, hättest du

das Fläschchen geleert? Der Trank enthält die Samen des Tungbaumes, die so tödlich sind wie eine Klinge.«

»Aber sie hat gesagt, er würde mich von meiner Last befreien.«

»Wer hat das gesagt?«, herrschte Odelyna sie an. »Und welche Last?«

Reaghan standen die Tränen in den Augen. »Dieser Last.« Sie legte eine Hand auf ihren Bauch. »Hier drin.«

Plötzliche Erkenntnis machte sich auf Odelynas Gesicht breit. »Nun, das Tungöl hätte dich zweifellos von dieser Last befreit«, erklärte sie. »Und von jeder anderen auch. Du hättest nie wieder einen Sonnenaufgang gesehen.«

»Aber sie …«

»Wer immer sie ist, sie hat dich angelogen. Und jetzt sei ohne Furcht, Reaghan, du dummes Ding.« Odelyna drückte die Sklavin mit ihrem dicken Arm an sich. »Wenn ein ungewolltes Kind dein einziges Problem ist, warum bist du nicht gleich zur alten Odelyna gekommen? Ich kann dir helfen, es loszuwerden. Sei ganz ruhig, Kleine, und mach dir keine Sorgen mehr.«

Reaghan schluckte. Vielleicht lag ihr Leben doch noch nicht ganz in Trümmern. War es möglich, dass sie trotz allem in Ubbanford bleiben konnte? Dass alles wieder gut wurde? Sie schüttelte sich wie ein Tier, das lange Zeit in einer Falle gesessen hat. Dann sank sie, ohne nachzudenken, an Odelynas üppige Brust und ließ ihren Tränen freien Lauf.

* * *

Der Pfad war aufgewühlt und rutschig. Die Pferde und der stetig fallende Regen hatten ihn an vielen Stellen in tiefen

Morast verwandelt. Beobrand klammerte sich an die Zügel seiner Stute und presste die Beine fest an die Flanken des Tieres, das seine Ungeduld zu spüren schien und ohne Vorsicht den Hügel hinabgaloppierte. Immer wieder geriet es dabei ins Rutschen, doch Beobrand ignorierte die Gefahr, aus dem Sattel zu fallen, und stieß ein lautes Lachen aus. Eine tiefe Ruhe hatte sich über ihn gelegt, hatte alle Ängste und Sorgen angesichts der vielen Ungewissheiten verdrängt. Sämtliche Fragen waren unwichtig geworden. Ihre Gegner waren in Sichtweite. Die Mercianer hatten einen der Ihren getötet und zwei Frauen entführt, die sie um jeden Preis beschützen mussten. Alle Zweifel hatten sich in Luft aufgelöst. Nur noch eines war wichtig: Ihre Feinde mussten vernichtet werden.

Der wolkenverhangene Himmel und der Wald rechts und links verwandelten den Pfad in einen düsteren Tunnel. Einen Tunnel, erfüllt vom Donnern der Pferdehufe, dem Rasseln und Klappern der Rüstungen sowie den Rufen und Schreien der Krieger, die nach Vergeltung und dem Ruhm der Schlacht dürsteten.

Beobrand spürte, wie die Männer sich hinter ihm formierten, wie sie alle hemmungslos den Hügel hinabjagten, um die Mercianer zu verfolgen. In dem Moment schrie Dreogan über den Lärm der dahinstürmenden Schar hinweg aus voller Kehle: »Athelstan!«, und die Gefolgschaft des getöteten Kriegers nahm den Schlachtruf auf.

Zwar mochten sie dem Gegner an Zahl unterlegen sein, aber Beobrand wusste, was er an diesen Männern hatte. Mit jenen aus Northumbria hatte er bei Hefenfelth im Schildwall gestanden. Eine Handvoll Mercianer machte ihnen garantiert keine Angst. Was die Männer aus Wessex anging, war er sich da nicht ganz so sicher, aber das sollte Wulfgars Sorge sein.

Plötzlich ließen die Mercianer ihre Pferde anhalten. In der Düsternis war nur schwer zu erkennen, was vor sich ging, doch mit einem Mal wusste Beobrand Bescheid. Sie hatten die Mercianer zuvor auf dem Hügel erblickt, weil diese umgekehrt waren. Und dafür konnte es nur einen einzigen Grund geben: Sie waren auf dem Pfad nicht weitergekommen. Darum saßen sie nun, da die Verfolger ihnen auf den Fersen waren, ab und bildeten in aller Hast einen Schildwall.

Beobrand ritt weiter, schon den Jubelgesang der bevorstehenden Schlacht im Ohr. Auf sie wartete der Ruhm, ihre Taten würden in den Metsälen der Könige besungen werden. Und er würde die Reihen der Gegner durchbrechen. Schon einmal hatte er einen kleinen Schildwall gesprengt, indem er sein Pferd einfach mitten in die Gruppe der Krieger getrieben hatte, die sich ihm entgegenstellte. Doch damals waren es nur vier Feinde gewesen, und er hatte das Überraschungsmoment auf seiner Seite gehabt. Im Halbdunkel des Waldes war nun blitzendes Eisen zu erkennen. Die Mercianer hatten sich überaus schnell zum Schildwall formiert. Sie waren geübte Kämpfer und würden sie mit einer Mauer aus spitzen Speeren empfangen. Den Reiter einer zahlenmäßig unterlegenen Kriegerschar, der in einen Schildwall mit schlachtenerprobten Recken ritt, erwartete eigentlich nur eins.

Der sichere Tod.

Aber den Ruhm der Schlacht konnten nur die Lebenden genießen.

Beobrand riss Hrunting in die Höhe und schrie, damit seine Worte das Donnern der Hufe übertönten: »Halt! Halt!«

Er wagte nicht, die Zügel allzu fest anzuziehen, aus Sorge, die Männer hinter ihm würden nicht schnell genug reagieren und mit ihm kollidieren. Stattdessen wartete er kurz, forderte seine Männer noch einmal lautstark zum Anhalten auf und ließ seine Stute dann langsam abbremsen. Nur noch wenige Augenblicke, bis er direkt vor dem Schildwall der Mercianer stehen würde.

»Halt!«, brüllte er erneut und zog dann doch heftig an den Zügeln. Seine Stute grub die Hufe in den Schlamm und hinterließ tiefe Furchen. Hinter Beobrand herrschte Unruhe, aber er konnte sich nicht umblicken. Er hatte zu viel damit zu tun, sich im Sattel zu halten und die feindlichen Krieger nicht aus dem Auge zu lassen.

Ein Pferd wieherte, dann brüllte ein Mann.

Endlich war Beobrands Stute zum Stehen gekommen, und er riskierte einen Blick zurück. Auch seine Männer zügelten ihre Tiere. Einer der Westsachsen stand ein wenig abseits der Gruppe und war von Kopf bis Fuß mit Matsch bedeckt. Offensichtlich war er aus dem Sattel gestürzt. Als Beobrand das reiterlose Pferd auf sich zukommen sah, sprang er von seiner Stute, ohne auch nur einen Gedanken an sein verletztes Bein zu verschwenden; bis er auf dem Boden landete. Der bekannte kreischende Schmerz durchzuckte ihn, das Bein war wirklich noch nicht vollständig verheilt. Aber es trug ihn. Ohne einen Laut von sich zu geben oder innezuhalten, machte Beobrand drei schnelle Schritte und griff nach den Zügeln des verängstigten Pferdes. Er stellte sich schon darauf ein, gleich vorwärtsgeschleift zu werden, aber das Tier ließ sich ohne Widerstand von ihm führen, zitternd und mit weit aufgerissenen Augen.

Sämtliche Männer hatten ihre Pferde zum Stehen gebracht. Die Götter mussten ihnen gewogen sein, denn bis auf den einen hatten sich alle im Sattel halten können. Und der Gestürzte schien sich nicht verletzt zu haben. Mit einem verlegenen Grinsen im schlammbespritzten Gesicht kam er näher.

»Du hast das Glück eines Fuchses, Eldrid!«, rief Wulfgar ihm mit geröteten Wangen zu. Die Jagd im Galopp oder die Aussicht auf die Schlacht schien ein Feuer der Begeisterung in ihm entfacht zu haben.

Eldrid stapfte durch den von zahlreichen Pferdehufen aufgewühlten Matsch. Die dicke Schlammschicht an seinen Schuhen und Beinbinden ließ seine Füße riesig erscheinen.

Beobrand griff nach den Zügeln seiner Stute und rief Garr zu, der gerade von seinem Pferd absaß: »Du und Eldrid, ihr bindet die Pferde an den Bäumen fest!« Er wandte sich an die anderen: »Und ihr bildet einen Schildwall!«

Er wartete nicht ab, um zu sehen, ob die Männer seine Anweisungen befolgten, sondern drehte sich wieder zu den Mercianern. Er konnte ihre Gesichter bereits erkennen. Sie trugen Kettenhemden und polierte Helme. Ihre Schilde waren mit leuchtenden Siegelwappen und Mustern geschmückt. Das waren mehr als nur gemeine Räuber.

Hinter ihnen schien der Pfad zu einer weiten Ebene zu führen, und jetzt erkannte Beobrand auch, weshalb die Gejagten umgekehrt waren. Jenseits des Baumtunnels spiegelte sich das Sonnenlicht in einer Wasserfläche. Es regnete zwar nicht mehr, aber die stetigen Niederschläge der letzten Tage hatten dazu geführt, dass das, was eigentlich eine Wiese war, die hinab zu einer Furt des Afen führte, sich in einen See verwandelt hatte. Der Fluss war über die Ufer getreten und die normalerweise gut passierbare Furt zu einem breiten Band aus schwappendem braunem Wasser geworden, das nur mit einem Boot zu überqueren war.

Die Mercianer saßen in der Falle. Es blieb ihnen nichts anderes übrig, als sich ihren Verfolgern im Kampf zu stellen.

Beobrand grinste. Sie würden sie bis an die Wasserkante treiben und sie allesamt töten. Allerdings waren in die Enge getriebene Tiere besonders gefährlich.

Er sah, wie der Schildwall der Feinde sich für einen Augenblick öffnete. Ein Mann trat heraus und machte noch ein paar Schritte, bevor er einen kurzen Speer auf die Reise schickte. Die Distanz war groß für einen Speerwurf, aber Beobrand hatte Garr schon weiter werfen sehen.

Kurz beobachtete er, wie der Speer knapp an überhängenden Zweigen und Blättern vorbeiflog, um sich dann seinem Ziel entgegenzusenken. Wider Erwarten würde er hinter dem Schildwall landen, der sich bereits um Acennan und Dreogan formierte.

Beobrand stieß einen undefinierbaren Warnschrei aus. Die Worte blieben ihm in der Kehle stecken, als er vorhersah, was gleich geschehen würde.

Als hätte Eldrid, der gerade eines der Pferde wegführte, Beobrands Schrei gehört, drehte er sich um, sah aber nicht den Speer, der ihn töten sollte. Er tauchte lautlos aus dem Schattentunnel auf und bohrte sich in seinen Hals. Schon wieder fiel Eldrid in den Schlamm. Aber diesmal würde er nicht wieder aufstehen.

Entsetzt sah Beobrand, wie der dunkelrote Lebenssaft des Westsachsen stoßweise in den braunen Schlamm gepumpt wurde.

Eldrid mit dem Glück eines Fuchses.

Die Wege des Schicksals waren unvorhersehbar.

Kapitel 21

Reaghans Magen krampfte sich noch einmal zusammen. Sie biss sich auf die Lippen, um nicht laut zu schreien. Der bittere Geschmack ihrer eigenen Galle sowie des Tranks, den Odelyna ihr eingeflößt hatte, füllte ihren Mund.

Maida legte ihre Webarbeit beiseite, tauchte ein Tuch in eine Schüssel, kam zu Reaghan und betupfte ihr mit dem kühlen, feuchten Stoff das Gesicht. »So ist es besser«, sagte sie mit derselben Stimme, mit der sie auch zu ihren Kindern sprach. »Das Schlimmste hast du überstanden.«

Hoffentlich hatte sie recht. Die krampfartigen Schmerzen waren schier unerträglich gewesen, schlimmer als alles, was Reaghan bisher zu erdulden gehabt hatte. Der kleine Beutel voller Lumpen, den sie dabeigehabt hatte, erwies sich auf erbärmliche Weise als unzureichend. Als ihr Körper die Frucht von Beobrands Samen ausspuckte, lief so viel dickes dunkles Blut aus ihr heraus, dass sie schon befürchtete zu sterben, so wie es die Frau vom Fluss beabsichtigt gehabt hatte.

Tränen rannen ihr über die Wangen, die von Maida abgewischt wurden, während sie ununterbrochen leise summte.

Die Schmerzen dieses letzten Aufbäumens ihres Magens verebbten schnell. Vielleicht würde sie ja doch überleben. Falls eine Geburt auch nur annähernd dem ähnelte, was sie gerade durchmachte, konnte sie nur hoffen, dass sie so etwas niemals durchstehen musste. Als sie an den kleinen Octa dachte, Beobrands Sohn, liefen ihr wieder die Tränen übers Gesicht. Maida hatte ihn einer der anderen Frauen anvertraut, während sie sich um Reaghan kümmerte – angeblich, weil diese erkrankt war. Reaghan hatte Octas Bruder oder Schwester umgebracht. Sie hatte ein Leben zerstört, das sie mit dem Mann gezeugt hatte, der in der schrecklichsten aller Nächte gekommen war, um sie zu retten.

Ohne Unterlass gab Maida tröstende Laute von sich und kühlte Reaghans Gesicht. Plötzlich packte diese ihre Hand, sodass die Ältere vor Überraschung laut aufschrie.

»Er darf es niemals erfahren!«, stieß Reaghan hervor. Wer konnte schon wissen, was Beobrand tun würde, käme er dahinter? Er war ein Mann des Krieges. Aufbrausend und nachtragend. Probleme löste er mit dem Schwert. »Versprich es mir! Er darf niemals davon erfahren!«

Maida sah sie aus traurigen Augen an. »Ich werde mit keinem Menschen darüber sprechen, Reaghan. Weißt du, dass Beobrand mich gebeten hat, während der Zeit seiner Abwesenheit auf dich achtzugeben?«

Reaghan hatte sich so etwas schon gedacht, aber diese Worte jetzt zu hören linderte ihren Schmerz ein wenig. Beobrand wollte, dass es ihr gut ging.

»Ich werde mit niemandem darüber reden«, wiederholte Maida, »weil es zu nichts Gutem führen kann. Männer brauchen von den Geheimnissen der Frauen nichts zu erfahren.«

Reaghan schauderte. Hatte die Frau am Fluss nicht ähnliche Worte gebraucht? »Danke«, sagte sie mit leiser, brüchiger Stimme.

»Trotzdem müssen wir den Männern von der Frau berichten, die du am Ufer des Tuidi gesehen hast. Wahrscheinlich ist es die Frau, vor der Beobrand uns gewarnt hat. Die Hexe von Muile, die uns Böses will.«

Reaghan nickte. Die zerstörte Schönheit der Frau stand ihr noch immer vor Augen. Ihr Haar wie ein Gewittersturm. Der alles durchdringende Blick. »Ich bin mir tatsächlich nicht sicher, ob sie von dieser Welt ist«, sagte sie.

Maida legte die Finger an das kleine Kreuz um ihren Hals. »Noch ein Grund mehr, Bassus Bescheid zu geben. Wir müssen wachsam sein. Niemand soll mehr allein das Dorf verlassen.«

* * *

»Hebt die Schilde!«, brüllte Beobrand. »Vorwärts!«

Wie ein einziger Mann stapfte der Schildwall langsam den Mercianern entgegen. Diese wiederum stimmten einen gewaltigen Lärm an. Sie riefen Woden herbei, der sich das Schauspiel ansehen sollte. Klingen krachten auf die Lindenholzschilde, während sie dem überschaubaren Schildwall, der sich da Schritt für Schritt näherte – zwei Reihen mit jeweils fünf Mann –, Beleidigungen aller Art entgegenriefen.

Beobrand stand in der ersten Reihe genau in der Mitte. Wie schon zuvor an Eldrids Füßen klebte auch an seinen der Schlamm. Er spürte, dass der Matsch gierig an ihm zog und saugte, als wäre ihm das Blut eines Mannes nicht genug. Er blickte in Gesichter, deren Augen ihn unter Helmen und über die Schilde hinweg grimmig anfunkelten. Diese Männer würden sich nicht freiwillig ergeben. Wenn die Erde denn durstig war, würde ihr Durst bald gestillt werden. Sie würde Blut zu trinken bekommen. Tod hing in der feuchten Luft.

Acennan, der rechts von Beobrand stand, hatte die steinerne Miene eines Kämpfers aufgesetzt, der sein tödliches Handwerk versteht.

»Du klingst genau wie Scand«, sagte Acennan. »Er konnte sich auch in jeder Schlacht Gehör verschaffen.«

Beobrand gab keine Antwort. Wenn Scand nur als ihr Anführer hier gewesen wäre. Hätte sich der alte Recke an der Spitze einer Kriegerschar auch so unsicher und verwirrt gefühlt wie er? Wohl kaum. Scand war ein wahrer Kriegsherr gewesen, grausam in der Schlacht und großzügig nach dem Sieg. Beobrand hoffte, dass seine Männer irgendwann in der Zukunft ähnliche Dinge über ihn sagen würden. Doch jetzt hatte er keine Zeit, weiter seinen Gedanken nachzuhängen. Die Mercianer standen ihnen gegenüber. Sollten sie sich entschließen, noch mehr Speere auf sie zu werfen, würden sie ihr Ziel nicht verfehlen.

Hinter den Mercianern stand das schlammige Wasser auf den Feldern. Ihre Pferde davor ließen nach dem langen Ritt erschöpft die Köpfe hängen. Als ein Sonnenstrahl auf einen Haarschopf fiel, ließ er ihn wie Gold erstrahlen.

Cyneburg.

Bleich und mit angstvollem Blick stand die Königin zusammen mit Eadgyth neben den Pferden.

»Halt!« Beobrand hob das Schwert. »Ich bin Beobrand von Ubbanford«, sagte er und hoffte, dass seine Stimme ebenso fest und sicher klang wie früher Scands in ähnlichen Situationen. »Recke von Oswald, Sohn des Æthelfrith, König von Bernicia.«

Ein groß gewachsener Mann trat aus den Reihen der Gegner hervor. Er trug eine Schulterbrünne und eine Kriegerweste, dazu einen roten Gürtel. Sein Helm bedeckte nicht nur den Kopf, sondern auch große Teile seines Gesichts. Als er die Hand hob, verstummten die Mercianer. Das war der Anführer, der Beobrand schon auf der Hügelkuppe aufgefallen war.

»Ihr seid weit entfernt von Eurer Heimat, Beobrand.« Die Stimme des Mannes wurde von dem kunstvoll verzierten Gesichtsschutz stark gedämpft. Dieser Helm war eines Königs würdig.

»Ihr habt Euch genommen, was meinem König gehört. Ich verlange, dass Ihr es zurückgebt.«

»Es?« Trotz des Helms war der Spott in der Stimme des Mannes nicht zu überhören. »So sprechen die Northumbrier von ihrer Königin?«

Beobrand merkte, wie ihm die Hitze in die Wangen stieg. Er schluckte die aufsteigende Wut hinunter. »Ihr kennt meinen Namen«, entgegnete er dann mit einer Stimme wie Eis. »Wie lautet der Eure, Mercianer?«

»Mein Name geht Euch nichts an. Wir sind euch in Zahl überlegen. Wenn ihr jetzt aufsitzt und dieses Land verlasst, wird euch nichts geschehen, ich gebe Euch mein Wort.«

»Das Wort eines Mannes, der seinen Namen nicht nennen will, ist weniger wert als Staub im Wind. Im Namen meines Königs verlange ich, dass Ihr uns Cyneburg, Tochter des Cynegils, und ihre Zofe Eadgyth übergebt.«

Der behelmte Krieger schüttelte den Kopf. »Das werde ich nicht tun.«

Beobrand umklammerte Hruntings Heft so fest, dass seine Knöchel weiß wurden.

»Das führt doch zu nichts«, sagte Acennan leise. »Los, töten wir die Schweinehunde.«

Beobrand brachte seinen Freund mit einem finsteren Blick zum Schweigen. »Das ist Eure letzte Chance!«, rief er. »Gebt uns unverzüglich die Königin und ihre Dienerin zurück und bezahlt das Blutgeld für unsere getöteten Gefährten. Andernfalls werden sich schon bei Einbruch der Nacht die Raben an Euch laben.«

Statt zu antworten, kehrte der große Krieger wortlos in seinen Schildwall zurück. Im nächsten Augenblick waren wieder die Beleidigungen zu hören, begleitet vom Totengesang der Schwerter und Speere, die auf die Schilde schlugen.

Schließlich kam es genau so, wie Beobrand es von Anfang an vorausgeahnt hatte. Mehr noch, er hatte es gewusst. Von dem Moment an, wo sie Athelstans steif werdenden Leichnam entdeckt hatten, war kein anderer Ausgang als dieser denkbar gewesen. Krieger, die einander im Schlamm gegenüberstanden. Doch keine Schlacht war je so glorreich, wie sie die Barden später im Schein des Feuers in den Metsälen besangen. Sie war Furcht und Blut. Scheiße und Schlamm. Schreie von Sterbenden und wahnsinniges Gelächter der Lust am Töten.

Und doch konnte Beobrand nicht verhindern, dass sich ein Lächeln auf sein Gesicht stahl. Die Schlacht mochte nicht den Kämpfen in den Gesängen ähneln, aber Beobrand freute sich, der Bestie in seinem Inneren die Fesseln abzunehmen und sie freizulassen. Zu lange schon war sie eingesperrt gewesen. Eiseskälte umfing ihn, als hätte der Regen erneut eingesetzt. Es war Zeit zu handeln.

Zu töten.

Einmal mehr reckte er sein Schwert in die Höhe und hoffte, die Männer würden ihm folgen. Er hatte ihnen seinen Plan in aller Kürze erläutert und den Schildwall so positioniert, dass diejenigen, denen er am meisten vertraute, in seiner unmittelbaren Nähe standen. Es waren die, mit denen er unter Scands Kommando zu kämpfen gelernt hatte und die sich bei Hefenfelth mit ihm den Walisern entgegengestellt hatten. Er blickte Acennan an, der ihm aufmunternd zunickte. Wulfgars Kiefer waren unter seinem Bart fest zusammengepresst, seine Lippen ein schmaler, entschlossener Strich. Auch er nickte.

»Die Zeit ist gekommen, uns zurückzuholen, was unser ist«, sagte Beobrand. »Steht fest beisammen, schlagt kraftvoll zu und rückt stetig vor.« Er schickte ein stummes Stoßgebet zu Woden und Thunor, dann reckte er Hrunting dem gegnerischen Schildwall entgegen. »Zum Angriff!«

Einen Übelkeit erregenden Augenblick lang rutschten seine Füße durch den Matsch, ohne Halt zu finden. Beobrand stemmte den linken Fuß mit aller Macht in den Boden. Nur verschwommen registrierte er die Schmerzen in seinem Bein und seinem Arm, doch beides war weit weg. In dem Moment gab es nur noch den Gegner ihm gegenüber. Acennan, Dreogan und Wulfgar waren direkt hinter ihm und schoben ihn mit Macht vorwärts. Beobrand hatte keine Wahl mehr. Er war zur Speerspitze eines Kriegertrupps geworden, der die Reihen der Mercianer durchbrechen wollte. Aber damit das gelang, mussten sie schnell und kraftvoll attackieren, sonst würde der Angriff am gegnerischen Schildwall enden.

Beobrand sah, wie weitere mercianische Speere in den Himmel stiegen. Reine Panikhandlungen. Sie segelten über ihre Köpfe hinweg und fielen hinter ihnen in den Schlamm. Gut so. Vielleicht hatte ihr Vorrücken den gegnerischen Schildwall kurz verunsichert, die Männer mussten sich wieder sortieren und neu bewaffnen.

Beobrand lief schneller und schrie den Mercianern seine ganze Wut entgegen. Das laute Schlachtengebrüll seiner eigenen Männer in seinem Rücken trieb ihn vorwärts.

Er suchte sich seinen Gegner aus, einen kleinen Kerl mit Helm, der hinter einem rot-gelben Schild kauerte, den Speer nach vorne gereckt, um die auf ihn zustürmende Menge zu empfangen.

Beobrand fixierte den Mann mit seinem Blick, während er abwog, wie er ihn töten sollte. Im nächsten Moment zuckte der harte Stahl der Speerspitze auf sein Gesicht zu, aber damit hatte er gerechnet. Der Mann hätte besser auf seine Beine zielen sollen, um ihn zu Fall zu bringen, doch mit dem Speer, der auf dem oberen Rand des Schildes gelegen hatte, war ein so tiefer Stoß unmöglich gewesen. Beobrand zog den Kopf ein und hob gleichzeitig seinen Schild, ohne sein Tempo zu verlangsamen. Der Speer ging an seinem Schildrand vorbei, und dann war Beobrand seinem Gegner so nahe, dass er sich um den Speer keine Sorge mehr zu machen brauchte. Brüllend rammte er seinen Schild nach vorn, indem er sein ganzes Gewicht in den Stoß legte.

Die Erschütterung, als Schildbuckel auf Schildbuckel traf, jagte einen kreischenden Schmerz durch seinen Arm.

Acennan und Dreogan drängten hinter ihm unaufhaltsam weiter, sodass der Mercianer ihnen nichts mehr entgegenzusetzen hatte. Er verlor das Gleichgewicht und rutschte zur Seite. Mit angsterfülltem Blick taumelte er, während Beobrand auf den rot-gelben Schild trat und gleichzeitig mit Hrunting zustieß. Die Klinge fuhr in den Hals des Kriegers, aus dessen Augen Todesangst sprach. Blut spritzte und pulsierte aus der Wunde, und Beobrand stürmte weiter. Mitten in die Schar der feindlichen Krieger. Sie waren instinktiv zurückgewichen, als er ihre Reihen durchbrochen hatte, aber jetzt schienen sie gewillt, diesen furchteinflößenden Krieger mit der wie Schlangenhaut schillernden Klinge zu töten. Ein großer Kerl mit einem Bart bis zur Brust sprang, begleitet von einem Wutschrei, Beobrand entgegen. Mit seiner fleischigen Hand schwang er ein schweres Sachsmesser durch die Luft, als wäre es nicht mehr als ein kleines Speisemesser. Beobrand stellte sich ihm, ohne auf die Gefahren zur Linken und zur Rechten zu achten. Diesbezüglich verließ er sich ganz auf Acennan, Dreogan und die anderen.

»Für Oswald!«, brüllte er und schlug Hruntings Klinge gegen den Weidenholzschild des Gegners. Auch der Mercianer brüllte etwas, doch seine Worte gingen im Schlachtenlärm unter. Männer schrien und heulten vor Wut, Schmerz oder Furcht.

Dann stürzte sich der bärtige Mercianer auf Beobrand, der dessen Schlag mit seinem Schild parierte, den Schutz ein wenig sinken ließ und den Kerl damit einlud, ihn erneut zu attackieren. Das Sachsmesser sauste ein weiteres Mal auf seine Kehle zu, doch Beobrand konnte seinen Gegner bereits einschätzen. Er war stark, breitschultrig und tapfer, aber auch langsam und nicht besonders geschickt. Wieder empfing Beobrand den Hieb mit seinem Schild, machte jedoch gleichzeitig einen Schritt nach vorn und stieß Hruntings lange, scharfe Klinge unter dem Schild des Mercianers hindurch in dessen ungeschützten Oberschenkel. Das Schwert bohrte sich tief in sein Fleisch. Sofort ergoss sich ein dunkler Blutschwall aus der tödlichen Wunde. Der Mann erbleichte, und Furcht legte sich in seinen Blick. Beobrand kannte den Gesichtsausdruck. Die Umarmung des Todes kam in der Schlacht immer überraschend.

Er versetzte seinem Gegner noch einen Stoß mit dem Schild, stets gewahr, dass auch der Sterbende noch einen Hieb platzieren konnte. Doch er hätte sich keine Gedanken machen müssen. Der Kampfgeist war aus dem Mercianer gewichen wie das Blut, das sich nun mit dem Schlamm vermischte. Der Mann fiel auf den Rücken, und Beobrand schlitzte ihm im Fallen die Kehle auf, um zu vermeiden, dass er noch im Sterben einen seiner Leute tötete. Auf diese Weise hatte Scand den Tod gefunden, der ihn immer genau davor gewarnt hatte. Beobrand hatte seine Lektion gelernt. Zufrieden sah er, wie der bärtige Krieger mit glasigen Augen im Morast versank.

Er keuchte jetzt vor Anstrengung. Schweiß lief unter seinem Helm hervor und brannte in seinen Augen. Kurz hatte er keinen Feind vor sich und sah sich um. Acennan machte gerade einen breitschultrigen Ochsen von Mann mit einem gekonnten Schwerthieb auf das Handgelenk kampfunfähig. Mit fast vollständig abgetrennter Hand ließ der Hüne seine Waffe fallen. Acennan nutzte seinen Vorteil, ohne zu zögern, und überzog den Kerl mit einer Serie von Hieben, bis dieser unter dem Druck und vom Blutverlust geschwächt zusammenbrach. Mit einem kraftvollen Stoß der Schildkante mitten ins Gesicht beendete Acennan seine Attacke.

Er wandte sich Beobrand zu. In seinem schlammbespritzten Gesicht leuchtete ein Lächeln.

Beobrand merkte, wie unbändige Freude auch seine eigenen Lippen zu einem Grinsen verzog.

»Wer weiß, Beobrand«, sagte Acennan. »Vielleicht gewinnen wir auch diesen Kampf.«

Doch Beobrand spürte, dass die Dinge an anderen Stellen im Schildwall weniger günstig standen. Er ließ seinen Blick über die kämpfenden Krieger schweifen und versuchte, sich ein Bild von der Gesamtsituation zu machen. Gemeinsam mit Acennan und Dreogan hatte er die zwei Reihen der Mercianer durchstoßen, sodass sie sich nun hinter ihnen befanden. Doch zu seiner Linken hielten sich die Westsachsen und die Männer aus Northumbria weniger gut. Die Mercianer hatten Wulfgar eingekesselt, der nach dem ersten Vorstoß anscheinend von seinen Kameraden getrennt worden war. Nun sah er sich etlichen Gegnern gegenüber.

Nur wenige Schritte von Beobrand und Acennan entfernt standen Cyneburg und Eadgyth, starr wie Totempfähle, mit bleichen, angsterfüllten Mienen. Hinter ihnen trappelten mit vor Panik aufgerissenen Augen die Pferde. Auf den Blutgeruch reagierten sie mit nervösem Wiehern.

Acennan trat einen Schritt vor. »Meine Damen, wir sind zu Eurer Rettung gekommen. Ihr habt nichts mehr zu befürchten.«

Die Frauen gaben keine Antwort, vielmehr schienen die

Worte sie zu erschrecken. Vielleicht hatten sie Acennan bei all dem Lärm nicht richtig verstanden, oder der Anblick des blutüberströmten Kriegers jagte ihnen Angst ein.

»Später, Acennan«, sagte Beobrand. Die Dringlichkeit verlieh seiner Stimme einen aggressiven Unterton. »Jetzt müssen wir Wulfgar helfen.«

Acennan wandte sich von Eadgyth ab. »Aye. Und es gibt nur einen sicheren Weg, um dem Ganzen ein Ende zu bereiten.«

»Richtig.« Beobrand nickte. »Wir töten diesen Schweinehund mit dem Vollhelm … Zu mir!«, brüllte er dann, und wie aus dem Nichts tauchten Garr und Dreogan neben ihnen auf. Hinter ihnen lagen tote oder sterbende Männer. Unter den Leichen erkannte Beobrand auch einen von Athelstans Kampfgefährten. Vor dem Schildwall der Mercianer lagen noch mehr Tote, aber die Männer in unmittelbarer Nähe des groß gewachsenen Anführers mit dem auffälligen Helm zeigten kein Anzeichen von Ermattung. Dort war es Beobrands Männern nicht gelungen, den Schildwall zu schwächen, und noch immer waren sie in der Unterzahl. Im glänzenden Helm des Anführers der Mercianer meinte Beobrand, das Schicksal seiner eigenen Kriegerschar erkennen zu können. Der Mann war von mutigen Recken umringt, und es schien, als würde jeder, der sich ihnen näherte, unweigerlich die Schärfe ihrer Klingen zu spüren bekommen.

»Folgt mir, tapfere Schwertbrüder!«, rief Beobrand. »Der Moment ist gekommen, in dem wir uns den Sieg und den Ruhm der Schlacht sichern!« Sie packten ihre Schilde mit festem Griff.

Kapitel 22

»Für Oswald!«, brüllte Beobrand.

Acennan, Garr und Dreogan fielen in den Schlachtruf ein, und sie stolperten den Reihen der Mercianer entgegen, so schnell der Matsch an ihren Füßen es zuließ.

Ihre Feinde sahen oder hörten sie näher kommen, jedenfalls drehten sich drei von ihnen um, um ihren Herrn vor der auf ihn zustürmenden Gefahr zu beschützen. Alle drei wirkten wie widerstandsfähige, erfahrene Recken; sie waren keinesfalls Neulinge in der Kunst des Tötens. Sie hoben ihre Schilde und bluttriefenden Klingen.

Aber ihnen blieb nur ein kurzer Augenblick, um sich auf den Angriff einzustellen, während Beobrand seine Männer vorwärtstrieb. Mit einem kehligen Schrei, in dem sein ungezügelter Zorn sich Bahn brach, warf er sich gegen den immer noch nicht vollständig formierten kleineren Schildwall und ließ Hrunting auf den Helm des mittleren Kriegers niedersausen. Die Klinge dröhnte wie ein Hammer, der auf einen Amboss trifft. Der Mercianer taumelte benommen ein Stück zurück und ließ verwirrt seinen Schild sinken. Beobrand blieb ihm auf den Fersen und vertraute darauf, dass Acennan seine Seite deckte. Dann holte er erneut mit Hrunting aus und ließ dessen Klinge in der ungeschützten Schulter des Kerls versinken. Hrunting fraß sich durch Fleisch und Sehnen und zersplitterte den darunter liegenden Knochen. Blut ergoss sich als dunkelroter Sturzbach.

»Für Oswald!«, brüllte Beobrand erneut.

Der plötzliche Überfall aus dem Hinterhalt schickte ein Beben durch die Reihen der Mercianer und verlieh den Angreifern neue Hoffnung, nachdem sie bereits gesehen hatten, wie Beobrand die Verteidigungslinie der Feinde durchbrochen hatte. Hastig blickte dieser sich um. Garr und Dreogan kämpften gerade gegen die zwei anderen Männer, die sich ihnen in den Weg gestellt hatten. Acennan eilte ihnen zu Hilfe, rammte den linken mit seinem Schild und zwang ihn dadurch zurückzuweichen. Mit einem Mal sah dieser sich zwei Gegnern gegenüber und musste seine Aufmerksamkeit aufteilen. Dieser eine Augenblick des Zögerns verschaffte Acennan die Zeit, die er brauchte, um an Beobrands Seite zu gelangen.

Panik lag in der Luft, doch die Mercianer schienen immer noch nicht wirklich begriffen zu haben, dass die Gefahr jetzt unter ihnen war.

Links von Beobrand stieß Wulfgar einen trotzigen Kriegsschrei aus, dem wütende Angriffe auf die Mitte des mercianischen Schildwalls folgten. Der Westsachse ließ eine Kaskade von Beschimpfungen auf die Mercianer hinabregnen, während er mit seiner Klinge wieder und wieder auf die Schilde seiner Feinde eindrosch.

»Verrecken sollt ihr, ihr feigen Hundeficker, ihr Pissesäufer! Ich reiße euch das Herz aus dem Leib, ich fresse eure Gehirne, ich trinke euer Blut!« Wulfgars Attacken waren wild, seine Beleidigungen lautstark. Als die Mercianer ihre

Schilde hoben, um sich gegen den Schwall aus Schwerthieben und Beschimpfungen zu schützen, grinste Beobrand.

Ohne zu zögern, lief er auf den abgelenkten Anführer der Mercianer zu, Acennan neben sich.

Bevor einer der gegnerischen Krieger reagieren konnte, stand Beobrand auch schon vor dem groß gewachsenen Fürsten. Da dessen prachtvoll verzierter Helm seinen Kopf schützte, zielte Beobrand mit seiner Klinge auf dessen Rücken. Doch die Schwestern des Schicksals, die die Lebensfäden jedes Mannes woben, hatten seinen Tod noch nicht vorgesehen. Unmittelbar bevor Hruntings funkelnde Klinge in dem breiten Rücken mit dem Lederwams versinken konnte, wirbelte der Anführer zu Beobrand herum und riss seinen Schild nach oben. Wie er auf die drohende Gefahr aufmerksam geworden war, das wussten nur die Götter, aber selbst diese konnten Beobrand nicht aufhalten. Hruntings Klinge prallte gegen den Schildrand, doch Beobrand hatte das Schwert mit solcher Wucht geführt, dass der Hieb den Schild mit sich riss. Die Klinge rutschte ab und fuhr in die rechte Seite des Fürsten. Er geriet leicht ins Straucheln, hielt seinen Schild jedoch wieder vor sich. Aber da er sich noch nicht vollständig gedreht hatte, war sein Schwertarm ein ganzes Stück von Beobrand entfernt.

Beobrand spürte, dass das seine Gelegenheit war. Wenn es ihm jetzt gelang, den Anführer der Mercianer zu besiegen, würden dessen Männer ihren Widerstand aufgeben. Könnten sie sich jedoch wieder um ihn versammeln, würden sie die Oberhand behalten. Dann wären Cyneburg und Eadgyth verloren, und Athelstan wäre umsonst gestorben. Das würde Beobrand nicht zulassen.

Er hob Hrunting und stieß die Klinge in Richtung des glänzenden Helms seines Widersachers. Der Gesichtsschutz behinderte zwar dessen Sicht, aber er war ein fähiger Krieger. Natürlich würde er den Angriff bemerken und reagieren.

Wie Beobrand es erwartet hatte, hob der Mercianer seinen Schild, um den Hieb abzuwehren. Als die Klinge auf das mit Fell überzogene Holz traf, machte Beobrand rasch einen Schritt nach vorn und trat mit aller Kraft gegen das linke Knie seines Gegners. Unter dem Helm erklang ein lauter Schmerzensschrei, dann landete der Mann, der mitten in der Nacht Oswalds Königin geraubt hatte, im Schlamm. Mit einem Satz stellte sich Beobrand auf dessen Klinge und drückte den gewellten Stahl tief in den feuchten Morast.

Um ihn herum klirrten die Waffen. Ertönten die Schreie der Männer. Beobrand hörte auch Acennan wütend brüllen, ließ seine Beute jedoch nicht aus den Augen. Er konnte die Auseinandersetzung beenden, hier und jetzt. Nachdem er Hrunting in den Schlamm fallen gelassen hatte, hockte er sich auf den gegnerischen Anführer und klemmte dessen Schildarm mit seinem Körpergewicht ein. Da sein eigener Schild mit Riemen an seinem Arm befestigt war, war es ihm unmöglich, ihn einfach abzulegen, und so machte sich Beobrand ungeschickt mit der rechten Hand an seinem Gürtel zu schaffen. Schließlich fand er den Griff seines Sachsmessers und zog es aus der Scheide.

Der Mercianer wand sich unter ihm, kämpfte um sein Leben. Inmitten von fliegenden Armen und Beinen hatte Beobrand sich endlich von seinem Lindenholzschild befreit und versetzte dem anderen mit seiner geballten halben Hand einen wuchtigen Schlag in den Magen. Dann griff er nach dem kalten Metall des Helms und schob ihn etwas nach hinten. Der schweißnasse Bart und die Kehle des Mannes kamen zum Vorschein. So würde es also enden, mit einem Ringkampf im Schlamm. Nicht mit dem ruhmreichen Tod von Legenden. Der Morast verschluckte zwei außergewöhnlich schöne Schwerter, während das kleine Sachsmesser aufblitzte.

Doch einmal mehr hatten die Götter Mitleid mit dem Fürsten der Mercianer. Oder hatten sie ihn zu Höherem ausersehen? Jedenfalls tönte ein Laut durch den Wald, der Beobrand nicht nur innehalten ließ, sondern auch das Klirren und Klappern der aufeinanderprallenden Schwerter und Schilder durchbrach. Ein Laut, süßer und zugleich schrecklicher als alle anderen Schreie und Rufe, als jedes Ächzen und jeder Todesseufzer im Schildwall. Es war der gellende Schrei einer Frau.

»Nein! Tötet ihn nicht!«

Ein düsteres Bild flackerte in Beobrands Erinnerung auf. Eine Piktin, die sich aus der Dunkelheit auf ihn stürzte. Ihr Gesicht entstellt, zerstört durch einen einzigen Hieb mit seinem Schwert.

Er hob den Blick und sah sich nach der Urheberin des Schreis um. Cyneburg rannte mit wehendem goldenem Haar, dem Schweif eines Pferdes nicht unähnlich, auf ihn zu. Auf die Männer, die kämpften und starben, um sie zu retten. Um sie zu beschützen. Ihr Gesicht war tränenüberströmt, als sie erneut durchdringend schrie.

»Tötet ihn nicht, Beobrand!«

Die Männer, Blut und Gedärme zu ihren Füßen, zögerten. Verunsichert lösten sie sich von ihren Gegnern, traten einen Schritt zurück. Waren froh über die unverhoffte Unterbrechung. Sobald sie sich in sicherer Distanz befanden, beugten sich etliche der Krieger nach vorn, stützten sich auf den Knien ab und keuchten wie Hunde, die einem Wildschwein hinterhergehetzt waren.

Beobrand spürte, wie der Mann unter ihm seine Muskeln anspannte, um den Kampf fortzusetzen. Mit einer schnellen Bewegung legte er ihm das Sachsmesser an die bärtige Kehle: »Eine Bewegung und du bist tot.«

Cyneburg schrie angsterfüllt auf und blieb wenige Schritte von ihnen entfernt stehen. Sie blickte sich um und schien sich mit einem Mal bewusst zu werden, dass sie sich inmitten von schlachtenerprobten Kriegern befand, die sie entgeistert anstarrten. Mit einer Miene der puren Verzweiflung wandte sie sich wieder an Beobrand.

»Tötet ihn nicht«, sagte sie zum dritten Mal. Ihre Stimme war kaum mehr als ein Flüstern.

Beobrand sah sie lange Zeit – so kam es ihm zumindest vor – ungläubig an. Was hatten ihre Worte zu bedeuten? Aber jetzt war nicht die Zeit, Fragen zu stellen. Er nickte. »Wie Ihr wünscht, meine Königin«, sagte er, bevor er laut zu allen Kämpfern sprach. »Mercianer, lasst eure Waffen fallen. Euer Anführer ist mein Gefangener. Sollte mich einer von euch angreifen, hat er sein Leben verwirkt.«

Keiner der Gegner rührte einen Finger.

Beobrand riss den Anführer unsanft in eine sitzende Position und zerrte an dessen Helm, bis er ihn schließlich abnehmen konnte. Ein gut aussehendes Gesicht kam zum

Vorschein. Der Mann war noch jung, aber dennoch etliche Jahre älter als Beobrand, trug einen Vollbart und hatte sein langes Haar zu Zöpfen geflochten. Schweiß bedeckte sein Gesicht. Er starrte Beobrand wutentbrannt an. In seinen Augen loderte Zorn. Mit einer geschmeidigen Bewegung wickelte Beobrand die Zöpfe des Fürsten um seine halbe Hand und riss ihm mit aller Gewalt den Kopf in den Nacken, sodass seine Kehle bloß lag. Dann setzte er ihm erneut die scharfe Klinge seines Sachsmessers an den Hals.

Die Mercianer schienen wild entschlossen, auf ihn loszustürmen. Der eine oder andere konnte offensichtlich nicht ertragen, dass sein Herr so behandelt wurde, und machte bereits Anstalten, sich Beobrand zu nähern.

»Bitte«, flehte Cyneburg sie an. »Tut, was er verlangt, sonst tötet er euren Herrn.«

Beobrand hielt den Atem an. Würden die Mercianer ihn angreifen? Da Wulfgar und die anderen sich vom Schildwall zurückgezogen hatten und er allein im Schlamm auf dem Anführer der Mercianer hockte, hätten sie ihn im Handumdrehen überwältigen können. Er durchbohrte sie mit seinem Blick, der, so hoffte er, deutlich machte, dass sie ihn zwar töten könnten, er dann aber ihren Fürsten mit ins Jenseits nehmen würde.

Einer nach dem anderen ließen die Mercianer Schwerter und Schilde in den Matsch zu ihren Füßen fallen.

Beobrand stieß den Atem aus und blickte in Cyneburgs angstvolles Gesicht. Was gerade geschehen war, war ihm unerklärlich.

Inzwischen hatten die Westsachsen und die Northumbrier begonnen, die Mercianer zusammenzutreiben.

Wulfgar trat zu Beobrand, der den Fürsten seiner Gegner immer noch an den Zöpfen hielt. »Wenn du ihm nicht die Kehle durchschneiden willst, solltest du ihn wohl besser aufstehen lassen.« Er warf einen Blick auf die blutende Wunde an der Seite des Mercianers. Sie schien nicht allzu tief zu sein. »Und vielleicht sollten wir seine Verletzung versorgen, er ist schließlich ein Mann von königlichem Blut.«

Beobrands Hände begannen wie jedes Mal nach einer überstandenen Schlacht zu zittern. Um die Schwäche zu überspielen, stand er auf und zog seinen Gefangenen anschließend unsanft auf die Füße. »Königliches Blut?«, wiederholte er verwundert. »Was meinst du damit?«

»Ich meine, dass du es dir lange und gut überlegen solltest, ob du diesen Mann wirklich töten willst, Beobrand. Möglich, dass du das Blutgeld für seinen Tod niemals aufbringen kannst. Und bei Woden, seine Verwandtschaft willst du dir ganz bestimmt nicht zu Feinden machen.«

»Und wieso nicht?« Beobrand musterte die befehlsgewohnte Haltung seines Gegners, sein wunderbar gearbeitetes Schwert und den Helm, der eines Königs würdig war. »Wer ist das?«

»Das«, erwiderte Wulfgar schweißnass und mit undurchschaubarer Miene, »ist Eowa, Sohn des Pybba. Sein Bruder heißt Penda und ist König und Herrscher über ganz Mercia.«

Kapitel 23

Bassus drehte den Kopf genau so weit, bis das ersehnte leise Knacken in seinem Nacken ertönte. Er ächzte genüsslich und ließ die Schultern kreisen, um auch dort die Anspannung zu lösen.

»Eine alte Verletzung?«, erkundigte sich Gram.

»Nein«, gab Bassus schroff zurück. Die vielen Narben und Wunden, die er sich im Laufe der Jahre in zahlreichen Schlachten zugezogen hatte, bereiteten ihm zwar ständig Schmerzen, aber das hier hatte einen anderen Grund. Sein Nacken und der Schulterbereich verspannten sich immer dann, wenn er befürchtete, einen Fehler gemacht zu haben. Er beschäftigte sich nur ungern mit Dingen, die er nicht ändern konnte, aber in der letzten Zeit fragte er sich immer häufiger, ob seine Rückkehr nach Bernicia richtig gewesen war.

Eine Zeit lang schlenderten die beiden Männer schweigend am Ufer des Tuidi entlang. Die bleigrauen Wolken spiegelten sich in dem breiten Fluss und verwandelten ihn in poliertes Eisen. Insekten summten durch die Luft. Gelegentlich kräuselten sich ein paar kleine Wellen, wenn ein Flussbewohner die Wasseroberfläche durchbrach.

»Glaubst du, diese Hexe ist tatsächlich eine Bedrohung für uns?«, fragte Gram irgendwann.

Bassus zuckte mit den Schultern. »Wer kann das schon sagen? Beobrand ist jedenfalls überzeugt davon. Und wenn es stimmt, was Maida und Odelyna berichten, ist sie hergekommen, um dem Mädchen das Leben zu nehmen.«

»Aber warum sollte sie sich die Mühe machen, eine Sklavin zu töten? Nur weil Beobrand manchmal bei ihr liegt?«

Bassus warf Gram einen Blick zu. Dass der hagere Krieger sein Herz auf der Zunge trug, war eine der Eigenschaften, die Bassus am meisten an ihm schätzte. »Möglich. Wenn sie Beobrand verletzen will, hätte sie damit genau das erreicht.« Er unterbrach sich, um einen schmalen, aber tiefen Seitenarm des Tuidi zu durchqueren. Es gab hier viele kleine Wasserläufe, die den großen Fluss speisten. Sicher auf der anderen Seite wartete er, bis Gram ihm gefolgt war.

»Andererseits«, fuhr er dann mit grimmiger Miene fort, »würde ich mir alle Mühe geben, Beobrand nicht zu verärgern, wenn ich ihn zum Feind hätte.«

»Und wenn wir die Frau finden? Was dann?«

Bassus biss die Zähne aufeinander, erwiderte aber nichts. Ja, was dann? Er war nicht in den Norden gekommen, um Frauen Gewalt anzutun, ganz egal, wie böse sie sein mochten. Er hatte die Geschichten über Beobrands Heldentaten gehört und sich daran erinnert, wie er selbst im Schildwall neben seinem Freund Octa, Beobrands Bruder, gestanden hatte. Er war doch gewiss noch nicht zu alt für ein wenig neuen Schlachtenruhm. Bei allen Göttern, er war immer noch stark wie ein Ochse. Und genauso stur? Vielleicht.

Sie näherten sich dem kleinen Weiden- und Erlengehölz, wo Reaghan der fremden Frau begegnet war.

»Bringen wir sie dann um?« Gram hatte sich noch nie von etwas durch beharrliches Schweigen abbringen lassen.

»Ich weiß es nicht. Besser wäre es, wenn wir sie verjagen würden.« Eine Frau zu töten war niemals gut. Und wenn diese Frau überdies noch in der Lage war, zu den alten Göttern zu sprechen, wäre es leichtsinnig oder geradezu tollkühn gewesen. »Ich möchte keine Frau ermorden, und mir scheint, dass dieses Weib kein wirkliches Unheil angerichtet hat.«

»Die Frauen sind aber offensichtlich überzeugt davon, dass sie eine Hexe ist. Und Beobrand hat eindeutige Anweisung gegeben, was wir unternehmen sollen, wenn sie ihren Zauber wirkt.«

»Nun ja, Beobrand ist nicht hier, und die Frauen von Ubbanford sind gehässig«, meinte Bassus. »Sie wollen lediglich mit ansehen, wie andere ihre boshaften Gedanken Wirklichkeit werden lassen. Aber die Vorstellung, einer Frau das Leben zu nehmen, ist für mich nur schwer zu ertragen.« Doch er hatte Beobrand den Treueeid geschworen und war sich sicher, dass es dessen Wunsch war, dass diese Frau ein für alle Mal vom Erdboden verschwand. Andererseits war Beobrand weit weg und hatte ihm die Verantwortung für Ubbanford übertragen. Also würde er so lange die Entscheidungen treffen, bis der Fürst wieder zurückkehrte.

Erneut ließ er die Schultern kreisen, um die harten Muskeln zu lockern. Hoffentlich liefen sie der Frau nicht über den Weg. Die Chance war ohnehin nur sehr gering, es sei denn, sie hätte es darauf abgesehen. Für eine Schlacht, für ein Aufeinandertreffen mit Klinge und Speer, war er gerüstet. Das Lied der Schwerter und der Ruhm der Schlacht, das war seine Welt. Aber nicht das hier! Krieger ließen sich leicht kontrollieren. Aber ihre Frauen! Bei den Göttern, sie zickten und keiften ununterbrochen.

Er spuckte in das Flüsschen und verfluchte innerlich nicht zum ersten Mal, hergekommen zu sein. Es war schön gewesen, Beobrand wiederzusehen. Der Junge war zum Mann gereift, zu einem Krieger, dem sein Ruf vorausging. Er war jetzt ein respektierter und geschätzter Recke, und Bassus war stolz darauf, dass er ihn auf einem Teil seines Weges begleitet hatte. Auch Octa wäre stolz auf seinen kleinen Bruder gewesen, der ihm so ähnlich war, dass Bassus dessen Gegenwart sehr genoss. Beobrand war eher schweigsam und nur selten zu Scherzen aufgelegt, aber treu und stark. Jemand, auf den Verlass war. Bassus konnte sich noch gut an die Hochstimmung erinnern, die ihn erfasst hatte, als er Beobrand auf dem Thron in seinem eigenen Saal gesehen hatte. Er erinnerte sich auch an das Glücksgefühl, das ihn durchdrungen hatte, nachdem dieser ihm für die Zeit seiner Abwesenheit die Führung seiner Kampfgefährten anvertraut hatte. Bassus nahm die Verantwortung für Beobrands Männer und die Ländereien Ubbanfords nicht auf die leichte Schulter. Vielleicht wünschte er sich auch deshalb jetzt, sich nicht für eine Rückkehr in den Norden entschieden zu haben.

Er schüttelte den Kopf, um die grüblerischen Gedanken zu vertreiben. Sie waren wie die Fliegen und Mücken am Fluss, umsummten ihn pausenlos, ohne sich von ihm vertreiben zu lassen.

»Wäre es dir lieber, wir wären nicht hier?«, wollte Gram nun wissen. Seine sonst übliche gute Laune war verschwunden.

Bassus seufzte. Sie waren schon lange Zeit Schildbrüder.

Gram kannte ihn gut. Und er war kein Narr. Er musste ähnlich empfinden wie er selbst. Abend für Abend saßen sie alleine beieinander. Beobrands Kampfgefährten hatten zusammen gegen einen gemeinsamen Feind gekämpft und waren dadurch zu einer Einheit geworden. Sie dienten Oswald, und etliche von ihnen hatten davor schon für seinen Bruder Eanfrith gekämpft. Bassus und Gram hingegen waren König Edwins Männer gewesen – der der erklärte Feind Oswalds und seiner ganzen Sippe gewesen war. Es lag auf der Hand, weshalb Beobrands Gefolgschaft nicht warm mit ihnen wurde, doch den Grund zu wissen machte die Situation nur wenig erträglicher. Und für Gram musste es noch schlimmer sein, dachte Bassus. Ihm selbst begegneten die Männer mit Respekt, sie folgten seinen Anweisungen ohne Murren, wie ihr Herr es ihnen befohlen hatte. Aber Gram war in ihren Augen ein Eindringling.

»Es nützt nichts, darüber zu lamentieren. Jetzt sind wir hier.«

Gram nickte, als hätte er genau diese Antwort erwartet.

Bassus blickte ihn an. »Sobald Beobrand zurück ist, werden sich die Dinge ändern. Es wird Krieg geben. Wir werden uns Oswiu anschließen, um die Pikten zurückzuschlagen. Und wenn wir einmal Schild an Schild mit den übrigen Männern gestanden haben, wird unsere Vergangenheit keine Rolle mehr spielen.«

»Das hoffe ich sehr«, erwiderte Gram, doch er klang abwesend, als wäre er mit den Gedanken woanders.

»Was ist?«, wollte Bassus wissen.

Gram bückte sich und teilte das Blattwerk am Ufer, um einen besseren Blick auf etwas zu haben, was dort lag.

Bassus trat näher. »Was ist?«, wiederholte er.

Statt zu antworten, bog Gram die Zweige weiter auseinander und deutete nach unten.

Bassus starrte in den Schatten unter den Holundersträuchern, und sein Herzschlag setzte kurz aus. Er konnte kaum glauben, dass Gram dieses Ding zwischen den verschlungenen Ästen und den Blättern entdeckt hatte. Jetzt hatte er nicht mehr den geringsten Zweifel, dass die Frau, die Reaghan angesprochen hatte, immer noch in ihrer Nähe lauerte. Vielleicht beobachtete sie sie sogar in diesem Moment. Seine Haut kribbelte, während die ersten Krallen der Angst sich in seinen Hals gruben. Ja, sie war in der Nähe von Ubbanford, und ihre Absicht war eindeutig.

Bassus seufzte.

Im Zwielicht des Holunderbusches baumelte eine kleine Puppe, ein grob gearbeitetes Ding aus Stroh und kleinen Zweigen. Sie war nur wenig größer als seine Hand und unterschied sich kaum von den Puppen, die Eltern gemeinhin für ihre Kinder bastelten. Doch diese Puppe war ein Abbild Beobrands. Auf dem Kopf trug sie etwas goldene Gerstenspreu, die das blonde Haar des jungen Recken darstellen sollte. Die Finger bestanden aus einzelnen Grashalmen, die der linken Hand waren unübersehbar auf halber Länge abgeschnitten.

Bassus unterdrückte einen Schauder. Insgeheim hatte er gehofft, dass die Hexe geflohen war.

Die Beobrand-Puppe hing am Ende einer dünnen Schnur, die ihr um den Hals gelegt worden war. Und in ihrem Herzen steckte ein winziger Pfeil. Vielleicht war Gram durch die kleinen weißen Federn des Miniaturpfeils darauf aufmerksam geworden. Sie leuchteten jedes Mal hell, wenn ein Sonnenstrahl sie traf.

Bassus spuckte aus und ertappte sich einmal mehr bei dem Wunsch, nie nach Bernicia zurückgekehrt zu sein. Denn jetzt musste er diese Frau töten.

* * *

Beobrand ballte die Fäuste. Vielleicht bekam er so das Zittern besser in den Griff. Er hockte auf dem Stamm einer umgestürzten Ulme am Wegesrand. Vor ihm, wo der Pfad normalerweise zum Afen hinabführte, schwappte braunes Wasser. Hier und da ragten Bäume und Büsche wie die Hände von Ertrinkenden aus der trüben Brühe.

»Ich habe ein paar Männer als Wache auf dem Hügel postiert.«

Beobrand zuckte zusammen, drehte sich hastig um und erblickte Wulfgar.

»Sehr gut«, sagte er und nickte dem Westsachsen zu. Darauf hätte er eigentlich selbst kommen müssen. Über den angeschwollenen Fluss konnte sich niemand ohne Boot nähern, und die Bäume standen zu beiden Seiten des Pfades so dicht, dass es einer Gruppe von Männern niemals möglich gewesen wäre, sich anzuschleichen, schon gar nicht mit Pferden. Auch von dort drohte ihnen also keine Gefahr. Aber sie befanden sich in Mercia und hatten den Bruder des Königs gefangen genommen. Bei allen Göttern, wie war es nur dazu gekommen? Das ergab doch alles keinen Sinn. Beobrand schüttelte den Kopf, um Klarheit in seine Gedanken zu bringen, und stemmte sich auf die Füße. Auf der anderen Seite der schlammigen Wasserfläche entdeckte er eine kleine Menschengruppe, die zu ihm herüberstarrte. Keiner von ihnen trug einen Speer oder einen Schild. Vermutlich Sklaven oder Landmänner bei der Arbeit, die den Kampflärm gehört hatten. Aber wo Männer Land bearbeiteten, war ein Fürstensaal nicht fern. Und Fürsten verfügten über Kämpfer.

Hier konnten sie nicht bleiben. Es schien, als würde Wulfgar ihm nach wie vor die Führungsrolle zugestehen, aber das würde sich schnell ändern, sollte er im Hinblick auf die nächsten Schritte unsicher wirken.

Um seine Selbstzweifel zu verbergen und sich ein wenig Zeit zum Nachdenken zu verschaffen, fauchte Beobrand den Westsachsen an. »Die Männer sollen den Toten ihre Wertsachen abnehmen. Dann können sich die Mercianer gerne um ihre Leute kümmern, aber pass auf, dass keiner ein Schwert oder einen Speer der Gefallenen für sich beansprucht. Sie sind unsere Gefangenen. Sollte einer auch nur den geringsten Widerstand leisten, tötet ihn.« Beobrand ließ den Blick über das Schlachtfeld schweifen. Heute Abend würden die Wölfe hier fürstlich speisen.

Ein Stück oberhalb war das klägliche Wiehern eines Pferdes zu hören. Ein Speer steckte in seiner Flanke. Das Tier zitterte und schnaubte, seine weiß geränderten Augen leuchteten hell, seine eine Flanke war voller Blut.

»Tötet es«, sagte Beobrand. »Wir werden Fleisch brauchen. Aber die Männer sollen sich beeilen. Jeder trägt so viel, wie er kann.« Er konnte sich noch daran erinnern, wie sie nach einem anderen Kampf ein verletztes Pferd geschlachtet hatten und wie langsam sie anschließend, mit mehr Männern als Pferden, durch die Wildnis Bernicias vorangekommen waren. »Die übrigen Tiere nehmen wir mit. Wir können ausgeruhte Tiere gut gebrauchen.«

Beobrand sah sich einen Augenblick lang um. War ihm etwas entgangen? »Bring mir Eowa«, sagte er schließlich und fügte nach kurzem Zögern hinzu, »und Cyneburg.«

Einen Moment lang stand Wulfgar regungslos da, als wollte er etwas erwidern. Doch dann drehte er sich wortlos um und bellte den Männern seine Anweisungen zu.

Beobrand sah, wie Acennan sich von Eadgyth abwandte und anfing, den Toten ihre Waffen und Wertgegenstände abzunehmen. Die dunkelhaarige Schönheit hatte sich unmittelbar nach dem Ende der Schlacht in Acennans Arme geworfen. Wulfgar hatte zwar die Stirn gerunzelt, aber nicht viel dagegen tun können. Beobrand freute sich für seinen Freund. Er hatte schon befürchtet, dass die junge Frau Acennans Zuneigung nicht erwiderte, aber offensichtlich hatte er keine Ahnung von Frauen. Der Gedanke entlockte ihm ein grimmiges Lächeln.

Cyneburg, seine Königin, kam mit unsicheren Schritten durch den Matsch auf ihn zu. Ihr prächtiges Kleid war voller Blut- und Schlammspritzer, ihre Zöpfe hatten sich aufgelöst, sodass ihr die Haare nass und strähnig den Rücken hinabhingen. Und doch war sie immer noch wunderschön: wie ein Sonnenstrahl an einem Regentag. Nein, er hatte wirklich keine Ahnung von Frauen. Und so würde es wahrscheinlich immer bleiben.

Eowa folgte ihr, stolz und edel, mit hoch erhobenem Haupt. Trotz seiner Verletzungen bewegte er sich anmutig. Beobrand sah ihm in die Augen. Ob sie unter anderen Umständen Freunde geworden wären?

»Ihr seid also Pendas Bruder«, begann Beobrand. Er suchte im Gesicht des Mannes nach Ähnlichkeiten mit dem König von Mercia, aber falls es welche gab, waren sie nicht allzu offensichtlich. Vielleicht ähnelten sich die Augen. In ihnen lag dasselbe wilde Funkeln. Wie in denen eines hungrigen Tieres, das sich an seine Beute anpirscht.

»So ist es, und es ist mir ein Vergnügen«, erwiderte Eowa. Die leicht nach oben gezogenen Mundwinkel ließen seine Worte ironisch wirken. »Mir scheint«, fuhr er immer noch lächelnd fort, »dass Ihr Euch in eine schwierige Situation gebracht habt. Ihr seid mehrere Tagesritte von den Grenzen Mercias entfernt und habt nicht genügend Männer, um all Eure Gefangenen zu bewachen.«

»Ich könnte sie alle auf der Stelle dem Schwert ausliefern«, erwiderte Beobrand hart wie der Zusammenprall zweier Schildwälle.

Er wandte sich halb zu Wulfgar und Acennan um, als wollte er seinen Worten Taten folgen lassen. Eowas Lächeln erstarb, sein Blick wurde weniger selbstsicher. Womöglich besaß der Prinz nicht denselben eisernen Willen wie sein Bruder. Beobrand war sich sicher, dass Penda der mögliche Tod einer Handvoll seiner Männer keinen Augenblick lang aus der Ruhe gebracht hätte.

Kurz sah er zu, wie die überlebenden Krieger den Toten ihre Wertgegenstände abnahmen. Eine bedrückende Pflicht, die niemand gerne erfüllte, aber die Männer wussten, was sie zu tun hatten. Der Haufen aus Waffen und Schmuck wuchs zusehends. Beobrand zählte neun Tote: sieben Mercianer, der unglückliche Eldrid und ein Kampfgefährte Athelstans. Einer der Männer aus Wessex führte das verletzte Pferd den Pfad hinauf, weg von den anderen Tieren, und Beobrand wandte sich wieder Eowa zu.

»Aber heute haben schon genügend mutige Männer den Tod gefunden. Ich gebe mich mit dem Blutzoll für meinen Freund Athelstan zufrieden. Aber ob Oswald den Tod einiger Eurer Kampfgefährten als Preis für den Verlust eines seiner besten Recken akzeptiert, sei dahingestellt. Eines Recken, der bei dem Versuch gestorben ist, seine Königin zu beschützen.«

Beobrand warf Cyneburg einen schnellen Blick zu. Mit gesenktem Kopf und hängenden Schultern stand sie ein wenig abseits. Tränen glitzerten auf ihren Wangen.

»Es tut mir leid, dass Athelstan sterben musste. Es war nicht meine Absicht, Blut zu vergießen.« In dem düsteren grünen Tunnel neben den trüben, vom Gewittersturm angeschwollenen Wassern des Afen klangen Eowas Worte hohl.

Erneut wurde Beobrand von kaltem Zorn erfasst. Seine Hand legte sich auf Hruntings Heft, und er machte einen Schritt vorwärts.

Eowa wich nicht zurück, wurde jedoch sichtlich nervös. Er rechnete mit einem Hieb, der ausblieb.

Beobrand nahm all seine Willenskraft zusammen und ließ den Schwertgriff wieder los. »Athelstan war mein Freund. Ihr werdet mir bald erklären müssen, warum er gestorben ist.« Cyneburgs Schluchzen lenkte ihn für einen kurzen Augenblick ab, bevor er fortfuhr. »Aber zuerst leistet Ihr mir Euren Eid, dass Ihr keinerlei Fluchtversuch unternehmen werdet.«

»Was wird aus meinen Männern?«

»Sie werden denselben Eid schwören. Wer ihn bricht, der

hat sein Leben verwirkt und Eures mit dazu. Sie dürfen ihre Pferde reiten, aber keiner wird eine Waffe tragen.«

»Und wenn ich mich weigere, die Bedingungen zu akzeptieren?«

»Werden alle Eure Männer sterben. Hier. Jetzt. Und Euch schleppe ich gefesselt, geknebelt, gedemütigt und geschlagen vor Oswalds Thron.« Dieses Mal beachtete Beobrand Cyneburg nicht, die wieder wimmerte. Er fixierte Eowa mit seinem kalten blauen Blick, in dem kein Hauch von Selbstzweifel mehr zu erkennen war. Beobrand war sich sicher, was er als Nächstes zu tun hatte. »Schwört mir Euren Eid und befehlt dann Euren Männern, dasselbe zu tun. Auf der Stelle. Wir können nicht länger hierbleiben.«

Und so gelobte der Prinz von Mercia, Bruder des respektgebietenden Kriegsfürsten Penda, Sohn des Pybba, dass er die Hand nicht gegen Beobrand oder dessen Männer erheben und keinen Fluchtversuch unternehmen würde. Beobrand sorgte dafür, dass Eowas Gefolgschaft den Eid ihres Herrn mitbekam, und ließ anschließend die Mercianer im Schlamm knien, damit sie denselben Schwur leisteten.

Vielstimmiges Murren erhob sich, doch als ihr Herr ihnen den Befehl gab, mussten sie ihn befolgen. Während sie verdrossen und missmutig den Eid sprachen, spürte Beobrand, wie ein Teil des Drucks von ihm abfiel. Als auch der letzte seinen Schwur geleistet hatte und die Westsachsen und die Northumbrier die Pferde bereit machten und die Beute verstauten, die sie mitnehmen wollten, wandte er sich an die Gefangenen.

»Mercianer, ich weiß, dass die Worte dieses Schwurs bitter wie Galle geschmeckt haben müssen.«

Ein Bulle von Mann mit einer gebrochenen Nase spuckte einen dicken Schleimklumpen aus. Er landete dicht vor Beobrands Füßen im Schlamm.

»Ich weiß auch, dass ihr uns als Feinde betrachtet. Vielleicht seid ihr eines Tages wieder frei, sodass wir uns erneut im Schildwall gegenüberstehen, aber jetzt habt ihr geschworen, die Hand nicht gegen uns zu erheben und keinen Fluchtversuch zu unternehmen, und ich vertraue euch. Schließlich habe ich mit eigenen Augen gesehen, wie furchtlos und stark ihr Schild an Schild zusammengestanden habt. Ihr seid tapfere Männer, jeder Einzelne von euch. Und auch wenn wir keine Freunde sind, so begegne ich euch doch mit Respekt. Jetzt besteigt eure Pferde, denn wir reiten gen Norden, nach Northumbria zu König Oswald. Er wird entscheiden, welches Schicksal euch erwartet.«

Die Männer schwangen sich in die Sättel. Beobrand war Cyneburg beim Aufsitzen behilflich. Seit dem Ende der Schlacht hatte sie kein Wort mehr mit ihm gewechselt. Als er ihr die gefalteten Hände als Steigbügel darbot, zuckte sie zusammen, nahm sein Angebot aber an.

Er hob sie in den Sattel und ergriff die Zügel ihres Wallachs. »Sobald wir unterwegs sind, werden wir uns unterhalten, Ihr und ich«, sagte er.

Cyneburgs tränennasse Augen wurden groß.

»Meine Königin«, flüsterte er so leise, dass nur sie ihn verstehen konnte, »wir müssen darüber sprechen, weshalb Ihr frei und ohne Bewachung inmitten der mercianischen Kriegerschar geritten seid. Und weshalb Ihr mich zurückgehalten habt, als ich ihren Anführer töten wollte.« Damit ließ er die Zügel los und stapfte zu seiner Schimmelstute, wo Dreogan und zwei weitere Männer ihn erwarteten. Sie wirkten ernst.

»Der Mercianer muss sterben«, sagte Dreogan ohne Umschweife. »Eigentlich müssten alle von seiner Kämpferschar sterben. Wir werden den Blutzoll für unseren Herrn nicht akzeptieren.«

Beobrand trat so dicht vor Dreogan, dass er den sauren Atem und den Schweiß des tätowierten Kriegers riechen konnte. »Ich habe gesprochen. Wir bringen den Prinzen vor unseren König. Oswald wird über Eowas Schicksal entscheiden, nicht du.« Er hielt Dreogans Blick stand.

Athelstans Krieger biss die Zähne aufeinander, sodass seine Kiefermuskeln hervortraten.

»Ich bin euer Anführer«, sagte Beobrand. »Und du, Dreogan, wirst mein Wort nicht in Zweifel ziehen.« Er spuckte in den Matsch. »Falls du mir noch einmal widersprichst, ist es mit Worten nicht mehr getan. Und jetzt steig auf und reite los. Und spar dir deinen Zorn für die Mercianer auf, auf die wir möglicherweise noch treffen werden.«

Beobrand schob sich an Dreogan vorbei und schwang sich in den Sattel seines Pferdes. Dann grub er dem Tier die Hacken in die Flanken und ritt den schlammigen Hang hinauf.

* * *

Bassus hatte sich die Strohpuppe in eine Mantelfalte gesteckt. Er wollte das Ding nicht direkt anfassen. Wer vermochte schon zu sagen, was die Hexe mit ihm anstellen konnte, wenn er die Figur häufiger als nötig berührte?

Gram hatte vorgeschlagen, das Ding in den Tuidi zu werfen. »Das Wasser wird es von seiner Zauberkraft reinwaschen«, hatte er gesagt.

Doch Bassus hinderte ihn daran. Keiner von ihnen wusste schließlich mit Sicherheit, ob nicht doch etwas geschehen würde, wenn sie diese Nachbildung Beobrands vernichteten. Vielleicht würde dieser ja tot umfallen, dort, wo er gerade war. Oder er hätte das Gefühl, als würde sich seine Lunge mit kaltem Wasser füllen, wenn sie die Puppe dem Fluss übergaben. Bei der Vorstellung, in unsichtbarem Wasser zu ertrinken, das der Fluchzauber einer Hexe heraufbeschworen hatte, lief ein eiskalter Schauer über Bassus' Rücken.

»Sollen wir den Pfeil herausziehen?«, fragte er Gram, wohl wissend, dass dieser darauf keine Antwort hatte. »Aber vielleicht spürt Beobrand dann einen Stich in der Brust?«

Letztendlich entschieden sie sich, das Ding Odelyna zu bringen. Sie war in Ubbanford noch am ehesten das, was man eine weise Frau nannte. Hoffentlich wusste sie, was zu tun war.

Bassus hatte seinen Mantel unter der baumelnden Puppe ausgebreitet, während Gram mit seinem Sachsmesser das dünne Henkerseil durchtrennte.

Jetzt gingen die beiden Krieger mit hastigen Schritten am Ufer Ubbanford entgegen. Sie wollten sich der kleinen Figur so schnell wie möglich entledigen und der schwülen Stille entkommen, die sich über das Tal gelegt hatte.

Bei einem der Zuläufe des Tuidi rutschte Bassus aus. Gram packte ihn am Arm und verhinderte im letzten Moment seinen Sturz.

Langsam holte Bassus Luft. »Sieh uns nur an«, sagte er und grinste. »Wir sind wie zwei kleine Jungen, denen man eine unheimliche Geschichte über die Elfen des Waldes erzählt hat.«

Auch Gram lächelte, doch Bassus sah deutlich, dass sein Blick ernst blieb. »Aye«, erwiderte er, »falls uns jemand sieht, würde er uns nicht für Krieger halten, die ihre Waffen beherrschen und bereits viele Feinde getötet haben.«

Etwas gemächlicher setzten sie ihren Weg fort. Mückenwolken umschwebten ihre Gesichter. Bassus prustete und spuckte, hätte jedoch seinen Mantel loslassen müssen, um sie mit den Händen zu vertreiben. Aber er wollte die Puppe nicht verlieren.

Der Himmel über ihren Köpfen verdunkelte sich zusehends. Der Tuidi floss fast geräuschlos vor sich hin, während Nesseln und Schlingpflanzen nach den Beinen der beiden Krieger schnappten. Bassus merkte, dass ihre Schritte wieder schneller geworden waren, als würde sie die Atmosphäre hier am Flussufer zur Eile antreiben. Sein Nacken und seine Schultern waren hart wie Stein und schmerzten. Jeder Versuch, beides zu lockern, wäre vergeblich gewesen. Er musste zum Saal zurückkehren, musste diesen bösen Talisman loswerden und einen Becher starken Met trinken. Erst dann würde es ihm vielleicht gelingen, sich ein wenig zu entspannen.

Plötzlich stellten sich die Härchen in seinem Nacken auf. Sie wurden beobachtet, ganz ohne Zweifel. Er blieb stehen und drehte sich ruckartig um, suchte zwischen den Bäumen und Büschen nach einem Hinweis auf die fremde weise Frau. Gram hielt ebenfalls inne. Auch er musste die Veränderung gespürt haben, denn er zog sein Sachsmesser und machte sich in Kriegerstellung zum Kampf bereit.

Doch welche Chance hatten Stahl und Eisen gegen eine Hexe? Der Himmel wurde immer dunkler. Ein Sturm braute sich zusammen.

In der Stille war nur Bassus' keuchender Atem zu hören. Selbst die Insekten schienen verstummt zu sein.

Auf eine plötzliche Bewegung folgte lautstarkes Krächzen. Die beiden Männer zuckten zusammen. Mehrere Krähen flatterten aus den Bäumen am anderen Flussufer auf. Ihre schlagenden Schwingen durchbrachen die Stille.

Bassus ließ den Atem entweichen, den er unbewusst kurz angehalten hatte.

Nur ein paar Vögel.

Er sah ihnen nach, wie sie mit rußschwarzen Flügeln flussaufwärts flogen. Plötzlich blitzte in der Dunkelheit etwas Weißes auf, das in einem Bogen über den Fluss hinweg auf ihn zuzukommen schien.

Im selben Moment, als Bassus begriff, dass es sich um die weißen Federn eines Pfeils handelte, bohrte sich die Eisenspitze auch schon in sein Fleisch.

Ein brennender Schmerz durchzuckte ihn, und während er fiel, hatte er nur einen Gedanken.

Es war wirklich eine schlechte Idee gewesen, nach Bernicia zu kommen.

Kapitel 24

Beobrand stand mit dem Rücken zu dem kleinen flackernden Feuer, das den erschöpften Männern, die sich davor ausgestreckt hatten, Helligkeit und Wärme spendete. Das Licht reichte nicht weiter als bis zu den Büschen und Bäumen, die das Lager umgaben. Er starrte in die Dunkelheit, suchte nach Anzeichen für Verfolger, doch alles war ruhig. Sie hatten das Ufer des Afen ohne Zwischenfall hinter sich gelassen, waren denselben Pfad zurückgeritten, den sie gekommen waren, und hatten sich dann auf der allmählich zerfallenden Wæcelinga Stræt nordwärts gewandt.

Als das plötzliche Gelächter der Männer am Lagerfeuer die Nacht zerriss, legte Beobrand die Stirn in Falten. Im Schutz der Dunkelheit hätten sich ihnen unbemerkt Feinde nähern können. Wobei das ziemlich unwahrscheinlich war. Das Land war nur spärlich besiedelt, und Diebe oder Räuberbanden würden wahrscheinlich eher einen weiten Bogen um eine große Gruppe berittener und bewaffneter Krieger machen. Das Einzige, was sie fürchten mussten, wäre eine nennenswerte Anzahl von Pendas Kriegern gewesen, aber es gab keinen Grund zu der Annahme, dass sich auch nur ein paar von ihnen in ihrer Nähe befanden.

Leises, kaum wahrnehmbares Rascheln von Stoff drang an sein Ohr, und Beobrand drehte sich um. Vor ihm stand

Cyneburg. Ihr Gesicht lag im Schatten, aber ihr zu einem Kranz geflochtenes Haar wirkte wie brennendes Gold. Sie schien sich gefasst zu haben, mit erhobenem Kopf entsprach sie trotz der Anstrengungen der langen Reise ganz dem Bild einer jungen Königin.

Er schluckte den Kloß in seiner Kehle hinunter und versuchte, wieder die Wut zu spüren, die er auf dem schlammigen Schlachtfeld, inmitten von zahlreichen Toten, empfunden hatte. Aber auch er war müde. Er hatte nicht gewusst, wie er das Thema, das ihm auf der Seele brannte, anschneiden sollte. Im Verlauf des Ritts war er zunehmend unsicher geworden. Sie war seine Königin. Oswalds Gemahlin. Welches Recht hatte er, Erklärungen von ihr zu fordern? Schließlich hatte er sich entschlossen, den Mund zu halten. Es hätte nichts gebracht, hätte er sie konfrontiert. Doch allem Anschein nach war sie anderer Meinung.

»Wohin reiten wir?«, erkundigte sie sich. Von der Angst, die vor Stunden noch in ihrer Stimme gelegen hatte, war nichts mehr zu hören.

Für einen kurzen Augenblick flammte sein Zorn doch wieder auf, und er überlegte, ihr jede Auskunft zu verweigern. Aber aus welchem Grund? Das würde ihn lediglich trotzig erscheinen lassen. Er schluckte noch einmal und starrte dann wieder in die Nacht, anstatt sich von Cyneburgs Schönheit betören zu lassen. »Wir folgen zunächst noch etwas der Wæcelinga Stræt, bis wir dann auf der Earninga Stræt nach Eoferwic weiterreiten.«

»Wir kehren nicht zu Anwealdas Saal zurück?«

»Nein.« Die Entscheidung hatte Beobrand am Nachmittag getroffen. Er hatte sich mit Wulfgar und Acennan besprochen, und auch sie waren der Meinung gewesen, dass diese Strecke die beste war. »Eine Rückkehr würde unsere Reise um viele Tage verlängern. Und wir wären immer auf mercianischem Gebiet.«

»Aber was wird aus meinem Besitz? Mein voll beladener Wagen steht noch dort.«

»Eure Besitztümer sind nicht so wichtig wie das Leben meiner Männer«, blaffte er sie an. Er war zu erschöpft, um seine Zunge im Zaum zu halten. »Und sobald wir sicher in Northumbria angekommen sind, werden wir nach dem Wagen schicken.«

»Aber das ist ein außerordentlich langer Ritt, und Eadgyth und ich sind jetzt schon völlig erschöpft.«

So unvermittelt, wie Thunors Blitz während eines Sommerregens zuckte, vertrieb sein Zorn jede Müdigkeit. »Auch wir sind erschöpft von dem anstrengenden Ritt durch Nacht und Regen. Unsere Glieder zittern nach dem Kampf im Schildwall. Seht Euch um, meine Königin«, er spie ihren Titel aus wie eine Beleidigung, »all diese Männer, seien sie aus Mercia, Northumbria oder Wessex, haben für Euch gekämpft. Für Euch geblutet.« Mit erhobener Faust trat er auf sie zu.

Es wäre einfach gewesen, ihr aufs Deutlichste darzulegen, welch eine Verschwendung das alles gewesen war. Er hätte sie schnell zur Vernunft bringen können.

Doch dann löste die Stille, die sich über das Lager gelegt hatte, den Nebel seines Zorns auf. Cyneburg stand mit ängstlich eingezogenem Kopf vor ihm, und Acennan kam aus den Reihen der Krieger auf ihn zu.

»Beobrand?«, sagte er, und das war genug.

Acennan kannte ihn gut. Er hatte schon mehrfach miterlebt, wie der Zorn wie flüssiger Hass durch seine Adern getobt war. Voller Scham musste Beobrand daran denken, wie er Acennan, seinen Freund, in einem solchen Moment niedergeschlagen hatte. Aber was noch schlimmer war: Einen grässlichen Augenblick lang hörte er im Geiste das Brüllen seines Vaters.

Er schüttelte seine Hände, um sie zu lockern, und ließ sie dann sinken. »Tapfere Männer sind für Euch in den Tod gegangen.« Seine Stimme war kaum mehr als ein Flüstern, zitterte jedoch vor innerer Erregung.

Er änderte seine Meinung. Wenn sie reden wollte, dann sollte sie reden. Dann würde er jetzt die ganze Wahrheit erfahren. Er spürte nichts mehr, weder Unsicherheit noch Erschöpfung. Stattdessen nickte er Acennan dankbar zu.

Allmählich lebten die wenigen Gespräche rund um das Feuer wieder auf. Eowa saß bei seinen Männern. Die meisten hatten sich in ihre Mäntel gewickelt und schliefen bereits. Die Augen von Pendas Bruder funkelten im Feuerschein, während er Beobrand anstarrte, ohne auch nur ein Mal zu blinzeln.

Beobrand wandte sich wieder Cyneburg zu. »Es tut mir leid, dass ich Euch Angst gemacht habe, meine Königin.«

Kurz glaubte er, sie würde ihm keine Antwort geben. Als sie es schließlich doch tat, war ihre Stimme dünn.

»Mir sollte es leidtun, Beobrand.« Ihre Unterlippe bebte, dann liefen ihr Tränen über das Gesicht. Sie wirkte verzweifelt.

»Kommt mit, damit niemand uns belauscht«, sagte er. »Ich möchte die ganze Wahrheit aus Eurem Mund hören.«

Sie zögerte, nickte dann aber.

Er führte sie ein kleines Stück vom Lager weg, sodass das flackernde Licht sie noch erfasste, aber niemand sie verstehen konnte, wenn sie leise sprachen.

Beobrand lehnte sich gegen eine Birke und betrachtete die Königin, die sich schluchzend über das Gesicht wischte.

»Wie konnten wir nur so töricht sein«, flüsterte sie schließlich.

»Wer?«

Sie hielt inne, bevor sie sagte: »Eowa und ich.«

Beobrand ließ langsam seinen Atem entweichen. Er fürchtete, dass die Wahrheit ihm eine Menge Schwierigkeiten bereiten würde. Nein, vielmehr wusste er es. Und doch musste er sie jetzt erfahren. »Wie kommt es, dass Ihr einander überhaupt kennt?«, wollte er wissen.

»Ich bin die Tochter Cynegils', des Fürsten von Wessex, Eowa ist der Prinz von Mercia. Im Laufe der Jahre sind wir uns immer wieder begegnet. Als Gesandter war Eowa oft im Saal meines Vaters zu Gast.« Geistesabwesend spielte sie mit ihrem Haar, das Eadgyth neu geflochten hatte.

Beobrand warf einen Blick zum Feuer. Eowa hatte sich nicht von der Stelle gerührt und starrte in die Dunkelheit, direkt zu Beobrand und Cyneburg.

»Wir hatten uns also schon häufiger gesehen«, fuhr sie fort, »aber im letzten Jahr geschah es.« Sie holte tief Luft, als müsste sie sich vor einem Sprung von einer Klippe in die eiskalte, von Felsen durchsetzte See wappnen. »Wir haben uns verliebt.«

Beobrand seufzte. Er wünschte, er hätte den Mund nicht aufgemacht. Sein Schicksal würde bald schon mit dem der

Königinnen, Könige und Prinzen verwoben werden. Zu guter Letzt waren es jedoch immer die Krieger, die mit ihrem Blut die Erde tränkten. Daran hatte er nicht den geringsten Zweifel.

»Aber jetzt kann es keine Liebe mehr geben. Nicht für mich, für ein Friedenspfand, das mit einem Fremden aus einem fernen Land verheiratet wurde.«

»Vielleicht lernt Ihr ja mit der Zeit, Oswald zu lieben.«

Diesmal war es Cyneburg, die vor Wut rot anlief. »Ihr wisst gar nichts! Das Einzige, wovon Ihr etwas versteht, ist der Kampf und der Tod. Von der Liebe habt Ihr keine Ahnung.«

Düstere, hohle Traurigkeit übermannte Beobrand. Erinnerungen taumelten durch seinen Geist, in seiner Brust machte sich ein schmerzhaftes Ziehen bemerkbar.

»Ich bin sehr wohl vertraut mit der Liebe«, entgegnete er. »Ihr tätet gut daran zu überlegen, bevor Ihr wie die Waschweiber dummes Zeug von Euch gebt. Ihr seid kein Waschweib. Ihr seid eine Königin. Ein Friedenspfand, wie Ihr selbst gesagt habt. Fangt endlich an, Euch auch so zu benehmen.«

Cyneburg blieb lange Zeit stumm, sah in die Nacht und sog die kühle Luft tief in ihre Lunge. Es duftete nach Regen und feuchter Erde. Beobrand hätte nicht so mit ihr sprechen dürfen. Sie war seine Königin, und doch konnte er ihr jetzt nicht das sagen, was sie eigentlich hören müsste.

Als er schon glaubte, dass sie nichts mehr erwidern würde, forderte sie ihn auf: »Erzählt es mir.«

»Was soll ich Euch erzählen?«

»Ihr habt recht. Ich habe nur dumm dahergeredet. Also erzählt mir von Eurer Liebe.«

»Es bringt nichts, an der Vergangenheit zu hängen«, fauchte er sie an. »Ich möchte nicht darüber sprechen.« Dann holte er tief Luft, beruhigte sich, und als er weitersprach, war sein Tonfall sanft. »Außerdem ist meine Geschichte nicht von Belang. Was ist zwischen Euch und Eowa geschehen?«

Wieder folgte eine lange Pause, bevor sie ihm antwortete. »Als er von meiner geplanten Heirat hörte, hat er mir eine Nachricht geschickt. Ich sollte dafür sorgen, dass wir auf der Reise in meine neue Heimat in Anwealdas Saal Rast machen. Wie Ihr mittlerweile wisst, liegt er nahe der Grenze zu Mercia. Er hat gesagt, dass er mich holen wird. Und das hat er getan.« Sie verstummte.

»Und wie habt Ihr Euch die Zeit danach vorgestellt? Glaubtet Ihr, Ihr könntet einfach wegreiten, ohne dass Oswald etwas unternehmen würde? Wenn es so war, seid Ihr dem Irrsinn verfallen, Ihr und er gleichermaßen. Einem Irrsinn, der schon zu allen Zeiten Männern das Leben gekostet hat. Aber Euer Plan könnte noch dazu in einem Krieg zwischen drei Königreichen enden!«

Cyneburg schluchzte in der Dunkelheit. »Ich weiß nicht, was ich mir dabei gedacht habe.« Jetzt hörte sie sich an wie ein Kind, unsicher und verängstigt. »Nichts anderes war mehr wichtig, als bei ihm zu sein. Für alles andere war ich blind.«

»Ihr seid dem Irrsinn verfallen, Ihr und er gleichermaßen«, wiederholte Beobrand, allerdings wesentlich ruhiger als zuvor. Hätte er für Sunniva nicht auch alles aufs Spiel gesetzt? War er nicht in eine Nacht voller Feuer und Tod geritten? Und wofür? Für eine gewöhnliche Sklavin, die er nicht einmal liebte. Was hätte er wohl alles getan, wenn Cyneburg sein gewesen wäre?

»Was wird jetzt aus uns?«, wollte die Königin wissen.

»Das kann ich Euch nicht sagen. Die Entscheidung liegt in der Hand Eures Gemahls.«

»Wenn Ihr ihm verratet, was vorgefallen ist, wird er uns beide töten.«

Beobrand stellte sich vor, wie Oswald die Nachricht vom Betrug seiner Königin zu Ohren kam. Er musste an den eisernen Willen seines Königs denken, der sich gezeigt hatte, als sie bei Hefenfelth den Walisern gegenübergestanden hatten. Das Blitzen seines Schwertes, als er Cadwallon den Kopf abgeschlagen hatte. Beobrand nickte in der Dunkelheit. Wahrscheinlich hatte sie mit ihrer Vermutung recht.

»Ihr dürft es ihm nicht sagen, Beobrand.«

»Falsch. Ich darf nichts anderes tun.«

»Aber warum, wenn Ihr doch die Liebe kennt? Wenn dem wirklich so ist, könnt Ihr dann nicht den Wahnsinn verstehen, der sich unserer bemächtigt hat? Warum muss Oswald davon erfahren?«

»Er ist mein Herr und König.« Das war Antwort genug.

Während er mit schweren Schritten ans Feuer zurückkehrte, hörte er das verzweifelte Schluchzen seiner Königin. Er brauchte jetzt erst mal einen Becher voll Met.

* * *

»Vielleicht hat sie recht«, sagte Acennan.

Mit einem kräftigen Ruck an den Zügeln brachte Beobrand seine Stute zum Stehen. Wulfgar, stets aufmerksam, drehte sich mit fragender Miene im Sattel um, während der Rest der Männer weiterritt.

Beobrand ließ sie alle passieren. »Acennan und ich holen euch wieder ein.«

Wulfgar zuckte mit den Schultern. Er war zu müde, um Fragen zu stellen. Seit sechs Tagen waren sie jetzt Richtung Norden unterwegs und alle dem Zusammenbruch nahe. Ihr Proviant neigte sich dem Ende entgegen. Sie hatten sich so viel Fleisch wie nur möglich von dem in aller Hast geschlachteten Pferd aufgeladen, aber den Großteil des Kadavers für die Tiere des Waldes zurückgelassen. In der vergangenen Nacht hatten sie bei einem Bauernhof haltgemacht und von dem missmutigen Mann, der sich schützend vor seine sie bestaunenden Kinder und seine mürrische Frau gestellt hatte, etwas Räucherkäse gekauft. Ihre Verpflegung würde bis Eoferwic reichen, wenn das Wetter hielt. Beobrand hatte kurz erwogen, ein zweites Pferd zu schlachten, sich aber dagegen entschieden. Falls sie zur Flucht gezwungen waren, war es besser, ausgeruhte Tiere zur Verfügung zu haben.

Es regnete nicht mehr, doch der graue Himmel sah aus, als könnte es jederzeit wieder anfangen. Der Sommer würde bald in den Winter übergehen. Der Wind hatte bereits eine gewisse Schärfe, und die Männer in den Sätteln hüllten sich fest in ihre Mäntel.

Beobrand wartete, bis auch der letzte an ihnen vorbeigeritten war, dann suchte er den Horizont ab. Waren dort womöglich Anzeichen für eine angreifende Streitmacht zu entdecken? Nein, nichts dergleichen. Dieses Land bestand ausschließlich aus Tälern und Felsen, großen Felsbrocken und struppigem Heidekraut. Sie waren gut durch Mercia gekommen. Wenn sie von den Bewohnern gesehen wurden, versteckten diese sich entweder schnell oder verneigten sich, als gehörten sie zu Pendas Gefolgschaft. Ein Kriegsherr war so gut wie jeder andere. Eine Kriegerschar dieser Größe bekamen die Bewohner nicht oft zu sehen, und niemals verhieß ihr Anblick etwas Gutes. Beobrand schickte ein stummes Dankgebet an alle Götter, die ihm zuhörten, auch dafür, dass Eowa und seine Männer ihren Schwur gehalten hatten. Keiner hatte einen Fluchtversuch unternommen, und die Stimmung im Lager wurde von Abend zu Abend ein wenig lockerer. Erst gestern hatte er gesehen, wie Garr einem von Eowas Recken einen Schluck Met angeboten hatte. Das Getränk war kostbar, und dass sie bereit waren, es zu teilen, sagte viel über die innere Haltung der Männer aus.

»Du glaubst also, ich sollte unseren König anlügen?«, wandte Beobrand sich an seinen Freund, sobald er sicher war, dass sie nicht belauscht wurden.

»Was ich glaube, Herr«, Acennan sprach ihn mit seinem Titel an, um zu verdeutlichen, dass die Entscheidung ganz allein bei ihm lag, »ist, dass Oswald Cyneburg und Eowa töten wird, wenn du ihm die Wahrheit erzählst. Aber willst du wirklich, dass das Blut einer solchen Schönheit an deinen Fingern klebt?«

»Ich wünsche ihr keinesfalls den Tod, so gut dürftest du mich kennen. Aber ich kann nicht darüber hinwegsehen, dass ihr Gemahl unser König ist.« Sein Magen krampfte sich zusammen wie vor einer Schlacht. Nicht mehr lange, dann hatten sie Eoferwic in Northumbria erreicht. Beobrand musste sich entscheiden, wie er reagieren würde, würden sie dort auf Oswald treffen.

Acennan schüttelte den Kopf. »Es liegt nicht an dir zu entscheiden, wie der König handelt, aber solltest du ihm berichten, was vorgefallen ist, ist das gleichbedeutend mit einem Todesurteil, und das weißt du so gut wie ich.«

»Vielleicht täuschen wir uns auch. Die Priester des Christusgottes predigen doch Vergebung«, entgegnete Beobrand. Er klammerte sich an jede Hoffnung.

»Macht Oswald auf dich den Eindruck eines nachsichtigen Menschen?« Acennan verzog den Mund zu einem schiefen Grinsen.

Beobrand blickte nach vorn, wo die Reiter an der Spitze ihrer Gruppe sich einer Hügelkuppe näherten. Wenn sie sie nicht verlieren wollten, mussten sie zu ihnen aufschließen.

Dann verschwamm alles vor seinen Augen. Er wollte diese ganze verwirrende Situation endlich hinter sich lassen. Sehnte sich nach Erholung. Nach Schlaf. Seine Augenlider waren schwer, und die Verantwortung wog mehr als jedes Kettenhemd. Vielleicht war Oswald ja immer noch im Norden und kämpfte gegen die Pikten. Das würde ihm, Beobrand, zumindest etwas Zeit verschaffen. Vielleicht konnte er sogar nach Ubbanford zurückkehren. Zu Reaghan. Zu Bassus. Zu Octa.

»Wie stehen die Dinge mit Eadgyth?«, erkundigte er sich, um das Gespräch von dem schwierigen Thema Cyneburg und Eowa in eine andere Richtung zu lenken.

Acennans Miene hellte sich auf, als hätte sich eine Wolke geteilt, damit die Strahlen der Sonne nun sein Gesicht bescheinen konnten. »Sie ist ein Wunder, Beobrand«, sagte er grinsend. »Wer hätte geglaubt, dass ich bei einer Reise nach Wessex auf ein solches Juwel stoßen würde?«

»Willst du sie heiraten?«

Das Lächeln wich aus Acennans Miene wie bei einem Kind, das beim Stehlen erwischt worden ist. »Ich glaube, sie würde mich schon wollen, aber das muss ich zuerst mit ihrem Bruder besprechen.«

Beobrand nickte. Wulfgar als ihr großer Bruder konnte für ihre Familie sprechen. Und er bezweifelte, dass der Recke aus Wessex seine Schwester Acennan überlassen würde. »Er lässt sich bestimmt überzeugen, wenn du ihm ein ausreichend großes Brautgeld anbietest«, sagte er dennoch. »Falls ich dir aushelfen kann, tue ich das gern.«

»Ich danke Euch für Euer Angebot, Herr.« Mit einem Mal klang Acennan sehr förmlich. »Aber ich hoffe, die Brautgabe aus meinem eigenen Vermögen bestreiten zu können.« Er war ein stolzer Mann, und so sollte es auch sein.

»Ich möchte nur, dass du meine Worte nicht vergisst. Ich bin dein Herr, woran du mich offensichtlich pausenlos erinnern willst.« Beobrand lächelte erschöpft. »Und als solcher ist es meine Pflicht, dir meine Anerkennung in Form von Ringen und anderen Gütern auszudrücken. Wir haben bei der Schlacht gegen die Mercianer große Beute gemacht, und du wirst deinen Anteil erhalten.«

Acennan gab keine Antwort, neigte jedoch den Kopf zum Zeichen, dass er Beobrands Worte zu schätzen wusste.

»Außerdem«, fuhr Beobrand fort, »könntest du dich bald schon in derselben Situation wiederfinden wie Eowa mit Cyneburg, solltest du Wulfgar nicht überzeugen können, dir Eadgyth zur Gemahlin zu geben. Und ich will ganz bestimmt nicht den Befehl erhalten, dich zu jagen.«

Wulfgar hatte jetzt den höchsten Punkt des Hügels erreicht. Der Rest der Gruppe war bereits aus ihrem Blickfeld verschwunden. Beobrand grub die Hacken in die Flanken seiner Stute, damit sie nicht auch noch den Sichtkontakt zu ihm verloren. Das Tier quittierte die Aufforderung, nach so vielen anstrengenden Reisetagen noch einmal zu beschleunigen, mit widerwilligem Kopfschütteln, jagte schließlich jedoch schnaubend los und trug Beobrand im Galopp den Hang hinauf.

Er drehte sich um und sah, wie Acennan ihm mit nachdenklicher Miene hinterherstarrte. Hoffentlich hatte er seinen Freund jetzt nicht auf dumme Gedanken gebracht.

Warum nur waren Frauen immer gleichbedeutend mit Schwierigkeiten und Verwirrung?

Kapitel 25

Beobrand schreckte aus dem Schlaf. Das Echo eines schrillen Schreis schien in der Luft zu hängen, und er ließ seinen Blick nervös über die im Saal schlummernden Männer schweifen. Hatte er selbst die dunkle Stille mit einem Schrei durchbrochen? Eher nicht. Acennan, der dicht neben ihm lag, schnarchte unbeeindruckt weiter, und auch keiner der anderen Männer rührte sich. Er musste geträumt haben.

Leise stand er auf und ging zum Saaltor. Durch die untere Ritze drang bereits ein schwacher Lichtschimmer. Die Dämmerung war nicht mehr weit. Das große Tor knarrte beim Öffnen, und der Wächter drehte sich um, neugierig, wer schon so früh auf den Beinen war. Er nickte Beobrand unter seiner Kapuze zu, und dieser war froh über dessen Schweigen. Er war nicht in der Stimmung für ein Gespräch.

Draußen suchte er sich einen Weg über den schlammigen Innenhof, ohne in eine der vielen dunkel schimmernden Pfützen zu treten, und zu den hohen Mauern von Eoferwic.

Sein Vater war ihm im Traum erschienen. Genauso wie Sunniva.

Und der kleine Octa.

Beobrand biss die Zähne aufeinander, dass sie knirschten. Er hatte den Traum noch immer sehr lebendig vor Augen. Grimgundi, dieser vom Hass zerfressene Unmensch von einem Vater, hatte zuerst Sunniva ins Gesicht geschlagen und sie dann, nachdem sie zu Boden gestürzt war, brutal getreten. Anschließend, als er keine Lust oder keine Kraft mehr hatte, eine Frau zu quälen, nahm er sich den Säugling vor. Und die ganze Zeit über war Beobrand nicht in der Lage, auch nur einen Finger zu rühren. Seine Füße waren so unbeweglich wie in der Erde verwurzelte Bäume. Voller Entsetzen sah er mit an, wie sein Vater Octa aus seinem Bettchen holte. Mit jenen riesigen schwieligen Händen, an die Beobrand sich so gut erinnerte, hielt Grimgundi den Kleinen hoch, während ein wahnsinniges Lächeln sein Gesicht wie eine Narbe in zwei Hälften spaltete.

Beobrand kämpfte mit all seiner Willenskraft gegen die Lähmung an, wollte sich auf seinen Vater stürzen, den widerwärtigen Kerl daran hindern, noch jemandem Schmerzen und Leid zuzufügen. Aber er war wie erstarrt. Als Grimgundi begann, Octas Köpfchen gegen einen Holzpfeiler zu schlagen, sodass Blut, Knochen und Gehirnmasse auf sein Gesicht spritzten, hatte Beobrand zu weinen begonnen.

Er stieg die brüchige Steintreppe zur Mauerkrone hinauf. Der Wind kühlte die Tränen auf seinen Wangen. Er wischte sie fort. Sein Vater konnte Octa nichts mehr antun. Beobrand starrte gen Norden, wo sich in der fahlen Dämmerung die Wolken ballten. Der Sommer war nur mehr eine Erinnerung.

Genauso wie Grimgundi.

Tiefe Schatten, gelegentlich unterbrochen vom stumpf glitzernden Wasser, lagen über dem Land im Süden. Nahe den Festungsmauern floss breit und tief der Usa. Jenseits des Flusses gab es kaum Anzeichen von Leben, nur eine Starenschar wirbelte in weiter Ferne – schwarze Punkte vor grauem Himmel. Wo mochten die Mercianer jetzt sein? Waren sie die Nacht durchgeritten oder das Risiko eingegangen, dicht bei Eoferwic zu lagern?

Nachdem am gestrigen Tag die Festungsmauern in Sichtweite gekommen waren, hatte Beobrand die Reiter anhalten lassen. Während der langen und anstrengenden Reise durch Mercia in Richtung Norden hatte er gründlich nachgedacht und war zu dem Schluss gekommen, Eowas Männer mit dem restlichen Proviant und ihren Pferden nach Hause zu schicken. Allerdings ohne ihre Waffen. Er wollte während des Rückwegs nach Ubbanford nicht mit einem Überfall rechnen müssen. Nachdem er mehrere Tage mit den Mercianern geritten war, wusste er, dass es gute und ehrenhafte Männer waren, die jedoch durch ihren Eid an Eowa gebunden waren. Keine Frage, wenn sich eine Gelegenheit bot, würden sie die Krieger aus Northumbria, Bernicia und Wessex angreifen, und es würde zu weiterem Blutvergießen kommen. Aber davon hatte es schon genug gegeben.

Sie wollten ihren Herrn nicht allein lassen, doch Beobrand ließ sich von seiner Entscheidung nicht abbringen.

»Ihr habt mein Wort, dass Eowa anständig behandelt wird. Oswald ist ein guter und gerechter Herrscher.« Seine Worte spendeten ihnen nur wenig Trost. Sie wussten, wozu Könige in der Lage waren.

Letzten Endes drängte Eowa selbst sie zur Rückkehr in ihre Heimat. »Bereitet meinen Saal für den Winter vor«, sagte er zu seinen Kampfgefährten. Die meisten von ihnen sahen aus, als würden sie jeden Augenblick in Tränen ausbrechen. »Denn wenn ich im Winter noch lebe, das schwöre ich, werde ich zu euch zurückkehren.« Bei der indirekten Erwähnung seines möglichen Todes stöhnte einer seiner Krieger, ein Mann namens Scur, laut auf.

Eowa brachte ihn mit der erhobenen Hand zum Schweigen. »Erwartet meine Rückkehr oder aber die Nachricht meines Ablebens, doch seid gewiss: Auch wenn König Oswald mir das Leben nehmen sollte, ist alles so, wie es sein soll.«

Scur brach in lautes Wehklagen aus, und auch Cyneburg schluchzte hörbar. Eowa sah sie nicht einmal an.

»Sucht keine Vergeltung für meinen Tod. Ich habe Oswald hintergangen, und nun liegt mein Leben in seiner Hand.«

Das war wohl gesprochen, und Beobrand hatte einen Kloß in der Kehle gespürt, während er den Mercianern nachgeblickt hatte, wie sie mit hängenden Schultern und gesenkten Köpfen davongeritten waren.

Der Wind frischte auf und ließ seinen Mantel flattern. Seine langen, vom Schmutz der Reise verfilzten Haare wehten ihm in die Augen, und er wandte sich einmal mehr gen Norden, in den Wind, der bereits das frostige Versprechen von Schnee und Eis in sich trug. Wegen des Wechsels der Jahreszeiten schmerzten Beobrands Rippen. In dem Zeh, den er sich gebrochen hatte, als er einem von Nathairs Kriegern einen Tritt verpasst hatte, konnte er seinen pochenden Herzschlag spüren.

»Der Winter kommt«, sagte plötzlich eine bekannte Stimme.

Beobrand überspielte seine Verblüffung. Er hatte nicht gemerkt, dass Acennan ihm auf die Mauer gefolgt war. Zum ersten Mal seit vielen Tagen hatte er sich gestattet, einen

Augenblick lang unaufmerksam zu sein. Er musste wieder vorsichtiger sein. Hier in Eoferwic, der Hauptstadt von Deira mit ihren alten römischen Mauern, dem schönen Saal aus Eichenholz und der neuen Kirche des Christusgottes, waren sie vielleicht sicher, doch im Norden sah es ganz anders aus. Seine Schmerzen erinnerten ihn nur allzu deutlich daran.

»Aye, nicht mehr lange, dann fällt der erste Schnee«, erwiderte Beobrand, ohne Acennan anzublicken. »Im Norden zieht ein Sturm auf. Ich kann es spüren. Wir müssen uns beeilen. Ich fürchte, Oswald wird noch vor dem Schnee des Winters unsere Schwerter benötigen.«

»Mir wäre es lieber, noch ein wenig länger hierzubleiben. Ich sehne mich kein bisschen nach meinem Sattel.«

Beobrand wandte sich zu ihm um. »Vielleicht sehnst du dich ja nach etwas anderem?« Er zog eine Augenbraue in die Höhe.

Acennan stieß ein kurzes Lachen aus. »Damit könntest du recht haben.« Dann wurde er schlagartig ernst. »Bei mir ist es sehr lange her, Beobrand.«

»Es tut mir wirklich leid, aber du wirst dich noch etwas länger gedulden müssen, mein Freund. Wir reiten heute los gen Norden. Ohne die Königin. Sie bleibt hier.«

»Kann sie nicht bis nach Bebbanburg mit uns reisen? Dort wären sie und Eadgyth doch in Sicherheit.«

Beobrand schüttelte den Kopf. »Cyneburg und Eadgyth verlassen Eoferwic nicht. Sie würden uns nur aufhalten, und ich möchte möglichst viel Abstand zwischen ihnen und den Pikten wissen. Wir haben Oswalds Königin schon einmal fast verloren. Das Risiko gehe ich kein zweites Mal ein. Ich habe mit dem königlichen Haushofmeister gesprochen. Seine Gemahlin hat sich bereits der beiden angenommen, und hier gibt es genügend Krieger und Mauern, um ihre Sicherheit zu gewährleisten.« Er blickte in Acennans rundes Gesicht. Die einsetzende Morgendämmerung tauchte die Wangen seines Freundes in weiches Licht, doch seine zusammengepressten Lippen, seine Wut und die Enttäuschung, die hinter seiner Fassade lauerten, waren nicht zu übersehen. »Wir kehren so bald wie möglich zurück, Acennan. Ich gebe dir mein Wort.«

Acennan stieß lediglich einen langen Seufzer aus.

»Aber zunächst, mein Freund«, Beobrand klopfte ihm auf die Schulter, »müssen wir Abschied nehmen.«

* * *

»Ihr wollt jetzt schon gen Norden reiten?«, wunderte sich Wulfgar.

Beobrand fiel auf, dass sein dunkler Bart struppiger und weniger gepflegt war als noch vor einigen Tagen. Der Ritt durch Mercia hatte von ihnen allen seinen Tribut gefordert.

»Wollt ihr nicht noch eine Weile bleiben und euch erholen?«

Auch ohne sich zu Acennan umzudrehen, wusste Beobrand, dass sein Freund, der auf einer Bierbank im Saal saß, jedem ihrer Worte aufmerksam lauschte.

»Ich wünschte, wir hätten Zeit dafür, aber wir müssen heute noch aufbrechen. Unser König benötigt jeden Speer und jedes Schwert, derer er habhaft werden kann. Und hier sind wir zu nichts nutze. Außerdem«, Beobrand warf Eowa, der allein auf der anderen Seite des Kaminfeuers saß, einen schnellen Blick zu, »müssen wir den Prinzen von Mercia zu Oswald bringen. Sein Schicksal liegt in den Händen unseres Herrn, und ich möchte ihm die Verantwortung für Eowa möglichst schnell übergeben.«

Wulfgar nickte und nippte an dem warmen Bier in seinem Holzkelch. »Ich werde dich vermissen, Beobrand, Sohn des Grimgundi.«

Als der Name seines Vaters fiel, verfinsterten sich Beobrands Züge. Sein Traum war ihm immer noch sehr lebendig in Erinnerung.

Hastig wandte Wulfgar sich ab. Vielleicht hatte er Beobrands Reaktion falsch interpretiert.

»Ich bevorzuge inzwischen den Namen Beobrand von Ubbanford. Mein Vater ist tot.«

Wulfgar sah ihn mit einem seltsamen Gesichtsausdruck an. »Wir alle führen ein Leben im Schatten unserer Väter. Aber erinnern wird man sich an unsere Verdienste, nicht an die unserer Vorfahren«, sagte der Krieger aus Wessex. »Von den Heldentaten deines Vaters weiß ich nichts, aber deine werden in den Sälen in ganz Albion besungen. Mach dir keine Gedanken darüber, wie die Leute dich nennen, Beobrand, Fürst von Ubbanford.«

Beobrand lächelte den Recken an und hob seinen eigenen Becher. »Auch ich werde dich vermissen, Wulfgar, Sohn des Ethelbert.« Noch während er die Worte sprach, wurde ihm klar, dass sie wahr waren. Die Reise und die Schlacht in Mercia hatten ihr Verhältnis zueinander verändert. An die Stelle von Rivalität und Misstrauen war gegenseitiger Respekt getreten. »Vielleicht finden wir eines Tages ja noch Gelegenheit, unseren Übungskampf fortzusetzen und herauszufinden, wer der bessere Schwertkämpfer ist.« Er grinste den Westsachsen an.

»Vielleicht«, erwiderte Wulfgar ebenfalls grinsend. »Ich reite bald wieder gen Süden, aber irgendjemand wird den beladenen Wagen, den die Königin bei Anwealdas Saal zurückgelassen hat, nach Northumbria bringen müssen. Ich werde darum bitten, dass ich derjenige sein darf. Vielleicht komme ich dann nach Bebbanburg oder sogar zu dir nach Ubbanford. Vorausgesetzt, ich wäre dort willkommen.«

»Wir haben gemeinsam dem Feind ins Auge geschaut, Wulfgar. Du bist in meinem Saal jederzeit ein gern gesehener Gast.«

Sie erhoben sich und umfassten jeweils den Unterarm des anderen im Kriegergriff.

Anschließend ging Wulfgar die Bank entlang auf Acennan zu. »Und du, tapferer Acennan, glaube nicht, ich wüsste nicht, was dir auf dem Herzen liegt.«

Acennan wollte schon zu einer Antwort ansetzen, da hob Wulfgar abwehrend die Hand. »Noch nicht. Reite gen Norden und erfülle deine Pflicht gegenüber deinem König und Herrn. Aber solltest du bei meiner Rückkehr noch dasselbe empfinden, komm zu mir und äußere deinen Wunsch. Falls meine Schwester einverstanden ist, werden wir eine Vereinbarung treffen, die uns zu mehr macht als zu Freunden und Schildbrüdern.«

Acennan war sprachlos, und das war in der Tat eine Seltenheit. Strahlend sprang er auf und streckte Wulfgar die Hand entgegen. Als er seine Stimme wiedergefunden hatte, wandte er sich an Beobrand. »Komm schon. Wir müssen los, gen Norden, ein paar Pikten niedermetzeln.«

* * *

Beobrand bewunderte Cyneburgs Schönheit. Von der anstrengenden Reise war ihr nichts mehr anzumerken. Die Frauen von Eoferwic hatten sich gut um sie gekümmert. Ihr gebürstetes, frisch geflochtenes Haar glänzte im Schein der kostbaren Wachskerzen, die auf dem Tisch flackerten, an dem sie saß. Sie trug ein sauberes blaues Kleid, wahrscheinlich das schönste, das man in der Stadt hatte auftreiben können. Kunstvoll gestickte graue Streifen zierten die Ärmel. Um ihre schmale Taille lag ein gewebter Gürtel in Grün, Weiß und Indigoblau und um ihren Hals eine funkelnde Kette aus Gold und Granat. Sie bot einen wahrhaft atemberaubenden Anblick.

Hätte sie nicht einen anderen geliebt, Oswald hätte sich sehr glücklich schätzen können.

Die Frauen von Eoferwic hatten sich um sie geschart. Ihr am nächsten saß die Gemahlin des Haushofmeisters, doch es schien, als suchten alle Frauen von Rang – die Gemahlinnen der Recken und der anderen Freien – Cyneburgs Nähe. Als Beobrand zu ihnen gekommen war, um zu verkünden, dass er nach Norden aufbrechen wollte, hatten sie leise miteinander geplaudert und dabei genäht und gestickt.

Jetzt waren alle Blicke auf ihn gerichtet. Er schluckte. Vor diesen Frauen kam er sich vor wie ein ungezogenes Kind. Bei den Göttern, das war noch schwieriger zu ertragen, als im Schildwall Cadwallons Walisern gegenüberzustehen!

Er räusperte sich und setzte erneut an. »Wir reiten heute noch los, meine Königin. Wir ziehen gen Norden, um Euren Gemahl, unseren König, im Kampf gegen die Pikten zu unterstützen.«

Cyneburg gab keine Antwort, aber in ihren Augen standen Tränen.

Unter den forschenden Blicken der Frauen wurde Beobrands Mund trocken. »Auf ein Wort, meine Königin, wenn Ihr gestattet«, sagte er und wies mit einer Handbewegung ein Stück zur Seite. Die Frauen würden sich zwar das Maul zerreißen, weil sie unter vier Augen miteinander sprachen, aber er fürchtete, dass die Alternative nicht einfacher für ihn gewesen wäre.

Cyneburg erhob sich voller Anmut und folgte ihm. Er hörte, wie die Frauen in seinem Rücken leise zu tuscheln begannen. Zweifellos fragten sie sich, was er der Königin zu sagen hatte, das sie nicht hören sollten. Hoffentlich errieten sie nicht die Wahrheit.

»So früh schon? Kann ich mich … noch von ihm verabschieden?« Eine Träne rann ihr über die Wange.

Zorn wallte in Beobrand auf. »Ihr dürft auf keinen Fall mit ihm sprechen«, zischte er. Seine Wut war so groß, dass Cyneburg unwillkürlich einen Schritt zurückwich. »Und trocknet Euch die Augen. Niemand darf etwas von Euren Gefühlen erfahren. Wollt Ihr etwa den Tod über Euch und den Prinzen von Mercia bringen? Denn der ist Euch gewiss, sollte die Wahrheit herauskommen.«

Eine weitere Träne folgte. Doch dann bemerkte er, wie die Königin den Rücken durchdrückte und einmal tief Luft holte. Sie tupfte sich mit einem Ärmel die Augen ab, und ihre Miene wurde starr und ausdruckslos. Das Gesicht einer Statue. Vielleicht hatte sie Angst, dass ihre wahren Gefühle nach draußen drangen, wenn sie auch nur den Hauch einer Emotion zuließ.

»Ich sehe, Ihr habt verstanden. Ihr seid jetzt eine Königin. Vergesst nie, was das bedeutet. Lasst niemanden erfahren, was wirklich zwischen Euch und dem Prinzen vorgefallen ist.«

»Dann werdet Ihr Oswald also nichts sagen?« Sie sah ihn flehend an, und sein Herz machte einen Satz.

Welche Schönheit! Welche Vollkommenheit!

»Ich reite gen Norden. Dann muss Eowa Eurem Gemahl Rede und Antwort stehen.«

Beobrand hielt ihr zugute, dass sie nicht wieder zu weinen anfing. Aber auch wenn sie keine Miene verzog, war ihr der Schmerz anzusehen. Er lag in ihren Augen.

»Ihr müsst tun, was die Pflicht von Euch verlangt.« Ihre Stimme klang kalt wie der Winter.

Beobrand wusste nichts mehr zu sagen. Sie hatte recht. Er musste seine Pflicht gegenüber seinem Herrn erfüllen. Er hatte einen Eid geschworen. Alles andere war nicht von Bedeutung.

Abrupt drehte er sich um und stapfte aus dem Saal. Die Frauen sahen ihm neugierig hinterher.

Kapitel 26

Eines der Pferde wieherte in der hereinbrechenden Abenddämmerung. Die anderen antworteten ihm schnaubend. Beobrand sah in ihre Richtung, konnte aber nichts Ungewöhnliches entdecken. Sie waren alle angebunden und ruhten sich nach einem weiteren langen Tagesritt endlich aus.

In seinem Rücken waren Garr und Acennan mit dem Lagerfeuer beschäftigt, das immer noch nur zaghaft flackerte und qualmte. Sie hatten lange gebraucht, bis auch nur ein Flämmchen gelodert hatte. Jetzt beugten sie sich dicht darüber und zankten sich, wie man das Feuer am besten anfachen sollte, damit sie ihre durchnässten Kleider trocknen und ein warmes Abendessen zubereiten konnten. Die Nacht umfing sie wie ein Mantel, und gelang es ihnen nicht, das Feuer am Leben zu erhalten, wären sie der Dunkelheit und Kälte ausgeliefert.

Vor drei Tagen waren sie in Eoferwic aufgebrochen und hatten seither die Nächte in Sälen und einem Gehöft verbracht. Von Dreogan und den übrigen Männern aus Athelstans Kriegerschar hatten sie sich getrennt. Sie würden den Weg zum Saal ihres gefallenen Herrn alleine finden. Ob sie sich angesichts der Neuigkeiten, die sie mit sich brachten, wohl beeilten? Beobrand wäre an ihrer Stelle versucht gewesen, noch ein wenig in Eoferwic zu verweilen.

Am Morgen hatte es stark geregnet. Ein kräftiger Wind blies ihnen ins Gesicht. Die Straße war rutschig und trügerisch, die Flüsse noch immer angeschwollen. Einmal fanden sie sich vor einer eingestürzten Brücke wieder und konnten den Wasserlauf erst nach einem langen Umweg überqueren, sodass sie sehr viel weniger Strecke zurücklegten, als sie beim Aufbruch zu Sonnenaufgang vor Beadurofs Saal erwartet hatten.

Am Nachmittag hörte es auf zu regnen, aber immer noch wehte von Norden ein kalter Wind. Als die Sonne über dem Horizont im Westen stand, hatte Beobrand die Reisegruppe zu dem Wald auf einem Hügel geführt, der ihnen etwas Schutz bieten würde. Wenn es ihnen jetzt noch gelang, das Feuer in Gang zu bringen, würden sie eine gar nicht so ungemütliche Nacht verbringen müssen.

Beobrand wandte den Blick vom Lager ab und starrte Richtung Norden, wo die letzten Sonnenstrahlen auf die schwarzen Wolken über den hohen Hügeln von Bernicia fielen. Es würde sein dritter Winter im Norden werden. Und jeder hatte seinen ganz eigenen Schrecken mit sich gebracht. Cathryn, geschändet und misshandelt auf dem gefrorenen Waldboden. Neldas in den Tiefen ihrer Höhle ausgestoßener Fluch.

Er hasste den Winter. Er hasste es, in einem verrauchten, überfüllten Saal eingesperrt zu sein. Auch Sunniva hatte das gehasst. Beide hatten sie die weite Landschaft geliebt. Die Klippen, von denen sie einen freien Blick auf die Straße der Wale hatten. Die bewaldeten Täler, die dem Lauf der breiten Flüsse folgten, die sich in Richtung Meer schlängelten.

Sunniva. Wie sehr Cyneburg ihn an sie erinnerte. Die

Königin war genauso schön wie sie. Hatte die gleichen goldenen Locken. Aber Sunniva hatte außerdem eine Stärke besessen, die für alle offensichtlich gewesen war. Das Herz in ihrem weichen, anschmiegsamen Frauenkörper war so stark wie das Eisen gewesen, das sie zusammen mit ihrem Vater geschmiedet hatte.

Eine Rauchwolke zog an Beobrand vorbei.

»Nicht so kräftig, Acennan!«, rief Garr. Er verlor nicht schnell die Geduld, aber Acennan stellte sie auf eine Probe. »Sonst bläst du das Feuer wieder aus.«

Beobrand beachtete die beiden kaum. Sunniva wäre es längst gelungen, ein loderndes Feuer zu entzünden. Sie hatte ein besonderes Verhältnis zu Flammen gehabt. Zum Schutz vor dem beißenden Rauch kniff er die Augen zusammen.

Die Zweige, die Garr auf das Feuer gelegt hatte, begannen zu knacken und aufzubrechen. Einen entsetzlichen Augenblick lang standen Beobrand die Flammen vor Augen, die Sunnivas Leichnam verzehrt hatten. Hatten sie auch etwas in seinem Innersten verbrannt?

Er schlug die Augen wieder auf, um die Bilder zu verscheuchen, und bemerkte, dass die Sonne inzwischen hinter den Horizont gesunken war. Bald schon würde völlige Dunkelheit sie umfangen. Durch eine Lücke in der Wolkendecke wurde der erste Stern des Abends sichtbar, funkelnd wie ein kostbares Juwel auf einem Bett aus violetter Seide, wie es Königinnen und Könige trugen.

Es würde eine kalte Nacht werden. Für einen kurzen Augenblick huschte Reaghan durch Beobrands Gedanken. Ihre langen dunklen Zöpfe. Ihr schlanker Körper, der sich an ihn drückte. Ob sie auch gerade zu diesem ersten Stern der Nacht emporblickte? Mit einem schmerzhaften Stich regte sich das schlechte Gewissen. War er Sunniva schon untreu, indem er diese Gedanken dachte? Unwirsch schob er das Gefühl beiseite. Sunniva lebte nicht mehr. Und nur die Götter wussten, was dieses Sklavenmädchen gerade tat. Wahrscheinlich wärmte sie einem seiner in Ubbanford zurückgebliebenen Kampfgefährten das Lager. Grimmig starrte Beobrand in die dunkler werdende Nacht. Er musste sich mit dem Feuer begnügen, um sich zu wärmen.

Als hätte die Nacht ihr Einlass in seine Gedanken gewährt, meldete sich nun eine Flüsterstimme zu Wort. Und was war mit Octa? War er in Sicherheit? Hatte die Hexe Nelda seinen Sohn verflucht? Vielleicht litt er an einem Husten. Vielleicht war er bereits tot. Vielleicht waren sie alle tot. Ubbanford könnte nur noch aus rußgeschwärzten Balken und Knochen bestehen. Hatte Torran Vergeltung geübt?

»Ihr seid nervös.«

Beobrand zuckte zusammen und drehte sich ruckartig um. Eowa stand dicht vor ihm. Der Prinz ritt tagtäglich neben ihnen, sprach aber kaum ein Wort. Er beklagte sich nie und packte mit an, wenn es nötig war. Sammelte Holz. Sattelte die Pferde. Vorgestern hatte er sogar Acennan aus dem Sumpf gezogen, als dieser von seinem Pferd gefallen war. Acennan war über und über mit dunklem Schlamm bedeckt gewesen, und auch Eowa war bei der Aktion nicht davon verschont geblieben. Der junge Mann war ein guter Reisegefährte, und doch waren sie alles andere als Freunde. Wie hätte es auch anders sein können? Ihr Weg führte Eowa schließlich seinem Verderben entgegen.

»Nervös?«, erwiderte Beobrand. Er ärgerte sich über sich selbst, weil er nicht bemerkt hatte, wie der Prinz näher gekommen war. Er war zu sehr mit anderen Dingen beschäftigt gewesen. Das würde ihm noch zum Verhängnis werden.

»Je weiter wir nach Norden vordringen, desto nervöser werdet Ihr. Ihr seid wie eine Katze vor einem Gewitter.«

Beobrand schnaubte. Er würde es dem Mercianer gegenüber niemals zugeben, dass er recht hatte. »Wir ziehen einer Schlacht entgegen«, versuchte er sich an einer Erklärung.

Eowa schüttelte den Kopf. »Es steckt mehr hinter Eurer Unruhe.« Er blickte Beobrand von der Seite an. »Ich glaube nicht, dass Ihr die Schlacht fürchtet.«

Sofort fühlte Beobrand das Entsetzen, das normalerweise dem Zusammenprall der Schildwälle vorausging. Starke Männer wurden dann zu wimmernden, hilflosen Bündeln, die kotzten wie die Kinder. Dazu der Gestank nach Scheiße und Pisse. Die schlammbespritzten bleichen Toten, die den Raben zum Fraß überlassen wurden. »Jeder, der kein Narr ist, fürchtet die Schlacht.«

Eowa nickte bedächtig. »Und doch gibt es etwas, was Ihr noch mehr fürchtet als den Schildwall.«

Beobrand blickte ihn durchdringend an. »Ich bin kein Narr. Ich fürchte viele Dinge.«

Als Eowa Beobrand kurz die Hand auf die Schulter legte, verkrampfte sich dieser. Die Berührung war ihm unangenehm. Was bezweckte der Mercianer mit seiner plötzlichen Nähe?

»Jeder Mann macht sich ab und zu Sorgen, Beobrand. Das ist der Lauf des Lebens. Besonders jemand wie Ihr. Ein Anführer.«

Beobrand runzelte die Stirn. »Meine Sorgen sind meine Sache«, entgegnete er kurz angebunden.

»Das stimmt«, gab Eowa zurück. »Sorgt Ihr Euch vielleicht wegen einer Frau?«

»Vielleicht.« Schon wieder tauchten Sunniva, Reaghan und Neldas Schatten in seinen Gedanken auf. »Vielleicht auch wegen mehr als nur einer.«

Als Eowa lachte, wandten sich Acennan und Garr vom Feuer ab, das jetzt hell und heiß brannte. Noch nie zuvor hatten sie den Prinzen lachen gehört.

»Frauen. Immer die Frauen«, fuhr dieser fort. »Wir Männer mögen Speere und Schwerter in die Schlacht tragen oder als Herrscher Völker regieren. Aber wer hat mehr Macht? Die Männer, die sterben und kämpfen, oder die Frauen, die uns verhexen und unsere Kinder zur Welt bringen?«

Beobrand gab keine Antwort. Er war es nicht gewohnt, über solche Dinge zu sprechen. Coenrad kam ihm in den Sinn. Er hätte bestimmt weit weniger verdutzt reagiert. Das war genau die Art von Themen, über die sich der junge Mönch liebend gern unterhielt.

»Als ich Cyneburg im letzten Jahr sah, war mir, als gäbe es auf der ganzen Welt keine anderen Frauen mehr«, sagte Eowa. Bei der Erinnerung wurde seine Stimme weich, und er klang entrückt. »Aber ich konnte ebenso wenig zulassen, dass sie nach Bernicia reist, wie ich verhindern kann, dass die Sonne am Abend sinkt.« Er seufzte. Sein Atem stieg in Wolken in die kühle Abendluft. »Für die Chance auf eine einzige Nacht mit ihr habe ich alles riskiert. Sogar mein Leben.«

»Und? Hat es sich gelohnt?« Kaum hatten die Worte

seine Lippen verlassen, schämte sich Beobrand seiner Frage. Die Macht der Gefühle, die Eowa dazu gebracht hatte, das zu tun, was er getan hatte, war ihm nicht fremd.

Eowa lachte erneut. Dieses Mal war es jedoch ein hohles Lachen, ohne jede Spur von Freude. »Es war kalt, und Ihr habt uns verfolgt wie ein Rudel Bluthunde, das einen Hirschbock wittert. Wir konnten kaum rasten. Wie hatte ich je annehmen können, dass uns die Flucht gelingen würde? Es war Irrsinn.«

»Das stimmt«, pflichtete Beobrand ihm bei. »Aber ein Irrsinn, den auch ich schon empfunden habe. Ich habe die Vermutung, dass es den Göttern Spaß macht, dabei zuzusehen, wie wir schwachen Männer wegen Frauen den Verstand verlieren. Zum Glück für mich war die Frau, die mich verhext hat, nicht schon mit einem anderen verheiratet. Schon gar nicht mit einem König.«

Eowa lächelte reuig. »Dann amüsieren sich die Götter gewiss prächtig, wenn sie mir zusehen. Ich habe wahrhaftig den Verstand verloren, und jetzt ist es, fürchte ich, zu spät, ihn wiederzufinden. Mir bleibt nichts anderes, als mein Schicksal mit Stolz zu ertragen.«

Beobrand war beeindruckt. Wie schaffte es Eowa nur, so ruhig und gelassen zu wirken? »Das ist keine geringe Aufgabe, Eowa, Sohn des Pybba«, erwiderte er.

Eowa lächelte. »Habt Dank, Beobrand von Ubbanford. Und seid gewiss: Falls eines der Dinge, die Euch solche Sorgen bereiten, mein Schicksal sein sollte, so messt dem keine Bedeutung bei. Ihr tut das Richtige. Ich habe einen Fehler begangen und Eurem Herrn und König Schaden zugefügt. Er kann über mein Leben entscheiden.«

Eowa, Prinz von Mercia, wartete nicht auf eine Antwort. Er stapfte zurück zum Feuer, dessen Flammen mittlerweile höherschlugen, und ließ Beobrand einfach stehen. Dieser starrte ihm nach, Verwirrtheit im Blick.

* * *

Beobrand tätschelte den Hals seines Apfelschimmels. Das kleine Pferd hatte sich auf dem langen Ritt von Wessex nach Bernicia als zuverlässiger Begleiter erwiesen. Jetzt befanden sie sich bereits in der Nähe von Ubbanford, und Beobrand stellte sich vor, wie es wäre, wieder auf Sceadugengas Rücken zu sitzen. Der prachtvolle Hengst war stärker und mutiger, aber die kleine Stute würde mit Sicherheit einen Platz in seinen Ställen bekommen. Im Augenblick konnte er sich jedoch nicht vorstellen, noch weiter gen Norden zu reiten, ganz egal, auf welchem Pferd. Sein Körper war ein einziger Schmerz, auch wenn seine Muskeln sich mittlerweile eigentlich an die langen Tage im Sattel gewöhnt haben mussten. Eine Rast wäre ihm jetzt mehr als willkommen.

Ihm war klar, dass ihm nicht viel Zeit zur Erholung bleiben würde. In Eoferwic hatten sie erfahren, dass hoch oben im Norden, direkt an der Grenze zum Land der Pikten, immer noch gekämpft wurde. Oswald würde nicht wollen, dass sie sich zu viel Zeit ließen, um wieder zu Kräften zu kommen. Stattdessen würde er erwarten, dass Beobrand seine Männer sammelte und sie sich bewaffnet der Streitmacht der Northumbrier anschlossen.

Sie kamen an der Stelle vorbei, wo ihm der Pferdeschädel und das Vogelskelett aufgefallen waren. Beobrand blickte forschend ins Gebüsch, konnte aber nichts Beunruhigendes entdecken. Hatten seine Kampfgefährten Nelda gestellt? Vielleicht war die Hexe ja weitergezogen, bis nach Ubbanford. Vielleicht hatte Bassus sie getötet. Die Vorstellung, einer Frau das Leben zu nehmen, war keine besonders schöne, aber was für eine andere Wahl hätten sie gehabt? Hengists Mutter Nelda hatte ihn ausfindig gemacht und würde ihm Unglück bringen: Jemand würde auf jeden Fall sterben. Und besser sie als einer seiner Leute. Oder Octa, der jetzt seine einzige Familie war.

Garr, der als Späher ein Stück vorausgeritten war, kam zurück.

»Was hast du gesehen?«, wollte Beobrand wissen. Die Heiserkeit in seiner Stimme verriet seine Anspannung. Sie waren so weit geritten, aber jetzt, so kurz vor seinem Saal, überkam ihn urplötzlich die Angst, dass etwas Schreckliches geschehen sein könnte. Fast rechnete er damit, dass Garr rauchende Ruinen gesehen hatte, wo zuvor die Häuser von Ubbanford gestanden hatten. Beobrand blickte ihm mit unbewegter Miene entgegen, ohne sich die finstere Furcht anmerken zu lassen, die wie ein Krähenschwarm durch sein Bewusstsein flatterte.

»Es sieht alles ruhig aus, Herr«, erwiderte Garr. »Nichts deutet auf Pikten hin. Sie müssen sich höher im Norden aufhalten.«

Beobrand stieß laut den Atem aus und nickte. »Das ist gut. Dann lasst uns weiterreiten. Nach Ubbanford. Nach Hause.«

Sie trieben ihre Pferde an, eine kalte Brise wehte ihnen aus dem Norden entgegen. Es war ein trockener Tag, aber tief über ihren Köpfen hingen drohend dunkle Wolken.

Acennan und Garr galoppierten davon, nur Eowa hielt sich neben Beobrand. Er war in den vergangenen Tagen ein sehr angenehmer Reisegefährte gewesen. Seit jenem ersten längeren Gespräch beim Lagerfeuer hatten sie sich öfter unterhalten, entweder tagsüber, während sie im Sattel saßen, oder abends an einem knisternden Feuer auf einer geschützten Waldlichtung oder am Kamin im Saal eines Fürsten, der ihnen auf ihrem weiten Weg seine Gastfreundschaft angeboten hatte.

Inzwischen fühlte Beobrand sich wohl in Gegenwart des Prinzen. Er war nachdenklich, ein Mann mit Prinzipien. Er hatte keinen einzigen Fluchtversuch unternommen, sondern vielmehr jederzeit seinen Schwur geachtet. Beobrand war von seinem Pflichtbewusstsein beeindruckt. Trotzdem musste er jetzt, je näher sie Oswald und damit höchstwahrscheinlich auch Eowas Todesurteil kamen, immer häufiger daran denken, dass ein Schwur eine ziemlich brüchige Bindung war.

Beobrand hätte zu gerne dieses vorhersehbare Ende verhindert. Aber was blieb ihm anderes übrig, als Eowa zu seinem König zu bringen?

»Das sind gute Neuigkeiten«, sagte der Prinz von Mercia. »Ich weiß, dass Ihr Euch Sorgen gemacht habt. In allen Geschichten, die ich über die Pikten gehört habe, werden sie als wilder und sehr gefährlicher Stamm beschrieben. Es kann nicht einfach sein, direkt an der Grenze zu ihrem Land zu leben.«

»Sie sind nicht nur ein einziger Stamm«, erwiderte Beobrand. »Im Norden leben viele Völker – Männer aus Dál Riata und Ystrad Clud, die Gododdin und auch die Pikten.

Aber hier in Bernicia werden sie alle einfach nur mit diesem Namen bezeichnet.«

»Nun, das scheint mir angemessen«, meinte Eowa. »Für die Waliser sind wir auch alle nur Sachsen, obwohl in den Königreichen Albions viele verschiedene Stämme und Völker leben.«

»Das stimmt.« Beobrand grinste. Die Furcht fiel von ihm ab wie schmelzender Schnee von einem steilen Dach. Mit einem Mal erfüllte ihn unbändige Vorfreude. Bis zu diesem Augenblick hatte er nicht gewusst, wie sehr er sich nach Ubbanford sehnte, nach seinem Zuhause. »Kommt! Mein Saal ist nicht mehr weit entfernt. Heute Abend wird unser Lager bequem und sicher sein. Über die Pikten und alles, was uns sonst noch erwarten mag, können wir uns morgen wieder Gedanken machen.«

Er grub die Hacken in die Flanken seiner Stute, die seine Freude spürte, sich aufbäumte und im Galopp losstürmte. Als der Wind ihm sein langes Haar aus dem Gesicht wehte, lachte er.

Zuhause.

Er vermisste Bassus und seine anderen Kampfgefährten.

Und Reaghan.

Er dachte an Octa, seinen Sohn, und spürte, wie sich etwas in seinem Inneren regte. Er vermisste sie alle. Und war froh und erleichtert, wieder zu Hause zu sein.

Hinter ihm spornte Eowa mit Juchzern und Schreien sein Pferd ebenfalls zum Galopp an. Beobrand war kein besonders guter Reiter und seine Stute nicht besonders schnell. Falls Eowa es wirklich auf ein Wettrennen anlegte, dann hatte er gegen den Prinzen höchstwahrscheinlich keine

Chance. Er warf einen Blick zurück und sah den Mercianer näher kommen. Also trat er seinem Pferd einmal mehr in die Seiten, ließ die Hand auf dessen Flanke klatschen und rief: »Auf geht's, Mädchen. Wir können uns den Sieg holen! Wir sind fast zu Hause!«

Das Rennfieber hatte ihn gepackt. Seine Wangen waren gerötet, und seine Augen funkelten, als sie den letzten Abhang nach Ubbanford hinabstürmten. Eowa war dicht hinter ihm. Aus seinem wilden Lachen sprach unbändige Freude an dem entfesselten Ritt.

Ubbanford sah aus wie in Beobrands Erinnerung. In den Wochen ihrer Abwesenheit hatte sich nichts verändert. Rauch quoll aus den verstreuten Hütten und lag als Schleier über den Dächern. Hinter den Häusern und dem alten Saal im Tal zog der Tuidi breit und tief seine Bahn.

Auf dem Hügel zu seiner Rechten stand stolz und erhaben sein neuer Saal. Der Saal, den er gemeinsam mit Sunniva errichtet hatte. Für einen kurzen Augenblick überlegte er, dort hinaufzureiten, sah dann aber, dass Garr und Acennan bereits zwischen den kleineren Hütten und Häusern vor Ubbas Saal abgesessen waren. Jemand stand bei ihnen.

Beobrand beugte sich über den Hals der Stute und kniff die Augen zusammen.

Eowas Pferd war jetzt dicht neben Beobrands, das allmählich müde wurde. Doch das Rennen war Beobrand gleichgültig geworden. Etwas stimmte nicht. Eisige Finger der Angst krochen seinen Rücken hinab. Vor dem Saal lungerten Gestalten in dunklen Gewändern. Was hatte das zu bedeuten?

Ohne nachzudenken, zog er behutsam die Zügel an. Die

Stute verlangsamte den Galopp. Eowa überholte ihn mit einem lauten Schrei. Beobrand beachtete ihn nicht.

Dann erkannte er den ersten der Talare tragenden Männer. Er hatte sich die Stirn bis hinauf zur Kopfmitte kahl geschoren, aber hinter seinen Ohren kräuselten sich lange braune Locken. Er sah jung aus, hatte ein weiches Gesicht und lächelte gern, wie Beobrand wusste. Jetzt jedoch war seine Miene verkniffen. Unter den Augen hatten sich tiefe schwarze Ringe eingegraben.

Beobrand brachte seine Stute vor dem jungen Mann zum Stehen. Eowa war bereits abgesprungen und hatte sich zu Acennan und Garr gesellt. Zahlreiche Männer und Frauen waren aus dem Saal geströmt und umringten sie.

Beobrand ließ sich vom Sattel zu Boden gleiten. Als er sein verletztes Bein belastete, stöhnte er laut und vernehmlich auf. Jedes Mal, wenn er die Verletzung so gut wie vergessen hatte, brachte sie sich erneut in Erinnerung.

»Coenrad«, sagte Beobrand zu dem jungen Mönch, der kreidebleich und mit geweiteten Augen vor den geöffneten Toren von Ubbas Saal stand. »Was führt dich nach Ubbanford?«

Coenrad gab zunächst keine Antwort.

Beobrand bemerkte die anderen Mönche hinter ihm, unter ihnen Aidan, der neue Bischof von Lindisfarena. Auch er wirkte, als wäre er erschöpft nach endloser Plackerei. Oder vor Trauer.

Andere Menschen drängten sich um die Mönche. Beobrand erkannte Elmer. Aethelwulf stand dicht bei Ceawlin. Attor war gesund und munter und allem Anschein nach vollkommen genesen. Beobrand freute sich, sie alle zu sehen, konnte den Moment aber nicht genießen. Etwas hatte seine Aufmerksamkeit erregt, und er konnte den Blick nicht davon lösen.

Auf Aidans Wange war eine schwärzliche Schmierspur zu erkennen. Während der heilige Mann mit einem sorgenvollen Ausdruck in den tief liegenden Augen auf ihn zukam, realisierte Beobrand, dass es sich um Blut handelte. Und als er ihn noch länger musterte, sah er, dass auch die Hände des Abtes voll mit geronnenem Lebenssaft waren. Etwas Schreckliches musste geschehen sein.

Bebend holte Beobrand Luft. »Was ist passiert?« Seine Stimme brach. Er schluckte, bevor er herausplatzte: »Ist es mein Sohn?« Der scharfe und aggressive Klang seiner Frage überraschte ihn. Aber kaum hatte er die Worte ausgesprochen, war ihm klar, dass das seine größte Angst war. Dass dem kleinen Octa etwas zugestoßen sein könnte und er nicht hier gewesen war, um ihn zu beschützen.

Aidan trat näher und legte Beobrand eine blutverschmierte Hand auf den Arm.

»Nun sagt schon, Priester!« Beobrand wurde lauter. »Ist mein Sohn tot? So sprecht doch!«

Sowohl die umstehenden Bewohner von Ubbanford wie auch die gerade eingetroffenen Krieger verstummten. Coenrad sagte etliche Worte in der Sprache der Christusprediger, dann nickte Aidan und ergriff mit so sanfter Stimme das Wort, als spräche er zu einem verängstigten Tier.

»Octa ist wohlauf, Beobrand.« Er redete langsam und mit starkem Akzent. »Eurem Sohn geht es gut.«

Eine Woge der Erleichterung schwappte über Beobrand hinweg, und er wäre beinahe zu Boden gesackt, hätte Aidan ihn nicht am Arm gepackt und gestützt. Dann fiel sein Blick erneut auf das blutige Gesicht und die Hände des Bischofs. »Aber wer …? Wessen Blut?«, brachte er schließlich mühsam hervor.

»Es ist Bassus.« Coenrad trat nach vorne. »Er ist schwer verletzt. Darum wurde nach uns geschickt. Wir haben gebetet und gebetet. Der Abt hat alles in seiner Macht Stehende getan. Aber bis jetzt hat es nichts genützt. Es tut mir leid, Beobrand. Ich fürchte, wir sind zu spät gekommen.«

DRITTER TEIL

BELAGERUNG DER SEELEN

Kapitel 27

Reaghan goss noch mehr von dem guten Met in Eowas Trinkhorn. Lady Rowena hatte angeordnet, dass zur Feier der Rückkehr ihres Herrn nur die besten Speisen und Getränke aufgetischt wurden. Ihrer aller Herr. Ihres persönlichen Herrn, dachte Reaghan und errötete angesichts ihrer Dummheit. Aber sie konnte ihre Freude nicht verhehlen, wenn sie Beobrand anblickte. Wenn doch nur die Umstände glücklicher gewesen wären. Was seinem Freund Bassus zugestoßen war, war schrecklich, doch Reaghans ganze Sorge galt einzig und allein Beobrand. Erneut huschte ihr Blick zu der Abtrennung am hinteren Saalende. Dort lag, fern von den Festlichkeiten, Bassus in einem abgedunkelten Raum. Allein. Fern von seinem Freund Beobrand.

»Reaghan! Du dummes Ding! Was machst du denn da?«, zischte Rowena ihr zu.

Entsetzt bemerkte Reaghan, dass sie Met verschüttet hatte. Er tropfte über den Rand der Hohen Tafel auf Eowas Oberschenkel. Sie lief dunkelrot an und wischte mit der Schürze hastig den Großteil der Flüssigkeit auf. »Bitte verzeiht mir, Herr«, sagte sie mit bebender Stimme.

Eowa legte beruhigend seine Hand auf ihre. »Es ist ja nichts Schlimmes passiert.« Er lächelte sie an.

Er sah gut aus. Sie hatte gehört, dass er Pendas Bruder

war, ein Prinz aus Mercia, und keine Ahnung, warum er hier in Ubbanford war. Sie entzog ihm ihre Hand und machte sich auf den Weg, um Metnachschub zu holen.

»Dumme Kuh«, schimpfte Rowena.

Reaghan entfernte sich hastig. In letzter Zeit hielt sie sich, wenn es denn ging, von Rowena und ihrer Tochter Edlyn fern. Maida und Odelyna machten ihr die Sache einfacher, indem sie ihr immer etwas zu tun gaben, doch ab und zu ließen sich direkte Begegnungen mit den beiden adligen Frauen nicht vermeiden. Und jedes Mal schien Reaghan den Ärger der beiden auf sich zu ziehen. Im Verlauf des Sommers hatte sie schon oft mit der Haselrute Bekanntschaft gemacht. Die Schläge taten weh und hinterließen dicke Striemen auf ihrer Haut, die Odelyna mit Heilsalben behandelte. Aber diese Schmerzen waren nichts im Vergleich zu der Einsamkeit, die in ihrem Inneren herrschte. Sie fühlte sich hohl. Ihr Körper hatte ein winziges Lebewesen, das in ihr herangewachsen war, ausgestoßen und sie schwach und leer zurückgelassen. Eigentlich wollte sie auf keinen Fall an jenen Tag zurückdenken, doch die Erinnerung schien wie ein Wolf im dunklen Wald zu lauern, bereit, sie jedes Mal anzuspringen, sobald ihre Wachsamkeit ein wenig nachließ. Die Krämpfe waren fürchterlich gewesen, und der Schmerz hatte ihren Körper beinahe zerrissen. Doch zu guter Letzt hatte sie alles aus ihrem Leib herausgepresst und war leer und einsam zurückgeblieben. Sie war eine Sklavin. Sie würde niemals etwas besitzen. Aber nun hatte sie die Möglichkeit gehabt, etwas zu haben, etwas durch und durch Perfektes, und beschlossen, es zu zerstören. Es zu töten.

Tränen traten ihr in die Augen, und es gelang ihr nur mit Mühe, den Krug unter das Metfass zu halten und ihn aufzufüllen.

Odelyna und Maida hatten ihr versichert, dass es das Beste gewesen war. Aber sie hatten auch keine Ahnung von ihrer schrecklichen Traurigkeit.

Die besten Tage waren die, an denen Maida sie bat, auf die Kinder aufzupassen. Dann konnten Edlyn und deren Mutter Reaghan nichts anhaben. Außerdem fand sie in der Gesellschaft der Kleinen Trost. Die Kinder mochten sie und ihr sanftmütiges Wesen. Sie gehorchten ihren Anweisungen, und im Gegenzug dachte Reaghan sich Spiele aus, die ihnen Spaß machten. Octa, der Säugling, war ihr kleiner Liebling. Vor allem genoss sie die Augenblicke, wenn Maida ihn gestillt hatte und er müde wurde. Dann übernahm Reaghan ihn, wusch ihn und wiegte ihn anschließend im Arm. Sie schloss die Augen und atmete seinen Duft ein, streichelte sanft seinen zarten blonden Flaum. Den Flaum, der später einmal zu einem ähnlich blonden Schopf wie der seines Vaters werden würde. Sie liebte die Augenblicke der Nähe zu Beobrands Sohn.

Einmal war sie mit dem Jungen auf dem Arm eingeschlafen. Als sie die Augen aufschlug, musterte Maida sie mit wissendem Gesichtsausdruck, und Reaghan war sich sicher, was sie dachte. »Er ist nicht dein Kind.«

Sie stand auf, legte Octa in seine Wiege und wollte die Hütte verlassen. Doch Maida hielt sie auf. »Sprich niemals mit ihm über das, was im Sommer geschehen ist, Reaghan. Du hast getan, was getan werden musste, aber er würde es nicht verstehen.«

Reaghan starrte sie lange schweigend an. Niemand in Ubbanford behandelte sie freundlicher als Maida, aber auch sie schien sich nicht vorstellen zu können, welche Schuldgefühle sie jedes Mal überfielen, wenn sie Octa im Arm hielt. Welche Schuld und welche Eifersucht.

Sie hatte genickt und gemurmelt: »Ich weiß.«

Sunniva hatte Beobrand ein Kind geschenkt. Reaghan hatte eins getötet.

In Gedanken versunken ging sie mit dem Metkrug zurück zu den Bänken und schenkte Becher und Hörner voll. Die lauten Gespräche um sie herum nahm sie nicht wahr.

Maida hatte recht. Sie durfte Beobrand nicht erzählen, was sie getan hatte. Aber irgendwie musste sie die Leere in ihrem Inneren ausfüllen. Da registrierte sie eine Bewegung nahe der Abtrennung am hinteren Saalende und stutzte. Mit besorgter Miene trat Beobrand hervor. Die Ereignisse des vergangenen Jahres hatten ihn altern lassen. Er wirkte ausgezehrt, seine Augen, meistens zusammengekniffen, lagen in dunklen Höhlen. Sein Schritt war schwer und voller Sorge, aber sein Körper immer noch der eines jungen Kriegers, groß und kräftig. Eines Fürsten in der Blüte seiner Jahre.

Ihre Blicke begegneten sich im Dunst des Saales, und als hätte er ihre Gedanken gehört, richtete er sich mit breiten Schultern auf. Er nickte ihr kaum sichtbar zu, bevor er zu seinen Kampfgefährten schlenderte.

»Habt ihr mir etwas Met übrig gelassen?«, fragte er die anderen.

Acennan stand auf und hielt ihm ein volles Trinkhorn hin. Die beiden wechselten kein Wort, aber Reaghan sah, dass zwischen ihnen ein stummer Austausch stattfand. Beobrand nahm das Horn und leerte es in einem Zug.

Auch Aethelwulf erhob sich und reckte seinen Becher in die Höhe. »Willkommen zurück, Herr!«, rief er mit heiserer Stimme, der man anhörte, dass er bereits etliche Becher geleert haben musste. Nun setzte er sich einen weiteren an die Lippen.

»Sieh nur zu, dass du genügend für mich und meinen Gast übrig lässt, damit wir uns auch betrinken können, Aethelwulf«, erwiderte Beobrand. »Wir waren lange unterwegs, und das Reisen hat uns durstig gemacht. Uns bleibt nur dieser Abend, um zu trinken, morgen reiten wir schon wieder weiter gen Norden.«

Die Krieger wirkten nicht überrascht ob der Neuigkeit. Anscheinend hatten sie das bereits gewusst oder zumindest geahnt. Laut ließen sie die Becher auf die Tische krachen und jubelten ihrem heimgekehrten Herrn zu, während dieser zur Hohen Tafel ging.

Reaghan spürte, wie ihre Augen zu brennen begannen. Sie würde nicht weinen. Tränen halfen nichts. Doch die plötzliche Traurigkeit, die sie jetzt in Besitz nahm, ließ ihr keine andere Wahl, als den Kopf zu senken und sich mehrmals über die Augen zu wischen. Er würde sie also schon bald wieder verlassen. Seit seiner Ankunft hatten sie noch kein einziges Wort miteinander gesprochen. Als sie den Blick zurückwandte, sah sie, dass er sich mit Eowa unterhielt.

Rowena hatte recht. Sie war eine dumme Kuh. Zwischen ihnen war gar nichts. Sie war eine Sklavin. Er war ihr Herr. Wenn sie genauer darüber nachdachte, fiel ihr auf, dass sie ohnehin nur selten miteinander geredet hatten. Für ihn war sie nichts weiter als ein Spielzeug. Ein Körper, mit dem er seine Lust befriedigen konnte. Und doch war er gekommen, um sie aus den Händen von Nathairs Söhnen zu befreien, und hatte Maida gebeten, auf sie achtzugeben. Ihr Magen krampfte sich zusammen. Und er hatte ihr seinen Samen eingepflanzt.

Sie sah, wie Beobrand sein Trinkhorn hob, das offensichtlich leer war, und in ihre Richtung blickte.

Sie errötete, und eine Hitzewelle jagte durch ihren Körper, als sie sich ihm näherte. Ließ er währenddessen seinen Blick auf ihr ruhen?

Als sie sich hinabbeugte, um ihm nachzuschenken, streifte seine Hand ihren Arm. Beinahe hätte sie noch einmal kostbaren Met verschüttet, so plötzlich flutete das Begehren ihren Körper. Die Heftigkeit ihrer Reaktion überraschte sie.

»Möchtest du dich heute Nacht zu mir legen?«, flüsterte er, als er sich ihr zuwandte.

Ihre Kehle war wie zugeschnürt. Sie brachte keinen Ton heraus. Die Stelle, wo er sie berührt hatte, brannte wie Feuer. Sein Duft – eine Mischung aus Schweiß, Staub, Pferd und Met – drang in ihre Nase.

Sie nickte. Und im selben Augenblick wurde ihr etwas klar. Er mochte ihr Herr sein und sie nichts weiter als seine Sklavin, aber er hatte ihr nicht befohlen, die Nacht mit ihm zu verbringen. Und noch etwas wusste sie: Er würde es ihr niemals befehlen müssen. Sie würde sich jederzeit genauso willig zu ihm legen wie eine Ehefrau zu ihrem Gemahl.

* * *

Regungslos und mit geschlossenen Augen lauschte Beobrand Reaghans gleichmäßigen leisen Atemzügen. Sie lagen gemeinsam unter den Fellen, ihre Wärme hüllte ihn ein. Behutsam, um sie nicht zu wecken, strich er ihren geschwungenen Rücken entlang, und sie ließ ein gedämpftes genüssliches Seufzen hören. Er musste an die Laute der Leidenschaft denken, die sie in der Nacht von sich gegeben hatte. Zunächst war er noch benommen vom vielen Alkohol gewesen, erschöpft und traurig über Bassus' Schicksal. Doch Reaghan hatte ihn so lange geküsst und liebkost, bis er nur noch sie im Kopf gehabt hatte. Sie schien es als ihre Aufgabe zu betrachten, ihn in dieser Nacht zu beglücken. Er lächelte. Wie könnte er ihr dieses Pflichtbewusstsein verübeln?

Schließlich hatten sie sich mit der Urgewalt eines Gewitters geliebt. Er hatte die Berührungen einer Frau in den vergangenen Wochen vermisst, und nachdem sein Körper entflammt gewesen war, hatte es kein Zurück mehr gegeben. Auch Reaghan hatte sich, so schien es, verzweifelt danach gesehnt, ihn in sich zu spüren. Keuchend und stöhnend hatte sie sich an ihn geklammert, während er sich in sie versenkte, bis sich ihre Leidenschaft schließlich lautstark Bahn gebrochen hatte und beide gesättigt in einen zufriedenen Schlaf gefallen waren.

Reaghan war ihm ein echtes Rätsel. Eine Sklavin, die ihn um den Finger gewickelt hatte. Was Eowa über die Frauen gesagt hatte, kam ihm in den Sinn. Welches Geschlecht war eigentlich das mächtigere von beiden?

Er schlug die Augen auf und sah die dunklen Haare, die Reaghans schmales Gesicht umrahmten. Ganz anders als

Sunnivas golden schimmernde Locken. Von einem Augenblick auf den anderen war sein warmes Gefühl der Zufriedenheit verschwunden, als hätten die eisigen Wasser des Tuidi es weggespült. Seufzend erhob er sich von seinem Lager, nahm seinen Kittel und seine Hose vom Fußboden und zog sich an. Würde er denn nie wieder wahres Glück erleben? Aber vielleicht hatte er es einfach nicht verdient. Er war immer noch am Leben, während so viele andere bereits ins Jenseits hatten hinüberwechseln müssen. Er wusste, was Bassus jetzt sagen würde: dass er nicht an der Vergangenheit festhalten, sondern den Augenblick genießen sollte. Vermutlich hatte der hünenhafte Krieger recht damit, aber es war alles andere als einfach.

Ob Bassus in diesem Moment an die Vergangenheit dachte, an alles, was er verloren hatte? Nein, vermutlich nicht. Beobrand konnte sich nicht vorstellen, dass die Schmerzen der Gegenwart seinem Freund gestatteten, an etwas anderes als an seine momentane Situation zu denken. Noch immer spürte er das tiefe Entsetzen, das sich gestern beim Anblick des gefällten Hünen in ihm ausgebreitet hatte. Bassus war ihm als unverwundbare Urgewalt erschienen, seit er ihn kannte. Bei seiner Rückkehr nach Ubbanford hatte er zunächst geglaubt, sein Freund wäre tot. Als es Coenrad jedoch gelungen war, ihm mitzuteilen, dass der Hüne noch lebte, verspürte er große Erleichterung. Jedoch nicht allzu lange. Hastig ging er in den Raum am hinteren Ende von Ubbas Saal, wo ihn ein grässlicher Gestank nach Fäulnis, Blut, Schweiß und Angst empfing. Und über allem hing das erstickende Aroma von verbranntem Fleisch.

Bassus lag auf einer Pritsche. Sein Gesicht im schwachen

Licht der flackernden Binsenfackeln zeigte keinerlei Regung. Die Haut des Kriegers war blass und von fiebrigen Schweißperlen überzogen. Beobrand beugte sich dicht über ihn und konnte die Hitze spüren, die von ihm ausging. Wie eine Schmiede. Oder ein Lagerfeuer. Er lebte noch, aber Aidan und Coenrad hatten gesagt, dass nur noch ihr Gott darüber entscheiden würde, ob Bassus auf dieser Erde verweilen oder sie verlassen würde. Nach einem Blick auf den mit Blättern umwickelten Armstumpf seines Freundes konnte Beobrand sich nur schwer vorstellen, dass er eine Überlebenschance hatte. Sollte es wirklich das Schicksal dieses großartigen Kriegers sein, so zu sterben? Als schweißnasses, zitterndes Bündel, nachdem ein heimtückisch abgefeuerter piktischer Pfeil ihn seinen Arm gekostet hatte?

Jetzt schlüpfte Beobrand in seine Lederschuhe, band sie so schnell wie nur möglich und verfluchte im Stillen seine fehlenden Finger und die daraus resultierende Ungeschicklichkeit. Immerhin hatte er ihren Verlust überlebt. Und wenn es jemanden gab, der mit einem verlorenen Arm sein Leben weiterführen konnte, dann Bassus. Ob die Götter sich auch beim Anblick eines einst so kräftigen und nun so gebrochenen Mannes vor Lachen ausschütteten?

Bassus so schwach und fiebrig zu erleben hatte Beobrand einen schweren Schlag versetzt. Lange Zeit saß er an der Seite seines Freundes. Bei der Vorstellung, erneut einen geliebten Menschen zu verlieren, liefen ihm die Tränen übers Gesicht. Ohne Hoffnung starrte er in Bassus' schmerzverzerrtes Gesicht und hörte im Geiste seine Stimme, so klar und deutlich, als wäre der Verletzte erwacht und würde zu ihm sprechen: »Sitz hier nicht rum und weine um mich,

Junge. Ich kann für mich selbst sorgen. Aber du hast Männer, die deiner Führung bedürfen. Geh zu ihnen und zeige ihnen, dass du ihr Herr bist.«

Und so wischte er sich mit seinen schwieligen Händen die Tränen ab und kehrte in den Saal zurück. Zu den Gesprächen, den Speisen und Getränken. Zu den Rätseln und Aufschneidereien seiner Männer. Als Gram sich nach Bassus' Befinden erkundigte, war seinen Worten die Angst deutlich anzuhören. Auch er war tief erschüttert darüber, was eine einfache Pfeilwunde aus dem Krieger gemacht hatte.

»Ehe wirs uns versehen, ist Bassus wieder gesund und säuft uns den letzten Tropfen Met weg«, hatte Beobrand Gram geantwortet. Hoffentlich hatten seine Worte schroff genug geklungen, um die Sorge und die Unsicherheit, die ihn quälten, zu verbergen.

Leise näherte Beobrand sich nun der Tür der Kammer. Dort angekommen wandte er sich noch einmal zu der schlafenden Reaghan um. Wie klein und friedlich sie wirkte. Wie gern hätte er diesen Frieden noch ein wenig länger mit ihr geteilt. Er holte tief Luft, drehte sich um und ließ sie schlafen.

* * *

Coenrad war kaum imstande, die Augen offen zu halten. Er sehnte sich danach zu schlafen, wusste aber, dass ihm das erst nach Sonnenuntergang gestattet war. Also nippte er an dem abgestandenen Bier in seinem Becher und biss von seinem Brot ab. Es war hart, darum stippte er es in das Bier und nahm noch einen Bissen. Allmählich reagierte sein Körper auf die Nahrung, und er fühlte sich ein wenig wacher. In der Nacht hatte er kaum die Augen zugemacht. Sie hatten für Bassus gebetet und die Offizien gesungen. Ob er sich wohl jemals wirklich an dieses Leben als Mönch gewöhnen würde? Er liebte die Gebete und die Gemeinschaft der Brüder, war aber eigentlich immer erschöpft und träumte von einem Schlaf, der nicht durch den Weckruf zum Gebet gestört wurde. Es war bewundernswert, wie leicht den älteren Männern dieses Leben zu fallen schien. Fearghas hatte, obwohl er steinalt gewesen war, nie ein Stundengebet versäumt, bis die Krankheit ihn an sein Lager gefesselt hatte.

Auch Bischof Aidan war ständig bereit, das Werk des Herrn zu tun, ganz egal, wie wenig Schlaf er zuvor bekommen hatte, und strahlte noch dabei. Es schien Coenrad, als wäre Gott für die anderen Mönche eine größere Kraftquelle als für ihn. Bestimmt lag es daran, dass sie heiliger waren als er. Er kämpfte immer noch manchmal mit den Versuchungen des Teufels, der ihn vom Pfad der Rechtschaffenheit abbringen wollte. Gothfraidh sagte, dass es für jemanden in seinem Alter ganz normal war, die Versuchungen des Fleisches zu empfinden. Vielleicht hatte er ja recht. Der Teufel musste in der Tat sehr mächtig sein, denn in Gegenwart junger Frauen fand Coenrad es ausgesprochen schwierig, an irgendetwas anderes als an die sanften Kurven ihrer Körper zu denken. Wie mochte es sich wohl anfühlen, sie zu berühren? Bei einer Frau zu liegen? Er zitterte, obwohl es nicht kalt war. Solche Probleme hatte Beobrand nicht. Gestern Abend, als er mit der hübschen Sklavin den Saal verlassen hatte, hatte Coenrad einen schmerzhaften Stich der Eifersucht verspürt. Auch an Beobrands wunderschöne Gemahlin Sunniva konnte er sich noch sehr gut erinnern. Er stippte noch mehr Brot in sein Bier und kaute gedankenversunken.

Beobrand mochte zwar die Genüsse des Fleisches für sich entdeckt haben, aber sein Leben war voller Traurigkeit. Vielleicht war es ja doch besser, gar nichts von der liebenden Berührung einer Frau zu wissen, anstatt die Verzweiflung ihres Verlustes erdulden zu müssen.

»Möchtest du ein Stück Käse?«

Coenrad wurde aus seinen Gedanken aufgeschreckt und hob den Kopf. Vor ihm stand Attor, der geschmeidige, drahtige Krieger, der nach Lindisfarena geritten war, um Aidans Hilfe für Bassus zu erbitten. Es sah ihn mit offener Miene an.

»Danke«, sagte Coenrad und griff nach dem cremigen Käse, den Attor ihm entgegenstreckte. Er legte ihn auf das verbliebene Brot, biss ab und nahm einen Schluck Bier, um das Ganze einzuweichen. Dann nickte er Attor anerkennend zu, der daraufhin strahlend lächelte.

Es war nicht zu übersehen, dass Attor von Christus berührt worden war. Seitdem er dem scheinbar sicheren Tod durch die Pfeilwunde entgangen war, hatte er sein heidnisches Leben fast zur Gänze abgelegt. Das Thunor-Amulett, das er um seinen Hals getragen hatte, war durch ein kleines hölzernes Kreuz ersetzt worden. Als Bassus' Zustand sich nicht besserte, hatte Attor gewusst, dass der Christus und sein neuer Bischof ihre einzige Hoffnung waren.

»Wie geht es Bassus?«, erkundigte er sich jetzt. Attors normalerweise barscher Tonfall wurde stets hörbar sanfter, wenn er mit einem der heiligen Männer sprach.

Coenrad mochte ihn, fürchtete ihn aber auch. Er war wie ein wilder Wolf, der gezähmt worden war und nun am Kaminfeuer eines Saales schlief. Die Bestie wirkte sanft und fügsam, doch die Zähne in ihrem Maul waren noch genauso spitz wie zuvor.

»Wir müssen abwarten, Attor. Der Abt ist jetzt bei ihm. Wir haben die ganze Nacht über gebetet. Nun liegt sein Leben in der Hand des Herrn. Hast du auch gebetet?«

Attor wurde bleich. »Hätte ich das tun sollen?« Leise Panik lag in seiner Stimme. »Das habe ich nicht gewusst. Wie soll ich denn beten?«

Coenrad lächelte. »Mach dir darüber keine Sorgen. Zu beten ist ganz einfach, und Gott hört jedes Gebet eines Gläubigen. Du bist doch gläubig, nicht wahr?«

Attor rieb sich die Schulter genau dort, wo Aidans Umschlag das Elfengift aus seiner Wunde gezogen hatte. »Ja, ich glaube.«

»Dann brauchst du nichts weiter zu tun, als dir einen ruhigen Ort zu suchen und so zu Christus zu sprechen, als würdest du zu deinem irdischen Herrn sprechen. Rede, und du wirst erhört werden.«

Attor wirkte verwirrt. »Aber ich bin kein heiliger Mann. Ich weiß nicht, welche Rituale oder Opfer notwendig sind, damit die Götter mir Aufmerksamkeit schenken.«

»Es gibt nur einen wahren Gott«, verbesserte ihn Coenrad. »Und du musst keine geheimen Rituale abhalten oder Opfer darbringen, um mit Gott, unserem Herrn, zu sprechen.« Er war einfach zu erschöpft, um dem Krieger jetzt einen längeren Vortrag über die Prinzipien der verschiedenen Religionen zu halten. »Aber vielleicht solltest du dich später an Abt Aidan wenden. Ich nehme an, er kann dir diese Dinge besser erklären als ich. Möchtest du dich denn auch taufen lassen?«

»Taufen?« Attor wirkte noch verwirrter.

»Dabei wirst du von all deinen Sünden reingewaschen, und anschließend bist du ein wahrer Nachfolger des Christus.«

»Und dann redet Gott mit mir?« Attors Augen wurden groß.

»Nun, genau genommen redet Gott mit allen Menschen. Sie müssen Ihm nur zuhören.«

Die Saaltore schwangen auf, und helles Tageslicht flutete die muffige Düsternis von Ubbas Saal. Gegen das Licht zeichnete sich eine große, breitschultrige Silhouette ab; Beobrand stapfte herein.

Attors Gesichtsausdruck veränderte sich, aus einer Miene intensiver Konzentration und Staunen wurde eine des kläglichen Kummers. Er eilte zu Beobrand und warf sich vor ihm auf den mit Binsen bestreuten Fußboden. »Es tut mir so leid, Herr. Wenn ich Torran, diesen piktischen Schweinehund, doch nur getötet hätte. Aber ich habe ihn zweimal entkommen lassen. Und jetzt ist Bassus …« Er schaffte es nicht, den Satz zu beenden.

Beobrand zog Attor auf die Füße. »Tapferer Attor. Dich trifft keine Schuld daran, dass dieser feige Pikte flink wie ein Hase ist. Vielmehr hat Bassus, wie ich höre, nur dir zu verdanken, dass er überhaupt noch am Leben ist.«

Auf Attors Gesicht spiegelten sich zwar immer noch Schmerz und Trauer, aber er nickte. »Ich bin so schnell nach Lindisfarena geritten, wie ich nur konnte. Und ich habe die

Mönche gezwungen, mit mir zurückzureiten. Aidan wollte eigentlich lieber marschieren, aber das habe ich nicht zugelassen.«

»Du hast deine Sache sehr gut gemacht, Attor. Und du hast recht: Wir hätten Torran töten sollen, als wir die Gelegenheit dazu hatten. Wenn sich unsere Pfade das nächste Mal kreuzen, nehme ich ihm das Leben, das schwöre ich hiermit.«

»Nur wenn mir das vorher nicht schon gelungen ist.« Ein schmales Lächeln umspielte Attors Mundwinkel. Unter seiner Fassade lauerte eine Wildheit, die Angst machen konnte.

Coenrad hatte Attor zwar noch nie kämpfen sehen, aber Erzählungen gehört. In der Schlacht wurde dieser Mann zu einer grausamen Bestie.

Lächelnd legte Beobrand Attor die Hand auf die Schulter. »Und? Ist deine Wunde wieder gut verheilt?«, erkundigte er sich.

»Ja, Herr.« Attors Stimme war voller Ehrfurcht. »Ein Wunder des Christus.«

»Hoffen wir, dass er seinen Zauber auch bei Bassus wirken kann.«

Attors Miene wurde wieder ernst, bevor er mit einem knappen Nicken davonschlurfte.

Beobrand setzte sich neben Coenrad. »Schön, dich zu sehen. Wie war eure Rückreise aus Wessex?«

»Sie verlief ohne Zwischenfälle«, erwiderte Coenrad. »Wir wurden auf der Temes nicht wieder angehalten, und geregnet hat es auch nicht. Die ersten Gewitter begannen erst kurz nach unserer Ankunft in Bebbanburg.«

Attor kam zurück und brachte Beobrand Brot, Käse und Bier.

Dieser biss von dem Brot ab und verzog sogleich das Gesicht. Vor dem zweiten Bissen tränkte er es ausgiebig mit Bier.

»Und wie war eure Reise mit der Königin?«, wollte Coenrad als Nächstes wissen. Er hatte Cynegils' atemberaubend schöne Tochter nicht vergessen und empfand mehr als nur ein wenig Neid auf Beobrand, weil er sie so lange begleitet hatte.

Beobrands Miene verfinsterte sich. »Nicht ohne Entbehrungen«, brachte er mit vollem Mund hervor.

Coenrad wartete, aber Beobrand aß schweigend weiter.

»Wie geht es ihr?«

Beobrand warf ihm einen scharfen Blick zu. Seine blauen Augen waren blass wie der Winterhimmel. Und genauso kalt. »Cyneburg befindet sich in Eoferwic in Sicherheit. Jetzt ist sie Oswalds Sorge.«

Coenrad dachte, dass solch eine außergewöhnlich schöne Frau niemals die Sorge eines Mannes sein konnte, sondern nur dessen Freude. Als er merkte, dass Beobrand nicht bereit war, noch mehr Worte über die Königin zu verlieren, schwieg er.

»Sag mir eins, Coenrad«, fuhr Beobrand schließlich fort. »Mit welchen Mitteln hat Aidan Bassus behandelt? Kann er eine so schreckliche Verletzung wirklich überleben?«

»Das weiß nur der Herr, aber Bassus ist stark wie ein Stier. Und wir haben die ganze Nacht für seine Genesung gebetet.«

Beobrand kaute eine Weile, bevor er weitersprach. »Ich

habe die Zauberkraft deines Gottes gesehen, Coenrad. Und ich weiß, dass Aidan sehr geschickt darin ist, Wunden zu behandeln.« Er zögerte, trank einen Schluck Bier und fuhr dann fort: »Aber musste er ihm denn wirklich den Arm abnehmen?«

Coenrad verstand, was in Beobrand vorging. Für einen ruhmreichen Krieger wie Bassus war der Verlust eines Arms eine Katastrophe. Nie wieder würde er in der Lage sein, Schild und Speer zu halten. Nie wieder würde er in einem Schildwall stehen. Stattdessen würde er sich wertlos fühlen. So wie er in den Augen von anderen womöglich sein würde. Der Verlust eines Körperteils war schon schlimm genug, aber der des frischen Ruhms der Schlacht und des Respekts der anderen Krieger würde noch stärker schmerzen.

»Wenn Aidan ihm nicht den Arm abgenommen hätte, wäre Bassus bereits jetzt bei unserem himmlischen Vater. Die Fäulnis war in seine Wunde gekrochen, nachdem der Pfeil das Fleisch durchdrungen hatte. Der Arm war schon ganz schwarz.«

Die Worte schienen Beobrand zu besänftigen. Er nahm noch einen Bissen Brot und Käse. »Wie habt ihr das angestellt? Wie kommt es, dass er nicht verblutet ist?«

Coenrad wurde bleich, als er sich daran erinnerte, was er mit angesehen hatte. Nachdem alles zu Ende gewesen war, hatte er sich übergeben, aber keiner der Anwesenden hatte Witze über seine Schwäche gemacht. Aidan hatte ihm sogar ein Kompliment gemacht, weil er sich so lange tapfer gehalten hatte, bis seine Hilfe nicht mehr nötig gewesen war.

»Wie habt ihr das angestellt?«, wollte Beobrand erneut wissen.

Coenrad holte tief Luft. »Zuerst hat Abt Aidan das abgestorbene Fleisch abgeschnitten. Es war schwarz und stank nach Verwesung.« Coenrad spürte, wie ihm bei der Erinnerung an den Geruch schon wieder die Galle in die Kehle stieg. Er schluckte, bevor er weitersprechen konnte. »Später haben wir es verbrannt, um das Böse darin zu zerstören. Und die blutenden Wunden wurden mit Hilfe von Feuer verschlossen.« Er verzog das Gesicht. Es hatte gestunken wie verbranntes Wildschwein. »Anschließend war Elmer uns behilflich.« Coenrad musste noch einmal schlucken. Es wäre ihm am liebsten gewesen, wenn er sich nicht daran erinnern könnte. Es hatte ihn Überwindung gekostet, überhaupt wieder etwas zu essen, und jetzt fürchtete er, alles wieder auszuspucken. Der Käse und das Brot lagen ihm schwer wie Steine im Magen.

»Wie war er euch behilflich?«

Coenrad konnte Bassus' Schreie noch hören. Obwohl sie seine Sinne vorher mit Met betäubt hatten, mussten die Schmerzen unsagbar gewesen sein. »Mit seiner Axt. Der Arm hat dann sehr stark geblutet, und ich musste die Blutungen mit dem heißen Metallstück stoppen, das wir vorbereitet hatten. Aidan hat mich gelobt.« Coenrad blickte Beobrand an und sah, dass sein Freund aus Cantware die Zähne fest zusammengebissen hatte. Und dass er blass geworden war. »Danach ist Bassus eingeschlafen. Wir haben den Stumpf mit einem Umschlag aus weichen Lauchblättern und zerstampftem Salz umwickelt, um die Hitze des Feuers möglichst schnell herauszuziehen.«

In dem Moment trat Aidan aus dem Raum mit dem Krankenlager. Der Priester ging zu Beobrand und Coenrad, während Attor ihm schon mit einem Becher Bier entgegeneilte.

Beobrand erhob sich. »Es scheint, als hättet Ihr erneut einem meiner getreuen Kampfgefährten das Leben gerettet. Habt Dank dafür.«

Coenrad übersetzte die Worte ins Lateinische.

Aidan schüttelte lächelnd den Kopf. Er wirkte angespannt und erschöpft, aber seine Augen leuchteten hell. »Dankt nicht mir«, erwiderte er in der Sprache des Angelvolkes. »Dankt Christus, mein Sohn.«

»Der Christus ist nicht mein Gott, aber wenn Bassus tatsächlich überlebt, werde ich ihm ganz gewiss danken. Vielleicht lasse ich dann sogar hier in Ubbanford einen Altar zu seinen Ehren errichten.«

Coenrad horchte auf. Er konnte kaum glauben, was er da gerade gehört hatte, wusste er doch, dass Beobrand den Christus für einen schwachen Gott hielt und nicht viel für ihn übrighatte.

Aidan nippte an seinem Bier und lauschte Coenrads Übersetzung, dann antwortete er schnell.

»Er sagt, dass du ein Gotteshaus für die Christusnachfolger errichten sollst. Tust du das, ist dir der Segen sicher.«

Beobrand runzelte die Stirn, offensichtlich unsicher, was er darauf erwidern sollte. Nach einer Weile fragte er: »Wie geht es Bassus?«

Aidan grinste breit und fing aufgeregt an zu sprechen.

Als Coenrad übersetzte, konnte auch er ein erleichtertes Lächeln nicht unterdrücken. »Es scheint, als hätte der Herr unsere Gebete erhört. Bassus hat die letzte Nacht so gut überstanden, dass es einem Wunder gleichkommt. Das

Fieber ist gewichen, und Aidan bittet dich, nach ihm zu sehen. Das würde seine Stimmung bestimmt heben.«

* * *

Bassus zitterte, als würde er nicht unter dicken Fellen, sondern nackt in einer Schneewehe liegen. Trotzdem war ihm heiß. Ein schrecklicher Schmerz ging von seinem linken Arm aus, als hätte er sich verbrannt. Er biss die Zähne zusammen. Nie zuvor hatte er so etwas empfunden. Tränen standen in seinen Augen. Seit seiner Kindheit hatte er nicht mehr geweint. Er hatte gelitten, hatte Verletzungen, Verluste, den Tod von Freunden und Verwandten ertragen, aber niemals geweint. Doch jetzt würde diese pulsierende, schneidende Höllenqual womöglich dafür sorgen, dass sich das änderte.

Er wollte sich mit der Hand übers Gesicht wischen und war kurz verwirrt. Er spürte nichts. Wahrscheinlich raubte ihm der Schmerz den Verstand. Dann dämmerte es ihm. Natürlich spürte er nichts, er hatte ja gar keine linke Hand mehr. Trotz der Übelkeit, die in Wellen über ihn hinweglief, verzog Bassus den Mund zu einem grimmigen Lächeln. Es würde nicht einfach werden, sich daran zu gewöhnen. Schnell fuhr er sich mit der rechten Hand über die Augen. Bei allen Göttern, er würde nicht weinen. Diesem piktischen Hurensohn würde es nicht gelingen, ein kleines Kind aus ihm zu machen.

Die nächste Schmerzwelle begrub ihn unter sich und ließ ihn die Augen schließen. Ein leises Stöhnen drang zwischen seinen zusammengepressten Zähnen hervor. Bei den Göttern, wenn er keinen Arm mehr hatte, warum tat er dann immer noch weh? Hätte er es nicht mit eigenen Augen gesehen, hätte er einen Eid geschworen, dass er unversehrt war. Dass er immer noch cin Krieger war, den es zu fürchten galt. Und doch kannte er die Wahrheit. Er würde nie wieder einen Schild in der Hand halten. Der Priester, Aidan, schien zu glauben, dass er überleben würde. Doch als er einen Blick auf den blutigen Verband warf, auf die Stelle, wo bis vor Kurzem noch sein Arm gewesen war, da war er sich nicht sicher, ob er das wirklich wollte.

Er hätte nicht wieder nach Norden kommen dürfen.

Holz schabte über Holz, als sich die Kammertür öffnete. Beobrand stand in der Öffnung. Das Mitleid im Gesicht des jungen Mannes schmerzte Bassus fast noch mehr als sein brennender Armstumpf. War das jetzt aus ihm geworden? Ein Objekt des Mitleids: Würde er das in Zukunft sein? Ein alter Mann mit nur noch einem Arm?

»Du siehst schon viel besser aus«, sagte Beobrand und setzte sich an seine Seite. »Letzte Nacht habe ich das Schlimmste befürchtet.«

»Was könnte schlimmer sein als das?« Bassus' Stimme war nicht mehr als ein verzweifeltes Krächzen.

»Sag das nicht. Du wirst wieder gesund. Und du hast immer noch einen gesunden Arm. Du bist noch nicht tot, alter Freund.«

Bassus stieß ein heiseres Lachen aus und wandte sich ab. »Das stimmt. Aber vielleicht hätte der Pfeil des Pikten besser sein Ziel getroffen.«

»Was hätte daran besser sein sollen, Bassus?«

In Beobrands Stimme schwang etwas mit, das Bassus veranlasste, sich ihm zuzuwenden. Tränen rannen über die

Wangen seines Herrn. Bassus war verblüfft. Plötzlich sah er wieder jung aus. Nicht viel älter als ein Kind. Dann kehrte der Schmerz zurück, sodass Bassus die Augen schließen und den Atem anhalten musste.

»Ich habe schon zu viele Gefährten verloren, Bassus«, sagte Beobrand. Bassus öffnete die Augen, und Beobrand wischte sich die Tränen vom Gesicht. »Ich werde nicht auch noch dich verlieren. Du wirst wieder gesund und wirst noch viele Jahre leben.« Seine Stimme klang auf einmal gebieterisch. Er sprach als Fürst. Bassus' Fürst.

In diesem Augenblick wusste der alte Recke, dass Beobrand nicht mehr weinen und er selbst leben würde. »Nun denn, Beobrand. Wenn du es befiehlst, dann lebe ich eben weiter.« Er zwang sich zu einem schwachen Lächeln. »Aber dafür müssen andere den Tod finden.«

»Aye«, erwiderte Beobrand und packte Bassus' Hand. »Ich schwöre dir, dass ich Torran, Sohn des Nathair, aufspüren und vernichten werde.«

»Tu das«, erwiderte Bassus. »Nach allem, was ich gehört habe, hat dieser Sohn eines piktischen Schweins den Tod mehr verdient als die allermeisten.«

»Er wird nicht mehr lange leben«, sagte Beobrand, und Bassus hörte die Wahrheit in den Worten.

»Aber es gibt noch jemanden, den du töten musst, Beobrand.« Bassus quetschte die Hand seines Herrn zusammen, während sich eine erneute Schmerzwelle über ihn wälzte.

Beobrand beugte sich zu dem alten Recken hinab, um zu erfahren, wer der andere Todgeweihte war.

* * *

Es war ein schöner Tag mit nur wenigen Wolken am tiefblauen Himmel. Beobrand schlenderte durch Ubbanford. In den Häuserschatten hielten sich noch einige wenige Überbleibsel des nächtlichen Frosts, aber in der Sonne war die Luft angenehm mild. Seine Gedanken waren wie das Wechselspiel aus warmen Sonnenstrahlen und kühlem Schatten. Im einen Augenblick war er überglücklich, dass Bassus am Leben war, dass es Reaghan gut ging und Octa prächtig gedieh, doch schon im nächsten überfielen ihn die düsteren Gedanken. Torran musste sterben. Und auch Nelda – Hure, Hexe und Hengists Mutter – durfte nach allem, was sie getan hatte, nicht länger leben.

Er wusste zwar nicht, wie er die beiden finden sollte, aber sobald er seine Pflicht gegenüber dem König erfüllt hatte, würde er sich auf die Suche nach ihnen machen und ihrem Leben ein Ende setzen. Wie viele Todesschwüre würde er wohl noch leisten, bevor der erste Winterschnee fiel? Wenn es stimmte, dass Wybert gen Frankia gezogen war, dann würde sein Rachefeldzug ihn womöglich in weit entfernte fremde Länder führen. Dabei gab es eine Stimme in ihm, die sich nichts sehnlicher wünschte, als mit all dem Morden nichts mehr zu tun zu haben. Doch das war nicht sein Schicksal. Vielleicht würde es ihm eines Tages vergönnt sein, in seinem Saal zu sitzen und sich auszuruhen, aber nie hätte er Frieden finden können, wenn seine Erzfeinde noch auf dieser Erde wandelten. Die bloße Vorstellung, dass Wybert, der so viel Unheil angerichtet hatte, noch am Leben war, ließ Beobrands Wut auflodern. Er wusste, dass er sich noch gedulden musste, bis er dem Mann, der Sunniva geschändet hatte, gegenübertreten konnte, aber das Feuer seines Zorns würde so heiß und so lange brennen wie eine gut gefüllte Esse. Es würde niemals erlöschen. Und sein Hass auf Torran und Nelda fachte die Flammen nur noch stärker an.

Kinderlachen drang an sein Ohr. Beobrand verlangsamte seine Schritte und spähte vorsichtig um die Ecke der Scheune. Vielleicht konnte er ja einen Blick auf seinen Sohn erhaschen. Wobei ihn Octa nicht einmal erkennen würde. Er war noch ein Säugling, und Beobrand hatte seit seiner Geburt nur wenige Augenblicke mit ihm verbracht. Er schwor sich, dass er ihm nach dem Kampf gegen die Pikten im Norden, wenn er wieder zurückgekehrt war, mehr Zeit als bisher widmen würde. Octa sollte ihn nicht als Fremden betrachten, wenn er älter wurde. Er würde ihm ein besserer Vater sein, als Grimgundi es ihm selbst gewesen war. Er würde den Jungen lehren, ein guter Mann zu werden.

Das Gras vor dem Haus leuchtete in der Morgensonne. Elmers und Maidas Kinder jagten einander lachend im Kreis. In der Türöffnung stand Reaghan. Sie trug Octa auf der Hüfte und sah den Mädchen und Jungen mit zufriedener Miene beim Spielen zu.

Beobrands Magen krampfte sich zusammen. Als er sie mit seinem Sohn auf dem Arm dort stehen sah, wurde ihm klar, dass sie nicht länger eine Sklavin sein sollte. Er wusste nicht, was genau er für sie empfand. Seine Gefühle für sie waren anders als die, die er Sunniva entgegengebracht hatte, aber dennoch stark. Die zerbrechlich wirkende Waliserin hatte ihn verzaubert. Es stimmte also. Die Frauen besaßen mehr Macht, als man sehen oder ermessen konnte.

Reaghan wandte den Blick in seine Richtung und schenkte ihm ein strahlendes Lächeln, als sie ihn bemerkte.

Beobrand erwiderte es, und die Erinnerung an die Leidenschaft der vergangenen Nacht trieb ihm die Farbe in die Wangen.

Keusch senkte Reaghan den Blick, als wüsste sie genau, was ihm gerade durch den Kopf gegangen war.

»Meinem Sohn geht es gut?« Beobrand trat auf sie zu. Er hatte beschlossen, die Verlegenheit zwischen ihnen einfach zu ignorieren. Was sonst sollte er erwarten? Sie war eine Sklavin, er ihr Fürst. Solange sich daran nichts änderte, würden sie niemals entspannt miteinander umgehen können.

»Ja, mein Herr. Octa ist gesund und kräftig, genau wie sein Vater.« Die Andeutung eines Lächelns umspielte ihre Lippen.

Dieselben rosigen Lippen, die in der vergangenen Nacht seinen Körper mit leidenschaftlichen Küssen bedeckt hatten. Beobrand spürte, wie seine Erregung erwachte. Dieses Mädchen berauschte ihn. Aber deshalb war er nicht hergekommen.

Er holte tief Luft und streckte die Hände aus. »Darf ich?«

»Selbstverständlich, Herr.« Sie hielt ihm den blonden Säugling entgegen.

Als er Octa entgegennahm, streiften Reaghans Finger die seinen. Ihre Blicke begegneten sich, und in ihnen lag eine Wahrheit, die niemand von ihnen auszusprechen gewagt hätte.

Die Kinder um sie herum hatten ihr Spiel unterbrochen und starrten den stattlichen Krieger an, der jetzt Octa im Arm hielt. Der Säugling wirkte neugierig. Beobrand befürchtete, ihn nicht richtig zu halten, doch der Kleine lag ganz still und sah seinen Vater fragend an. In seinen Augen erkannte Beobrand sich selbst. Wie auch in seinen Haaren. Er glaubte, auch Sunnivas Kinn und ihre Wangen zu sehen, doch dann revidierte er seine Meinung. Er war sich nicht sicher. Er spürte einen Stich in seiner Brust. War es denn möglich, dass er ihr Gesicht bereits nach so kurzer Zeit vergessen hatte?

Er hielt den Säugling im rechten Arm und streichelte mit seiner linken halben Hand dessen Wange. Octa griff nach seinem Zeigefinger und umklammerte ihn überraschend kräftig. Beobrand lachte.

»Es geht ihm gut«, sagte er dann. »Du wirst zu einem starken, stolzen Mann heranwachsen, Octa, Sohn des Beobrand.«

In dem Moment trat Maida aus dem Haus ins Freie und blinzelte in das helle Sonnenlicht.

»Ich danke dir, dass du so gut für Octa gesorgt hast, Maida.«

Sie trocknete sich die Hände an einem Tuch und errötete. »Es war mir eine Ehre, mein Herr«, erwiderte sie. »Reaghan hat mich sehr unterstützt.«

»Nun, dann gilt mein Dank euch beiden.« Er ließ seinen Blick bewusst ausschließlich auf Maida ruhen. »Es bedeutet mir sehr viel, dass ich die Gewissheit habe, die Menschen, die ich liebe, nach langer Zeit in der Fremde wohlbehalten in Ubbanford vorzufinden. Im kommenden Winter wollen wir ein Sumbel abhalten. Ein rituelles Festmahl, bei dem ich meine vertrautesten Untertanen mit Geschenken bedenken werde. Ich verspreche, niemanden zu vergessen.«

Maida strich sich das Kleid glatt. »Möchtet Ihr vielleicht hereinkommen, Herr? Eine Kleinigkeit essen oder trinken?«

»Hab Dank für dein Angebot, aber nein, danke. Ich habe bereits etwas zu mir genommen und muss bald gen Norden reiten. Doch zuvor möchte ich noch mit Reaghan sprechen.«

»Natürlich.«

Er übergab seinen Sohn Maida, indem er seinen Finger sanft aus dessen Umklammerung löste. »Wenn ich das nächste Mal nach Ubbanford zurückkehre, soll dieser prächtige Bursche während des Festmahls an meiner Seite sitzen. Kann er bis dahin schon gehen?«

»Vielleicht, Herr«, erwiderte Maida, doch an ihrer Miene war abzulesen, dass das unwahrscheinlich war.

Beobrand überlegte kurz. Natürlich, Octa war ja noch nicht einmal ein halbes Jahr alt. Wann lernten Kinder eigentlich zu gehen? Er hatte keine Ahnung. Über diese Frage hatte er bis jetzt noch nie nachgedacht. »Es spielt keine Rolle«, sagte er schnell. »Octa wird an der Seite seines Vaters an der Hohen Tafel sitzen und die Leute von Ubbanford im Saal betrachten.«

Da Beobrand nicht wusste, was er als Nächstes sagen sollte, legte er die Hand auf Reaghans Schulter und lenkte sie etwas vom Haus weg.

Eines der Kinder, ein Junge, wollte ihnen folgen, doch Maida schrie etwas, sodass er ruckartig stehen blieb und dann laut weinend an die Seite seiner Mutter zurückkehrte.

Sie gingen in Richtung des Flusses. Hoch oben auf dem Hügel zu ihrer Rechten thronte gebieterisch der neue Saal über dem Tal, Sunnivas Saal.

»Ich wünsche Euch eine sichere Reise, mein Herr«, sagte Reaghan, als sie sich so weit entfernt hatten, dass niemand sie hören konnte.

»Ich danke dir«, erwiderte Beobrand steif. Er blickte auf das sich kräuselnde Wasser des Tuidi, in dem sich die Sonnenstrahlen spiegelten. Bald schon würde er den Fluss hinter sich lassen. Wieder einmal würde er ins Ungewisse reiten. Vielleicht einer Schlacht entgegen. Würde seine Männer und sich Gefahren aussetzen und Eowa seinem beinahe sicheren Tod ausliefern. »Bassus hat mir von der Hexe berichtet«, sagte er nach einiger Zeit.

Reaghan wurde ernst. Von der spielerischen Scheu, die sie noch vor wenigen Augenblicken an den Tag gelegt hatte, war nichts mehr zu spüren. »Was hat er gesagt?«

»Dass sie dir begegnet ist und versucht hat, dich zu vergiften.«

»Sonst nichts?«

»Ist das nicht genug? Nelda hat versucht, dich mit ihrem Zauber zu ermorden. Bassus glaubt, dass sie und der piktische Hurensohn Torran sich gegen mich verbündet haben. Dass sie versuchen könnten, denen zu schaden, die ich liebe.«

Er zuckte zusammen, als er Reaghans Hand auf seinem Arm spürte. Dann blickte er zu ihr hinab. Keiner von ihnen sprach ein Wort, sie taten nichts anderes, als sich gegenseitig anzusehen.

Bis Beobrand schließlich das Schweigen brach.

»Du solltest Ubbanford niemals alleine verlassen. Pass gut auf Octa auf und bleib gesund, bis ich wiederkomme.«

Sie drückte seine Hand und nickte. »Und was wird aus der Hexe und dem Pikten?«

Beobrand biss die Zähne aufeinander. Irgendwo am anderen Flussufer schrie eine Krähe. »Sie werden sterben.«

Kapitel 28

Die Sonne hatte den Zenit bereits überschritten, als sie endlich zum Aufbruch bereit waren. Beobrand saß kerzengerade und mit finsterer Miene auf Sceadugenga. Vom Rücken seines großen Hengstes aus sah er zu, wie seine übersichtliche Kriegerschar auf ihren Pferden Ubbanford verließ. Acennan auf seiner kleinen braunen Stute war dicht bei ihm.

Der erste der Männer hatte bereits die Furt erreicht, und die Hufe seines Pferdes schleuderten glitzernde Fontänen in die Luft. Einschließlich Acennan hatte Beobrand sieben Krieger ausgewählt, die ihn auf der Reise zu Oswald begleiten würden. Zusammen mit ihm und Eowa waren sie also zu neunt. Neun Männer auf dem Weg gen Norden. Allesamt starke Krieger. Allesamt Mörder. Allesamt beritten. Die Pferde, mit denen sie von Eoferwic nach Ubbanford gekommen waren, waren zwar nicht ausgeruht, aber es waren gute Tiere, die Beobrands Männer sicher nach Norden bringen würden.

Beobrands trübsinniges Gesicht mit der Narbe unter seinem einen Auge verbarg, dass er sich vorkam wie ein Kind, das Kriegsfürst spielt. Dass diese Männer bereit waren, ihm zu folgen, verwunderte ihn, trotzdem empfand er bei ihrem Anblick einen gewissen Stolz. Er konnte kaum glauben, dass seine Gefolgschaft noch an diesem Morgen unerwartet um drei Mann angewachsen war.

Beobrand war dabei gewesen, sich von Coenrad und Bischof Aidan zu verabschieden. Der junge Mönch strahlte über das ganze Gesicht, als Beobrand ihm für seine Hilfe bei Bassus' Behandlung dankte.

Aidan nickte lediglich und erwiderte: »Dankt Gott, Beobrand, nicht seinen Dienern.«

Überall bereiteten sich die Krieger auf die Abreise vor, als drei Reiter in das Dorf galoppierten. Beobrands Männer griffen hastig zu den Waffen.

Der Anführer der Neuankömmlinge war Dreogan, der ehemalige Krieger Athelstans mit tätowiertem Gesicht. Sie waren von Eoferwic aus zunächst zu Athelstans Saal geritten, um seiner Witwe die Nachricht vom Tod ihres Gemahls zu überbringen. Bei ihrem Aufbruch hatte Beobrand tiefe Schuld empfunden, weil er nicht einmal gewusst hatte, dass Athelstan verheiratet gewesen war. Obwohl er ihn als Freund betrachtet hatte, hatte er ihn nur als Schildbruder und Trinkkumpan gekannt. Mehr war nicht nötig gewesen. Beobrand hatte nie daran gedacht, ihn zu fragen, ob in seinem Saal jemand auf ihn wartete. Der alte Krieger hatte seine Finger nicht von jungen Mädchen lassen können, und so waren er und Beobrand auch zum ersten Mal aneinandergeraten, nachdem Athelstan sich Sunniva auf ungebührliche Weise genähert hatte. Nie hätte er gedacht, dass der Kerl verheiratet war. Aber jetzt kam es ihm falsch vor, nichts über Athelstans Leben jenseits der Metsäle und der Schildwälle gewusst zu haben.

Beobrand war überrascht, Dreogans Gesicht mit den

schwarzen Linien unter dem Helm des Anführers der kleinen Reiterschar zu erblicken. Der grimmig dreinschauende Krieger und seinc zwci Begleiter saßen ab und kamen auf Beobrand zu. Für einen kurzen Augenblick glaubte er, sie wollten ihn angreifen. Acennan und Attor waren bereits herbeigeeilt und versperrten ihnen den Weg. Doch zur großen Verblüffung aller gingen Dreogan und die beiden anderen auf die Knie und boten Beobrand ihre Schwerter dar. Mit dem Heft voraus.

»Unser Wunsch ist es, uns Euch anzuschließen, Beobrand, Fürst von Ubbanford«, sagte Dreogan. »Ihr wart ein Freund unseres Herrn, und wir möchten Euch als Krieger dienen und unseren Treueeid schwören.«

Beobrand fehlten die Worte. Er hatte geglaubt, Dreogan würde ihn verachten, ihn für einen jugendlichen Emporkömmling halten. Die Bitte abzuschlagen wäre eine schwere Beleidigung gewesen, aber sie anzunehmen …? Wollten die drei wahrhaftig seine Männer sein? Seine Kampfgefährten? Waren sie bereit, für ihn zu kämpfen? Für ihn zu sterben?

»Mächtiger Dreogan«, sagte Beobrand und erkannte dann auch die beiden anderen, »tapferer Birchart und mutiger Renward. Ihr erweist mir mit diesem Angebot eine große Ehre. Ich wäre glücklich, euren Eid zu hören.« Er hätte nichts anderes sagen können. »Aber das eine sollt ihr wissen: Ich mache mich noch heute auf den Weg, um Prinz Eowa zu unserem Herrn und König Oswald zu bringen. Ich gebe euch mein Wort, dass er sich dem Urteil unseres Königs stellen wird. Aber nicht dem unseren. Ich kann verstehen, wenn ihr das nicht ertragen könnt. Ist dem so, habt ihr keinen Platz in meiner Kriegerschar. Doch sobald ich euren

Eid gehört habe, seid ihr meine Männer. Dann gilt mein Wort. Was sagt ihr dazu?«

In Ubbanford wurde es still. Dreogan hob den Kopf und blickte Eowa an. Der Prinz von Mercia stand neben seinem Pferd. Beobrand sah, wie Dreogan den Mörder seines einstigen Herrn von Kopf bis Fuß musterte. Eowas Gesicht und Hände waren sauber, und er trug seinen prachtvollen Kriegermantel. Sein schönes Schwert steckte in der Scheide an seinem Gürtel. Als sie einander anstarrten, war Dreogans Hass unübersehbar. Eowa senkte nicht den Blick.

Endlich wandte sich Dreogan wieder Beobrand zu. »Wenn Ihr mir Euer Wort gebt, dass er sich vor dem König für seine Taten verantworten wird, leisten wir Euch gerne den Treueeid.«

Beobrand lächelte. »Dann gehe ich als Gewinner aus diesem Handel hervor. Ihr habt mein Wort.«

Athelstans ehemalige Männer schworen ihm mit klaren, deutlichen Worten die Treue, und er zog sie in die Senkrechte. So war Beobrand unversehens zu drei weiteren Kriegern gekommen. Jeder verfügte über seine eigene Ausrüstung, ein Pferd, Rüstung und Waffen. Außerdem hatte Beobrand sie bereits in Mercia kämpfen sehen und wusste, dass sie auch schon im Schildwall bei Hefenfelth ihren Mann gestanden hatten. Sie waren gesunde, verlässliche Krieger. Schildträger und starke Speerwerfer.

Aber jetzt, da sie platschend den Tuidi durchquerten, machte sich in Beobrand ein ungutes Gefühl breit. Aus welchem Grund hatten sie sich ihm so übereilt angeschlossen?

»Wir müssen die Neuen im Auge behalten«, sagte Acennan, als hätte er Beobrands Gedanken gehört. »Wenn wir nicht aufpassen, hat Eowa womöglich einen bedauerlichen Unfall, noch bevor wir bei Oswald eintreffen. Treueeid hin oder her.«

Statt zu antworten, knurrte Beobrand leise. Acennan hatte recht. Auch er hatte das Verlangen nach Rache in Dreogans Augen bemerkt. Ein Feuer, das Beobrand selbst nur zu gut kannte. Auch in ihm brannte es. Und er wusste, wie schwierig es war, diese Flammen zu kontrollieren, egal, welchen Eid man zuvor geschworen hatte.

»Ich fürchte, Elmer ist nicht gerade erfreut darüber, dass wir ihn schon wieder bei den Frauen, Kindern und Alten zurückgelassen haben«, fuhr Acennan fort.

Beobrand wandte sich an seinen Freund. »Im Ernst? Aber ich brauche hier Männer, denen ich vertrauen kann. Sie müssen Ubbanford und seine Bewohner beschützen.«

»Kannst du denn nicht allen deinen Kampfgefährten vertrauen?«

»Du weißt, wie ich das gemeint habe.« Beobrand seufzte. Nie hätte er Dreogan, Birchart oder Renward in Ubbanford zurückgelassen. Noch nicht. Erst mussten sie ihm ihre Loyalität beweisen. »Ich dachte, Elmer freut sich, dass er in Maidas Nähe bleiben kann. Bei seinen Kindern. Damit er auf sie aufpassen kann.«

»Ich bin mir nicht sicher, ob er das wirklich als Geschenk empfindet. Er ist jetzt schon monatelang nicht mehr mit uns geritten. Immer mehr Männer machen sich über ihn lustig.«

Beobrand legte die Stirn in Falten. Warum nur war es so schwierig, Männer zu führen? Er selbst wäre viel lieber in Ubbanford geblieben, als in den Norden zu reiten. Nur zu gern hätte er sich unter warme Decken und Pelze zu Reaghan gelegt, wenn seine Pflichten das zugelassen hätten.

Aber stimmte das wirklich? Oder machte er sich selbst etwas vor? Spürte er nicht, wie sein Herzschlag sich beschleunigte, wenn er an das bevorstehende Aufeinandertreffen mit den Pikten dachte? An die Möglichkeit, dabei Torran wiederzusehen?

»Ich sorge dafür, dass Elmer reichlich belohnt wird«, erwiderte er missmutig. »Und wenn wir das nächste Mal in die Schlacht ziehen, werde ich darauf achten, dass er Teil der Kriegerschar ist. Obwohl ich mir nicht sicher bin, dass Maida mir dafür dankbar sein wird. Empfinden die anderen denn genauso?«

Acennan zuckte mit den Schultern. »Gram war allem Anschein nach zufrieden damit, in Bassus' Nähe bleiben zu können. Und ich glaube, Garr ist froh, dass er sich ein wenig ausruhen kann.«

Beobrand nickte. Hoffentlich hatte er genügend Männer zurückgelassen, um für Ubbanfords Sicherheit zu garantieren.

Als Letzter durchquerte Attor die Furt. Er war wieder vollkommen gesund und konnte es nicht erwarten, piktisches Blut zu vergießen. Alle anderen hatte die Dunkelheit zwischen den Bäumen am Nordufer bereits verschluckt.

Mit einem letzten Blick zum Saal hinauf und zu den im Tal verstreuten Hütten legte Beobrand die Hacken an Sceadugengas Flanken. Eine Wolke schob sich vor die Sonne, und sofort legte sich ein Schatten über das Tal. Beobrand schauderte. Ein kalter Wind fuhr durch die Bäume und wirbelte vertrocknete Herbstblätter auf. Der Winter kam schnell dieses Jahr. Bald würden die ersten Flocken fallen.

»Komm, mein Freund«, sagte er zu Acennan. »Hoffen wir, dass Oswald und Oswiu die Pikten schon schlachtreif gemacht haben. Mit etwas Glück sitzen wir noch vor dem ersten Schnee wieder zu Hause am warmen Kaminfeuer.«

»Ein warmes Feuer klingt nicht schlecht, Beobrand«, sagte Acennan, während er seine Stute vorwärtstrieb, sodass die Pferde beider Reiter gleichzeitig durch den Tuidi gingen. Eiskalte Wassertropfen spritzten auf. »Aber ich sehne mich nach einer anderen Wärme, die ich in den Mauern von Eoferwic zu finden hoffe.«

* * *

»Da.« Attor zeigte geradeaus. Er besaß sehr gute Augen, außer ihm hatte niemand etwas Ungewöhnliches bemerkt.

Beobrand ließ Sceadugenga neben dem drahtigen Krieger zum Stehen kommen und starrte in die Ferne. Zog da eine Rauchfahne am Horizont entlang? Möglich war es.

»Vielleicht wieder ein Gehöft?«, sagte Beobrand. Seitdem sie vor zwei Tagen Ubbanford verlassen hatten, waren sie an etlichen kleineren Siedlungen vorbeigekommen. Alle waren niedergebrannt worden. Einmal hatten sie vier verkohlte männliche Leichen vorgefunden, an denen sich die Krähen schon gütlich getan hatten. Man hatte sie an den schwarzen Dachbalken eines ausgebrannten Saals aufgehängt. In jeder dieser Ruinen war das Feuer schon lange erloschen gewesen.

»Kein Gehöft«, erwiderte Attor. »Das ist die Festung Din Eidyn, da bin ich mir ganz sicher. Bis zu ihr dürfte es schätzungsweise noch ein halber Tagesritt sein, aber vor Sonnenuntergang sollten wir dort sein. Dem Rauch nach zu urteilen, muss eine ziemlich große Kriegerschar dort lagern.«

Beobrand wusste nicht, wie Attor so überzeugt davon sein konnte, dass das, was sich da als Schemen am Horizont abzeichnete, der Rauch von Oswalds Lager war, aber er zweifelte nicht an dessen Wort.

Er winkte den anderen zu. »Bei Anbruch der Nacht sind wir in Din Eidyn.«

»Dann lasst uns hoffen, dass noch etwas Met übrig ist.« Mit diesen Worten trieb Aethelwulf sein Pferd den Hang hinab, und Attor jagte ihm hinterher.

Beobrand stieß einen stummen Fluch aus. Er hätte Met und Proviant aus Ubbanford mitnehmen sollen. Oswiu und Oswald standen den Pikten schließlich schon länger gegenüber und benötigten mit Sicherheit dringend Nachschub. Aber daran ließ sich jetzt nichts mehr ändern.

Mit ausdrucksloser Miene ritt Eowa an ihm vorbei.

Vielleicht war der Prinz als Geschenk, das Beobrand seinem König darbringen würde, ja genug. Er konnte beim besten Willen nicht vorhersagen, ob Oswald ihn angesichts der Nachrichten und der Schwierigkeiten, die er im Gepäck hatte, verfluchen oder rühmen würde.

»Jetzt schau nicht so betrübt, Beobrand«, sagte Acennan, als seine stämmige Stute neben Beobrand auf dem Hügel zum Stehen kam. Hier wehte der kalte Wind, der sie schon begleitete, seit sie Ubbanford verlassen hatten, noch stärker. Unterwegs waren sie jedes Mal erleichtert gewesen, wenn sie in Tälern und Wäldern Schutz vor ihm gefunden hatten. Beobrand dachte an seine letzte Reise gen Norden im vergangenen Winter, als er einen Bischof nach Lindisfarena hatte begleiten sollen. Auch damals hatte bittere Kälte geherrscht. Jetzt trieben die Wolken südwärts. In den letzten Tagen war es trocken gewesen, aber die Luft roch bereits nach Schnee.

Beobrand blickte in das runde, lächelnde Gesicht seines Freundes. Er konnte dessen Lächeln nicht erwidern. »Ich wäre gerne schon in Din Eidyn«, sagte er und kratzte sich mit seiner halben Hand den Bart. »Aber ich fürchte mich davor, die Nachrichten zu überbringen.«

»Aye. Es ist keine leichte Aufgabe, Eowa König Oswald zu übergeben.« Einen Augenblick lang betrachteten sie schweigend den Mercianer, der vor ihnen ritt. Aufrecht und stolz saß er im Sattel, aus seiner beherrschten Haltung sprach Selbstbewusstsein. »Er ist kein schlechter Mensch. Ein Dummkopf vielleicht, aber ein guter Mann, soweit ich das beurteilen kann. Und wer von uns hat nicht schon einmal eine Dummheit wegen einer Frau begangen?«

Beobrand schnaubte. »Ich glaube nicht, dass unser Herr und König dafür Verständnis haben wird.«

»Damit könntest du recht haben. Wenn Eowa die Furche meiner Frau gepflügt hätte, wäre ich auch nicht besonders begeistert gewesen.«

»Ich weiß, dass es keine andere Möglichkeit gibt«, seufzte Beobrand. »Und Eowa geht seinem Verderben ja sogar willig entgegen.«

»Aye.« Mit einem Mal war Acennan ernst geworden. »Was das Ganze noch erschwert, nicht wahr?«

* * *

Mutlosigkeit machte sich unter den northumbrischen Kriegern breit und vermischte sich mit dem Rauch Dutzender Lagerfeuer. Die Sonne berührte gerade den Horizont, als Beobrand an der Spitze seiner kleinen berittenen Schar das Lager bei Din Eidyn erreichte. Kurz wurden sie von ein paar unmotivierten Wachen aufgehalten, doch kaum hatte Beobrand seinen Namen genannt, durften sie passieren.

Die untergehende Sonne tauchte die Männer, die um die Feuer kauerten, in einen goldenen Schimmer, der ihre Niedergeschlagenheit nur noch verdeutlichte. Die Krieger waren schon viel zu lange viel zu weit entfernt von ihren Familien und Feldern. Beobrand war ihr Gesichtsausdruck vertraut.

Etliche erkannten ihn und reckten den Arm oder riefen ihm eine Begrüßung zu. Die meisten hoben jedoch nur den Kopf und bedachten die Krieger aus Ubbanford mit stumpfem Blick, als diese an ihnen vorbeistapften. Die Erde war von den Kämpfern und Pferden in den vergangenen Tagen und Wochen aufgewühlt worden. Überall hatte man kleine Unterstände errichtet. Manche bestanden aus dem Holz der Hütten, die im Lauf der Kämpfe zerstört worden waren. Aber es gab auch schöne Zelte aus Lederhäuten, die über einen Holzrahmen gespannt waren. Zelte dieser Art hatte Beobrand schon vor etlichen Monaten in Dor gesehen. Am meisten Glück – oder am meisten Macht und Reichtum – hatten diejenigen von Oswalds Kriegerschar, die sich in den noch intakten Häusern oder Scheunen eingerichtet hatten.

Überragt wurde das Lager von einem mächtigen Felsen, der auf den ersten Blick noch gewaltiger wirkte als der von Bebbanburg. Schroff und zerklüftet thronte er über den

Männern, die zu seinen Füßen ausharrten. Auf dem Felsen enthüllten die Sonnenstrahlen Mauern und Gebäude. Ein stabiles Tor. Ein beeindruckendes Bauwerk, das uneinnehmbar schien.

Die Festung von Din Eidyn, mutmaßte Beobrand.

Er konnte sich noch erinnern, dass ihr Weg sie im vergangenen Winter in ihrer Nähe vorbeigeführt hatte. Sie waren von einem mürrischen piktischen Fürsten namens Donel abgewiesen worden, dessen Saal etwas weiter im Norden an dem großen Wasser lag. Donel hatte Oswiu beleidigt, dann hatten sie eine ungemütliche Nacht bei Eiseskälte, Wind und Regen zugebracht. Der Prinz war außer sich vor Wut gewesen und hatte geschworen wiederzukommen. Während Beobrand den Blick über die vielen grimmigen Krieger schweifen ließ, dachte er, dass der Piktenfürst seine Unhöflichkeit vermutlich inzwischen bereute. Falls er noch am Leben war.

Etwas weiter im Osten erhob sich ein zweiter Felsen. Er war noch höher und fiel zu einer Seite fast senkrecht ab. Auch an seinem Fuß waren mehrere Gebäude zu erkennen. Beobrand hatte keine Ahnung, wo in diesem heruntergekommenen, schlammigen Lager sich Oswald und seine engsten Recken niedergelassen hatten.

Als er sich erneut zu dem zweiten Felsen umblickte, nahm er eine Bewegung wahr. Eine Reitergruppe näherte sich, und Beobrand lenkte Sceadugenga in ihre Richtung. »Lasst uns nachsehen, wer uns begrüßen will.«

Sie ritten los. Jemand wurde von einem der Schlammbrocken getroffen, die ihre Pferde aufwirbelten, und fluchte laut.

Schnell hatten sie das Lager hinter sich gebracht, und Beobrand hob die Hand und ließ Sceadugenga anhalten. Die Entgegenkommenden schlossen die Lücke zu ihnen.

Die Gruppe bestand aus insgesamt zehn Mann, alle bewaffnet und in Kettenhemden. Auf ihren roten Schilden prangte in weißer Farbe das Christussymbol, ein Kreuz. Im Näherkommen nahm ihr Anführer seinen prachtvollen Helm ab, der in der untergehenden Sonne leuchtete wie ein Funke eines frisch entzündeten Feuers. Der Mann war nicht mehr jung, aber hatte breite Schultern und kräftige Arme und Hände. Inmitten seines grau melierten Vollbarts blitzten zwei Zahnreihen auf.

»Sei gegrüßt, Beobrand, Sohn des Grimgundi«, sagte er. »Ich habe mir fast gedacht, dass du es bist, aber ich wusste nicht, dass du über eine solch große Gefolgschaft verfügst. Es scheint, als hättest du keinen Grund zu klagen.«

Beobrand beschloss, auf die letzte Bemerkung nicht einzugehen. »Sei gegrüßt, Derian, Sohn des Isen«, erwiderte er. »Wir haben uns viel zu lange nicht gesehen. Wie geht es dir?«

»Wie es einem geht, wenn man schon seit Wochen an diesem gottverlassenen Ort festsitzt.«

»Was gibt es Neues von den Pikten?«

»Nicht viel. Dabei begann alles gut. Wir konnten viele Feinde töten und den Hügel dort einnehmen.« Er zeigte auf den Felsen in seinem Rücken. »Doch dann hat sich Donel mit einer großen Zahl seiner Kampfgefährten auf den verfluchten Felsen mit der Festung geflüchtet. Und ganz egal, was wir versuchen, wir können diesem Schweinehund dort einfach nichts anhaben. Viel zu viele Männer haben wir bei den Versuchen schon verloren.« Er wandte den Blick zum dunkler werdenden Himmel und zu den Wolken, die sich aus dem Norden heranwälzten. »Und bald ist der Winter da.« Er lächelte wieder. »Wie auch immer, es ist schön, dich zu sehen. Und dass du Männer mitgebracht hast, kann nicht schaden. Vielleicht gelingt es uns mit eurer Hilfe, die Barrikade zu durchbrechen.«

»Ich glaube kaum, dass wir viel bewirken können, wenn ihr, du, Oswald und Oswiu, schon versagt habt.«

»Versagt?« Derians Lächeln wirkte plötzlich verkrampft. »Nun, ich denke, in diesem Fall ist das Wort angebracht.« Er rieb sich über den Bart. »Aber sag, bist du hergekommen, um zu beurteilen, wie wir die Pikten bekämpfen, oder hat dein Auftauchen einen anderen Grund?«

Beobrand war sich nicht sicher, ob der Ältere nur Spaß machte oder seine Frage ernst meinte, darum wechselte er das Thema. »Wir bringen Nachricht von Oswalds Königin. Fast ohne Pause sind wir den ganzen Weg von Wessex bis hierher geritten. Ich würde gerne mit unserem König sprechen. Kannst du mich zu ihm führen?«

»Ich geleite dich sofort zu ihm«, erwiderte Derian ernst. »Er ist schon begierig zu erfahren, ob es seiner Gemahlin gut geht. Folgt mir.« Er setzte sich den Helm auf und wendete sein Pferd. Die anderen Reiter seiner Gruppe taten es ihm gleich.

Nachdem sich alle gemeinsam auf den Weg gemacht hatten, wurden ihre Schatten schnell immer länger.

Nach einer Weile drehte sich Derian noch einmal zu Beobrand um und rief ihm zu: »Und wenn deine Besprechung mit dem König beendet ist, setzen wir uns auf einen

Becher Met zusammen und du verrätst mir, wie du diese verdammten Pikten besiegen würdest.«

Der Helm verdeckte zwar sein Gesicht, aber Beobrand war sich sicher, dass er über die trommelnden Pferdehufe hinweg Derians lautes Lachen hören konnte.

* * *

»Nun sieh mal einer an. Wenn das nicht der große Krieger Beobrand ist, der aus dem Süden kommt.« Oswiu, Prinz von Bernicia, grinste spöttisch.

Sofort flammte Beobrands Zorn auf. Er ärgerte sich maßlos über den Bruder des Königs, da sich hinter dessen scheinbar freundlichen Worten eine Beleidigung verbarg. Ohne nachzudenken, legte Beobrand die Hand an die Stelle, wo sich normalerweise Hruntings Heft befand, war aber gleich darauf erleichtert, dass sie ihre Waffen am Saaleingang hatten abgeben müssen. Niemand durfte sich bewaffnet dem König nähern, nicht einmal dessen Recken. Und das war gut so. Hätte er gegen den Prinzen sein Schwert gezogen, es hätte kein gutes Ende für ihn genommen. Also schluckte er seinen Zorn hinunter.

»Ich danke den Göttern dafür, dass Ihr wohlauf seid, Oswiu, Sohn des Æthelfrith«, sagte er bemüht ruhig, dennoch hatten seine Worte einen spöttischen Beiklang.

Das große, runde Gebäude lag auf dem zweiten Felsen, von dem aus man freien Blick auf Din Eidyn hatte. Derian hatte berichtet, dass Oswald, sein Bruder und deren Gefolgschaft hier Quartier bezogen hatten, nachdem die Pikten ins Innere der Festung geflüchtet waren. Mit Sicherheit ging es ihnen hier besser als den Kriegern in den improvisierten Unterständen rund um den belagerten Felsen. Der Saal war zwar nicht extravagant ausgestattet, aber er war warm und bot Schutz. Allerdings war er überfüllt. Nach der frischen Luft draußen raubte der Gestank nach vielen Männern, Schweiß, abgestandenem Bier, verschüttetem Met, Speisen und Rauch Beobrand fast den Atem.

Trotz seines spöttischen Tonfalls winkte Oswiu Beobrand in den vorderen Saalteil, wo Oswald auf einem Stuhl mit kunstvollen Schnitzereien und hoher Lehne saß, umgeben von Grafschaftsvorstehern und seinen engsten Recken. Beobrand näherte sich ihm in Begleitung von Derian. Seine übrigen Männer blieben bei den Kriegern, die bereits an den Tischen saßen. Sklaven eilten durch den Saal, um die Hungrigen mit Met und Fleisch zu versorgen. Beobrand lief das Wasser im Mund zusammen. Auch ihn quälte der Hunger. So viele Menschen zu verköstigen erforderte eine Unmenge von Vorräten. Noch einmal verfluchte er sich im Stillen dafür, nicht daran gedacht zu haben, aus Ubbanford Proviant mitzubringen.

»Ich hatte eigentlich früher mit dir gerechnet, Beobrand«, sagte Oswald. »Was hat dich aufgehalten? Ich gehe davon aus, dass die schöne Cyneburg wohlbehalten in meinem Königreich angekommen ist?«

Mit einem unguten Gefühl stand Beobrand vor der Hohen Tafel. Alle Augen waren auf ihn gerichtet, als er antwortete. »Ich habe die Königin im Schutz der sicheren Mauern von Eoferwic zurückgelassen. Dort wird sich gut um sie gekümmert, während sie Eure Rückkehr erwartet, mein Fürst.«

Der König nickte. Beobrand bemerkte die Falten in seinen

Augenwinkeln, die grauen Strähnen in seinem glänzenden Haar. Oswald wirkte gealtert und erschöpft.

»Ich kann Athelstan nirgendwo entdecken. Wollte er sich lieber in seinem Saal ausruhen, statt Seite an Seite mit seinem König gegen die Pikten zu kämpfen?«

Oswalds Lächeln kam Beobrand gekünstelt vor. Er schluckte den dicken Kloß hinunter, der sich in seiner Kehle gebildet hatte. »König Oswald, ich bringe traurige Neuigkeiten.« Er holte tief Luft. »Athelstan ist gefallen.«

»Er ist tot?« In Oswalds Stimme schwang ungläubige Verwunderung mit.

Beobrand verstand seine Reaktion gut. Der alte Recke hatte immer einen unverwundbaren Eindruck gemacht. Aber niemand konnte dem Tod entgehen, das hatte Beobrand schon allzu oft erfahren müssen.

»Wie ist er gestorben?«, wollte der König wissen.

Beobrand öffnete den Mund und klappte ihn wieder zu. Die vielen starren Blicke, die vielen lauschenden Ohren um ihn herum machten ihn nervös. Jetzt von all den Dingen zu berichten, die sich ereignet hatten, würde womöglich weitreichende Konsequenzen haben. Der König würde vor seinen Männern bloßgestellt werden, was einer Katastrophe gleichkäme. Je weniger Menschen von den Ereignissen der vergangenen Wochen erfuhren, desto besser.

»Wie ist er gestorben?«, wiederholte Oswald seine Frage.

»Das berichte ich Euch gerne, aber ich würde es lieber unter vier Augen tun.«

Der König blickte den jungen Recken lange an. Beobrand fühlte sich, als würde er verdächtigt, ein schreckliches Verbrechen begangen zu haben.

Schließlich erhob sich Oswald von seinem Stuhl. »Nun denn«, sagte er. »Komm mit. Ich will mir alles anhören, was du zu berichten hast. Aber Oswiu und Derian werden uns begleiten.«

* * *

In völliger Dunkelheit gingen sie vom Saal zu einem kleinen Nebengebäude. Beobrand war sich nicht sicher, welchen Zweck die Hütte normalerweise erfüllte. Vielleicht diente sie als Lager. An der Felskante waren sie dem böigen Wind schutzlos ausgesetzt. Unter ihnen flackerten Dutzende Lagerfeuer und ließen die Größe von Oswalds Kriegerschar erahnen. Und wieder fragte sich Beobrand, wie lange man so viele Männer zwingen konnte, fern der Heimat auszuharren. Bis sämtliche Vorräte verbraucht waren? Sicherlich würden die Männer krank werden. Irgendwann würde der erste Schnee fallen. Und dann wäre es kaum mehr möglich, Din Eidyn zu verlassen.

Derian betrat den kleinen Schuppen und reckte die flackernde Fackel in seiner linken Hand empor. Nachdem sich der bärtige Recke versichert hatte, dass sich weder heimliche Lauscher noch potenzielle Attentäter im Inneren verbargen, ließ er seine drei Begleiter eintreten. Eine kräftige Bö bauschte noch einmal den prächtigen Mantel von Oswald, dem Oswiu und Beobrand folgten. Derian wandte sich an die beiden Wachen, die vor der Tür Aufstellung genommen hatten.

»Gewährt niemandem Zutritt«, sagte er, bevor er die hölzerne Tür ins Schloss zog und die Nacht und den Wind aussperrte.

Im Inneren der Hütte sahen sie sich tanzenden Schatten

und bedrohlich wirkenden Silhouetten gegenüber. Bündel, Säcke und Fässer waren an den Wänden aufgestapelt worden. An den Deckenbalken hingen Fleischstücke und geräucherte Fische. Derian holte zwei Talgkerzen unter seinem Umhang hervor und entzündete sie an seiner Fackel. Warmes Licht flackerte über die Vorräte, drang jedoch nicht bis in die düsteren Ecken. Der Schuppen ächzte und stöhnte, aber daneben nahm Beobrand noch ein anderes Geräusch wahr, eine Art Rascheln. Ratten?

Ihn schauderte.

Nach der Kälte draußen kam es ihm in dem Lagerschuppen zwar warm vor, aber das Gebäude war alles andere als ein Saal. Nicht annähernd eines Königs würdig. Es gab nicht einmal eine Sitzgelegenheit.

Oswald musterte ihn. Sein Gesicht lag im Schatten, aber seine Augen funkelten. »Was bringst du für Neuigkeiten, Beobrand? Ich sehe dir an, dass es einige sind.«

Was sollte er jetzt tun? Eigentlich wollte er keine davon mit seinem König besprechen. Er dachte an Cyneburg und daran, wie sie in Tränen ausgebrochen war, als sie sich ausgemalt hatte, was geschehen würde, wenn ihr Ehemann von ihrem Geliebten erfuhr. Beobrand hatte eine gewisse Sympathie für Eowa entwickelt. Der Mercianer schien ein guter Mensch zu sein. Und hätte er selbst an dessen Stelle und blind vor Liebe nicht genauso gehandelt?

Aber er würde seinen Herrn nicht anlügen. Er hatte ihm den Eid geschworen und würde sein Wort, das er gegeben hatte, halten. Denn wenn er das nicht tat, blieb ihm gar nichts mehr. Aber musste er Oswald wirklich die ganze Wahrheit sagen?

»So sprich doch endlich, Mann«, herrschte Oswiu ihn ungeduldig an.

Beobrand holte tief Luft. »Athelstan ist im Grenzgebiet zu Mercia gefallen.«

»Wie ist es passiert?«, wollte Oswald wissen.

Beobrand schluckte. Er würde nicht lügen, aber vielleicht könnte er die eine oder andere Episode auslassen, so wie ein Reisender mit behutsam gesetzten Schritten Pfützen und Sumpf vermeidet. »Wir wurden angegriffen.« Er verschwieg, dass der Angriff in Anwealdas Saal stattgefunden hatte.

»Von wem?«

»Von einer Schar Mercianer.«

»Mercianer? Haben sie also wirklich so schnell den Waffenstillstand gebrochen. Aber mit welchem Ziel?«

Beobrand wählte seine Worte mit Bedacht. »Ich bin mir nicht sicher, was ihre Absicht war. Aus meiner Sicht konnte ihr Unterfangen nur einen Ausgang nehmen.«

»Habt ihr sie erschlagen?«

Beobrand zögerte. Ihm wurde klar, dass er sich immer tiefer in Verrat und Lügen verstrickte.

»Nun? Habt ihr sie alle erschlagen?«

»Wir haben gekämpft und dabei etliche getötet.«

»Aber nicht alle?«, hakte Oswald nach.

»Nein, nicht alle.«

»Nun mach schon den Mund auf, Mann«, schaltete Oswiu sich in scharfem Tonfall ein. »Du sprichst in Rätseln und Halbwahrheiten. Was verbirgst du vor uns?«

Beobrand schluckte. War er wirklich so leicht zu durchschauen?

Oswald trat in den Kerzenschein. Sein Blick war unergründlich und seine Stimme sanfter als die seines jüngeren Bruders. »Sag, Beobrand, wer war der Anführer der Mercianer?«

Beobrand konnte seinem König eine Antwort nicht verweigern, und er würde ihm jetzt keine weitere Lüge auftischen. »Eowa, Sohn des Pybba«, sagte er und atmete schwer aus. Es war vollbracht. Eowas Schicksal lag jetzt wie von Anfang an geplant in Oswalds Händen. Würde der König Eowa noch in dieser Nacht sein Leben nehmen? Beobrand seufzte bei dem Gedanken.

»Pendas Bruder?« Oswald schien verblüfft. Nachdenklich rieb er sich das Kinn. »Und was ist mit ihm geschehen?«

Beobrand blieb keine andere Wahl, als die Fragen seines Königs zu beantworten. Vielleicht würde es ihm wenigstens gelingen, dass Cyneburgs Untreue nicht ans Licht kam.

»Ich habe ihn gefangen genommen. Er sitzt jetzt an einem Tisch im Saal.«

Zu Beobrands großer Verwunderung brach Oswald in schallendes Gelächter aus. »Du bist wirklich immer für eine Überraschung gut. Wer hätte gedacht, dass du mir den Thronfolger von Mercia nach Din Eidyn bringen würdest?« Er schlug Beobrand hart auf die Schulter. »Du hast deine Sache gut gemacht. Derian, schaff mir den Mercianer herbei.«

Derian nickte und wandte sich um.

»Warte«, fügte der König hinzu, sodass der bärtige Recke sich noch einmal umdrehte. »Bring ihn mir, ohne Aufmerksamkeit zu erregen. Nicht, dass meine ganze Gefolgschaft sich noch darüber das Maul zerreißt. Wenn Gott uns gewogen ist, erfährt niemand von meinen Männern seinen Namen.«

Derian öffnete die Tür, sodass ein Windstoß die Kerzen flackern ließ. Dann schloss er sie hinter sich und verschwand in der Nacht.

»Siehst du, Oswiu?«, sagte Oswald geradezu unheimlich fröhlich. »Genau das macht Beobrand zu einem gefürchteten Krieger. Nicht allein die Stärke seines Schwerts, seine Tapferkeit und Treue. Solche Eigenschaften besitzen viele Männer. Es sind Unberechenbarkeit und Glück, die in seinem Fall noch hinzukommen.«

»Im Gegensatz zu dir wirkt er auf mich nicht besonders glücklich, Bruder«, erwiderte Oswiu.

Beobrand blieb stumm, gab ihm aber im Stillen recht. Er war kein mit Glück gesegneter Mann. Für eine kurze Zeit im vergangenen Jahr hatte er anders gedacht. Als Oswald ihn nach der Schlacht bei Hefenfelth in den Fürstenstand erhoben hatte, hatte er sich glücklich gefühlt. Einige kurze Wochen lang hatte er alles gehabt, wovon ein Mann nur träumen konnte – Land, Reichtum, Schlachtenruhm und eine wunderschöne Gemahlin. Acennan hatte gesagt, er solle dankbar sein für das, was er auch jetzt noch besaß. Aber es war nicht leicht, all das Leid und die Toten zu vergessen, die ihm zu folgen schienen wie die Möwen dem Pflug.

»Unsinn«, entgegnete Oswald. »Er hat mehr Glück als jeder andere Krieger, den ich kenne. Aber sag mir, Beobrand, warum hat Eowa eine Schar von Männern aus Wessex und Northumbria sowie meine Königin angegriffen?«

Beobrands Kehle war mit einem Mal trocken. Bei den Göttern, am liebsten hätte er nicht geantwortet.

Und dann schwang die Schuppentür auf, wie zum Beweis

dafür, dass der König doch recht hatte und er tatsächlich ein Glückspilz war. Gefolgt von einem ernst dreinblickenden Derian kam Eowa in den Raum.

»Man hat mir deinen Namen bereits genannt«, sagte Oswald, und seine Stimme klang schroff wie der Wind, der an dem Schuppen rüttelte. »Aber ich möchte ihn auch aus deinem Mund hören. Wer bist du, Fremder?«

Eowa trat in den Lichtkegel der Kerzen.

Derian folgte ihm hastig, um ihn unsanft am Arm zu packen. »Nicht zu dicht«, knurrte er.

Plötzlich stellte sich Beobrand die Frage, ob alles Bisherige lediglich Teil einer List gewesen war, um in die Nähe des Königs von Northumbria zu gelangen. Doch so schnell, wie ihm der Gedanke gekommen war, so schnell verwarf er ihn wieder. Die Vielzahl der Ereignisse hätte sich unmöglich planen lassen und Eowa allzu leicht das Leben kosten können. Beobrand war überzeugt, dass der Mercianer und Cyneburg einander wahrhaftig liebten. Dennoch könnte Eowa Oswald jetzt etwas antun wollen, um ihm Cyneburg für immer zu entreißen. Beobrand spannte seine Muskeln an und stellte sich ebenfalls neben Eowa. Bei der kleinsten Andeutung eines Angriffs auf seinen Herrn würde er einschreiten.

Oswald bat mit erhobener Hand um Ruhe. »Dein Name?«, drängte er.

»Ich bin Eowa, Sohn des Pybba, Sohn des Creoda, Prinz von Mercia und Herr über die nördlichen Marschen.« Seine Stimme war kräftig und klar, ohne jedes Anzeichen von Nervosität oder Angst.

»Weiß Penda, dass du hier bist?«

»Es ist mir unmöglich zu sagen, ob mein Bruder meinen

Aufenthaltsort kennt, Herr und König«, erwiderte Eowa. Jetzt schwang in seiner Antwort ein leises Lächeln mit.

»Ich habe heute Abend schon mehr als genug Ausflüchte zu hören bekommen«, fauchte Oswald ihn an. »Also: Hat Penda dir den Überfall auf meine Männer befohlen?«

Eowa starrte Beobrand überrascht an. »Verzeiht, wenn ich Euch erzürnt habe, König Oswald«, sagte er dann. »Ich war in dem Glauben, Fürst Beobrand hätte Euch bereits von meinen Plänen berichtet. Warum ich getan habe, was ich getan habe.«

»Er hat uns nichts erzählt. Ich weiß nicht, weshalb, aber da du nun vor mir stehst, ist es an dir, mir zu berichten.«

Eowa nickte Beobrand dankbar zu. Er schien begriffen zu haben, dass er versucht hatte, sein Fehlverhalten zu verschweigen.

»Sprich«, fuhr Oswald fort. »Warum hast du meine Männer angegriffen und meinen alten Freund Athelstan getötet? Warum hast du den Waffenstillstand gebrochen, den ich erst vor Kurzem mit deinem Bruder geschlossen habe?«

»Den Tod Eures Freundes bedaure ich zutiefst, ebenso den all der anderen tapferen Männer, die im Kampf gefallen sind, Westsachsen wie Mercianer. Kein Mensch hätte wegen mir sterben dürfen. Es war ein närrisches Unterfangen.«

»Erzähl mir alles. Was hat dich veranlasst, das Leben dieser braven Männer so achtlos wegzuwerfen?«

Eowa zuckte zusammen, als hätte er eine Ohrfeige empfangen. »Die Liebe.« Seine Stimme klang verzagt wie die eines Jungen, der sich vor seinen Eltern erklären muss.

»Die Liebe? Hör auf, in Rätseln zu sprechen. Meine Geduld ist gleich zu Ende.«

Eowa richtete sich gerade auf. »Ich liebe Eure Gemahlin, die Königin«, erwiderte er, als wäre damit alles gesagt.

Beobrand hielt den Atem an, während er auf die Reaktion des Königs wartete.

Lange Zeit stand Oswald regungslos da und starrte den Mercianer finster an. Draußen war der Wind noch stärker geworden und pfiff laut heulend um die Dachtraufe des Schuppens.

»Und liebt sie dich auch?«, fragte der König schließlich.

»Ich glaube, ja.«

»Und aus diesem Grund hast du meine Männer angegriffen? Um Cyneburg vor mir zu retten?«

»Es war Irrsinn. Aber ich konnte den Gedanken nicht ertragen, sie zu verlieren.«

»Ist meine Gemahlin … befleckt?« Oswalds Stimme war ausdruckslos, seine Augen funkelten.

Eowa zögerte. »Nein, Herr«, sagte er dann. »Cyneburg ist noch immer rein.«

Der König griff nach einer Kerze, hielt sie dicht vor Eowas Gesicht und sah ihm in die Augen. Der Prinz von Mercia hielt seinem Blick stand. So standen sie lange da.

»Eure Gemahlin ist rein«, wiederholte Eowa zu guter Letzt mit fester Stimme.

Wortlos stellte Oswald die Kerze zurück auf den Boden.

»Ich habe mein Leben verwirkt«, setzte Eowa an, dann zog der König so schnell und geschmeidig wie eine attackierende Schlange seinen Handrücken über dessen Gesicht. Der Kopf des Prinzen flog zur Seite. Er taumelte kurz, dann fand er wieder sicheren Stand.

»Du hast recht.« Der König klang seltsam ruhig. »Ich

kann dir das Leben nehmen. Aber das werde ich nicht, Eowa, Sohn des Pybba.«

Beobrand glaubte, einen Hoffnungsschimmer in Eowas Augen zu sehen.

»Ich habe nicht nur in den Reihen der Gewissæ Spione, sondern auch unter den Mercianern«, fuhr Oswald fort. »Ich bin König von Bernicia und Deira, und schon bald werde ich auch das Land im Norden bis hierher regieren, bis zum Felsen von Din Eidyn. Die Gewissæ von Wessex entrichten genauso ihren Tribut an mich wie Sigeberts Ostangeln. Ich bin Bretwalda, Herrscher über ganz Albion. Hältst du mich etwa für blind?«

Niemand sagte etwas. Blut rann aus Eowas Nase. Beobrand musste an Cadwallons Enthauptung denken, die so überraschend schnell erfolgt war. Trotz all der Gebete zu Christus, dem Gott der Vergebung, war Oswald hinter seinem beherrschten Äußeren ein skrupelloser Mörder.

»Natürlich wusste ich von dir und Cyneburg«, fuhr der König fort, »aber ich habe es für eine kindische Narretei gehalten. Das hier habe ich nicht vorhergesehen. Ich dachte, ihr würdet einander vergessen, sobald sie in meinem Königreich wäre. Viele Ehemänner würden dich töten für das, was du getan hast. Doch ich lasse dich leben. Allerdings bist du ab sofort kein freier Mercianer mehr. Von diesem Moment an bist du mein Untertan, doch niemand bis auf die hier Anwesenden wird davon erfahren.«

»Aber mein Herr, König Oswald …«

Erneut brachte eine Ohrfeige des wütenden Königs Eowa zum Schweigen. Als er zurücktaumelte, hielten Beobrand und Derian ihn fest und verhinderten so seinen Sturz.

Oswald strich sich die langen Haare aus dem Gesicht. »Genau. Ich werde dein Herr sein. Und du wirst mir hier und jetzt den Treueeid schwören.« Draußen heulte immer noch lautstark der Wind. »Und wisse dies: Solltest du mich hintergehen oder meine Befehle missachten, vergiss nicht, wer über das Leben deiner geliebten Cyneburg verfügt. Solltest du mich verraten, wird sie dafür bezahlen, und zwar noch vor dir. Jetzt sprich deinen Eid.«

Eowas Blick flog von einem Mann zum anderen. Gab es noch eine Möglichkeit, diese Strafe abzuwenden? Aber natürlich nicht. Sein Leben gehörte nicht länger ihm. In dem Augenblick, als er Anwealdas Saal betreten hatte, hatte er es in Oswalds Hände gelegt.

Beobrands Gedanken überschlugen sich. Oswald hatte von Cyneburgs und Eowas Liebe gewusst? Es verblüffte ihn, wie schnell der König die Situation zu seinem Vorteil genutzt hatte.

Nachdem er eingesehen hatte, dass er keine andere Wahl hatte, schüttelte Eowa die Hände ab, die ihn festhielten, und kniete sich auf den Boden aus gestampfter Erde. Der Flammenschein flackerte über seine Züge. Sie waren voller Trauer und Qual, aber er stockte kein einziges Mal, während er dem König von Northumbria seine Treue schwor.

Als Eowa zum Ende gekommen war, nickte Oswald ihm zu. »Durch dein Wort bist du nun an mich gebunden. Vergiss nicht, was ich gesagt habe. Ich halte Cyneburgs Leben in meinen Händen, und solltest du mich verraten, werde ich euch beide vernichten.«

Beobrand schauderte erneut, und dieses Mal war der Grund dafür nicht die Kälte.

»Du musst noch heute Nacht entkommen und nach Hause reiten, Eowa. Nach Mercia. Ich werde den Kontakt zu dir suchen, sobald ich deine Unterstützung benötige.«

»Entkommen?«

Oswald nickte. »Derian, sieh zu, dass er ein Pferd und Proviant erhält.«

Eowa erhob sich. Auf seiner Miene spiegelte sich eine Mischung aus Trauer, Hoffnung und Verzweiflung.

Oswald ging mit langen Schritten zur Tür, wo er stehen blieb. »Deine Leute müssen glauben, dass dir die Flucht gelungen ist. Dafür musst du Spuren eines Kampfes tragen. Derian, Beobrand, ihr sorgt dafür, dass ihm ausreichend viele Verletzungen zugefügt werden. Und vor allem«, seine Augen leuchteten in der Dunkelheit, »seht zu, dass sein Gesicht verunstaltet wird. Nicht, dass sich noch einmal eine junge, törichte Prinzessin von der Schönheit des Prinzen von Mercia den Kopf verdrehen lässt.«

Kapitel 29

»Die Festungsanlage scheint uneinnehmbar zu sein«, sagte Acennan.

In der vergeblichen Hoffnung, eine Schwachstelle zu entdecken, ritten sie um den Felsen, auf dem Din Eidyn thronte. Beobrand war bereits vorher klar gewesen, dass das Unterfangen sinnlos war. Schließlich belagerten Oswald und Oswiu zusammen mit ihren Recken, Grafschaftsvorstehern und Kriegern die Festung schon seit Tagen. Wenn sie keine Möglichkeit entdeckt hatten, um sie einzunehmen, dann gab es auch keine.

Aber Beobrand hatte das dringende Bedürfnis verspürt, ein Stückchen auf Sceadugenga zu reiten, Distanz zwischen sich und den Saal zu bringen, in dem der König und seine Gefolgschaft Schutz vor dem beißenden Nordwind suchten.

Acennan hatte trotz Beobrands Protest nicht zugelassen, dass er sich allein auf den Weg machte.

»Unsere Feinde haben sich hinter den hölzernen Mauern von Din Eidyn verschanzt«, hatte Beobrand gesagt.

»Man kann nie wissen, wo der Feind zuschlägt«, hatte Acennan erwidert.

Jetzt dachte Beobrand an den vergangenen Abend im Lagerschuppen und nickte vor sich hin. Acennan hatte recht. Eowa war sich bewusst gewesen, dass er seinem Verderben entgegenritt, aber hatte er Beobrand nicht als Freund betrachtet? Oder zumindest nicht mehr länger als Feind?

Am liebsten hätte Beobrand nichts mit der Bestrafung des Prinzen zu tun gehabt, aber der König hatte ihm einen Befehl erteilt. Was hätte er tun sollen?

Er packte die Zügel fester, sodass das Leder knarrte. Seine Fingerknöchel schmerzten von den Schlägen, die er Eowa verpasst hatte. Als er den Blick nach unten richtete, bemerkte er eine Risswunde an einem seiner Finger. Seine Hand war geprellt und ziemlich mitgenommen. Er hatte so fest zugeschlagen, dass Eowa einen Zahn und Blut auf den festgetrampelten Boden des Schuppens gespuckt hatte. Seine Erinnerungen verursachten Beobrand Übelkeit.

Als er in den Saal zurückgekehrt war, hatte Acennan ihn angesehen und sofort gefragt, was passiert sei. Beobrand verweigerte jede Antwort. Er durfte darüber nicht sprechen. Sein König hatte ihnen befohlen, über die Ereignisse dieses Abends für immer zu schweigen. Stattdessen verlangte Beobrand nach Met, und als Dreogan sich nach dem Verbleib des Mercianers erkundigte, fuhr Beobrand ihn an: »Das geht dich nichts an. Trink und iss und sei froh, dass du an einem warmen Kaminfeuer sitzt. Draußen tobt ein heftiger Sturm.«

Dreogan starrte ihn wütend an und war schon halb aufgestanden, als Renward ihm etwas zuflüsterte und ihn wieder auf die Bank zurückzog.

Anschließend hatte Acennan Beobrand ausgiebig gemustert, ohne jedoch noch einmal seinen Mund aufzumachen.

Jetzt standen sie vor der Südflanke des Felsens, auf dem Din Eidyn thronte, und starrten hinauf. Der Wind trieb Beobrand die Tränen in die Augen. Er wischte sie mit dem

Handrücken weg. Nur allzu gerne hätte er losgeheult. Er hatte kein Problem damit, einen Mann zu schlagen oder zu töten, wenn er dadurch geliebte Menschen schützen konnte. Doch diese gewalttätige Attacke auf Eowa, das war etwas anderes gewesen. Nur was? Er dachte an Wybert. Hätte er ihn in seiner Gewalt, würde er ihm nicht am liebsten all das oder noch Schlimmeres antun? Beobrand wusste, dass er ihn ohne jedes Schuldgefühl töten würde, wenn er die Gelegenheit dazu bekam. Warum also erschien ihm das, was mit Eowa geschehen war, so furchtbar?

Er biss die Zähne zusammen, bis sie schmerzten. Sein Magen knurrte. Er hatte am Abend kaum etwas gegessen und heute Morgen keinen Appetit gehabt.

Zum Schluss hatte sich Eowa nicht mehr auf den Füßen halten können. Mit einem breiten Grinsen im Gesicht verpasste Oswiu dem schon am Boden liegenden Mercianer einen Tritt nach dem anderen. Als Beobrand ihm eine Hand auf die Schulter legte, wirbelte der Bruder des Königs mit erhobenen Fäusten herum.

»Du wagst es, mich anzurühren, du Köter aus Cantware?«, fuhr er ihn wütend an.

Beobrand rechnete schon damit, dass er zuschlagen würde. Und dann, dessen war er sich sicher, hätte er seinen Zorn nicht länger kontrollieren können. Nur unter Aufbietung seiner gesamten Willenskraft gelang es ihm, Oswiu nicht von sich zu stoßen. Denn hätte er dem Prinzen von Bernicia gegenüber auf diese Weise reagiert, wäre sein Leben nichts mehr wert gewesen.

Derian durchbrach die angespannte Stille. »Eowa muss noch in der Lage sein zu reiten, mein Prinz.«

Oswiu starrte Beobrand lange an. Vielleicht wäre es ihm ganz recht gewesen, hätte der junge Recke zugeschlagen. Es war klar, dass das Blut des Königsbruders kochte und es ihm Genuss bereitete, Eowa Schmerzen zuzufügen. Dieser machte keine Anstalten, sich zu verteidigen. Es schien Beobrand, dass die Wochen des Wartens auf eine Schlacht gegen die Pikten die beiden Söhne des Æthelfrith verändert hatten. Viel schneller als sonst legten sie eine furchteinflößende Gewaltbereitschaft an den Tag.

»Er muss noch in der Lage sein zu reiten«, wiederholte Derian.

Oswiu wandte sich kopfschüttelnd ab und zog ein Messer aus seinem Gürtel. Das Kerzenlicht spiegelte sich in der Klinge. »Ich muss den Wunsch meines Bruders noch erfüllen.« Er kniete sich neben die am Boden liegende, zitternde Gestalt. Als die Fausthiebe und die Tritte auf ihn eingeprasselt waren, hatte Eowa kaum einen Laut von sich gegeben, aber in diesem Moment begann er zu wimmern – ein stolzer Mann, der sich nicht mehr länger beherrschen konnte, während Oswiu sich mit dem Messer über ihn hermachte.

»Du siehst aus, als wäre dir der Tod begegnet«, unterbrach Acennan Beobrands Gedanken. »Bist du krank?«

»Nein.« Aber als er daran dachte, wie Eowa ausgesehen hatte, als sie ihm schließlich vom Boden aufgeholfen und ihn auf ein Pferd gesetzt hatten, da krampfte sich sein Magen zusammen. »Lass uns noch ein wenig dichter heranreiten.« Beobrand lenkte Sceadugenga näher an den Felsen, und ein leiser Schmerz zuckte durch sein rechtes Bein. »Aber nicht so dicht, dass die Pikten uns ihre Fähigkeiten als Bogenschützen beweisen wollen.«

Sceadugengas Hufe rutschten auf dem dünnen Eis aus, das sich in einer Kuhle gebildet hatte. Der Winter kam näher. Beobrand starrte zu der Festung hinauf und wurde den Gedanken nicht los, dass ihre Belagerung mit einem Scheitern enden würde.

»Es gibt keine Möglichkeit, die Festung auf dem Felsen erfolgreich anzugreifen«, sagte er. »Er ist Bebbanburg sehr ähnlich. Stark wie eine in Eisen gekleidete Faust.«

Acennan runzelte die Stirn und nickte. »Aye. Außerdem glaube ich kaum, dass sie so freundlich sein werden, uns die Tore zu öffnen. Und so viele unserer Krieger hier auch versammelt sind, es sind immer noch zu wenige, um die Festung von allen Seiten gleichzeitig zu erstürmen.«

Beobrand suchte nach einer Schwäche an der Palisade, die ihnen bisher entgangen war. Doch er suchte vergeblich. Zudem drängten sich die Bilder der vergangenen Nacht immer wieder vor sein geistiges Auge.

Oswiu hatte Eowas Wangen tiefe Schnitte zugefügt und ihm die Nasenflügel aufgeschlitzt. Das Blut lief über das Gesicht des Prinzen von Mercia in seinen prachtvollen Bart. Beobrand konnte ihn kaum anschauen, so schwer lag die Last der Schuld auf seinen Schultern.

Derian schickte die Torwächter weg, damit niemand mitbekam, wie Eowa davonritt, und dann standen sie einen Augenblick lang stumm auf dem windumtosten Hügel. Beobrand zog seinen Mantel aus und legte ihn Eowa um die Schultern. Ohne den Schutz würde der Mercianer mit Sicherheit noch in dieser Nacht erfrieren. Oswiu runzelte die Stirn, aber Beobrand schenkte ihm keine Beachtung.

Die Kälte schien Eowa aus seiner Benommenheit zu reißen. Er ergriff Beobrands Hand. Dieselbe Hand, die ihm nur wenige Augenblicke zuvor einen Zahn ausgeschlagen hatte.

»Wir sehen uns wieder, Beobrand«, sagte Eowa mit blutersticker Stimme. Er spuckte aus, und der Wind trug den blutigen Speichel sofort davon. »Dann werden wir keine Feinde mehr sein, du und ich. Was geschehen ist, hast du nicht zu verantworten, das weiß ich.«

Seine Vergebung hatte mehr Macht als jede Waffe. Unter der Kraft des Windes und der Wucht der Worte hatten Beobrands Beine fast nachgegeben. Dann hatte der Mercianer seine Hacken in die Flanken des Pferdes gegraben und war in die stürmische Dunkelheit galoppiert.

Acennan und Beobrand blickten erneut zu der Festung Din Eidyn hinauf. Beobrand fragte sich, ob Acennan ernsthaft glaubte, an ihr einen Schwachpunkt entdecken zu können, oder seinen Freund und Herrn lediglich bei Laune halten wollte.

»Wie man hört, ist Eowa heute Nacht entkommen«, sagte Acennan, ohne seinen Blick von Din Eidyn zu nehmen. »Es heißt, er habe ein Pferd gestohlen und die Torwächter überwältigt.«

Beobrand blieb stumm.

»Ich weiß, dass du nicht darüber sprechen willst«, fuhr Acennan fort. »Aber du sollst wissen, dass ich dein Freund bin. Und dass ich ein Geheimnis bewahren kann, solltest du dich jemals entscheiden zu reden.«

»Es gibt nichts zu reden«, erwiderte Beobrand. Acennans Angebot wärmte ihm das Herz, aber er wusste, dass er niemals ein Wort über das verlieren würde, was sich in dem düsteren Lagerschuppen zugetragen hatte.

Acennan sagte noch etwas, während der Wind heulte und vertrocknete Blätter aufwirbelte. Beobrand nahm nichts davon wahr. Etwas fesselte seine Aufmerksamkeit.

Er trieb Sceadugenga noch ein paar Schritte näher an die Festung heran. Täuschte er sich?

Acennan hielt sich neben ihm und folgte seinem Blick. »Bei allen Göttern.« Tiefe Verwunderung lag in seiner Stimme. »Ist das denn die Möglichkeit?«

* * *

Eine kräftige Bö riss die letzten Blätter von den Zweigen der Ebereschen, die am Fuß des mächtigen Felsens von Din Eidyn kauerten. Die Zelte und Unterstände ächzten im Wind. Wie heimlich herbeibefohlen kreiste eine Krähenschar am Himmel über der Festung. Beobrands Mantel, den er sich am Morgen von Derian geborgt hatte, flatterte. Sceadugenga, der normalerweise keine Anzeichen von Nervosität zeigte, tänzelte wiehernd zur Seite.

Als Beobrand stärker als nötig an den Zügeln zog, schüttelte der schwarze Hengst einmal mehr protestierend den Kopf. Instinktiv legte Beobrand die linke Hand an das Hammeramulett auf seiner Brust.

Er war davon ausgegangen, dass er viele Wochen lang reisen müsste, wenn er die Hexe denn wiedersehen wollte. Aber jetzt war sie hier.

Selbst auf diese Entfernung war Nelda, Mutter des Hengist, eindeutig zu erkennen. Er hatte ihren zierlichen Körper, ihr fließendes, an das schwarz-graue Federkleid einer Dohle erinnerndes Haar nie vergessen. Genauso wenig wie ihren aufreizend weiblichen Duft.

Als der schwarze Vogelschwarm über ihrem Kopf kreiste und anschließend auf ihn zuflog, erschauderte er. Das heisere Krächzen klang wie klappernde Knochen.

Der Wind blies Nelda die Haare aus dem Gesicht, und Beobrand sah, dass er ihre Schönheit zerstört hatte. So wie er zuvor schon ihren Sohn verunstaltet hatte, hatte er mit einem Hieb auch aus ihrem Antlitz eine hässliche Fratze gemacht. Es war, als hätten erst die Verletzungen in den Gesichtern von Mutter und Sohn deren wahres Wesen zum Vorschein gebracht.

Acennans Pferd stellte sich noch näher neben Sceadugenga, als suchte es den Schutz des größeren Tieres.

»Die Hexe ist hier«, flüsterte Acennan. Der untersetzte Krieger zeigte so gut wie nie Furcht, konnte aber jetzt das Zittern in seiner Stimme nicht verbergen. Auch er war in Neldas Höhle gewesen. Auch er hatte ihre Worte gehört, die zunächst zart wie Spinnfäden gewesen waren, nur um dann wie aus heiterem Himmel in lautes Kreischen voller Hass und Boshaftigkeit umzuschlagen.

Endlich fand Beobrand die Sprache wieder. »Es sieht ganz danach aus.« Er schluckte.

Auch Nelda hatte sie bemerkt. Ihr starrer Blick durchbohrte sie, und sie hob die Arme, als wollte sie den Himmel beschwören.

Alle Männer in Beobrands und Acennans Nähe blickten zu der Frau auf der Festungspalisade hinauf, und als hätte der Wind ihren stummen Befehl gehört, ließ er plötzlich nach, und Neldas Stimme war zu vernehmen.

»Beobrand Halbhand! Hinterlistiger Mörder Hengists! Mein Fluch verfolgt dich noch immer. Alle, die du liebst, werden sterben und dich verlassen. Am Ende wirst du allein und einsam zurückbleiben.«

Ihre Worte trafen ihn wie vergiftete Pfeile. Sie hatte versucht, Reaghan zu töten. Hatte sie auch bei Bassus' Verwundung und Sunnivas Tod ihre Finger im Spiel gehabt?

Die nachtschwarzen Krähen änderten wie auf Befehl die Richtung und flogen gen Süden davon.

Ohne Nelda aus den Augen zu lassen, spürte Beobrand die Blicke der Kriegerschar auf sich. Die Männer warteten auf seine Reaktion. Er konnte nicht schweigen. Er war ein Recke Bernicias. Ein Anführer. Ein Fürst. Er musste sich seines Ranges würdig erweisen. Wieder schluckte er.

»Ich bin nicht derjenige, der in einer dem Untergang geweihten Festung gefangen ist!«, rief er zurück. »Din Eidyn wird fallen, und dann reiße ich dir dein verfluchtes Herz aus der Brust, du Natter. Ich bringe dir den Tod, und zwar lange vor meinem eigenen Ende.«

»Wohl gesprochen«, murmelte Acennan. »Wir wissen, dass sie bluten kann. Und jedes Wesen, das blutet, kann auch sterben. Du hättest mich nicht aufhalten sollen, als ich die Gelegenheit hatte, sie zu töten.«

Beobrand erwiderte nichts. Acennan hatte recht. Er hatte Neldas Leben in seiner Hand gehalten und es nicht übers Herz gebracht, seinem Freund die Ermordung einer scheinbar wehrlosen Frau zu gestatten. Wie er diesen Augenblick der Schwäche jetzt bedauerte.

Neldas gackerndes Lachen breitete sich wie das Krächzen der Krähen wenige Augenblicke zuvor über der Kriegerschar aus. Die Männer waren verunsichert und griffen nach ihren Amuletten. Viele bekreuzigten sich mit dem Zeichen des Christus, und noch mehr spuckten aus. Magie und Zauberei waren allgegenwärtig.

Furcht erfasste die schon mutlosen Männer im Lager, und Furcht war eine mächtige Waffe, wenn man wusste, wie man sie einsetzen konnte. Hengist war ein Meister darin gewesen – und des Schwertes. Beobrand sah in die blassen Gesichter der Krieger. Am ganzen Leib zitternd starrten sie die Hexe an, die einen der Ihren verflucht hatte.

Auch ohne zu fragen, wusste er, was sie dachten. Sie waren überzeugt davon, dass der Wind und die Vögel am Himmel ihr gehorchten. Die alten Götter würden ihre Flüche erhören. Nelda lachte die Recken Bernicias aus, obwohl deren König den Männern in der Festung, in der sie sich befand, den sicheren Untergang vorhergesagt hatte.

Beobrand trieb Sceadugenga vorwärts. Er musste sich seiner Angst stellen.

»Bei Tyrs Eiern, Beobrand!«, rief Acennan. »Ist dir klar, dass da oben auch Bogenschützen stehen?«

Beobrand beachtete seinen Freund nicht. Er konnte jetzt keine Vorsicht walten lassen.

Einen Augenblick später schloss Acennan sich ihm an. »Natürlich weißt du das«, murrte er. »Aber warum näherst du dich ihnen dann, sodass du zu ihrer Zielscheibe wirst?«

»Hör auf mit dem Gemaule, Acennan.« Beobrand zwang sich zu einem Lächeln. »Du hörst dich an wie ein altes Weib.«

Er trieb Sceadugenga an und galoppierte dem Felsen von Din Eidyn entgegen. Derians schwarzer Mantel und sein blondes Haar flogen. Ihm war klar, dass alle ihn beobachteten. Der stattliche Recke auf dem imposanten Hengst. Er riss an den Zügeln, um sein Tier zum Stehen zu bringen. Sceadugenga, der sich nur ungern so herumkommandieren ließ, bäumte sich auf und wirbelte mit seinen Hufen Erde und Blätter durch die kalte Luft. Beobrand klammerte sich an die Zügel, presste die Oberschenkel gegen den Sattel und versuchte, den pochenden Schmerz in seiner rechten Wade zu ignorieren. Sceadugenga beruhigte sich wieder, und Beobrand atmete erleichtert auf. Gut, dass er nicht gestürzt war.

Acennan näherte sich auf seinem kleineren Pferd, den Blick auf die Festung gerichtet.

Beobrand schickte ein hastiges Stoßgebet an alle Götter, die ihm zuhören wollten, und bat, dass es nicht sein Schicksal sein möge, hier und jetzt von den piktischen Verteidigern mit Pfeilen durchbohrt zu werden. Als er Hrunting aus seiner gefütterten Scheide zog, spürte er einen kurzen Ruck, der von einer Kerbe in der Klinge herrührte. Sie war eine Folge der harten Knochen von Aengus mac Nathair. Beobrand grinste. Auch wenn die Pikten harte Knochen haben mochten, waren sie sterblich. Er reckte sein Schwert in die Luft, sodass es alle sehen konnten. Das trübe Licht des Tages spiegelte sich in der wie Schlangenhaut gemusterten Klinge.

»Dies ist Hrunting!«, rief Beobrand. »Es hat Hengist getötet und Cadwallon, König von Gwynedd, besiegt. Es hat das Blut vieler tapferer Krieger und der Söhne Nathairs getrunken. Ich, Beobrand von Ubbanford, Recke von Bernicia, Diener König Oswalds von Northumbria, schwöre hiermit auf das mächtige Schwert Hrunting, dass Din Eidyn fallen wird und meine Klinge dein Blut schmecken wird, Hexe.«

Kurz glaubte er, Nelda würde etwas erwidern, doch dann registrierte er neben ihr auf der Palisade eine Bewegung.

War das ein Bogenschütze, der seinem verwegenen Auftritt ein Ende machen wollte? Mit zusammengekniffenen Augen blickte Beobrand in den Wind und wusste im selben Augenblick, dass sich sein schlimmster Verdacht bewahrheitet hatte. Dass Nelda sich mit einem seiner Feinde verbündet hatte. Denn auf der Palisade war jetzt in der Tat ein Bogenschütze aufgetaucht. Beobrand kannte ihn.

Torran mac Nathairs schmales Gesicht schob sich über den Schutzwall. Er war blass, wie von einer Krankheit gezeichnet. Doch seine Stimme war nach wie vor kräftig. »Deine Klinge hat nicht alle Söhne Nathairs getötet, du sächsischer Hurensohn!«, brüllte er. Speichel flog aus seinem Mund. Er war nicht krank, sondern außer sich vor Wut. »Du hast meinen Brüdern das Leben genommen, Beobrand Halbhand, dafür werde ich dich und alle, die dir teuer sind, töten. So wie bereits dein Freund Bassus den Tod durch meine Hand gefunden hat.«

Beobrand schluckte den bitteren Geschmack der Wut hinunter. Solange Torran sich hinter dicken Mauern versteckte, konnte er gegen ihn nichts ausrichten.

Die gesamte Kriegerschar sah ihnen jetzt zu.

»Bassus ist noch am Leben, Torran, so wie ich.«

Verblüffung zeigte sich auf Torrans Miene.

»Es scheint, als wären deine Pfeile nicht so tödlich wie mein Schwert. Im Angesicht aller Götter und der Krieger Northumbrias gelobe ich hiermit, dass ich dir als Rache für alles, was du getan hast, das Leben nehmen werde.«

»Nie und nimmer wird dir das gelingen!«, spie Torran. »Din Eidyn ist zu mächtig. Wir sind zu mächtig! Finola und Talorcan sind in Sicherheit. Weit weg von euch sächsischem

Abschaum. Der Winter rückt näher, und Din Eidyn wird nicht fallen. Und irgendwann mache ich mich auf den Weg zu dir, Beobrand, und bringe dich um.«

»Du blökst wie ein Schaf, Torran Eidbrecher. Torran Verräter. Torran Feigling. Du bist ein Nichts. Dein Wort hat kein Gewicht. Du sagst, du wirst mich töten? Wie denn? Mit einem Pfeil aus großer Ferne, da du zu feige bist, dich mir im Kampf zu stellen? Deine Worte sind nicht die eines Mannes, sondern die eines Wurms. Und mit Würmern rede ich nicht.«

Mit großer Geste ließ Beobrand Hrunting zurück in die Scheide gleiten und wendete Sceadugenga. »Komm, Acennan«, sagte er leise. »Lass uns verschwinden.«

Er wartete die Reaktion seines Freundes nicht ab, sondern ritt davon. Torrans Schreie und Beleidigungen prallten an ihm ab, während er sich aus der Reichweite von dessen Pfeilen brachte. Gerade und sicher saß er im Sattel und rechnete in jedem Augenblick mit dem stechenden Schmerz eines Pfeils, der sich zwischen seine Schulterblätter bohrte. Doch nichts geschah.

Acennan holte ihn ein. »Das hat Spaß gemacht.« Er grinste, aber konnte seine Nervosität nicht überspielen. »Und jetzt?«

»Jetzt erfüllen wir meinen Schwur.«

»Wie meinst du das?«

»Wir nehmen Din Eidyn ein, und ich töte Torran, diesen ziegenfickenden Sohn einer Hure. Und die Hexe Nelda gleich mit.«

»Hört sich nach einem Kinderspiel an.« Jetzt war Acennans Lächeln echt.

Mit zunehmender Distanz zur Festung fiel die Anspannung von ihnen ab. Begleitet wurden sie von den ehrfürchtigen Blicken schmutzstarrender Krieger.

»Ich habe nicht behauptet, dass es einfach werden wird.« Beobrand trieb Sceadugenga zu einem leichten Galopp an, als plötzlich ein Lachen aus ihm herausbrach und er die Schrecken der Nacht zumindest für einen Moment vergaß. »Komm schon, Acennan!«, rief er in den Wind. »Ich habe einen Plan.«

Kapitel 30

Beobrand konnte nicht schlafen. Es war kalt im Saal und die Glut in der Feuerstelle nicht mehr als ein rotes Glimmen. Noch dazu lag er ein Stück von der Feuerstelle entfernt, umgeben von den Schemen schlafender Männer. Draußen schneite es, und der heulende Wind klang wie die Schreie von Sterbenden. Bei Sonnenuntergang hatte heftiger Schneefall eingesetzt, und schon kurze Zeit später hatten sie sich mitten in einem wirbelnden Schneesturm wiedergefunden. Nur die Götter wussten, wie die Männer am Fuße von Din Eidyn die Nacht überstehen würden. Im hoch auf der Klippe gelegenen Saal war es zwar kalt, aber mit Sicherheit noch sehr viel wärmer als in den Zelten und Unterständen.

Gelegentlich ließ eine Bö das Gebäude erzittern. Es ächzte und stöhnte wie ein alter Mann, der ein schweres Gewicht hebt. Luft zog unter den Türen und durch die Risse und Astlöcher in den Wänden herein, sodass die Glut knackte und rot glimmte. Als der Luftzug seinen Nacken streifte, erzitterte Beobrand.

Und doch hielten ihn weder die Kälte noch der Sturm wach. Sein Kopf war voller Gedanken, die er nicht zu fassen bekam, als hätte er den Krähenschwarm verschluckt, den sie vorhin gesehen hatten.

Würde sein Plan aufgehen? Ließ er sich überhaupt in die Tat umsetzen, jetzt, da draußen Schnee lag?

Als er Oswald seine Idee vorgetragen hatte, hatte dieser gelegentlich eine Frage gestellt, aber die ganze Zeit über zustimmend genickt.

»Das ist ein guter Plan, Beobrand«, sagte der König schließlich.

Oswiu schnaubte. »Er wird niemals funktionieren. Er ist zu einfach, und viel zu leicht kann etwas schiefgehen.«

»Du hast etwas vergessen, Bruder«, erwiderte Oswald ruhig, während ein schmales Lächeln seine Lippen umspielte. »Beobrand ist nicht nur ein Glückspilz, er hat mir in der Vergangenheit auch schon durch seine Pläne den Segen Gottes gebracht. Ich glaube, dass Gott durch ihn spricht, auch wenn Beobrand selbst nichts davon weiß.«

Beobrand wusste tatsächlich nichts davon. Die Vorstellung, das Sprachrohr eines Gottes zu sein, beunruhigte ihn, aber er sagte nichts dazu. Kaum hatte er seine Idee vorgetragen, bereute er es auch schon. Tatsächlich konnte vieles schiefgehen, und wem würde Oswald dann die Schuld geben? Gewiss nicht seinem so verehrten Christusgott.

»Außerdem«, fuhr Oswald fort, nachdem er die skeptische Miene seines Bruders registriert hatte, »haben wir keinen besseren Plan. Sobald Schneefall einsetzt, sind wir bis zum Ende des Winters handlungsunfähig. Aber vorher will ich die Witwe und den Sohn unseres Bruders unbedingt nach Bebbanburg zurückbringen. Dort gehören sie hin.«

»Also gut«, stimmte Oswiu zögerlich zu. »Dann wollen wir mal sehen, ob dir dein Glück weiterhin hold ist, Beobrand. Wenn du uns Zutritt zu Din Eidyn verschaffst und ich endlich diesem Donel gegenübertreten kann, wirst du von uns großzügig belohnt. Bruder, du kannst Finola und ihren Jungen haben. Aber Donel gehört mir und wird den Abend bereuen, an dem er uns damals aus seinem Saal gejagt hat.«

»Und als er sich gegen die Söhne Æthelfrith' gestellt hat«, ergänzte Oswald mit einer Stimme so kalt wie der Nordwind. »Ich habe ihm den Willkommensbecher und die Umarmung des Friedens angeboten, aber vergeblich. Die Pikten haben sich entschlossen, Christus zurückzuweisen und mir Widerstand zu leisten. Mit Beobrands Hilfe werden wir ihnen klarmachen, dass das ein Fehler war.«

Erneut sah Beobrand Oswalds stahlharte Seite aufblitzen, die im Verlauf der vergangenen Monate immer stärker hervorgetreten war. Als wäre der König vorher nur eine stumpfe Klinge gewesen, die erst durch die Ereignisse des vergangenen Jahres geschliffen und noch tödlicher geworden war.

Für einen Moment hatte Beobrand Eowas blutüberströmtes Gesicht vor Augen gehabt. Ja, die Pikten würden es bereuen, dass sie dem Nachfolger Æthelfrith' nicht die Treue geschworen hatten.

Er horchte auf. Eine Windbö rüttelte an den Dachbalken des piktischen Saals und ließ das gesamte Gebäude erzittern und ächzen. Irgendwo am anderen Ende des Raumes hustete jemand und rollte sich dann auf die Seite. Beobrand hoffte, dass die Männer genügend Schlaf fanden. Am kommenden Morgen würden sie ihre Kraft bitter benötigen. Sollte der Schneesturm jedoch mit unverminderter Wucht weitertoben, wäre sein Plan schon gescheitert, bevor sie überhaupt angefangen hätten, ihn in die Tat umzusetzen.

»Mach dir nicht so viele Gedanken«, sagte eine Flüsterstimme ganz in seiner Nähe. Acennan. Er konnte also auch nicht schlafen.

»Und wie soll ich das anstellen?«, entgegnete Beobrand so leise, dass seine Worte bei dem Heulen des Windes für niemanden sonst zu verstehen waren. »Morgen werden tapfere Männer den Tod finden. Und zwar auf mein Geheiß.« Sein Magen krampfte sich zusammen, als er an die Gefahren dachte, denen sie sich stellen müssten.

»Ständig sterben irgendwo tapfere Männer«, sagte Acennan. »Aber es kommt auf die Art und Weise an. Wenn sie einem guten Herrn dienen und sich im Kampf nichts vorzuwerfen haben, können sie zufrieden sterben.«

Beobrand blieb stumm. Anführer einer Schar von Männern zu sein war eine schreckliche Last.

»Und du bist ein guter Herr, Beobrand«, fuhr Acennan fort. »Wir werden dir morgen folgen, wissend, dass auch unser Leben auf dem Spiel steht. Unsere Schicksale sind längst miteinander verwoben. Die Männer vertrauen darauf, dass du ihnen einen großen Sieg schenkst, ich vertraue dir, und sogar der König vertraut dir! Du solltest dir also auch vertrauen. Weißt du, was Scand jetzt sagen würde? Du hast die Würfel geworfen, aber erst morgen werden wir sehen, wie sie gefallen sind. Und bis dahin ruh dich aus.«

Beobrand brachte es aus Angst, die Stimme könnte ihm brechen, nicht über sich zu antworten. Also zog er den geborgten Mantel enger um seine Schultern und schloss die Augen. Ein paar Momente später bereicherte Acennan die Geräusche der Nacht um ein durchdringendes Schnarchen.

Beobrand lauschte weiterhin den schlafenden Männern

sowie dem unaufhörlichen Tosen des Sturms. Er wusste, dass Acennan recht hatte. Alles war vorbereitet, und der Tag würde früh genug anbrechen. Und doch dauerte es lange, bis auch sein Atem endlich stetiger wurde und der Schlaf ihn übermannte. In seinen Träumen wimmelte es von dichten Schwärmen krächzender schwarzer Raben und regnete es tödliche weiß gefiederte Pfeile, die Fleisch und sogar Knochen durchbohrten.

Kapitel 31

Beobrand spähte mit zusammengekniffenen Augen zur Festung von Din Eidyn empor. Der gleißend helle Schnee bereitete ihm Sorgen. Der Sturm hatte sich noch in der Nacht gelegt, und nach dem Aufwachen war er aus dem Saal in eine grellweiße Welt getreten. Der Himmel war blassblau und wolkenlos, und überall türmten sich Schneeverwehungen. Der Schneesturm hatte alles verändert. Die Welt wirkte weicher und sauberer. Doch noch immer befanden sich Torran und Nelda im Schutz von Din Eidyn. Wenn die Götter Beobrand gewogen waren, würde er die beiden noch vor Anbruch der Nacht töten.

»Ist alles so weit?« Dichte Atemwolken stiegen von seinem Mund auf und wurden von der leichten Brise davongetragen. Seine Worte und das Knirschen seiner Stiefel waren in der Winterlandschaft irritierend laut.

»Aye«, erwiderte Acennan. »Alle Männer sind bereit. Tu, was du tun musst, dann werden auch sie ihre Aufgabe erfüllen, Herr.«

Beobrand nickte. Er wusste mittlerweile, dass Acennan ihn nur dann so förmlich ansprach, wenn ihn etwas aufregte oder er nervös war. Auch er fühlte sich unwohl in seiner Haut. Sein Magen gab seltsame Geräusche von sich. Bis jetzt hatte er keinen Bissen hinuntergebracht. Während die anderen Männer sich stärkten, hatte er seine Rüstung angelegt. Jetzt wünschte er sich, er wäre den Aufforderungen seiner Kampfgefährten gefolgt, hätte sich zu ihnen gesetzt und seinen Magen mit ein wenig Brot und Bier beruhigt. Wer wusste es schon, ob er jemals wieder die Gelegenheit bekommen würde, in Ruhe Zeit mit ihnen zu verbringen. Aber seine Reue kam zu spät.

Er warf einen Blick über die Schulter zu Oswald und Oswiu. Sie wurden von ihren engsten Kriegern flankiert und hatten ihre prachtvollsten Rüstungen angelegt. Seine eigenen Kampfgefährten hatten sich fast geschlossen auf einer Seite versammelt. Etwas weiter entfernt drängten sich die restlichen Krieger um kleine Feuer. Sie stampften mit den Füßen, um sich zu wärmen, und ihr Husten durchbrach den ansonsten lautlosen Morgen. Nach der Sturmnacht zierten tiefdunkle Ränder ihre Augen.

»Meinst du wirklich, dass es funktionieren kann? Trotz der dicken Schneedecke?« Unbewusst fuhr sich Beobrand mit seiner schwieligen halben Hand über seine linke Seite. Seine Rippen schmerzten, und sein Kettenhemd fühlte sich kalt und schwer an.

»Jetzt ist es zu spät, sich darüber Gedanken zu machen, Herr.«

Zu spät. Für so viele Dinge war es zu spät.

Beobrand schwieg einen Augenblick lang und betrachtete die Festung. Ein geschwungener, schneebedeckter Pfad führte bis vor das Tor. Im grellen Sonnenlicht wirkte er so unberührt und blass wie der Schenkel einer Jungfrau.

Er wandte sich an seinen Freund. »Sollte ich fallen, dann schwöre mir, dass du ihn töten wirst. Und die Hexe auch.«

»Du wirst nicht fallen«, erwiderte Acennan.

»Versprich es mir.«

Acennan seufzte. »Also gut, ich gebe dir mein Wort. Solltest du fallen, werde ich dein Werk vollenden.« Er lachte kurz auf. »Die Hexe will ich sowieso umbringen, seit wir sie auf Muile verschont haben.«

Beobrand nickte dankbar und streckte seinen linken Arm aus. Acennan hob den Schild seines Herrn hoch und war ihm dabei behilflich, den Arm durch die Lederriemen zu schieben. Anschließend reichte er Beobrand seinen polierten Helm, der ihn in die rechte Hand nahm und losstapfte.

Beobrands Beinbinden waren schon nach kurzer Zeit durchnässt, so hoch lag der Schnee. Das Pochen in seinem rechten Bein erinnerte ihn schmerzhaft daran, dass Torran ein fähiger Bogenschütze war.

Als der Pfad zur Festung von Din Eidyn anzusteigen begann, blieb er stehen. Seine Männer hatten hier eine Stelle von der Größe eines ausgebreiteten Mantels vom Schnee befreit. Auf der einen Seite der dunklen, aus platt getretenem Gras und Erde bestehenden Fläche türmte sich von bräunlichen Streifen durchzogener Schneematsch. Allein und verletzbar rührte sich Beobrand nicht vom Fleck. Die Welt schien den Atem anzuhalten. Alles war still.

Dann nahm er einen tiefen Zug von der eiskalten Luft. »Torran mac Nathair!«, brüllte er so laut, dass er auch den tödlichen Lärm eines Schildwalls übertönt hätte. »Torran mac Nathair, zeige dich!«

Gesichter tauchten über der Palisade auf, aber Torrans war nicht darunter.

»Torran mac Nathair! Bist du wirklich so feige? Wagst du

es nicht, dich deinen Feinden zu stellen, wie es wahre Männer tun? Auge in Auge, mit Klinge und Schild? Ich habe den Schmerz deiner Pfeile gespürt, die aus sicherer Entfernung ihr Ziel fanden, aber jetzt will ich dir gegenübertreten, im Angesicht all dieser Männer aus Bernicia, Deira und Dál Riata.« Er zeigte mit dem ausgestreckten Arm in Richtung der versammelten Schar, und die Krieger stießen lautes Gebrüll aus. »Vor diesen Männern und deinen piktischen Landsleuten fordere ich dich heraus. Stell dich jetzt oder lass alle wissen, dass du die größte Memme der Söhne des Nathair bist. Ich habe deinen Brüdern das Leben genommen und gebe dir jetzt die Chance, mir das meine zu nehmen. Kämpfe gegen mich, hier und jetzt, ansonsten werden alle wissen, dass du ein Feigling bist.«

Auf Din Eidyn war keine Bewegung auszumachen. Ob die Provokation genügte, um Torran aus der Festung zu locken? Vor aller Augen als Feigling und Memme bezeichnet zu werden war eine schreckliche Beleidigung, aber einem Recken Bernicias in Kettenhemd und mit poliertem Helm gegenüberzutreten erforderte ein Maß an Tapferkeit, das Beobrand Torran nicht unbedingt zutraute.

Er wartete, während er die Blicke aller auf sich spürte. Der Wind riss seinen Atem in Fetzen. Feuchte Kälte kroch in seine Stiefel und seine Hose. Sein rechter großer Zeh schmerzte.

Es würde nicht funktionieren. Torran würde sich niemals einem solchen Risiko aussetzen. Ihm war der Angriff aus der Dunkelheit, etwa ein aus dem Schatten der Bäume am anderen Flussufer abgeschossener Pfeil, lieber als aufeinanderprallende Klingen bei Sonnenschein.

»Dann verhält es sich also wirklich so, wie ich es mir gedacht habe!«, rief Beobrand. »Du machst dir in die Hose bei dem Gedanken, mir gegenüberzutreten.«

»Woher soll ich wissen, dass du nichts im Schilde führst?«, ließ sich da eine Stimme von der Palisade vernehmen.

Torran. Endlich. Vielleicht hatte Beobrand sich doch getäuscht.

»Ich neige nicht zur Hinterlist, Torran. Nicht ich bin es, der sich im Schatten auf die Lauer legt. Nicht ich bin es, der wie eine Elfe lautlose Pfeile aus dem Wald abschießt. Ich bin Beobrand von Ubbanford, und ich blicke meinen Feinden ins Gesicht.«

Stille.

»Und was, wenn ich dazu bereit bin? Wenn ich dir im Duell gegenübertrete und dich vernichte?«

»Dann kannst du erhobenen Hauptes nach Din Eidyn zurückkehren, denn dann bist du der einzige von Nathairs Söhnen, der gegen mich gekämpft und überlebt hat.«

Erneute Stille. Beobrand stampfte mit den Füßen, um die Kälte aus ihnen zu vertreiben. In der Sonne wurde die Erde bereits weich. Wenn Torran sich ihm im Kampf stellen würde, würde dieser im Matsch stattfinden.

Beobrand wandte sich um und suchte Acennans Blick. Sein Freund hob die Augenbrauen und zuckte mit den Schultern, signalisierte jedoch mit einer Geste, dass Beobrand Ruhe bewahren und sich noch ein wenig länger in Geduld üben sollte.

Wieder blickte Beobrand zum Felsen hinauf und erkannte verblüfft, dass Acennan recht gehabt hatte. Ein Geräusch wurde an seine Ohren getragen, das Knarren eines schweren

Riegels, der von den mächtigen Eichentoren des Palisadenzauns gehoben wurde. Fast lautlos glitten die Tore anschließend über den frischen Schnee, um sich gerade so weit zu öffnen, dass eine einzelne Gestalt hindurchtreten konnte. Torran stand einsam und allein am Ende des Pfades, als sich hinter ihm die Tore wieder schlossen.

Oswalds Krieger jubelten in Vorfreude auf ein Duell.

Der Pikte verharrte einen Augenblick lang. Vielleicht betrachtete er von seinem Aussichtspunkt vor der Palisade aus die feindliche Kriegerschar, vielleicht genoss er auch einfach nur, der überfüllten Festung entkommen zu sein. Beobrand wusste, wie bedrückend beengte Verhältnisse sein konnten. Oder fragte er sich womöglich, ob dieser sonnige Tag sein letzter auf dieser Erde sein würde?

Dann warf Torran sich den Mantel über die Schulter und begann mit dem Abstieg Beobrand entgegen.

Dieser beobachtete ihn genau. Der Pikte setzte seine Füße sicher, war behände und schnell. Er war kleiner als Beobrand, voller List und Tücke. Beobrand packte seinen Schild fester und spürte den Schmerz, als seine Muskeln sich unter der Wunde anspannten, die er Torrans Bruder Broden zu verdanken hatte. Broden war ein wilder Hüne gewesen. Torran war sehr viel zierlicher, aber vielleicht der gefährlichere der beiden Brüder.

Als Torran die Hälfte der Strecke zu Beobrand zurückgelegt hatte, fingen die Pikten auf den Mauern an, ihm zuzujubeln. Beobrand schaute auf und stellte fest, dass es sehr viel mehr waren als zuvor. Sie mussten sich danach sehnen mit anzusehen, wie einer der Ihren einen dieser verfluchten Sachsen tötete.

Torran war jetzt nicht mehr allzu weit entfernt. Er trug einen Helm aus poliertem Eisen, unter dem seine Augen hasserfüllt funkelten. Sein Schild war klein, und der Lederbezug mit dunkelblauer Farbe beschmiert. Um den spitzen Schildbuckel in der Mitte herum waren auf der blauen Fläche gelbe Spiralen zu erkennen. Außerdem trug er ein eng anliegendes Kettenhemd und ein Schwert an seiner Seite. Griff und Scheide waren verziert und die Klinge kürzer als die von Hrunting. Torran würde über weniger Reichweite als Beobrand verfügen, aber wäre vermutlich flinker. Er war drahtiger, seine Klinge leichter, sein Schild beweglicher.

Am Rand der vom Schnee befreiten Fläche blieb er stehen. »Nun denn, Beobrand Halbhand, du willst mich also töten, so wie du schon meine Brüder getötet hast?« Er sprach so leise, dass die Zuschauer ihn nicht hören konnten. Die Selbstsicherheit, die er ausstrahlte, machte Beobrand nervös.

»Du hast mir nach dem Leben getrachtet. Du hast den Menschen, die ich liebe, Schmerzen zugefügt, Torran. Diese Fehde kann nur mit Blut beendet werden.« Beobrand zog Hrunting aus der Scheide und streckte es in die Luft. Die Sonne spiegelte sich in seiner gemusterten Klinge.

»Ganz genau, mit Blut.« Torran lächelte und betrat die freigeräumte Fläche, jenes mantelgroße Stück Land, das zum Schauplatz ihrer tödlichen Auseinandersetzung werden würde. »Ganz egal, wer diesen Kampf gewinnen wird, er wird ein blutiges Ende nehmen.« Er zog sein Schwert und reckte es ebenfalls in die Höhe. Die Klinge war nicht so blank poliert wie die Hruntings. Sie schimmerte und funkelte nicht, obwohl der Schnee das Sonnenlicht reflektierte, aber Torran zeichnete mit ihr ein kompliziertes Muster in die Luft. Beobrand musste an Broden denken und daran, wie der Pikte seine mächtige Streitaxt mit beiden Händen durch die Luft geschwungen hatte. Torran wirkte entspannt und voller Zuversicht. Er vertraute sich und seinen Fähigkeiten. Mit lautem Zischen durchschnitt seine Schwertklinge die kalte Morgenluft.

Leise Zweifel beschlichen Beobrand. Konnte er diesen selbstbewussten Pikten, der keine Angst zu kennen schien, wirklich besiegen?

Aber wie so oft war es jetzt zu spät, um sich mit Fragen wie dieser zu befassen.

Zu spät.

Beobrand stülpte sich den Helm über.

Als hätte er nur darauf gewartet, sprang Torran auf ihn zu und ließ sein Schwert auf ihn hinabsausen.

Der Pikte war unfassbar schnell. Beobrand parierte den Hieb, fügte seiner kostbaren Klinge damit aber eine weitere Scharte hinzu. Er taumelte ein Stück zurück, fand jedoch schnell das Gleichgewicht wieder. Die beiden zusammenstoßenden Klingen klangen wie ein Hammer, der auf einen Amboss niederfährt.

Die Schwerter hatten zu singen begonnen, und ihr Lied konnte nur auf eine Weise enden.

Blutig.

Beobrand riss den Schild herum, um einen weiteren wilden Vorstoß Torrans zu parieren. Er wurde nach hinten gestoßen und rutschte auf der feuchten Erde aus. Der wuchtige Schlag, der seinen Schild traf, jagte stechende Schmerzen durch seinen linken Arm. Beobrand biss die Zähne zusammen und hoffte auf eine kurze Pause, eine Gelegenheit, sich zu sammeln. Doch Torran drängte immer weiter vorwärts, versuchte, seinen Vorteil mit einer ganzen Folge schneller Schwerthiebe zu nutzen. Als Beobrands Schild den Angriff schluckte, splitterte das Holz, und der lederne Bezug bekam erste Risse. Beobrand machte einen weiteren unsicheren Schritt zurück, bis seine Ferse die Schneekante am Rand des Duellplatzes berührte. Torrans Augen blitzten vor eiskalter Freude. Er schien Beobrands Zurückweichen für ein Zeichen von dessen Schwäche zu halten.

Beobrand fletschte die Zähne. Das in seinem Inneren eingesperrte wilde Tier zerrte wütend an den Ketten. Es wäre so einfach gewesen, es freizulassen, sich mit all seiner Kraft und seiner Schlachtenerfahrung auf Torran zu stürzen. Doch er musste die Bestie noch ein wenig im Zaum halten. Es wäre unklug gewesen, den Pikten schon so früh zu töten.

Torran brüllte seinen Zorn laut hinaus und ging erneut auf Beobrand los.

Dieser durfte seiner Schlachtenlust zwar nicht ungehindert nachgeben, wagte es aber auch nicht, Torran die Oberhand zu lassen. Also ging er in die Knie und schnellte auf seinen Gegner zu, die Schulter hinter dem Schild. Der Zeitpunkt war perfekt gewählt. Schild prallte auf Schild, die Schildbuckel dröhnten. Beobrand stöhnte auf, als ein stechender Schmerz durch seinen linken Arm jagte, stieß aber mit all seiner Körpermasse Torran zurück. Dieser brachte sein ganzes Gewicht hinter seinen eigenen Schild und hielt dagegen. Beobrand grub seine Fußspitzen in die immer weicher werdende Erde und drückte. Machte einen Schritt nach vorn. Zwei. Beobrand war schwerer. Diesen Kampf konnte er gar nicht verlieren. Aber bevor auch Torran zu diesem Schluss kommen konnte, sprang Beobrand mit einem Satz nach rechts hinten. Für einen kurzen Augenblick verlor Torran das Gleichgewicht, und sein Schwertarm war ungeschützt. Doch Beobrand wollte den Todesstoß immer noch etwas hinauszögern. Stattdessen landete er einen Treffer auf Torrans Rücken. Der Schlag war kräftig, aber mit der Breitseite und nicht mit der scharfen Kante seiner edlen Klinge ausgeführt. Torran musste sterben, ja, aber erst mal musste er noch ein bisschen länger leben.

Die umstehende Kriegerschar jubelte.

Der Pikte stolperte erneut und stöhnte. Der Treffer war schmerzhaft gewesen. Und wieder verblüffte sein Gegner Beobrand mit seiner Wendigkeit. Geschmeidig wie eine Katze wirbelte Torran herum und stellte sich ihm mit erhobenem Schild entgegen, das Schwert fest in der Hand.

»Du dachtest, ich wäre ein leichtes Opfer, Beobrand?«, spie Torran hervor. Kleine Wolken stiegen von seinen Lippen auf. Er atmete kaum schneller als gewöhnlich. »Aber ich kann nicht nur mit dem Bogen umgehen.«

»Es ist in der Tat schön zu sehen, dass Broden nicht der einzige tapfere Sohn Nathairs war. Ich hatte dich eigentlich eher wie Aengus eingeschätzt. Ein wehleidiger Jammerlappen, der lieber weint und sich in die Hose scheißt, anstatt sich seinem Gegner mannhaft im Kampf zu stellen.«

»Er war noch ein Kind«, erwiderte Torran. Seine Stimme klang belegt, die Spitze seines Schwerts sank ein wenig tiefer. Alle Kraft schien ihn zu verlassen. »Noch ein Kind«, wiederholte er leise, wie zu sich selbst. »Noch ein Kind!«

Jetzt brüllte er die Worte hinaus und stieß sein Schwert in Richtung von Beobrands eisengeschütztem Oberkörper. Obwohl dieser mit der Attacke gerechnet hatte, hätte Torran ihn beinahe überrumpelt, so schnell agierte er. Beobrand trat einen Schritt zurück und wischte die Klinge seines Gegners mit dem Rand seines Schildes beiseite.

Die Pikten auf den Mauern von Din Eidyn jubelten laut, als sie sahen, dass ihr Mann erneut attackierte.

Doch nun schnellte Beobrand auf Torran zu, der seinen Schild hob, um Hrunting abzuwehren. Schwert und Schild krachten aufeinander. Beim nächsten Angriff zielte Beobrand auf Torrans linke Seite, aber als dieser seinen Schild hob, drehte Beobrand sich und stieß seinen linken Arm nach vorne. Mit den Riemen, die Arm und Schild fest miteinander verbanden, wurde letzterer zur Verlängerung seiner Hand. Die harte Schildkante prallte mit solcher Wucht gegen Torrans Gesicht, dass der Pikte nach hinten geschleudert wurde und auf einem Knie landete.

Aber anstatt ihm den Todesstoß zu versetzen und seine Klinge in der ungeschützten Kehle seines Gegners zu versenken, machte Beobrand drei schnelle Rückwärtsschritte und gab Torran damit Gelegenheit, sich zu erholen.

Dieser spuckte Blut und abgebrochene Zähne in den Schlamm.

Jetzt jubelte wieder Oswalds Schar, aber auch von Din Eidyn erklangen laute Männerstimmen. Ob es Anfeuerungsrufe für Torran waren oder Schmähungen, die ihm selbst galten, wusste Beobrand nicht, da er ihre Sprache nicht verstand.

Schwerfällig stemmte Torran sich zurück in die Senkrechte. Er spuckte noch einmal aus, bevor er sich mit dem Rücken seiner Schwerthand den Mund abwischte. Dann betrachtete er die roten Schmierspuren auf seiner Haut und richtete den Blick auf Beobrand – zu dessen großer Verwunderung breit grinsend. Die Zahnstummel in seinem Mund waren voller Blut. Er fing an zu kichern.

Ein unangenehmes Frösteln lief Beobrand über den Rücken. Was war das für ein Wahnsinn? Torran musste doch wissen, dass er keine Chance mehr hatte. Und dennoch lachte er wie verrückt?

»Ich werde dich töten«, sagte Beobrand und machte einen Schritt auf ihn zu.

»Wahrscheinlich wirst du das. Aber du wirst mich auf meinem Weg ins Jenseits begleiten, Halbhand.«

»Es ist nicht mein Schicksal, dass ich heute sterbe«, erwiderte Beobrand. Noch vor einem Augenblick hätte er die Worte geglaubt, aber Torrans Verhalten verunsicherte ihn. Warum lächelte der andere immer noch?

»Fühlst du es denn noch nicht?«, fragte Torran ihn. »Spürst du nicht das Brennen? Sie hat es vorausgesagt.«

Beobrand folgte Torrans Blick und sah nach unten. Auf seiner Hose war ein kleiner dunkelroter Fleck zu erkennen, knapp über seinem linken Knie. Dort musste Torran ihn mit der Schwertspitze erwischt haben. Er hatte nichts gespürt, und da nur wenig Blut zu sehen war, sollte es nur eine leichte Verletzung sein. Doch mit einem Mal spürte er rund um die Wunde tatsächlich ein heftiges Stechen. Sein Oberschenkel brannte, aber der Rest seines Körpers fühlte sich so kalt an, als wäre er in eine Schneewehe gefallen. Beobrand schauderte und wandte seine Aufmerksamkeit Torrans Klinge zu, die, anders als Hrunting, stumpf und matt wirkte. Und plötzlich wusste er, warum. Ihm wurde übel.

»Was hast du getan?« Innerlich verfluchte er das Zittern in seiner Stimme.

Torran spuckte den nächsten blutigen Speichelklumpen aus. »Sie hat mir etwas gegeben. Hat gesagt, ich soll die Pfeilspitzen damit tränken. Hat gesagt, dass die damit zugefügten Wunden brennen und du an ihnen sterben würdest.«

Das Brennen wurde immer schlimmer. Beobrands Bein pochte bei jedem Herzschlag, und die Schmerzen fraßen sich in seinen Körper vor.

»Als du mich vor all diesen Kriegern einen Feigling genannt hast«, fuhr Torran fort, »da wusste ich, dass ich deine Herausforderung annehmen muss. Und mir Neldas tödliches Mittel zunutze machen würde. Meine Klinge ist voll mit dem Zeug.«

Vergiftet. Wie durch einen Schlangenbiss.

Beobrand musste an einen Sommer vor etlichen Jahren in Cantware denken. Damals war sein Freund Scrydan von einer Schlange gebissen worden, als sie im Farnkraut spielten. Zum Glück war Onkel Selwyn in der Nähe. Er schnitt die Wunde auf, ließ sie ausbluten, saugte das Gift heraus und spuckte es dann aus. Dadurch hatte er Scrydan das Leben gerettet. Der Junge hatte laut gestöhnt, und sein Bein war angeschwollen und blau geworden. Aber er hatte überlebt.

Beobrands Bein fühlte sich jetzt heiß an, und die Schmerzen wurden von Augenblick zu Augenblick stärker. Es war nur ein kleiner Schnitt. Vielleicht war nicht alles verloren. Wenn er Torran ein schnelles Ende bereitete, könnte er die

Wunde hinterher noch ausbluten lassen. Allerdings war das Stechen jetzt schon kaum zu ertragen.

Er hatte keine Zeit zu verlieren. Er durfte sich nicht länger zurückhalten. Jeder Herzschlag brachte ihn dem Tod ein wenig näher.

Beobrand machte einen Satz auf Torran zu und ließ Hrunting mit gestrecktem Arm herumsausen, um seinem Gegner den Kopf vom Rumpf zu trennen. Aber die Schmerzen in seinem Bein machten ihn langsam. Torran wich seinem Hieb mühelos aus, doch Beobrand schlug wieder und wieder auf ihn ein. Endlich gab er dem Drängen der wilden Bestie in seinem Inneren nach. Mit entfesseltem Knurren hieß er die Lust der Schlacht willkommen.

Während Torran die Schläge mit seinem Schild abblockte, hoffte Beobrand inständig, dass er mit diesem Angriff nicht zu lange gewartet hatte.

Kapitel 32

»Der große Beobrand«, höhnte Torran breit grinsend. Blut triefte ihm vom Kinn. Fast schon lässig parierte der Pikte Beobrands nächste Attacke. »Mir scheint, als würde es dir doch nicht gelingen, Nathairs letzten Sohn zu töten. Du wirst schwächer. Langsamer.«

Beobrand gab keine Antwort. Er brauchte all seine Kraft für den Kampf. Er hob den Schild, der immer schwerer zu werden schien, stürmte erneut auf Torran los und zielte mit Hruntings verzierter Klinge auf dessen Kehle. Diesmal wich Torran dem Schwert aus und ging zum Gegenangriff über. Beobrand erschrak angesichts seiner eigenen Schwerfälligkeit und konnte nur mit ansehen, wie die giftgetränkte Klinge auf sein Gesicht zuschoss. Erst im allerletzten Moment gelang es ihm, seinen Oberkörper nach hinten zu biegen und seinen Lindenholzschild emporzureißen. Torrans todbringendes Schwert kratzte über den Schild und prallte an dem eisernen Schildbuckel ab. Beobrands Stiefelsohlen fanden in dem Matsch keinen Halt, aber er verlor nicht das Gleichgewicht.

Torran hatte recht. Er würde diesen Kampf nicht gewinnen. Die animalische Wut, mit der er in der Vergangenheit so viele Kämpfe für sich entschieden hatte, hatte ihn verlassen. Nelda hatte die Bestie mit ihrem Gift gezähmt. Oder lag sie bereits im Sterben?

Torran rammte sein Schwert erneut auf Beobrands Schild. Die Risse in dem Holz wurden größer. Würde sich die Klinge ganz hindurchfressen, könnte sie leicht seinen ungeschützten Arm verletzen, so wie es Brodens Axt gelungen war. Mit dem Gift, das durch diese eine kleine Schnittwunde in seinen Körper eingedrungen war, ließen die Götter ihn vielleicht weiterleben. Aber eine zweite Verletzung würde unweigerlich zu seinem Tod führen, das war so sicher, wie eine Schneeflocke im Feuer schmilzt.

Auf dem Felsen von Din Eidyn johlten und brüllten die Pikten. Die Männer von Oswalds Kriegerschar schienen den Atem anzuhalten. Sie hatten jede Freude an diesem Duell verloren, was Beobrand nicht überraschte. Sie mussten zusehen, wie ihr mächtiger Recke Beobrand von Ubbanford verzweifelt um sein Leben kämpfte. Er war ein Narr gewesen, das Schicksal auf diese Weise herauszufordern. Sein Hochmut würde zu seinem Untergang führen. Immer wieder hatte Oswald sein Glück gepriesen. Doch wo war dieses Glück jetzt? Sein Bein brannte wie Feuer, vor seinen Augen verschwamm alles.

Keuchend standen sich die Kämpfer gegenüber. Beobrands Körper fühlte sich fremd an, als gehörte er einem anderen. Torran lächelte ihn mit seinem grausamen, blutigen Lächeln an. Selbstbewusst ließ er sein Schwert durch die Luft schneiden, holte aus und zielte auf Beobrands Kopf. Beobrand trat knirschend in den Schnee am Rand des Kampfplatzes und hob seinen zerfetzten Schild, ohne nachzudenken. Er war langsam, viel langsamer, als er es hätte sein dürfen. Aber immer noch schnell genug, um diesen Schlag abzuwehren. Torrans Klinge fuhr in den Lindenholzschild, spaltete ihn, und Torrans Grinsen wurde breiter und breiter.

»Jetzt wirst du sterben!«, brüllte er.

Die Pikten auf der Palisade waren außer sich vor Begeisterung und Stolz auf ihren Mann, der sein Schwert in den Schild des sächsischen Kriegers getrieben hatte. Sie spürten, dass das Ende des Kampfes kurz bevorstand.

Doch diesmal drang die vergiftete Klinge nicht in Beobrands ungeschütztes Fleisch, sondern blieb in dem gemaserten Holz stecken.

Torrans Grinsen erstarb. Verzweifelt versuchte er, sein Schwert zu befreien. Unkontrolliert zerrte er es nach links und rechts, nach oben und unten. Doch selbst in seinem geschwächten Zustand war Beobrand stärker als er. Er riss den Schild mitsamt dem Schwert nach links. Torran klammerte sich an seine Waffe, konnte jedoch nicht verhindern, dass er mitgezogen wurde. Im selben Augenblick erkannte er seinen Fehler. Während er sich ganz darauf konzentriert hatte, sein Schwert zu befreien, war seine eine Seite ungeschützt.

Beobrand zögerte nicht. Mit aller Kraft schwang er Hrunting in Richtung von Torrans ungedecktem Oberkörper. Von seiner oft gerühmten Gewandtheit war nicht mehr viel übrig, aber er konnte immer noch zielen. Als die Klinge Torrans Kettenhemd traf, wurden einzelne Ringe herausgesprengt. Doch es war eine gut gearbeitete Rüstung, und Hrunting versank nicht tief.

Die Wucht des Treffers ließ Torran mehrere Schritte zurücktaumeln und schließlich zu Boden stürzen. Da er den Griff seines Schwertes immer noch fest umklammerte, wurde dieses durch sein Gewicht aus seinem hölzernen Gefängnis befreit.

»Töte ihn! Töte ihn!« Nur schwach hörte Beobrand Acennans Rufe aus dem hundertfachen Stimmengewirr heraus.

Und doch rührte er sich nicht vom Fleck. Keuchte. Die kalte Luft brannte in seiner Lunge. Er sah zu, wie Torran sich stöhnend wieder aufrappelte. Beobrand blinzelte und schüttelte den Kopf. Die Welt um ihn herum wurde immer dunkler. Er hatte versagt. Er würde keine weitere Gelegenheit bekommen, Torran zu töten.

Sein Glück hatte ihn verlassen, so wie alle Menschen, die er geliebt hatte. Vielleicht würde der Tod gar nicht so schlimm werden. Vielleicht würde er Sunniva wiedersehen. Seinen Bruder Octa. Seine Schwestern und seine Mutter. Nein, die Aussicht, sich in die Umarmung des Todes fallen zu lassen, war fast verführerisch.

Torran beugte sich nach vorne und rang zitternd nach Luft. Er legte die Hand an seine Seite, und als er sie zurückzog, waren seine Finger nicht blutbesudelt. Er lächelte erneut.

»Das hat wehgetan«, sagte er. »Aber du hast mich nicht verletzt. Ich werde leben. Und du wirst sterben.«

Damit hob er sein Schwert und seinen Schild. Wild entschlossen torkelte er auf Beobrand zu. Der Tod rückte näher, und Beobrand wusste, dass er ihn nicht aufhalten konnte.

Aber wenn er schon durch Torran sterben musste, würde er sich vorher zumindest so gut wie irgend möglich gegen ihn wehren. Seine Arme waren schwer und gefühllos wie Steine, sodass er sie nur langsam heben konnte. Unvorstellbare Schmerzen jagten in Wellen durch sein Bein. Er musste all seine Willenskraft aufwenden, nur um sich schwankend aufrecht zu halten.

Torran kam immer näher. Beobrand konnte den Blick nicht von der vergifteten Klinge nehmen, die durch die reine Morgenluft sauste. Aber dann verharrte das Schwert plötzlich. Torran war stehen geblieben. Beobrand richtete den Blick auf dessen Gesicht. Er starrte auf einen Punkt hinter Beobrand. Sein Lächeln war erloschen, stattdessen lag ungläubiges Staunen in seiner Miene.

Beobrand schüttelte den Kopf, versuchte, klar zu denken. War das möglich? Hatte sein Plan wirklich funktioniert?

Er wandte den Blick hinauf zur Festung von Din Eidyn, und was er dort erblickte, zauberte ein Grinsen auf seine Lippen.

Gut möglich, dass er sterben musste, aber wenn die Götter Oswald und seiner Kriegerschar gewogen waren, dann würde Din Eidyn jetzt fallen.

* * *

Beobrand hörte sie. Hunderte rennende Männer, das Klirren der Rüstungen, das Knirschen und Stampfen der Stiefel auf dem frischen Schnee, das Gebrüll einer Kriegerschar, die wochenlang darauf gewartet hatte, ihrem angestauten Zorn endlich freien Lauf zu lassen. Das war der Klang der ungezügelten Schlachtenlust. Der Klang des Schildwalls. Der Klang des Todes.

Er drehte sich nicht nach ihnen um. Ihr Ziel war ihm bekannt. Stattdessen ließ er Torran und dessen tödliche Klinge keinen Augenblick lang aus den Augen. Nur noch wenige Momente, dann würde die Schar aus Angelsachsen und

Männern aus Dál Riata sie überrennen. Torrans Augen waren vor Überraschung geweitet. Hastig drehte er sich um und blickte zur Festung. Beobrand war sich sicher, dass der Pikte ihn in diesem Augenblick nicht angreifen würde, und folgte dessen ungläubigem Blick. Die Burgtore standen offen, der Kampf war bereits in vollem Gang. Ein piktischer Krieger stürzte vom Palisadenzaun neben dem Tor in die Tiefe, und nur einen Herzschlag später übertönte dessen schriller Schrei den Lärm der vorwärtsstürmenden Schar. Der Mann prallte auf die verschneiten Felsen am Fuß von Din Eidyn und zog, während er weiter abwärtsrutschte, eine rote Blutspur hinter sich her.

Die Belagerer rannten an Beobrand und Torran vorbei, ohne sie zu beachten. Die beiden Männer, die noch vor wenigen Augenblicken im Angesicht der versammelten Kriegerschar um ihr Leben gekämpft hatten, waren bereits wie ein Albtraum vergessen. Inmitten von ihrer Gefolgschaft führten Oswald und Oswiu den Trupp an. Ihre prachtvollen Helme funkelten, während sie den Serpentinenpfad hinauf- und den geöffneten Toren von Din Eidyn entgegenstürmten. Davor tobte die Schlacht immer wilder. Blut färbte mehr und mehr Schnee rot, und als die Tore noch weiter aufgestoßen wurden, war klar, dass die brüllenden Krieger in die Festung eindringen würden. Für die Pikten war alles verloren.

Langsam drehte sich Torran zu Beobrand um. »Du hast gelogen«, sagte er mit Abscheu in der Stimme. »Du hast gesagt, du würdest nichts im Schilde führen.«

»Und du hast deine Klinge vergiftet und dich als genau der Feigling erwiesen, für den ich dich gehalten habe.« Beobrand musste schreien, um gegen den Schlachtenlärm und das Gebrüll der Krieger anzukommen, die immer noch an ihrem Kampfplatz vorbeiströmten.

Torran schüttelte den Kopf, als wollte er ihn von Spinnweben befreien. »Nein«, sagte er. »Nein.« Sein Blick war finster und gehetzt.

Beobrand wusste, was das zu bedeuten hatte. Es war der Blick eines Mannes, dem alles genommen worden war und der glaubte, dass sein Leben nichts mehr wert war. Er selbst hatte diesen Blick vor zwei Jahren aufgesetzt. Damals hatte er im Schatten von Bebbanburg vor Hengist gestanden, der ihm nicht nur seinen Bruder, sondern auch so vieles andere genommen hatte. Unwillkürlich umschloss Beobrands linke Hand den Griff seines Schildes noch fester als zuvor.

Nun stand er im Schatten eines anderen Felsens Torran gegenüber, und dieses Mal würde Beobrand der Brudermörder sein.

Torran kniff die Augen zu schmalen Schlitzen zusammen, und in diesem Moment wusste Beobrand, was der Pikte vorhatte. Eine große Ruhe senkte sich über ihn. Sein Bein brannte und pochte zwar immer noch, aber der Schmerz kam ihm weniger durchdringend, irgendwie entfernter vor. Sie würden beide ihre ihnen zugedachte Rolle spielen. Aber Beobrand hatte das alles schon einmal durchlebt. Zu einer anderen Zeit. Vor einer anderen Festung. Mit einem anderen Gegner.

Er war nicht überrascht, als Torran mit ausgestrecktem Schwertarm auf ihn zugeflogen kam. Die vergiftete Klinge zielte direkt auf seine Kehle, doch er wusste, was er zu tun hatte. Also bündelte er seine verbliebene Kraft, ließ sich auf ein Knie fallen und stieß Hrunting nach vorn. Torran konnte nicht mehr abbremsen. Seine vom Gift triefende Klinge rutschte über Beobrands Helm hinweg, aber Hrunting traf sein Ziel. Das Schwert fand die Stelle mit den zerbrochenen Ringen in Torrans Kettenhemd und bohrte sich so mühelos in dessen Fleisch, als wäre es Wasser. Stöhnend sackte Torran gegen Beobrand. Blut pulsierte über Hruntings Klinge. Unter Ächzen stieß Beobrand Torran von sich, der nach Luft schnappend auf dem Rücken im dunklen Schlamm landete. Klein und verwirrt wirkte er jetzt. Sein Selbstbewusstsein löste sich in Luft auf, als die kalte Hand des Todes nach ihm griff.

Beobrand stemmte sich hoch.

Die Geräusche der Kämpfe vor der Festung hallten in seinem Schädel wider. Kurz hob er den Blick und schaute zu Din Eidyn hinauf, konnte aber nicht wirklich erkennen, was vor sich ging.

Leicht schwankend starrte er wieder Torran an. Ein dicker, dampfender Strom aus dunklem Blut quoll aus der tiefen Stichwunde in seiner Seite.

»Wie?«, flüsterte Torran. Sein Gesicht war so weiß wie der Schnee, der das Land bedeckte. Und schon bald würde es auch genauso kalt sein. »Wie kannst du …? Eigentlich müsstest du längst tot sein.«

»Eigentlich«, erwiderte Beobrand mühsam. Seine Zunge war angeschwollen. »Eigentlich«, lallte er noch einmal und versuchte zu lächeln, als er sich an Oswalds Worte erinnerte. »Aber ich bin ein Glückspilz.«

Erneut ging sein Blick zu der Festung hinauf, aber er sah nichts mehr. »Aber ich bin ein Glückspilz«, wiederholte er. Und brach neben Torrans Leichnam im Matsch zusammen.

Kapitel 33

In Beobrands Träumen wimmelte es von brennenden Fackeln, zudem stieß jemand schrille Schmerzensschreie aus. Vielleicht war es seine eigene Stimme, die er da hörte, aber sein fiebernder Geist glaubte, dass unzählige Männer auf grausamste Weise abgeschlachtet wurden. Und die ganze Zeit über brannte sein Bein, als steckte es in der knisternden Glut eines Kaminfeuers. So übermächtig war der Schmerz, dass er fest überzeugt war, im Sterben zu liegen. Vielleicht war er ja schon tot und in der Hölle, von der Coenrad und die Christusnachfolger sprachen. Ein Ort endloser Flammenqualen für all jene, die kein tugendhaftes Leben geführt hatten.

Schließlich erwachte er, wenn auch nur langsam. Ganz allmählich kämpfte er sich aus dem Sumpf der Albträume, der ihn umfangen hatte, und stellte fest, dass er immer noch auf der Erde war, umgeben von sehr lebendigen Männern. Die gequälten Schreie wurden von Gelächter und den Geräuschen eines Festgelages abgelöst, aber sein linkes Bein fühlte sich immer noch an wie in einem Eimer mit glühenden Kohlen.

Als er die Augen aufschlug, schleuderte ein gewaltiges Feuer in der Feuerstelle im Zentrum des Saals einen Funkenregen zur Decke hinauf. Schwarze Rußpartikel und

Rauchschwaden umschwebten die Holzbalken über seinem Kopf.

Beobrand stemmte sich auf einen Ellbogen. Er lag auf einer Pritsche an der Seitenwand eines lang gestreckten Saals, in dem Männer aßen und tranken. Lachten und sich unterhielten. Beobrand nahm die Decke von seinen Beinen. Einen Augenblick lang war er überzeugt, dass ihm das verletzte Bein abgenommen worden war. Dass er als Krüppel weiterleben musste. Nie mehr würde er im Schildwall stehen, nie mehr würde er den Ruhm der Schlacht erringen. Er würde zu nichts mehr in der Lage sein. Entsetzen packte ihn. Der Tod wäre mit Sicherheit besser gewesen als das hier. Doch dann rieselte wie ein sanfter Regen nach einer langen Dürre ein Schauder der Erleichterung durch ihn hindurch. Er war nicht verstümmelt, hatte noch beide Beine. Das linke war verbunden, die um den Verband sichtbare Haut von bunten Blutergüssen übersät. Aber er würde wieder gehen können.

»Ah, Beobrand ist aufgewacht«, sagte eine Stimme, die er nur zu gut kannte. Oswald.

Es wurde still um ihn herum.

Beobrand änderte seine Position, um seinen König ansehen zu können. Sofort schmerzte sein Bein. Oswald, Oswiu, Derian und etliche andere saßen an der Hohen Tafel. Erst jetzt realisierte Beobrand erschrocken, dass seine Pritsche unmittelbar danebenstand. Ein Ehrenplatz. Alle sahen ihn an. Sein Magen rebellierte. Er konnte kaum aufrecht sitzen. In seinem bisherigen Leben hatte er sich nur sehr selten so schwach gefühlt. Er hoffte inständig, dass er sich in seinem jetzigen Zustand nicht vor all den harten

Kriegern, den edelblütigen Recken und dem König bis auf die Knochen blamieren würde.

»Wir haben den ganzen Tag für dich gebetet, Beobrand«, sagte Oswald. »Alles ist so eingetroffen, wie ich es prophezeit habe. Du bist ein Werkzeug Gottes.«

»Der Plan hat funktioniert?«, stieß Beobrand heiser hervor.

Oswald lachte. »O ja, und wie er funktioniert hat. Nicht wahr, meine Recken?«

Der ganze Saal brach in zustimmenden Jubel aus. Die Männer johlten und hämmerten mit ihren Messern und Fäusten auf die Tische ein.

»Das freut mich sehr, mein König«, krächzte Beobrand. Dann versagte ihm die Stimme, während er versuchte, wach zu bleiben. Er war so schrecklich müde. Die Augen fielen ihm schon wieder zu.

»Ruh dich aus, Beobrand. Das piktische Gift wirkt noch immer. Nimm dir Zeit, um wieder zu Kräften zu kommen, und anschließend sprechen wir weiter. Du hast dir die Erholung und noch andere Belohnungen verdient. Aber dafür ist morgen auch noch Zeit.«

Oswiu saß neben dem König und nippte mürrisch an einem Trinkhorn, dessen beide Enden mit glänzendem Metall verziert waren.

Beobrand ließ sich wieder auf die dünne Strohmatratze fallen. Seine Augenlider waren bleischwer. Er würde noch ein bisschen schlafen. Hoffentlich träumte er nicht wieder von der Hölle. Da fiel ein Schatten auf ihn und holte ihn noch einmal aus den schon ausgebreiteten Armen des Schlafes zurück. Acennan. Er sah blass und sorgenvoll aus.

»Du solltest etwas essen und trinken«, sagte sein Freund.

Beobrand wollte zwar nur schlafen, aber Acennans entschlossene Miene ließ keinen Zweifel daran aufkommen, dass sein Freund ihn nicht in Ruhe lassen würde, bevor er nicht ein paar Bissen zu sich genommen hatte.

Er seufzte. »Also gut. Bring mir etwas. Und während ich esse, kannst du mir berichten, was sich zugetragen hat, während ich geschlafen habe.« Er verstummte und räusperte sich. »Und bring mir auch ein wenig Bier. Meine Kehle ist so rau, als hätte ich Sand geschluckt.«

Kurz darauf kam Acennan mit der verlangten Stärkung zurück und schob einen Hocker neben Beobrands Pritsche. Der Saal war erfüllt von Lärm und Bewegung. Beobrand betrachtete den Holzteller mit Brot, Käse und Fleischstücken, und das Wasser lief ihm im Mund zusammen. Acennan hatte recht, er war völlig ausgehungert und musste sich stärken. Er nahm einen tiefen Schluck von dem kühlen Bier, das entfernt nach Heide schmeckte. »Also dann, Acennan, erzähl mir, wie ich hierhergekommen bin.« Er warf einen Blick zur Hohen Tafel. An der Wand hinter ihr hing ein riesiges, zottiges Bärenfell neben einem Pferdeschädel. Er schauderte. »Wo sind wir hier überhaupt?«

»Das ist der Festungssaal von Din Eidyn. Dein Plan ist aufgegangen. Keiner der Pikten wollte sich deinen Kampf gegen Torran entgehen lassen, und nachdem unser zweites Jubelgeschrei das Signal gegeben hatte, haben Attor und seine Leute von der anderen Seite aus den Felsen erstürmt.«

»Dank sei den Göttern, dass Attor und den Männern das trotz des Schnees gelungen ist. Ich hatte schon befürchtet, das Vorhaben wäre unmöglich.«

»Nun, es war alles andere als ein Kinderspiel. Aethelwulf ist dabei abgestürzt.«

Beobrand hörte auf zu kauen. Das Fleisch schmeckte plötzlich wie Asche. Mühsam schluckte er den Bissen hinunter.

»Sind noch mehr meiner Kampfgefährten gestorben?« Er schickte eine stumme Bitte zu allen Göttern.

Zu seiner Verblüffung fing Acennan an zu lachen. »Aethelwulf ist nicht tot. Er ist auf einer Eisplatte ausgerutscht und abgestürzt, hat sich dabei aber keine schwereren Verletzungen zugezogen als einen verstauchten Knöchel und ein geprelltes Knie. Dort drüben sitzt er, siehst du? Und er tut sein Bestes, um allen Met, den wir für dieses Festmahl heranschaffen konnten, in sich hineinzuschütten. Er war außer sich vor Wut, weil er den Kampf vor den Toren der Festung verpasst hat.«

Auf einer der Bänke entdeckte Beobrand Aethelwulf und seine anderen Kampfgefährten. Offensichtlich hatten sie darauf gewartet, dass sein Blick auf sie fiel, denn jetzt hoben sie ihre Becher und Hörner und prosteten ihm zu. Ihm wurde warm ums Herz. Grinsend erwiderte er ihren Gruß mit seinem eigenen Trinkhorn.

»Meine tapferen Kampfgefährten!«, rief er mit heiserer Stimme. »Ich kann mich überglücklich schätzen, euer Herr zu sein!«

Sie jubelten als Antwort.

»Du bist wirklich ein Glückspilz, Beo«, sagte Acennan, streckte die Hand aus und nahm sich ein Stück Käse vom Teller seines Freundes. »Ich kenne dich gut und weiß, was du denkst. Du denkst an all die Dinge, die du verloren hast, und zählst stumm die Gründe auf, weshalb du nicht glücklich sein kannst.«

Beobrand blieb stumm. Acennan kannte ihn wirklich sehr gut.

»Aber das eine sollst du wissen«, fuhr Acennan fort. »Deine Kampfgefährten haben den Felsen erklommen und wie die Berserker gekämpft, um die Tore der Festung zu öffnen. Das haben sie auch für den Ruhm der Schlacht und für ihren König getan, ja, aber vor allem für dich. Und alle sind noch am Leben. Du hast an sie geglaubt, und das hat ihnen die Kraft gegeben, jeden zu besiegen, der sich ihnen in den Weg gestellt hat. Und ein bisschen Glück war vielleicht auch dabei.«

»Was ist mit Dreogan und Athelstans Männern? Wie ist es ihnen ergangen?«

»Sie sind nicht mehr Athelstans Männer. Sie haben genauso mutig gekämpft wie alle anderen. Vor den Toren hat Dreogan Attor das Leben gerettet. Schau, wie sie gemeinsam trinken.«

Beobrand hob den Kopf und sah, wie Dreogan, seine Wangen aschegeschwärzt, lächelnd aus einem Krug Attors Becher füllte. Attor trug einen fleckigen Kopfverband, doch davon abgesehen schien es ihm ausgezeichnet zu gehen. Das Feuer der Schlacht hatte die Männer zusammengeschweißt.

Beobrand nickte. »Das ist wirklich schön. Und du sagst die Wahrheit – in mein Tuch des Schicksals ist ein dicker Glücksfaden eingewebt.« Er wünschte nur, dass das Tuch nicht gleichzeitig so viele Fäden der Trauer und des Verlustes enthalten hätte.

»Ich weiß schon, dass du dich manchmal fragst, ob der

Tod kein willkommener Ausweg wäre. Aber jemand, dem es wirklich gleichgültig ist, ob er stirbt oder nicht, würde nicht so verbissen um sein Leben kämpfen wie du. Ich habe schon geglaubt, wir hätten dich verloren. Das Gift war bereits tief in dein Bein eingedrungen, als ich endlich bei dir war und dir helfen konnte. Ich habe die Wunde aufgeschnitten und so viel davon wie nur möglich herausgesaugt. Es hat geschmeckt wie Schweinescheiße.«

Beobrand spuckte sein Bier auf das Binsenstroh. »Du … hast … an mir … gesaugt?«

»An deinem Bein, Beobrand!« Acennan kicherte. »Hätte ich das nicht getan, wärst du jetzt wahrscheinlich tot.« Lachend fuhr er fort: »Und ich meine es ernst, wenn ich sage, dass es wie Scheiße geschmeckt hat.«

»Woher weißt du, wie Scheiße schmeckt?«

»Hast du noch nie Maidas Eintopf probiert?«

Bei der Erwiderung mussten sie beide lachen. Es fühlte sich gut an.

»Also dann, danke.« Beobrand wischte sich die Tränen aus den Augen. »Du hast recht. In den vergangenen Monaten habe ich immer wieder an den Tod gedacht, aber jetzt möchte ich nicht sterben. Ich habe vieles, wofür es sich zu leben lohnt.« Er dachte an Ubbanford. An Octa. An Reaghan. Dann kam ihm ein Gedanke, so plötzlich und kalt wie Luft, die während eines Schneesturms zur geöffneten Tür hereinweht. »Was ist mit Nelda?«

Acennan schüttelte den Kopf. »Sie war nicht in der Festung, genauso wenig wie Finola oder deren Sohn Talorcan.«

»Aber wie ist das möglich? Wir hatten den Felsen doch umstellt.«

»Aye, und dennoch sind sie entkommen. Oswald war außer sich vor Wut, weil wir sie nicht finden konnten. Dann hat Lord Donel ihm berichtet, wie ihnen die Flucht gelungen ist. Sie haben sich in weiße Gewänder gehüllt und sich während des Sturms aus dem Staub gemacht. In der Nacht und mit all dem Schnee hat niemand sie bemerkt. Ob es nun eine schlaue List war oder doch Hexenzauber, sei dahingestellt. Donel hat Oswald draußen vor dem Saal ausgelacht, weil es ihm gelungen war, unsere Pläne zu durchkreuzen, aber nicht lange. Unser König hat ihm an Ort und Stelle den Kopf abgeschlagen, worüber wiederum Oswiu äußerst erzürnt war. Immer wieder beharrte er darauf, dass Donel ihm gehört habe. Für einen Augenblick dachte ich, die Söhne Æthelfrith' würden anfangen, sich zu schlagen. Zu guter Letzt hat Oswald seinem Bruder als Wiedergutmachung die Festung und Donels Krieger überlassen, zumindest die, die noch am Leben waren.« Acennan zögerte. Er wirkte plötzlich abwesend.

»Was hat Oswiu getan?«, wollte Beobrand wissen.

Acennan fuhr sich mit der Hand über seinen Bart, bevor er einen tiefen Seufzer ausstieß. »Er hat sie abgeschlachtet. Wie Vieh. Hat sie nackt niedermetzeln lassen. Der Innenhof sah aus wie im Blotmonath.« Er beugte sich dicht zu Beobrand und senkte die Stimme. »In Oswiu schlummert eine wilde, ungezähmte Seite. Er ähnelt einem tollwütigen Hund. Oswald ist ein großartiger Krieger und König, und auch ihn möchte ich niemals zum Feind haben. Aber sein Bruder? Der Zorn in seinem Inneren wird immer mächtiger. Er jagt mir Angst ein.«

Beobrand blickte zur Hohen Tafel. Oswiu beobachtete

ihn durch den Dunstschleier. Mit einem Lächeln auf den Lippen hob der Prinz sein verziertes Trinkhorn und prostete ihm zu, aber seine Augen waren hart wie Feuerstein.

Eiskalte Finger krochen Beobrand den Rücken hinab. Ohne auf die Schmerzen in seinem Bein zu achten, schwang er die Füße aus dem Lager. »Hilf mir auf.«

»Natürlich«, erwiderte Acennan und streckte die Hand aus. »Aber wo willst du hin? Du musst dich ausruhen.«

Doch daran war nicht mehr zu denken. Die Vorstellung, in Oswius Nähe zu schlafen, ertrug Beobrand einfach nicht. Er wollte von Männern umgeben sein, die er schätzte und denen er vertraute.

»Bring mich zu meinen Kampfgefährten. Heute Abend will ich mit ihnen trinken. Wir müssen unseren Sieg feiern. Dass wir noch am Leben sind. Und auf unser Glück anstoßen.«

* * *

Schlussendlich hatte Beobrand sich nicht mehr allzu lange wach halten können. Sein Körper forderte Ruhe ein, und nach zwei Hörnern Met nickte er immer wieder ein, während die Männer ihm Geschichten von der Schlacht vor den Toren von Din Eidyn erzählten. Er bekam kaum mehr mit, wie Acennan und Dreogan die Pritsche vom vorderen Ende des Saals zu ihrer Bank holten und ihn daraufbetteten. Die Botschaft war unmissverständlich gewesen: Sie waren Beobrands Männer. Und er war ihr Herr.

Als er am Morgen erwachte, fühlte er sich erstaunlich erholt. Um ihn herum schnarchten seine Krieger. Ein piktischer Sklave stocherte in der Glut des Kamins, um das Feuer wieder in Gang zu bringen. Beobrand setzte sich auf seiner Pritsche auf und stellte die nackten Füße auf den mit Binsen bestreuten Boden. Sein linkes Bein tat immer noch weh, doch die Schmerzen waren erträglich. Er hielt sich an einer Bank fest und zog sich in die Senkrechte. Das Bein pochte heftig, gehorchte ihm aber und war kräftig genug, ihn zu tragen.

»Wo willst du hin?«, flüsterte Acennan. In seinen Mantel gewickelt machte er ebenfalls Anstalten aufzustehen.

»Ich möchte nur ein bisschen frische Luft schnappen«, erwiderte Beobrand genauso leise. »Aber wo sind meine Schuhe?«

»Bleib kurz sitzen. Ich bringe dir deine Kleider.«

Beobrand ließ sich wieder aufs Lager fallen und von Acennan umsorgen. Der untersetzte Krieger half ihm, die Schuhe anzuziehen, und wickelte anschließend Beobrands Beinbinden. Für einen kurzen Moment war Beobrand weit weg, in seiner Kindheit in Hithe. Damals hatte sein großer Bruder Octa ihm die Schuhe gebunden, bevor sie zum Pflügen aufs Feld gegangen waren. Er schloss die Augen und konnte beinahe Octas Gelächter hören.

»Nun komm schon«, sagte Acennan. »Du hast mich aufgeweckt, dann kannst du jetzt nicht wieder einschlafen. Wenn du dich auf mich stützt, gehen wir gemeinsam.«

Lächelnd stemmte sich Beobrand erneut auf die Füße und legte Acennan eine Hand auf die Schulter. Doch dann stellte er fest, dass er sich auch alleine recht gut auf den Beinen halten konnte.

»Die Verletzung scheint ja gut zu heilen«, meinte Acennan.

»Nur weil du dich daran gütlich getan hast«, gab Beobrand mit einem Lächeln in der Stimme zurück.

»Sei gewiss, und wenn der Winter noch so hart wird und wir nichts mehr zu essen haben, ich würde lieber verhungern, als dich zu verspeisen. Du hast wie Scheiße geschmeckt, ganz ehrlich.«

»Das war das Gift.« Beobrand grinste jetzt. »Ich bin mir sicher, dass ich gar nicht mal so schlecht schmecken würde, würdest du mich mit jeder Menge Met runterspülen.«

Vorsichtig, um nicht in die Überreste des Festgelages zu treten, stießen sie die Türen des Saales gerade so weit auf, dass sie in den kühlen Morgen hinausschlüpfen konnten. Die Torwächter nickten ihnen grimmig im Vorbeigehen zu, bevor ihnen der Anblick, der sich ihnen bot, ihre gute Laune vertrieb.

Die dichte Schneedecke, die sich über das Land gelegt und es sauber und weich hatte wirken lassen, hatte zu schmelzen begonnen. Das leuchtende Weiß des Vortages hatte sich in bräunlichen Matsch verwandelt. Die Sonne stand noch tief am Himmel, und der Innenhof lag im Schatten des hohen Palisadenzauns. Auf einer Seite war das grausame Zeugnis von Oswius Zorn zu sehen – ein Dutzend Krieger, abgeschlachtet und zu einem Haufen aufgeschichtet, die verrenkten Gliedmaßen ineinander verschlungen wie obszöne, fahlhäutige Liebende. Klaffende Wunden, die aussahen wie grauenhaft geöffnete Münder. Blut, Scheiße und Pisse hatten einen See gebildet, einen Sumpf des Todes. Auf der Spitze des widerlichen Leichenstapels hockten ein paar Raben und ließen sich die Leichname schmecken. Sie pickten Augen aus und gruben ihre Schnäbel in Öffnungen, die die tödlichen Schwerthiebe in den weichen Leibern hinterlassen hatten.

Beobrand wandte sich ab. Sein Magen krampfte sich zusammen. Auf der anderen Seite des Innenhofs erblickte er einen abgeschlagenen Kopf auf einer Speerspitze. Der Schaft des Speers steckte in der Erde, sodass der Kopf die niedergemetzelten Krieger anzusehen schien.

»Donel ist nicht viel Zeit geblieben zu bereuen, dass er sich über Oswald lustig gemacht hat«, sagte Acennan. Er nahm einen Stein in die Hand und warf ihn auf den Leichenberg. Träge flatterten die Raben auf und krächzten verärgert.

Beobrand spuckte aus. »So viel zu frischer Luft«, sagte er und ging auf das riesige Eichentor zu, vor dem der Kampf am wildesten getobt hatte. Eine Leiter führte auf die Palisade. Er musste an den gestürzten Pikten denken, an das Blut auf dem Felsen unterhalb der Festungsmauern. Behutsam stellte er sein verletztes Bein auf die erste Sprosse und zog sich die knarrende Leiter empor, Sprosse für Sprosse. Das Bein war steif, aber das Brennen vom Vortag war von einem dumpfen Schmerz abgelöst worden. Acennan folgte ihm.

Von oben konnte man weit blicken. Es würde ein schöner Tag werden. Der kalte Nordwind hatte sich fast gelegt, und weit und breit waren keine Schneewolken in Sicht.

»Als hätte der Winter nur einen Tag lang gedauert«, sagte Beobrand und sog die kühle Luft tief in die Lunge. Die Sonne wärmte sein Gesicht.

»Vielleicht haben wir ja während unseres Ritts gen Süden gutes Wetter.«

Am Fuße des Felsens waren die Unterstände der Krieger zu erkennen. Der Rauch Dutzender Lagerfeuer kringelte sich in die Luft. Eine sanfte Brise wehte den Duft nach Holzrauch in ihre Nasen. Die Männer würden bald zu ihren Familien zurückkehren wollen. Auf ihre Felder. Nach Hause.

Die Raben hatten sich wieder auf den Toten niedergelassen. Ihr Krächzen war eine unüberhörbare Warnung: Das war das Ende, das jeden Krieger erwartete. Etwas in den Vogelstimmen erinnerte Beobrand an Eowas mitleiderregendes Stöhnen. Er seufzte, schloss die Augen und beugte sich nach vorn, ließ die Stirn gegen das raue Holz der Palisaden sinken.

»Was hast du?«, wollte Acennan wissen und streckte Beobrand eine Hand entgegen. »Mit deiner Verletzung hättest du nicht hier hochklettern dürfen.«

»Meinem Bein geht es prächtig«, log Beobrand. »Aber ich habe das alles hier so satt.« Er beschrieb mit dem Arm einen weiten Bogen, der gleichzeitig alles und nichts umfasste. »Ich will keinen einzigen Augenblick mehr hier verbringen, umgeben von so viel Tod. Weck die Männer auf und lass die Pferde holen. Wenn die Sonne am höchsten steht, will ich diesen verfluchten Felsen mit seiner Festung nicht mehr sehen.«

»Aber Oswald will dich mit Reichtümern belohnen. Du hast dir den Ruhm der Schlacht erworben und solltest dir deine Geschenke dafür nicht entgehen lassen.«

Beobrand richtete sich auf, blickte seinen Freund an und zwang sich zu einem Lächeln. »Ich habe nicht gesagt, dass ich Reichtümer und Schätze verschmähen werde. Sollen Oswald und sein Bruder mich doch mit Juwelen und Gold überschütten, bevor wir abreisen. Aber abreisen werden wir. Und zwar heute noch.«

Er blickte zu den schwarz gefiederten Vögeln im Innenhof hinab. Ein kalter Angsthauch streifte seinen Nacken, und er runzelte die Stirn. »Ich möchte nach Ubbanford zurück. Ich war schon viel zu lange weg, und der Tod hat sich uns in letzter Zeit viel zu häufig gezeigt. Ich sehne mich nach Frieden.« Er dachte an Sunniva, daran, wie ihr blondes Haar auf der Wiese oberhalb von Gefrin im Sonnenlicht geglänzt hatte.

Acennan begann, die Leiter hinabzusteigen.

Cyneburgs Haar hatte den gleichen goldenen Schimmer. Beobrand dachte an die Tränen, die sie geweint hatte, nachdem sie Eowa hatte aufgeben müssen. Die beiden waren des Wahnsinns gewesen. Sie hätten niemals gemeinsam glücklich werden können. Und doch konnte er ihren Wahnsinn verstehen. Er konnte ihn verstehen und verspürte eine große Sehnsucht danach, ihn selbst noch einmal zu erleben.

»Ich vermisse die Liebe«, flüsterte er kaum hörbar, bevor er den langsamen Abstieg in den vom Tod gezeichneten Innenhof antrat.

Kapitel 34

»Du reitest voraus, Attor«, sagte Beobrand. »Unterrichte Lady Rowena davon, dass unsere Rückkehr unmittelbar bevorsteht. Noch vor Einbruch der Nacht sind wir zu Hause.«

Attor nickte. Vor der Abreise aus Din Eidyn hatte einer von Oswalds Priestern seinen Kopfverband erneuert. Im Verlauf ihrer dreitägigen Reise war er schmutzig geworden, aber die Wunde blutete nicht mehr, und er klagte nicht über Schmerzen. »Ich werde dafür sorgen, dass die Frauen Speisen und Getränke vorbereitet haben, Herr.«

Grinsend trieb Attor sein Pferd an. Erdklumpen flogen durch die Luft, als das Tier ihn aus der Sonne in den Schatten des Waldes trug.

Es war ein angenehm milder Tag, der Schneefall war nur noch eine ferne Erinnerung. Aber vielleicht hatte es so weit im Süden ohnehin nicht geschneit. Nicht zum ersten Mal dachte Beobrand über einen möglichen Zusammenhang zwischen dem plötzlichen Wintereinbruch und Neldas Flucht. Hatte sie womöglich die Götter beschworen, diesen Schneesturm zu schicken, um ungesehen zu entkommen? Besaß sie tatsächlich eine so große Macht?

Er zuckte mit den Schultern. Solche Überlegungen führten zu nichts. Er hoffte, dass die Hexe mit ihren so wertvollen Begleitern gen Norden gezogen war, zu König Gartnait.

Wenn er ihr das nächste Mal begegnete, würde er ihr das Leben nehmen, das gelobte er im Stillen. Aber das hatte Zeit. Im Moment war er schon zufrieden damit, dass mit Torran ein weiterer seiner Feinde sein Leben ausgehaucht hatte. Er blickte sich in den Ruinen der Siedlung um, wo sie eine letzte Rast gemacht hatten. Gleich würden sie Attor in den Wald folgen, der bis zum Tuidi und bis nach Ubbanford ihr Begleiter sein würde.

Die Balken von Nathairs großem Saal waren verkohlt, ein schwarzes Skelett. Etliche der anderen Hütten waren ebenfalls abgebrannt, einige jedoch unversehrt. Die rauchende Feuerstelle in einer dieser Hütten bezeugte, dass ein paar von Nathairs Leuten immer noch hier wohnten. Aber Beobrand und seine Männer hatten niemanden gesehen, und er hatte nicht das Bedürfnis, nach ihnen zu suchen. Solange sie keine Unruhe stifteten, konnten sie dem Land hier gerne das bisschen abringen, was sie zum Leben benötigten. Er würde zu gegebener Zeit wiederkommen und ihnen deutlich machen, wer ihr neuer Herr war.

Nathair und seine drei Söhne lebten nicht mehr. Vielleicht hatten sie Onkel und Cousins, Männer, die die Blutfehde fortführen würden. Aber Beobrand hoffte, dass er die Verwandten Nathairs nie zu Gesicht bekommen würde.

»Kommt«, sagte er. »Wenn wir noch vor Sonnenuntergang in Ubbanford sein wollen, müssen wir uns beeilen.« Die Rückreise von Din Eidyn hatte trotz des guten Wetters länger gedauert als erhofft, doch Beobrand wollte sich über den Grund dafür nicht beschweren. Renward und Birchart führten jeder einen schwer beladenen Esel hinter sich her. Die sturen Tiere waren, zusammen mit dem, was sie trugen, ein Geschenk des Königs und seines Bruders. Oswald hatte Beobrand mit Reichtümern überschüttet.

»Wenn du nicht gewesen wärst, Beobrand, Sohn des Grimgundi, würde Din Eidyn sich mir immer noch widersetzen«, hatte der König mit einem warmen Lächeln gesagt. »Hab Dank und nimm dies als Zeichen meiner Gunst entgegen.« Damit gab er den Befehl, edle Waffen, Kettenhemden, Helme und sogar einen Topf mit Goldmünzen aus einem fernen Land auf einen Esel zu laden.

Beobrand war peinlich berührt und stolz zugleich, weil er vor aller Augen ein solches Lob erfuhr, und murmelte seinen Dank.

»Ich habe dich als dein Lehnsherr und König mit Reichtümern bedacht«, setzte Oswald seine Ansprache fort, »aber es gibt noch jemanden, der dir Schätze versprochen und dir vieles zu verdanken hat. Mein Bruder Oswiu, neuer Fürst von Din Eidyn, wird dich genauso reich beschenken.«

Oswiu verzog das Gesicht zu einer gequälten Grimasse und richtete noch nicht einmal sein Wort an Beobrand, sondern schnippte lediglich mit den Fingern. Daraufhin wurde ein weiterer Esel in den Hof geführt, wo Beobrand und seine Kampfgefährten sich zur Abreise bereit machten. Das zweite Tier war bereits mit kostbaren Gegenständen der verschiedensten Art beladen.

Oswiu starrte Beobrand wutentbrannt an, dem es bedeutend lieber gewesen wäre, der König hätte seinen jüngeren Bruder nicht dazu gezwungen, ihn zu belohnen. Oswiu hegte keine Sympathie für Beobrand, und diese Geste würde nur zur Folge haben, dass seine Verachtung und sein Hass noch größer wurden.

»Ich danke Euch beiden für Eure Großzügigkeit«, sagte Beobrand. »Mein Schwert und mein Leben gehören Euch.«

»Und wir halten beides in Ehren«, erwiderte Oswald. »Dennoch hoffen wir, dass wir für einige Zeit weder das eine in Anspruch nehmen noch das andere aufs Spiel setzen müssen. Hiermit erkläre ich Nathairs Land, das nun ohne Herrscher ist, zu deinem Besitz. Kehre nach Hause zurück, Beobrand, und erhole dich.«

»Ich danke Euch erneut, mein Herr und König.«

Noch mehr Land. Noch mehr Reichtümer. Er hätte außer sich vor Freude sein müssen. Das war der Stoff, aus dem Träume gewebt waren. Und doch brachte er nicht einmal ein Lächeln zustande.

Mit verkniffener Miene versuchte er, auf Sceadugenga aufzusitzen, doch sein Bein bereitete ihm noch zu große Schmerzen. Rasch war Acennan an seiner Seite erschienen und hatte ihm in den Sattel geholfen.

Inzwischen ging es seinem Bein deutlich besser, sodass er am Morgen sogar in der Lage gewesen war, ohne Hilfe aufzusteigen. Mit einem letzten Blick auf die schwarzen Ruinen von Nathairs Siedlung lenkte Beobrand Sceadugenga Richtung Wald.

»Es kommt mir vor, als hätten wir vor einer Ewigkeit hier gegen die Söhne Nathairs gekämpft«, sagte er. Jene Nacht voll Feuer, Geschrei und Tod erschien ihm wie ein ferner Albtraum.

»Aye. Seitdem ist viel geschehen.« Acennan trieb sein Pferd dicht neben Beobrands, damit sie sich in normaler Lautstärke unterhalten konnten. »Mit dir zusammen wird das Leben niemals langweilig, mein Freund.« Er grinste. Auch er war unübersehbar froh, wieder gen Süden zu reiten.

»Was meinst du? Wird es jetzt endlich Frieden geben? Als ich nach Bernicia gekommen bin, habe ich davon geträumt, ein Krieger zu werden, Ruhm und Ehre in der Schlacht zu erlangen. Ich hatte ja keine Ahnung.« Beobrand seufzte.

Acennan spuckte aus. »Ich hoffe, dass es Frieden gibt, zumindest für eine Weile«, sagte er. »Aber ich glaube nicht, dass wir noch erleben werden, dass in ganz Albion Frieden herrscht. Wir müssen uns ausruhen und feiern, solange wir die Möglichkeit dazu haben, denn der nächste Krieg ist niemals fern.«

»Ein bisschen Ruhe in Ubbanford wäre mir sehr recht. Bisher habe ich viel zu wenig Zeit mit meinem Sohn verbracht.«

»Oder mit einer gewissen Sklavin.« Acennan kicherte.

In den letzten Tagen hatte Beobrand tatsächlich viel an Reaghan gedacht. Sie fehlte ihm. Ihre warmen, tröstenden Berührungen. Ihre Leidenschaft. Aber liebte er sie? Ein Bild blitzte vor seinem inneren Auge auf: leuchtend goldenes Haar. Sunnivas oder Cyneburgs? Er war sich nicht sicher. Er nickte lächelnd. »Ich möchte etwas für sie tun.«

»Für sie? Oder mit ihr?« Acennans Augen leuchteten.

»Vermutlich beides.«

»Genieß es, solange du kannst«, erwiderte Acennan. »Ich schätze, schon im kommenden Eostremonath werden wir erneut gerufen werden, um Oswald in der Schlacht beizustehen.«

»Ich fürchte, damit hast du recht.« Beobrand runzelte die

Stirn. »Penda wird sich mit Mercia nicht zufriedengeben. Ich wette, wir müssen erneut gegen ihn kämpfen.«

»Es ist besser so, Beobrand.«

»Aber warum? Ich habe dieses ganze Töten so satt.«

»Das glaubst du jetzt, weil deine Verletzungen noch schmerzen. Aber du bist kein Mann, der zufrieden auf seinem Thron hockt und Streite seiner Untertanen darüber schlichtet, wo die Grenze durch das Rübenbeet verläuft.«

Beobrand schnaubte. »Blut und Krieg scheinen eng mit meinem Schicksal verwoben zu sein. Vielleicht wird mein Leben nie ein anderes sein.« Seine Miene verfinsterte sich. »Ganz egal, ob wir im Frühling in den Krieg ziehen werden oder nicht, ich muss immer noch ein paar Feinde zur Rechenschaft ziehen. Was Wybert mir angetan hat, werde ich niemals vergessen. Ich habe ihm Blutrache geschworen. Sein Leben gehört mir.«

Acennan wandte sich seinem Herrn mit ernster Miene zu. »Und ich begleite dich auf deiner Suche nach diesem Stück Dreck, Beobrand. Gemeinsam werden wir Wybert zur Strecke bringen, und er wird mit Blut für seine Taten bezahlen.« Er klopfte seinem Freund auf die Schulter. »Aber erst im nächsten Jahr. Bis dahin musst du dich vollkommen erholen und mit dem Schwert üben. Ich habe gesehen, wie du gegen Torran gekämpft hast. Deine Schwertkünste sind so rostig wie ein jahrelang unbenutztes Sachsmesser. Du musst deine Sehnen kräftigen, damit du im Kampf wieder die Gewandtheit an den Tag legst, die dich zu einem tödlichen Gegner macht. Nur Glück zu haben ist nicht genug.«

»Torran hatte mich vergiftet, wenn du dich bitte daran erinnern könntest.«

»Das tue ich, und jetzt musst du dich ausruhen. Aber trotzdem darfst du nicht vergessen, das rostige Sachs zu schleifen. Im Frühling wirst du seine scharfe Klinge brauchen.«

Vor ihnen brach ein Reh aus dem Wald und lief den Pfad entlang. Sein weißer Schwanz hüpfte im dunklen Wald auf und ab. Dreogan und Aethelwulf pressten ihren Pferden die Hacken in die Flanken und verfolgten es im Galopp. Als das Reh mit einem einzigen Satz im Dickicht der Bäume verschwand, johlten die beiden Krieger und taten es ihm nach.

Auch Beobrands Kampfgefährten schienen froh darüber zu sein, dass sie in ihren Saal zurückkehrten. Dass ihnen eine Pause vergönnt war.

»Scand wäre stolz auf dich, Acennan«, sagte Beobrand und zog an Sceadugengas Zügeln, da der Hengst am liebsten Dreogan und Aethelwulf hinterhergejagt wäre. »Weißt du noch, wie er uns zu unseren Übungen angetrieben hat? Über den Winter erholen wir uns von den Anstrengungen und sammeln gleichzeitig neue Kraft.«

»Du kannst dich mit den anderen gerne ausruhen«, erwiderte Acennan. »Ich habe vorher noch etwas zu erledigen.«

»Ach ja?« Beobrand sah, wie Dreogan und Aethelwulf lachend, aber ohne Beute, aus dem Wald auftauchten.

»Mit deiner Erlaubnis möchte ich gen Süden reiten. Nach Eoferwic. Es gibt da jemanden, den ich dringend sehen muss.«

Beobrand lachte, als er an Eadgyth' dunkelhaarige Schönheit dachte. Hoffentlich würde sein Freund mit ihr sein Glück finden. »Natürlich. Wulfgar könnte auch schon zurückgekehrt sein. Aber halte dich dort nicht allzu lange auf.«

»Ich komme bald wieder, Beobrand. Schließlich wissen nur die Götter, in welche Schwierigkeiten du dich bringst, wenn ich gerade mal nicht auf dich aufpasse.«

* * *

»Soll ich dir einen Mantel holen?«, erkundigte sich Reaghan. Selbst in der Nachmittagssonne war es auf der Veranda des neuen Saals eher kühl. Der Saal von Sunniva, so nannten ihn die Leute von Ubbanford. Von Beobrands Gemahlin. Der Mutter seines Sohnes. Reaghan ließ den Blick auf der Wiege mit dem schlafenden Säugling ruhen. Er hatte schier endlos gebrüllt, bevor der Schlaf ihn übermannt hatte. Er war dickköpfig und stark. So wie sein Vater.

»Ich bin doch kein zahnloser Graubart, den man in Decken und Pelze wickeln muss«, knurrte Bassus.

Reaghan hatte gewusst, dass er etwas in der Art erwidern würde, aber sie spürte auch, dass er fröstelte. Das nächste Mal würde sie ihm den Mantel bringen, ohne zu fragen. Diese Krieger waren so unglaublich stur. Selbst die alten, die nie wieder in eine Schlacht ziehen würden.

»Die Christuspriester haben gesagt, dass du dich schonen und warm halten sollst«, sagte sie sanft. »Gott lässt deine Verletzungen heilen. Aber eine Erkältung würde dir in deinem Zustand trotzdem nicht guttun. Ich hole dir jetzt einen Mantel.«

Bassus schnaubte leise, mehr nicht.

Auf der Suche nach einem Mantel ging Reaghan in den Saal. Sie erinnerte sich, dass dort ein mit Wolfspelz besetztes Exemplar hing, das Bassus gefallen dürfte. Nachdem sie das schwere Kleidungsstück vom Haken genommen hatte, fuhr sie mit den Fingern durch den dichten Pelz. Wie es wohl Beobrand im hohen Norden ergehen mochte? Er fehlte ihr. Sie konnte über ihre Wünsche und Sehnsüchte zwar nicht offen reden, aber zumindest wussten Maida und Odelyna um ihre Gefühle. Seit jenem finsteren Sommertag waren sie sehr freundlich zu ihr und schenkten ihr ab und zu sogar ein verstohlenes Lächeln.

Die letzten Tage waren ruhig verlaufen. Sie hatte sich um Bassus gekümmert, hatte ihn mit Essen und Trinken versorgt und regelmäßig den Verband an seinem Armstumpf gewechselt. Rowena und Edlyn waren, so schien es, im alten Saal unten im Tal recht zufrieden, und so war die Zeit für Reaghan einigermaßen angenehm vergangen. Bassus war zwar mürrisch, verhielt sich ihr gegenüber aber nicht bösartig. Er redete nicht viel, doch wenn er etwas sagte, begegnete er ihr mit Respekt. Jeden Tag kam Maida mit ihrer Kinderschar den Hügel herauf und legte ihr Beobrands Sohn in die Arme. Damit sie ein bisschen Ruhe vor dem Säugling habe, sagte sie. Aber Reaghan registrierte das Lächeln in ihren Augen und wusste, dass Maida das nur für sie tat.

Mit dem warmen Mantel ging sie wieder nach draußen und legte ihn Bassus um die Schultern. Er zog ihn mit der rechten Hand ein wenig ungeschickt zurecht und zuckte zusammen. Noch immer wollte er den anderen Arm bewegen, den er nicht mehr hatte. Aber wenn sie versuchte, ihm zu helfen, wurde er jedes Mal unleidlich. Er war ein stolzer Mann. Sie musterte ihn von der Seite. In der vergangenen Woche war Bassus sichtlich gealtert. Das Grau an seinen Schläfen war mehr geworden, seine Haut blasser. Außerdem hatte er abgenommen. Eine Zeit lang hatte sie befürchtet, dass er nicht wieder gesund werden würde, dass die Wundfäule noch in ihm schlummerte und er doch noch sterben würde. Weil sie nicht wusste, wie sie zu dem neuen Christusgott beten sollte, hatte sie stattdessen den alten Göttern im Wald ein Speiseopfer dargebracht.

Und Bassus' Zustand hatte sich verbessert.

Sie mochte ihn gern und hatte mitbekommen, wie sehr Beobrand ihn verehrte. Es war schön, dass er weiterleben würde, auch wenn sie Tag für Tag die Trauer im Blick des hünenhaften Kriegers sah, jedes Mal, wenn ihm wieder klar wurde, dass er für immer versehrt war.

Ohne Vorwarnung sprang Bassus auf und ließ den pelzbesetzten Mantel auf die Erde gleiten. Reaghan fluchte laut. Der Boden war feucht, und sie würde den Schlamm aus dem Pelz herausbürsten müssen.

»Siehst du das?«, rief Bassus. »Ich habe vorhin doch schon geglaubt, Attor gesehen zu haben. Unten in Ubbas Saal.«

Bassus' dröhnende Stimme weckte Octa. Reaghan warf dem Krieger einen missbilligenden Blick zu und nahm den Säugling hoch.

»Pschscht, pschscht«, versuchte sie, den Kleinen zu besänftigen, und schaukelte ihn auf ihrer Hüfte.

»Was habe ich dir gesagt?«, fuhr Bassus fort und klang dabei so aufgeregt wie noch nie seit seiner Verletzung. »Sie sind zurück.«

Reaghan folgte Bassus' Blick, und all ihr Missmut über den dreckigen Mantel und den jetzt schreienden Octa löste sich auf wie Nebel im warmen Sonnenschein.

Ein blonder Krieger auf einem majestätischen schwarzen

Pferd preschte durch die Furt. Wasser spritzte nach allen Seiten. Ohne sich dagegen wehren zu können, spürte Reaghan, wie sich ein breites Grinsen auf ihr Gesicht legte. Sie streichelte Octas rosige Wange, und der Kleine hörte auf zu schreien.

»Genau, Octa«, sagte sie freudestrahlend. »Dein Vater kommt nach Hause.«

Bemerkungen zur historischen Einordnung

Alle Abenteuer Beobrands im Britannien des siebten Jahrhunderts sind meiner Fantasie entsprungen. Trotzdem enthält auch dieser Band viele historische Tatsachen. König Oswald heiratete tatsächlich die Tochter von Cynegils, König von Wessex. Sie hieß vielleicht nicht Cyneburg, aber da erst spätere Chronisten von ihr berichten, wird sie in den Quellen nicht namentlich erwähnt. Ebenfalls ist historisch belegt, dass Oswald Cynegils' Taufpate war. Dadurch und durch die Heirat wurde eine wichtige Allianz geschmiedet. Oswald wuchs bei den Mönchen von Iona auf und wurde von Beda und dessen Zeitgenossen wegen seiner Frömmigkeit gerühmt, aber ich bin mir sicher, dass er auch ein kluger Staatsmann war, der die sich verbreitende neue Religion für seine Zwecke zu nutzen wusste. Die Tatsache, dass die christlichen Mönche und Priester lesen und schreiben konnten, lässt sich als zusätzlicher Vorteil interpretieren, da Oswald die Schreiber einsetzen konnte, um seine Botschaften sehr präzise, aber auf eine Art und Weise zu transportieren, die für eventuelle Gegenspieler schwer zu verstehen war.

Auf ihrer Reise nach Süden sind Beobrand und Oswald

an einem Ort namens Dommoc mit König Sigebert (der spätere Sigebert der Heilige) von Ostangeln zusammengetroffen. Ich glaube nicht, dass es für dieses Treffen historische Belege gibt, aber der fromme König der Ostangeln war eine so interessante Figur, dass ich ihn nicht übergehen wollte. Seine Geschichte ist komplex und endet, wie die vieler Könige jener Zeit, mit Gewalt. Gut möglich, dass er in einer meiner zukünftigen Geschichten noch einen Platz findet, darum möchte ich hier nicht jede Einzelheit verraten. Die genaue Lage des Ortes Dommoc ist unter Historikern umstritten, denn im späteren Mittelalter gab es verschiedene Mönchsgruppen, die den Ort für sich reklamierten. Ich habe mich für Dunwich in Suffolk entschieden.

Die Existenz eines zweiten Königs Sigebert, dieses Mal in Essex, ist ebenfalls belegt. Die Rechtschreibung gerade bei Namen variierte zu jener Zeit noch sehr stark, daher wäre es sicherlich möglich gewesen, den beiden Königen je einen eindeutigen Namen zu geben, um Verwechslungen zu vermeiden. Aber gerade die Vorstellung einer solchen Verwechslung gefiel mir. Ich betrachte die Namensgleichheit als kleine Verbeugung vor all jenen, die sich mit dem angelsächsischen Zeitalter befassen (und vor allem vor Verfasserinnen und Verfassern historischer Romane!) und mit der Tatsache klarkommen müssen, dass die handelnden Personen oft sehr ähnlich klingende Namen tragen. Pikanterweise hieß der Nachfolger des hier erwähnten Sigebert von Essex (auch Sigebert der Kleine genannt) ebenfalls Sigebert – aber Sigebert der Gute.

Bischof Birinus war einer von etlichen europäischen Missionaren, die auf den britischen Inseln die christliche Botschaft verkündeten. Er gilt als Bekehrer der Westsachsen oder der Gewissæ, wie dieser Volksstamm auch genannt wurde. Auch wenn das Königreich, in dem dieser lebte, zu jener Zeit den Namen »Wessex« trug, ist das Gebiet nicht identisch mit dem Wessex späterer Generationen und des berühmtesten aller Könige von Wessex – Alfred. Das Wessex des frühen siebten Jahrhunderts war lediglich ein kleiner Landstrich zwischen Mercia und dem Gebiet des späteren, größeren Königreichs Wessex. Seine Hauptstadt war Dorchester-on-Thames (Dorcic) und ist nicht zu verwechseln mit dem in Dorset gelegenen Dorchester heutiger Tage.

Eowa, der Bruder Pendas, ist ebenfalls eine historisch belegte Figur und wird uns im Lauf von Beobrands Geschichte wiederbegegnen. Seine Verbindung zu Cynegils und sein unglückseliges Zusammentreffen mit dem König von Northumbria sind jedoch ausschließlich meiner Fantasie entsprungen.

Abt Aidan (später der heilige Aidan) ist nach Cuthbert von Lindisfarne die vielleicht größte frühchristliche Berühmtheit im Nordosten Britanniens. Es wird berichtet, dass er am liebsten zu Fuß reiste. Dass er auf seinem Weg nach Lindisfarne bei Norham (Ubbanford) den Tweed (Tuidi) überquert hat, ist fester Bestandteil der britannischen Folklore. Nachdem ich das gelesen hatte, konnte ich der Versuchung nicht widerstehen, ihn genau zur rechten Zeit am rechten Ort auftauchen zu lassen. Mehr als einmal habe ich in diesem Roman versucht, den praktischen Nutzen hervorzuheben, den die gebildeten christlichen Prediger durch ihr Wissen auf dem Gebiet der Heilkunst hatten. Ich bin mir sicher, dass es viele Gründe dafür gab, dass das

Christentum in der Bevölkerung Fuß fassen konnte, aber ich glaube, dass besonders konkrete Hilfe für die Menschen entscheidend dazu beigetragen haben könnte. Die Beschreibung von Bassus' Armamputation sowie der anschließenden Behandlung habe ich *Bald's Leechbook* (auch *Medicinale Anglicum*) entnommen, einem medizinischen Handbuch, das vermutlich im neunten Jahrhundert zusammengestellt wurde. Darin kann man sich über sehr viele eigentümliche und wundersame Heilungs- und Behandlungsmethoden informieren. Erst vor Kurzem, im März 2015, war das *Leechbook* wieder im Gespräch, als entdeckt wurde, dass eine der Rezepturen darin, die unter anderem Knoblauch und die Säure aus einem Kuhmagen enthält, den Methicillin-resistenten Krankenhauskeim Staphylococcus aureus (MRSA) abtötet. Es scheint, als hätten die Angelsachsen schon das eine oder andere über Medizin gewusst.

Über die Belagerung von Din Eidyn (Edinburgh) liefern die Geschichtsbücher nur sehr vage Informationen, darum habe ich mir eine gewisse künstlerische Freiheit herausgenommen. Die Belagerung fand vermutlich um 638 und damit etwas später statt als in meinem Buch, aber ich wollte die Ereignisse ein wenig verdichten, um die Geschichte spannender zu gestalten. Über den Grund für die Belagerung oder deren Ausgang wissen wir nur sehr wenig, doch klar ist, dass Oswald König von Northumbria und den Gododdin wurde. Und da Din Eidyn mitten in dem Siedlungsgebiet der Gododdin lag, ist zu vermuten, dass die Belagerung keinen guten Ausgang für die Belagerten genommen hat.

Dass die Angeln, also das Volk Oswalds und Beobrands,

alle Völker nördlich des Tweed als Pikten bezeichnen, war ebenfalls meine Entscheidung. Das ist natürlich eine grobe Vereinfachung der Gesamtsituation, genauso wie die Bezeichnung aller Angelsachsen entweder als Angeln oder als Sachsen. Aber ich bin überzeugt davon, dass man sich nicht in den unterschiedlichen Stämmen und Völkern verlieren sollte, wenn man eine spannende Geschichte erzählen will. So sind denn auch für Beobrand und die anderen »Angelsachsen« alle, die nicht ihrem Volk angehören (also auch die eingeborenen Briten), zunächst einmal »Waliser«.

Der Begriff »Waelh« besitzt nicht nur denselben Wortstamm wie »Waliser«, sondern auch die Bedeutung »fremdländisch«. Er war eine gebräuchliche Bezeichnung für Sklaven oder Leibeigene. Sklaverei war allgemein akzeptiert und eine weit verbreitete Möglichkeit, von einem besiegten Feind zu profitieren. Reaghan wurde als Kind bei einem Überfall entführt und ist eine solche fremdländische Sklavin. Allerdings war es auch damals schon möglich, Sklaven die Freiheit zu schenken, was Beobrand gegen Ende dieses Bandes erwägt.

In diesem Teil von Beobrands Geschichte spielt zudem Gift eine große Rolle. Damals kannte man viele tödliche Gifte wie zum Beispiel Eisenhut, Belladonna, Schierling oder Alraune. Weise Frauen oder Hexen verfügten über ein breites Wissen über die verschiedenen Kräuter, zum Beispiel wussten sie, wie sie zur Heilung, aber auch für weitaus heimtückischere Zwecke eingesetzt werden konnten. Eine vergiftete Klinge gilt den meisten Experten als eine eher zweifelhafte Methode, einen Gegner zu töten. Sie war höchstwahrscheinlich nicht besonders effektiv. Ich habe jedoch einen Bericht über ein Attentat auf König Edwin im Jahr 626 gefunden. Demnach soll ein westsächsischer Attentäter versucht haben, den König mit einem in Gift getauchten Dolch zu ermorden. Dieser Bericht diente mir als Inspiration für Torrans vergiftete Schwertklinge.

Ein anderes historisches Ereignis hat mich auf die Idee zu Neldas Flucht aus der Festung Din Eidyn gebracht. Im Jahr 1142 entkam Königin Matilda, getarnt in einen weißen Umhang, während eines Schneesturms aus dem belagerten Oxford Castle. Diese Geschichte ist so gut, dass ich sie einfach benutzen musste, um Nelda, Finola und Talorcan zur Flucht zu verhelfen.

Beobrands Abenteuer sind mit seiner Rückkehr nach Ubbanford noch lange nicht zu Ende. König Oswalds Machtstreben wird keinen langen Frieden zulassen, und eines steht fest: Da, wo Schlachten geschlagen werden, da wird Beobrand Seite an Seite mit seinen Kampfgefährten im Schildwall stehen. Auch Vergeltung und Blutrache treiben ihn weiterhin um. Beobrand wird nicht eher ruhen, bis Wybert und Nelda zu Aas geworden sind, an dem sich die Raben laben.

Aber das sparen wir uns für eine andere Geschichte, ein anderes Buch auf.

Danksagungen

Zunächst muss ich Ihnen, liebe Leserinnen und Leser, dafür danken, dass Sie dieses Buch gekauft und gelesen haben. Ich hoffe wirklich sehr, dass Ihnen dieses Kapitel von Beobrands fortdauernder Saga gefallen hat und Sie gut unterhalten wurden. Sollte das der Fall sein, dann sagen Sie es bitte Ihren Freunden und Angehörigen weiter und tragen Sie dazu bei, die Geschichte immer bekannter zu machen. Die beste und sinnvollste Möglichkeit, das zu tun, ist eine Online-Rezension oder eine Erwähnung in den sozialen Medien. Aber natürlich ist auch die gute alte Mundpropaganda nicht zu unterschätzen!

Kein Roman entsteht in vollkommener Isolation, darum möchte ich einigen der Menschen danken, die mir bei der Entstehung dieses Buches zur Seite gestanden haben.

Ein besonderer Dank gilt meiner Tochter Iona Harffy, die etliche tolle Ideen in Bezug auf die Belagerung von Din Eidyn und Beobrands Taktik, wie die belagerten Pikten abgelenkt werden könnten, beigesteuert hat.

Danke auch an all jene, denen ich eine erste Version meines Romans zum Testlesen anvertrauen durfte: Gareth Jones, Simon Blunsdon, Rich Ward, Shane Smart, Alex Forbes, Clive Harffy und Angela Harffy. Nicht vergessen darf ich Graham Glendinning, dem ich mehrere Hinweise zu den ersten beiden Bänden verdanke und den ich in den bisherigen Danksagungen versehentlich nicht erwähnt habe. Tut mir leid, Graham!

Ein großer Dank geht auch an das Team von Aria und Head of Zeus: an Caroline Ridding, Nia Beynon, Geo Willis, Yasemin Turan, Blake Brooks, Sarah Ritherdon, Paul King und alle anderen, die das Buch bis zu seiner Veröffentlichung betreut haben und sich anschließend seiner Vermarktung und weiteren Verbreitung gewidmet haben. Es ist fantastisch, Teil eines so großartigen Teams zu sein.

Wie immer möchte ich mich auch sehr herzlich bei meinem Agenten Robin Wade für seine unerschütterliche Unterstützung, seinen Glauben an meine Schreibkünste und seine unermüdliche Suche nach einem Verlag bedanken.

Im Lauf der vergangenen Jahre bin ich Teil einer lebendigen Online-Community geworden, bestehend aus Autorinnen und Autoren, Leserinnen und Lesern, Rezensentinnen und Rezensenten von historischen Romanen. Es sind zu viele, um jeden von ihnen namentlich hier zu erwähnen, aber ich stehe bei allen in der Schuld, die meine Posts und Tweets geteilt, mir ihre Unterstützung angeboten, Rezensionen geschrieben oder mir den Zugang zu einem Netzwerk ermöglicht haben, mit dessen Mitgliedern ich mich über geschichtliche Themen und den Schreibprozess austauschen kann.

Wie immer geht mein Dank zu guter Letzt an meine liebende Familie. Ich weiß nicht genau, welchen Einfluss mein Schreiben auf meine Töchter Elora und Iona hat, aber ich weiß, dass ich nicht immer der geduldigste Mensch auf dieser Erde bin, wenn ich die Muse zwingen will, mir endlich ihre Worte zu diktieren. Also danke dafür, dass ihr mich in diesen Zeiten irgendwie ertragt – auch wenn ihr keine große Wahl habt. Und natürlich danke ich auch meiner wunderbar geduldigen und stets hilfsbereiten Ehefrau Maite. Du erträgst mich nicht nur, du ermutigst mich sogar und bestärkst mich jeden Tag aufs Neue in dem, was ich tue. Dafür liebe ich dich noch mehr, als ich es ohnehin schon getan habe … falls das überhaupt möglich ist.